작은 아씨들

2

루이자 메이 올컷

작은 아씨들 2

유수아 옮김

펭귄 클래식 코리아

작은 아씨들 2

초판 1쇄 발행 2011년 2월 21일
초판 16쇄 발행 2022년 7월 4일

지은이 | 루이자 메이 올컷 옮긴이 | 유수아
발행인 | 이재진 단행본사업본부장 | 신동해
편집장 | 김경림 마케팅 | 최혜진 이은미 홍보 | 최새롬
국제업무 | 김은정 제작 | 정석훈

브랜드 펭귄클래식 코리아
주소 경기도 파주시 회동길 20
문의전화 031-956-7213 (편집) 02-3670-1123 (마케팅)
홈페이지 www.wjbooks.co.kr
페이스북 www.facebook.com/wjbook
포스트 post.naver.com/wj_booking

발행처 ㈜웅진씽크빅
출판신고 1980년 3월 29일 제406-2007-000046호

Penguin Classics Korea is the Joint Venture with Penguin Random House Ltd. Penguin and the associated logo are registered and/or unregistered trademarks of Penguin Random House Limited. Used with permission.
펭귄클래식코리아는 펭귄랜덤하우스와 제휴한 ㈜웅진씽크빅 단행본사업본부의 브랜드입니다. 펭귄 및 관련 로고는 펭귄랜덤하우스의 등록 상표입니다. 허가를 받아야만 사용할 수 있습니다.

이 책은 저작권법에 따라 보호받는 저작물이므로 무단 전재와 무단 복제를 금지하며, 책 내용의 전부 또는 일부를 이용하려면 저작권자와 ㈜웅진씽크빅의 서면 동의를 받아야 합니다.

한국어판 ⓒ 웅진씽크빅, 2011

ISBN 978-89-01-11698-3 04800
ISBN 978-89-01-08204-2 (세트)

• 잘못된 책은 구입하신 곳에서 바꾸어 드립니다.
• 책값은 뒤표지에 있습니다.

차례

작은 아씨들 2부

24장 그간의 사정 · 9
25장 첫 결혼식 · 27
26장 예술적 시도 · 37
27장 문학 수업 · 53
28장 신혼 생활 · 65
29장 이웃집 방문 · 87
30장 인과응보 · 106
31장 해외통신원 에이미 · 125
32장 미묘한 문제 · 141
33장 조의 편지 · 159
34장 친구 · 178
35장 상심 · 200
36장 베스의 비밀 · 216
37장 새로운 인상 · 224
38장 가정생활 · 241
39장 게으름뱅이 로렌스 · 259
40장 어둠의 골짜기 · 280
41장 새로운 사랑 · 289
42장 홀로서기 · 307
43장 놀라운 일들 · 318
44장 로렌스 부부 · 341
45장 데이지와 데미 · 349
46장 우산 속에서 · 358
47장 결실의 계절 · 380
주해 · 395

1권 차례

서문 / 『작은 아씨들』과 미국 현대 여성문학 · 7
판본에 대하여 · 37

작은 아씨들 1부

1장 순례자 놀이 · 45
2장 메리 크리스마스 · 63
3장 로렌스가 소년 · 80
4장 무거운 짐 · 97
5장 이웃 사귀기 · 116
6장 베스, 아름다운 궁전을 발견하다 · 134
7장 에이미, 굴욕의 골짜기로 떨어지다 · 145
8장 조, 악마 아폴리온을 만나다 · 156
9장 메그, 허영의 시장에 가다 · 173
10장 피크위크 클럽과 우편함 · 200
11장 실험 · 217
12장 로렌스 캠프 · 235
13장 공상의 성 · 268
14장 비밀 · 283
15장 전보 · 298
16장 편지 · 312
17장 작은 천사 · 325
18장 우울한 나날 · 337
19장 에이미의 유언 · 349
20장 밀담 · 362
21장 로리의 장난과 조의 중재 · 373
22장 기쁨의 초원 · 391
23장 마치 숙모 할머니, 문제를 해결하다 · 402
주해 · 420

2부

24장

그간의 사정

 이야기를 새롭게 시작하는 마당에 홀가분한 마음으로 메그의 결혼식에 가려면 마치가를 둘러싼 그간의 사정부터 짚고 넘어가는 편이 좋을 듯하다. 그 전에 독자들에게 밝혀 둘 점이 있다. 이 책을 읽는 어르신은 '사랑 이야기'가 너무 많다고 생각할지도 모르니(젊은 독자들은 별로 거부감이 없으리라 생각한다.), 노파심에서 마치 부인의 어투를 흉내 내어 한 말씀 올리겠다.
 "한 집에 명랑한 아가씨들 네 명이 살고 그 옆집에 활기찬 젊은이가 사는데, 과연 어떤 이야기를 기대할 수 있을까요?"
 삼 년이 흐르는 동안 이 조용한 가족에게는 별다른 변화가 없었다. 전쟁은 끝이 났고, 마치 씨는 무사히 집으로 돌아와 책에 파묻혀 지내는 데다 작은 교구의 목사직까지 맡고 있었다. 그의 천성으로 보나 몸가짐으로 보나 목사는 천직이라 할 수 있었다. 과묵하고 학구적인 마치 씨는 지식보다 지혜가 풍부한 분으로, 세상 모든 사람을 '형제'라고 부를 만큼 기독교적 사랑이 넘칠 뿐만 아니라, 훌륭하고 존경받을 만한 성품의 근원인 신앙심도 깊었다.

마치 씨는 고지식하고 대쪽 같은 성격 때문에 세속적인 성공과는 거리가 멀었고 가정 형편도 어려웠지만, 좋은 성품 덕분에 향기로운 꽃을 찾는 꿀벌처럼 훌륭한 사람들이 자연스럽게 그의 주위로 모여들었다. 당연히 마치 씨도 오십 년간의 힘든 인생을 통해 만들어진 달콤한 꿀을 그들에게 선사했다. 열성적인 젊은이들은 이 흰머리 성성한 노학자가 자신들만큼이나 열성적이고 생각이 젊다는 사실을 알게 되었고, 고민이나 괴로움이 많은 여성들은 자연스럽게 그를 찾아와 걱정이나 슬픔을 털어놓고는 포근한 위로와 현명한 조언을 얻어 갔다. 죄인들은 마음이 깨끗한 노목사에게 죄를 고하고는 꾸지람을 듣는 동시에 용서를 받았다. 타고난 재능을 가진 사람들은 그에게서 자신과 똑같은 모습을 발견하여 친근함을 느꼈고, 야망이 큰 사람들은 그를 통해 자신들이 목표로 하는 것보다 더 고귀한 야망이 있다는 사실을 깨달았다. 속물적인 사람들조차도 '이득이라고는 없겠지만' 그의 신념이 옳고 훌륭하다는 사실은 인정했다.

이방인의 눈에는 이 집을 이끌어가는 사람이 다섯 명의 기운 넘치는 여성인 것처럼 보일 테지만, 책에 파묻혀 있는 이 과묵한 남성이 실질적인 가장이었다. 물론 여성들이 집안일을 맡고 있었지만, 마치 씨는 집안의 양심이자 돛대였다. 힘든 일이 있을 때마다 여성들은 남편과 아버지라는 신성한 이름을 지닌 그를 믿고 의지했던 것이다.

자매들은 마음은 어머니에게, 정신은 아버지에게 의지했다. 그리고 자신들에게 너무나도 헌신적인 양친에게 시간이 지날수록 더욱 커져만 가는 사랑을 바쳤다. 이 사랑은 죽어서까지 끊어지지 않을 단단한 끈이 되어 이 가족을 부드럽게 묶고 있었다.

마치 부인은 흰머리만 조금 늘었을 뿐 명랑하고 쾌활한 모습이 예전 그대로였다. 지금은 메그의 결혼 준비로 바빠서 병원이나 다른 가정에는 신경을 쓰지 못하고 있었다. 여전히 부상당한 '소년들'과 군인의 미망인들로 넘쳐 나서 마치 부인의 따뜻한 손길이 절실한 상황이었다.

일 년 동안 군대에서 성실히 자신의 의무를 다한 존 브룩은 부상을 입고 귀가 명령을 받아 제대했다. 군대에 있는 동안 훈장을 받지는 못했지만 자격은 충분했다. 위험을 무릅쓰고, 한창때의 귀중한 젊음과 사랑을 나라를 위해 기꺼이 희생했기 때문이다. 제대한 후로는 건강을 회복하고 사업 준비에 전념했다. 물론 메그를 위해 집을 마련하는 일에도 열심이었다. 브룩은 올바른 생각과 의지를 가진 성실한 청년이었기에 로렌스 씨의 후한 제안을 사양하고 말단 회계 관리직을 받아들였다. 빌린 돈으로 사업이라는 모험을 하기보다는 착실하게 돈을 벌 수 있는 일자리로 시작하는 편이 마음 편했던 것이다.

메그는 결혼을 기다리면서 일과 함께 신부 수업에 전념했다. 더욱 여성스러워지려고 노력하면서 주부로서 기술을 익히는 일에도 열심이었다. 게다가 사랑을 하면 예뻐진다는 말대로 나날이 예뻐졌다. 그녀에게도 소녀다운 열망과 기대가 있었기 때문에 새로운 삶을 검소하게 시작하는 것에는 적잖이 실망한 눈치였다. 네드 모팻이 샐리 가디너와 막 결혼을 한 터라 메그는 그들의 멋진 집과 마차, 많은 선물, 화려한 의복을 자신의 경우와 비교하지 않을 수 없었고, 자신도 그랬으면 하는 비밀스러운 소망을 갖게 된 것이다. 그렇지만 존이 자신들의 집을 위해 얼마나 성실히 노력하고 있는지에 생각이 미치자 부러움과 불만은 어느새 사라져 버렸다. 그리고 황혼 녘에 두 사람이 나란히 앉아서 자그마한 계획에 대해 이야기를 나누다 보니 메그는 앞날이 너무나 아름답고 밝게 느껴져서, 샐리의 화려한 결혼 생활은 싹 잊어버리고 자신이 이 세상에서 가장 행복한 부자처럼 느껴졌다.

조는 마치 숙모 할머니 댁에 일하러 가지 않았다. 에이미가 마음에 든 마치 숙모 할머니가 최고의 선생님이 가르치는 그림 수업을 미끼로 에이미를 불러들였기 때문이다. 에이미는 이렇게 좋은 기회를 얻기 위해서라면 훨씬 더 고약한 할머니의 시중도 마다하지 않았을 것이다. 그래서 에이미는 아침에는 할머니 댁에서 일을 하고, 오후에는 즐겁게 그림 공부를 하며 잘 지냈다. 한편, 조는 글쓰기와 베스 돌보기에 온 힘을 다했다. 베스는 성홍열에서 회복한 지 오래였지만 여전히 몸이 허약했다. 환자라고는 할 수 없었지만 예전처럼 장밋빛 볼의 건강한 소녀로는 돌아오지 못했다. 그러나 여전히 자신이 맡은 일을 조용히 하면서 늘 희망차고 행복에 넘치는 얼굴을 한 차분한 소녀였다. 또한 자신을 가장 사랑하는 사람들이 알아채기도 전에 먼저 따뜻한 손길을 내미는, 모두의 친구이자 집안의 천사인 점도 여전했다.

조는 그녀가 '쓰레기'라고 부르는 글에 《독수리 날개》 신문이 일 달러라도 지불하는 한 경제적으로 자립한 여성이라고 자부할 수 있었기에 부지런히 사랑 이야기를 지어냈다. 그렇지만 바쁘게 돌아가는 머리와 야망이 가득한 마음에는 굉장한 계획들이 들끓고 있었다. 날이 갈수록 다락방의 낡은 양철 조리대 위에는 잉크 자국이 가득한 원고들이 수북이 쌓여 갔고, 이 원고들이 언젠가 마치라는 이름을 명예의 전당에 아로새겨 줄 터였다.

로리는 할아버지를 기쁘게 해드리려고 의무적으로 대학에 들어갔고, 지금은 가장 손쉬운 방법으로 즐겁게 대학 생활을 누리고 있었다. 누구나 좋아할 만한 성격을 지닌 로리는 돈의 힘에, 예의 바른 태도와 재능, 다른 사람을 위험에서 구하기 위해 스스로 위험에 뛰어드는 착한 마음씨까지, 자칫하면 인생을 망치기 쉬운 성향을 두루 갖추고 있었다. 여태껏 여러 전도유망한 소년들이 그랬던 것처럼 로리도 자신을 굳건히 지켜주는 부적이 없었더라면 인생을 망쳐버릴 수도 있었다. 그 부적이란 자신의 성공만을 바라는 다정한 할아버지와 자신을 아들처럼 항상 지켜보는 엄마 같은 친구에 대한 기억, 그리고 네 명의 순진한 소녀들이 자신을 사랑하고 칭찬해 주며 믿어준다는 확신이었다.

물론 대학 생활이란 게 늘 그렇듯이 이렇게 '훌륭한 인간적인 소년'도 까불거리거나 시시덕거렸으며, 멋을 부리고 감상적이 되거나 수영과 체육에 빠져들었다. 또한 남을 괴롭히거나 괴롭힘을 당하고, 속된 말을 썼으며, 한 번 이상은 정학이나 퇴학의 위기에 몰렸다. 그러나 혈기 왕성한 배짱과 재미를 좋아하는 성격에서 비롯된 로리의 장난들은 항상 솔직하게 인정하고 진심으로 속죄하는 천성과 남을 잘 구슬리는 타고난 재능 등으로 잘 해결되었다. 사실 로리는 이렇게 위험한 순간을 잘 빠져나가는 자신이 자랑스럽기까지 했다. 게다가 화난 교사와 위엄 있는 교수, 무참히 패배한 적들을 물리친 성공담을 생생하게 전해서 자매들을 오싹하게 만드는 일도 즐겼다. '우리 편 친구들'은 자매들의 눈에는 영웅이었으며, 그들의 업적은 아무리 들어도 질리지 않았다. 로리가 그들을 집으로 데려올 때면 자매들은 이 대단한 사람들의 미소에 흠뻑 젖어들곤 했다.

특히 에이미는 이 영웅들과 어울리길 좋아했고, 어느새 그들 사이에서 여왕이 되었다. 어엿한 숙녀인 에이미는 이미 자신이 가진 매력을 잘 사용할 줄 알았기 때문이다. 메그는 특별한 남자인 존에게 푹 빠져 있었으므로 다른 남자애들에게 신경 쓸 겨를이 없었다. 베스는 수줍음을 많이 타서 그들을 훔쳐보며 어떻게 에이미가 그들에게 이것저것 명령해 댈 수 있는지 궁금해했다. 한편 조는 그들과 있는 자리를 원래 자신이 있어야 할 곳처럼 편안하게 느끼면서 그들의 신사적인 태도와 말투를 따라 하지 않을 수 없었다. 조에게는 남자다운 행동이 숙녀의 얌전한 몸가짐보다 훨씬 자연스럽게 느껴졌기 때문이다. 그들은 모두 조를 무척이나 좋아했지만 결코 사랑을 느끼지는 않았다. 반면에 눈부시게 아름다운 에이미에게는 모두 사랑의 감정이 담긴 찬사를 보냈다. 사랑이라는 말이 나온 김에 이쯤에서 도브코트에 대한 이야기로 넘어가는 것이 좋겠다.

도브코트는 브룩 씨가 메그를 위해 마련한 첫 번째 집인 작은 갈색 집의 이름이었다. 로리는 이 온화한 연인들이 '비둘기 한 쌍처럼 언제나 달콤한 속삭임을 주고받으며 살고 있다'며 이런 이름을 지어주었다. 뒤에는 작은 정원이 있고 앞에는 손수건만 한 잔디밭이 있는 아주 아담한 집이었다. 메그는 원래 이곳에 분수를 놓고 관목과 아름다운 꽃들도 많이 심으려고 했다. 그런데 지금은 분수 대신 찌꺼기를 거르는 그릇처럼 생긴 온갖 풍상을 다 겪은 항아리 하나가 놓였고, 관목은 곧 죽을지도 모르는 어린 낙엽송 묘목 몇 그루가 전부였으며, 수많은 꽃들이 피어 있어야 할 곳은 아직 어디에 꽃씨가 뿌려져 있는지를 알려 주는 막대기만 수북한 상태였다. 그러나 집 안쪽은 아름다워서 새 신부에게는 지하에서 다락까지 티끌 하나 없는 것처럼 완벽해 보였다. 사실 복도가 너무 좁아서 피아노가 없는 것이 다행이었다. 있었더라면 들여놓을 수 없었을 것이다. 식당도 너무 작아서 여섯 명이 앉으면 꽉 찼으며, 부엌 계단은 도자기를 든 하인들이 석탄 저장소로 곧바로 굴러떨어질 정도로 가팔랐다. 그렇지만 이런 사소한 결점에 익숙해지기만 하면 이보다 더 완벽할 수 없는 집이었다.

가구를 고르고 배치한 감각과 취향이 훌륭해서 그 결과가 아주 만족스러웠던 것이다. 작은 응접실에 대리석 탁자나 기다란 거울, 레이스 달린 커튼은 없었지만 간소한 가구에 책들이 즐비하고, 좋은 그림 한두 점이 걸렸으며, 퇴창에는 꽃병까지 놓여 있었다. 게다가 친구들이 정성껏 마련한 예쁜 선물들이 집 안 곳곳에 흩어져 있어서 그들의 사랑으로 집 전체가 더욱 아름다워 보였다.

로리가 선물한 파로스 프시케 조각상[1]은 브룩 씨가 받침대에 세워놓은 덕분에 그 아름다움이 빛을 잃지 않았다. 에이미는 실내장식 업자라도 흉내 낼 수 없을 것 같은 예술적인 손길로 평범한 모슬린 커튼에 우아하게 주름을 잡아주었고, 조와 어머니는 신혼부부의 행복을 빌면서 즐거운 마음으로 메그의 상자와 짐을 저장실에 정리해 주었다. 멋진 새 부엌은 해나가 수십 번이나 부엌의 조리 기구들을 정리하고 난롯불도 '브룩 부인이 도착하는' 즉시 켤 수 있도록 준비해 두어서, 매우 안락하고 단정해 보였다. 게다가 베스는 은혼식까지 쓰고도 남을 만큼 걸레와 받침판, 헝겊 주머니를 많이 만들었고, 신접살림에 쓸 도자기 그릇을 닦을 행주도 세 종류나 개발했다. 메그는 베스의 정성으로 이 세상 그 어떤 신부보다 든든하게 신혼 생활을 시작할 수 있게 되었다.

이런 모든 일들을 돈으로 해결하는 사람들은 자신들이 잃은 것이 무엇인지 결코 알 수 없다. 가정적인 일은 사랑이 담긴 손길을 거쳐야 더욱 아름다워지는 법이다. 메그는 이를 직접 겪었기 때문에 부엌 커튼에서부터 응접실 탁자 위 은색 꽃병에 이르기까지 그녀의 작은 둥지 속 모든 것들이 이 집의 사랑과 앞날을 보장해 주는 듯했다.

그들은 함께 결혼식을 준비하며 행복한 시간을 보냈고, 차분하게 신접살림을 보러 다녔다. 그러는 와중에도 우스꽝스러운 실수들이 벌어졌고, 특히 로리가 사 오는 황당한 물건 때문에 웃음 섞인 비난이 터져 나오는 일이 많았다. 이 젊은 신사는 대학 생활도 끝나가는 마당에 여전히 장난을 좋아해서 예전처럼 말썽꾸러기 소년의 모습을 간직하고 있었다. 로리는 주말에 집에 돌아올 때마다 언제나 종잡을 수 없는 새롭고 유용하고 독창적인 물건을 젊은 안주인에게 사다 안기곤 했다. 어떤 때는 독특한 모양의 빨래집게가 든 주머니를 사 오더니, 다음에는 육두구 강판을 사 왔는데 사용해 보자마자 이내 산산조각이 났다. 칼 닦는 기계는 모든 칼을 못 쓰게 만들었고, 청소 기계는 카펫의 보풀은 말끔히 제거했지만 먼지는 그대로 남겨 두었다. 노동 절약형 비누는 피부를 벗겨 놓았고, 절대적 효과를 자랑하는 접착제는 속아서 산 로리의 손가락에만 단단히 들러붙었다. 양철 제품은 잔돈을 넣을 장난감 저금통에서부터 수증기로 그릇들을 씻어낼 급탕기까지 모두 하나같이 사용하는 도중에 망가져 버릴 위험이 큰 것들이었다.

메그가 제발 그만두라고 애원했지만 허사였다. 존은 그런 로리를 보고 웃음을 터뜨렸고, 조는 '투들스 씨'[2]라고 놀려댔다. 미국인들이 발명해 내는 새로운 물건에 푹 빠진 로리는 이 발명품을 친구의 집에 늘어놓고 싶어 했다. 그래서 매주 기상천외한 엉터리 물건들을 볼 수 있었다.

드디어 모든 준비가 끝났다. 에이미는 다른 색깔의 방에 제각기 어울리는 색깔의 비누를 놓아두었고, 베스도 첫 식사를 위한 상차림을 끝냈다.

"자, 어떠니? 이제야 집처럼 느껴지고 앞으로 행복할 것 같지 않니?"

마치 부인이 딸과 팔짱을 꼭 낀 채 새로운 왕국을 쭉 둘러보며 이렇게 물었다.

"그래요, 엄마. 정말 마음에 들어요. 행복해서 말이 나오지 않을 정도로요. 이 모든 게 엄마 덕분이에요."

메그는 말보다 더 많은 고마움을 담은 표정으로 대답했다.

"하인이 한두 명 정도만 있으면 정말 완벽할 텐데."

에이미가 응접실에서 나오며 말했다. 그곳에서 에이미는 메르쿠리우스 동상을 놓을 곳으로 장식장 선반이 나을지 벽난로 선반이 나을지 고민하던 중이었다.

"그 문제라면 엄마와 내가 벌써 얘기를 나눴고 우선 엄마의 의견에 따르기로 결정했어. 할 일도 그리 많지 않을 거고, 로티가 심부름하면서 자잘한 일들을 도와줄 거야. 또 일거리가 좀 있어야 나도 게을러지지 않고 친정이 덜 그리울 거 아냐."

메그가 차근차근히 대답했다.

"샐리 모팻의 집에는 네 명이나 있잖아."

에이미가 입을 열었다.

"메그 언니 집에는 네 명이나 둘 수가 없지. 그러면 형부와 언니는 정원에서 야영해야 할 판이니까."

푸른색 큰 앞치마를 두른 채 마지막으로 문손잡이에 광을 내고 있던 조가 불쑥 끼어들었다.

"샐리는 가난한 남자의 아내가 아니니 당연히 큰 집을 건사하려면 하녀들이 많이 필요하지. 메그와 존은 검소하게 시작하지만 두 사람이 느끼는 행복은 집 크기와는 상관이 없을 거라 생각한단다. 메그만큼 젊은 아가씨들이 옷차림에만 신경 써서, 하녀들에게 명령을 내리고 자신들은 잡다한 이야기에만 몰두하는 것은 큰 잘못이야. 내가 막 결혼했을 때는 새 옷이 얼른 낡고 해져서 빨리 재미있는 바느질거리가 생겼으면 하고 늘 바랐어. 손수건이나 손질하면서 한가하게 지내는 게 정말 지겨웠거든."

"부엌에서 요리라도 하시지 그러셨어요? 샐리도 시간을 때우려고 그렇게 한대요. 늘 요리가 엉망진창이어서 하인들의 웃음을 사고 만다지만요."

메그가 말했다.

"한동안은 나도 그랬지. 하지만 엉망진창은 아니었어. 해나에게서 제대로 만드는 법을 배워서 하인들이 웃는 경우는 없었거든. 그때는 재미 삼아 한 일이었지만, 나중에는 그 경험을 아주 고마워하게 되었단다. 하인들을 고용하지 못하게 되었을 때 엄마인 내가 어린 딸들을 위해 직접 음식을 해줄 수 있었기 때문이지. 하고자 하는 마음만으로는 부족할 때가 많잖니. 메그, 넌 이 엄마와는 정반대쪽에서 시작하는 거란다. 나중에 존이 돈을 더 많이 벌더라도 지금 익혀 둔 집안일은 유용하게 쓰일 거야. 한 집안의 안주인이 하인들을 잘 다루려면 집안일이 어떻게 돌아가는지 정도는 알아두어야 하니까."

"네, 엄마. 저도 그렇게 생각해요."

메그는 엄마의 충고를 귀 기울여 들으며 맞장구를 쳤다. 무릇 참한 여성들은 집안일에 대해서만은 열변을 토하기 마련이었다.

"제가 우리 집에서 이 방을 가장 좋아한다는 걸 아세요?"

잠시 후 위층에 올라간 메그가 리넨 천이 잘 보관된 옷방을 들여다보며 엄마에게 말을 건넸다.

베스가 그 방에서 눈처럼 흰 천들을 선반 위에 가지런히 쌓아두고는 그 천들을 바라보면서 흐뭇해하고 있었다. 메그의 말에 세 명 모두 웃음을 터뜨렸다. 이 리넨 옷방에는 사연이 있었기 때문이다. 다들 알다시피 마치 숙모 할머니는 메그가 '그 브룩이라는 남자'와 결혼하면 한 푼도 주지 않겠다고 엄포를 놓았다. 그렇지만 화가 가라앉자 매우 당혹스러워하며 그런 말을 내뱉은 것을 후회하게 되었다. 그녀는 자신의 맹세를 깨지 않으면서도 어떻게든 선물을 전할 방법을 짜내기 시작했다. 그러다가 마침내 생각해 낸 한 가지 계책이 플로렌스의 엄마인 캐롤 부인을 시켜서 리넨 천을 선물하게 하는 것이었다. 이 선물 작전은 충실히 진행되었지만 어느새 비밀이 새어 나갔고, 이를 알게 된 마치 가족들은 꽤나 재미있어했다. 마치 숙모 할머니가 완전히 모른 척하려 애쓰면서 예전부터 첫 신부에게 약속한 오래된 진주밖에는 줄 수 없다며 고집을 부렸기 때문이다.

"주부다운 취향이어서 엄마도 기쁘구나. 엄마가 아는 어린 친구 한 명은 시트 여섯 장으로 살림살이를 시작했는데, 손님용 손 씻는 그릇을 가지게 되니 정말 뿌듯하더라는 거야."

이렇게 말한 마치 부인은 다마스크 식탁보를 가볍게 두드려보더니 찬탄을 금치 못했다.

"손 씻는 그릇은 하나도 없지만 해나의 말대로 이것이 제가 평생토록 함께할 '첫 살림살이'인걸요."

메그는 당연하다는 듯이 아주 만족스러운 표정을 지었다.

"투들스가 오고 있어요."

아래층에서 조가 소리치자 모두 로리를 보러 내려갔다. 그들의 조용한 일상에서 로리의 주말 방문은 아주 중요한 사건이었다.

어깨가 떡 벌어진 키 큰 젊은이가 바짝 깎은 머리에 분지 모양의 모자를 쓰고 펄럭이는 외투를 걸친 채 성큼성큼 길을 내려와서는 낮은 울타리를 뛰어넘어 곧바로 현관문을 열어젖히더니 마치 부인에게 양손을 내밀며 열렬하게 인사했다.

"저 왔어요, 어머니! 네, 다 괜찮아요."

중년 부인의 안부를 묻는 다정한 눈빛에 대한 대답이었다. 부인은 잘생긴 눈을 바라보며 여느 때처럼 인자하게 입맞춤하고 이 작은 환영회를 마무리 지었다.

"존 브룩 부인에게 드리는 선물이에요. 만든 사람의 축하 인사말도 적혀 있어요. 베스, 신의 은총이 늘 함께하길! 조, 정말 색다른 모습인데! 에이미, 넌 점점 더 예뻐지는구나!"

로리는 인사하면서 메그에게 갈색 종이로 포장한 물건을 전했고, 베스의 머리 리본을 당겼으며, 큰 앞치마를 두른 조의 모습에 깜짝 놀랐다. 그리고 에이미 앞에서는 짐짓 황홀경에 빠진 듯한 태도를 취하더니 모두와 악수를 했다. 그제야 다들 한마디씩 하기 시작했다.

"존은 어디에 있어?"

메그가 걱정스럽게 물었다.

"내일 결혼식 허가서를 받으러 갔답니다, 부인."

"마지막 시합에서 어느 편이 이겼어, 테디?"

조는 열아홉 살이 되었는데도 여전히 남자들의 스포츠에 흥미를 느끼고 있었다.

"당연히 우리 편이지. 너도 봤어야 하는 건데."

"사랑스러운 랜들 양은 여전하시고?"

에이미가 의미심장한 웃음을 띠며 물었다.

"전보다 더 잔인해졌어. 이렇게 말라가는 내가 보이지 않아?"

로리는 넓은 가슴팍을 소리나게 치고는 신파적인 어조로 한숨을 내쉬었다.

"이번에는 어떤 웃긴 물건이야? 메그 언니, 포장을 풀어봐."

베스가 울퉁불퉁한 꾸러미를 호기심 가득한 눈으로 바라보았다.

"집에 불이 나거나 도둑이 들었을 때 유용하게 쓰일 물건이야."

로리가 이렇게 말하며 웃고 있는 자매들 앞에 자그마한 야경꾼 회전 막대를 내놓았다.

"선생님이 집에 안 계신데 무서운 일이라도 일어났을 때 언제라도 앞쪽 창문을 열고 이걸 돌리면 이웃 사람을 금방 깨울 수 있을 거야. 멋지지, 안 그래?"

로리가 그들 앞에서 시범을 보이자 다들 귀를 막았다.

"내가 메그에게 고마워해야 할 일이 있었잖아요! 참, 고맙다는 말이 나와서 하는 말인데, 해나에게 감사해야 할걸요. 메그의 결혼식 케이크를 위험에서 구해 냈거든요. 여기 오는 길에 들렀는데, 케이크가 너무 먹음직스러워 보여서 맛이나 보려고 손가락으로 찍으려는 찰나에 해나가 용감하게 막더군요."

"로리, 넌 언제가 되어야 다 자랄지 모르겠구나."

메그가 부인다운 어조로 말했다.

"저도 최선을 다하고 있습니다, 부인. 하지만 더는 크지 못할 것 같아요. 요즘처럼 퇴락하는 시기에 남자 키는 기껏해야 육 피트가 최고랍니다."

머리가 작은 샹들리에에 닿을락 말락 하는 젊은 신사가 응수했다.

"이 완벽한 새집에서 뭔가를 먹는다는 것은 신성모독에 가까운 일이겠죠? 그러니 엄청나게 배가 고픈 저는 이만 해산할 것을 제안합니다."

로리가 재빨리 덧붙여 말했다.

"엄마와 나는 존을 기다릴 거야. 마지막으로 정리할 일도 좀 있고."

메그는 이렇게 말하며 부산하게 자리를 떴다.

"베스 언니와 나는 키티 브라이언트네 집에 들러서 내일 결혼식에 쓸 꽃을 얻어 올 거야."

에이미는 그림 같은 곱슬머리 위에 그림 같은 모자를 쓰면서 자신의 모습에 무척이나 흡족한 듯했다.

"그럼, 조. 같이 가자. 친구를 버리진 않겠지? 정말 너무 지친 상태여서 도와주지 않으면 집으로 돌아가지 못할 것 같아. 어떤 일을 하더라도 그 앞치마는 벗지 마. 유난히 너한테 어울리니까."

로리가 말했다. 조는 로리의 바람과는 달리 앞치마를 벗어 통이 넓은 호주머니에 넣은 후 팔을 내밀어 로리를 부축해 주었다.

"그런데 테디, 내일 일로 진지하게 할 말이 있어."

두 사람이 함께 천천히 걸어갈 때 조가 입을 열었다.

"정말 얌전히 굴겠다고 약속해 줘. 장난도 치지 않고 우리의 계획을 망치지 않겠다고 말이야."

"그래, 장난은 절대로 안 칠게."

"그리고 우리가 진지해야 할 때 웃긴 말도 해선 안 돼."

"난 안 그래. 네가 그러겠지."

"그리고 결혼식 도중에 제발 나를 쳐다보지 마. 네가 쳐다보면 웃음이 터질 게 확실하니까."

"날 보지 못할걸. 엉엉 우느라 눈앞이 뿌예져서 앞도 제대로 못 볼 거잖아."

"난 엄청난 일이 아니고서는 잘 울지 않는다고."

"오랜 친구가 대학에 가는 일 같은 것 말이지?"

로리가 넌지시 웃음을 띠며 끼어들었다.

"우쭐해하지 마. 난 그저 여자들하고만 놀게 된 일이 조금 슬펐을 뿐이야."

"누가 뭐래? 말이 그렇다고. 근데 이번 주에 할아버지 기분은 좀 어떠셔? 좋은 편이야?"

"아주 좋으셔. 왜, 또 곤경에 빠져서 이번에는 할아버지가 어떻게 받아들이실지 알고 싶은 거야?"

조가 날카롭게 물었다.

"조, 내가 전혀 그렇지 않은데 너희 어머니를 똑바로 쳐다보면서 '다 괜찮아요.'라고 말할 사람으로 보여?"

로리가 상처받은 듯 갑자기 멈춰 섰다.

"아니, 그렇지는 않지."

"그러니 의심하지 마. 그저 돈이 좀 필요해서 그래."

조의 따뜻한 말투에 기분이 좋아진 로리가 다시 걸음을 내디디며 말했다.

"테디, 넌 돈을 너무 많이 써."

"이런, 내가 쓰는 게 아냐. 돈이 스스로 알아서 술술 빠져나가는 거지. 내가 알아채기도 전에 사라진다니까."

"넌 손이 크고 정이 많아서 사람들이 손을 벌리면 거절을 못하지. 우리도 네가 헨쇼에게 해준 일은 다 들었어. 네가 늘 그렇게 남을 돕는 데 돈을 쓰는데 누가 널 비난하겠니?"

"오, 그건 별일 아닌데 헨쇼가 과장해서 말하는 거야. 너라도 그렇게 훌륭한 친구가 죽도록 일만 하도록 내버려 두지는 않았을 거야. 조금만 도와주면 우리 같은 게으른 녀석들보다 열 배는 더 잘할 재목인데 말이야. 안 그래?"

"물론 그렇지. 하지만 열일곱 벌의 조끼와 셀 수 없이 많은 넥타이, 게다가 집에 올 때마다 바뀌는 새 모자가 무슨 소용인지 모르겠어. 멋 부리는 시기는 지났다고 생각했는데, 항상 새로운 지점에서 다시 도지더라고. 지금 그 패션이 얼마나 보기 싫은 줄 아니? 머리는 청소용 수세미 같은 데다 위에는 구속복 같은 걸 걸치고는 오렌지색 장갑을 끼고 무겁고 넓적한 구두를 신고 있잖아. 그게 싸기라도 하면 말을 안 해. 그렇지만 돈은 돈대로 들어간 그 물건들이 어디가 멋있는지 정말 모르겠어."

로리는 조의 말에 머리를 뒤로 젖히고 마음껏 웃어댔다. 이렇게 웃는 바람에 모자가 떨어졌고, 조는 그것을 밟고 지나갔다. 로리는 조의 무례한 행동을 빌미로 이렇게 조잡한 복장의 장점을 자세히 설명했다. 그러면서 로리는 구겨진 모자를 접어서 주머니에 쑤셔 넣었다.

"설교는 이제 그만해. 알아들었으니까. 설교라면 학교로도 충분하거든. 집에 돌아와서는 즐겁게 지내고 싶어. 내일만큼은 돈에 상관없이 우리 친구들의 맘에 쏙 들게 잘 차려입을 테니 걱정 말라고."

"머리만 좀 기르면 아무 말도 하지 않을게. 내가 그렇게 귀족적인 취향의 사람은 아니지만 젊은 권투 선수 같아 보이는 사람과 같이 다니는 것만큼은 질색이야."

조가 심각하게 말했다.

"이 얌전한 머리 스타일은 공부에 전념하기 좋은걸. 그래서 다들 이렇게 깎는 거야."

로리가 대답했다. 하긴 자발적으로 멋진 곱슬머리를 짧게 잘랐으니 허영심이 있다고는 할 수 없었다.

"그건 그렇고, 조. 그 작은 파커가 에이미에게 절실한 마음을 품게 된 모양이야. 에이미 얘기를 입에 달고 살고 시를 쓰면서 멍하니 다니는 걸 보면 아주 의심스러워. 그런 마음은 초기에 싹을 자르는 게 좋겠지?"

잠시 동안의 침묵을 깨고 로리가 오빠 같은 어조로 조심스럽게 입을 열었다.

"물론이야. 앞으로 수년 동안 우리 가족 중에서 결혼할 사람은 없을 거야. 세상에, 도대체 어린아이들이 무슨 생각들이람!"

조는 에이미와 작은 파커가 십 대도 안 된 어린아이들인 양 무척이나 당황스러워했다.

"뭐든지 빠른 시대잖아. 우리가 어디로 가고 있는지도 모르겠다니까. 너도 아직 어린애에 불과하지만 다음은 네 차례일 거야. 그러면 우리는 또다시 슬픔에 잠기겠지."

로리는 퇴락해 가는 시대를 두고 고개를 절레절레 흔들며 말했다.

"나라고? 말이 되는 소리를 해. 난 남자들이 좋아할 만한 여자가 아니야. 나를 원하는 사람은 아무도 없을 거라고. 어느 집안에나 노처녀가 한 명쯤은 꼭 있다는 사실이 얼마나 다행스러운지 몰라."

"넌 누구에게도 기회를 주지 않잖아."

로리가 곁눈질하며 말했다. 어쩐지 햇볕에 탄 로리의 얼굴이 전보다 더 빨갛게 보였다.

"넌 부드러운 모습을 보여 주려고 하지 않아. 어떤 남자가 우연히 그런 모습을 발견하고 좋아하는 표라도 냈다가는 거미지 부인[3]처럼 행동하잖아. 구애자에게 찬물을 부어버리고는 누구도 다시는 건드리거나 쳐다보지 못할 만큼 가시 돋친 말을 퍼부어 버리지."

"난 그런 일을 싫어하는 것뿐이야. 너무 바빠서 그런 쓸데없는 일로 고민할 시간도 없고 말이야. 게다가 가족을 깬다는 건 너무 끔찍해. 자, 이제 그런 얘기는 그만해. 메그 언니의 결혼 때문에 우리 모두 머리가 이상해진 게 분명해. 다들 연인이니 뭐니 그딴 이야기만 한다니까. 짜증 내기 싫으니까 어서 주제를 바꾸자."

조는 조금이라도 수틀리는 일이 생기면 당장 찬물을 부어버릴 것 같은 표정이었다.

로리는 자신의 감정이 어떻든 간에 길고 낮은 휘파람으로 속마음을 대신했다. 그러고는 현관문에서 헤어질 때 무서운 예언을 덧붙였다.

"내 말 명심해, 조. 다음은 너일 거야."

25장

첫 결혼식

현관 위를 장식한 6월의 장미꽃들이 그날 아침 일찍 화사하게 깨어나 구름 한 점 없이 화창한 햇살 아래에서 다정한 이웃들처럼 마음껏 기뻐하고 있었다. 이들의 붉은 얼굴은 기쁨과 흥분에 겨워 더욱 발갛게 물들었고, 바람결을 타고 방금 그들이 본 광경을 서로에게 속삭이고 있었다. 어떤 꽃들은 진수성찬이 마련된 식당을 들여다보았고, 또 어떤 꽃들은 위층 창문으로 올라가 신부의 치장을 돕는 자매들에게 고개를 끄덕이며 미소를 보냈다. 다른 꽃들은 정원과 현관, 복도를 분주하게 오가는 사람들에게 환영의 인사를 건넸다. 만개한 붉은 장미꽃에서부터 파리한 아기 봉오리까지 모든 꽃들은 자신들을 오랫동안 사랑으로 돌봐 주었던 온화한 여주인에게 아름다움과 향기를 선사하고 있었다.

메그는 한 송이 장미꽃 같았다. 그날 하루 가슴 벅찬 기쁨이 그녀의 얼굴에 고스란히 피어올라서, 메그는 더욱 아름답고 부드러워 보였고 더욱 아름다운 매력을 뿜어내고 있었다. 그러나 메그는 실크도, 레이스도, 오렌지꽃도 원치 않았다.

"너무 화려하게 차려입어서 낯설게 보이고 싶지는 않아."

메그가 말했다.

"화려한 결혼식이 아니라 그저 내가 사랑하는 사람들이 모인 자리를 원할 뿐이야. 그들이 보는 나도 평소의 친숙한 모습 그대로이길 바라고."

그래서 메그는 웨딩드레스를 직접 만들었다. 소박한 기대와 순수한 사랑을 담아 소녀다운 마음으로 정성껏 바느질해서 완성한 드레스였다. 메그의 동생들은 예쁜 머리를 곱게 땋아 올렸다. 메그의 머리에 꽂은 장식이라고는 계곡에서 따 온 백합꽃뿐이었다. '그녀의 존'이 계곡에서 자라는 꽃 중에서 가장 좋아하는 것이 바로 백합꽃이었다.

"우리가 사랑하는 메그 언니 딱 그대로네. 정말 예쁘고 사랑스럽게 보여서 안아주고 싶지만 드레스에 주름이 질까 봐 참는 거야."

모든 준비가 끝나자 에이미가 기쁨에 겨워 메그를 바라보며 소리쳤다.

"그렇다면 다행이야. 하지만 드레스는 신경 쓰지 말고 이리 와서 날 안고 입맞춤해 줘. 그렇게 해서 생기는 주름이라면 많이 생길수록 좋으니까."

메그가 팔을 벌리자 환한 표정을 한 동생들이 그녀를 껴안았다. 잠시 동안 메그는 새로운 사랑이 와도 오랜 사랑은 변하지 않는다는 사실을 절실히 느꼈다.

"자, 이제 난 존이 넥타이 매는 걸 도와주러 갈 거야. 그 후에는 잠시 동안 서재에서 아빠와 둘만의 시간을 보낼래."

메그는 아래층으로 내려가서 이 작은 의식들을 마친 후 엄마를 졸졸 따라다녔다. 어머니의 얼굴에는 미소가 떠나지 않았지만, 메그는 둥지를 떠나는 첫 새의 비행 때문에 어머니가 마음속으로 얼마나 큰 슬픔을 감추고 있을지를 잘 알고 있었기 때문이다.

메그의 동생들은 한데 모여 서서 마지막으로 화장을 손보고 있었다. 이들이 지금 이 순간만큼 아름답게 치장한 때도 없으니, 삼 년 동안 이들의 외모에 어떤 변화가 있었는지를 말하기에 이보다 좋은 순간은 없을 것이다.

조의 움직임은 많이 부드러워져 있었다. 우아하게는 아니지만 편안하게 움직이는 법을 익힌 것이다. 짧게 깎은 머리는 이제 굵게 틀어 올릴 만큼 자라 있었다. 키가 크고 머리가 작은 조에게는 이런 머리가 잘 어울렸다. 그을린 뺨에는 생기가 넘쳤고, 눈에는 부드러운 빛이 반짝였으며, 요즘에는 날카로운 입에서도 부드러운 말만 쏟아져 나왔다.

베스는 가냘프고 창백했으며 전보다 조용했다. 아름답고 다정한 눈은 더욱 커졌고 항상 촉촉이 젖은 슬픈 눈빛을 하고 있었다. 어릴 적 고통을 참아낸 아픔의 흔적이 얼굴에 어려 있었지만 베스는 불평하는 법이 거의 없었고 항상 '곧 나아지겠지' 하는 희망에 찬 말을 되뇌었다.

에이미는 정말 '가족의 꽃'이라 할 수 있었다. 열여섯 살인 그녀는 벌써 어엿한 숙녀의 분위기와 몸가짐을 지니고 있었다. 아름다움은 아니었지만 뭐라 형언할 수 없는 우아한 매력을 풍겼는데, 사람들은 에이미의 우아한 몸매와 손의 움직임, 살짝 끌리는 치맛자락과 찰랑거리는 머리카락에서 매력을 느끼곤 했다. 이 모든 움직임이 무의식적인 것이었지만 아주 조화를 잘 이뤄서, 많은 이들이 아름다움에 끌리듯이 이 매력에 푹 빠졌던 것이다. 그러나 절대로 그리스인처럼은 자라지 않을 에이미의 코는 여전히 그녀를 괴롭혔고, 마찬가지로 너무 크고 딱딱해 보이는 그녀의 입도 만족스럽지 못했다. 사실 이런 단점들은 에이미의 얼굴을 개성 있게 만들어주는 특징들이었지만 에이미는 결코 인정하지 않았고, 아름다운 피부와 예리한 푸른 눈, 예전보다 더욱 풍부해지고 황금빛으로 빛나는 곱슬머리에서 위안을 찾고 있었다.

세 명 모두 얇은 은빛 회색 드레스(그들의 여름용 드레스 중 가장 좋은 드레스)를 입고 머리와 가슴에 발그레한 장미꽃을 달았다. 모두들 예전 그대로의 모습이었다. 생기 넘치고 행복한 소녀들이 바쁜 일상에서 잠깐 짬을 내어 여성의 삶 중에서 가장 달콤한 장을 갈망하는 눈길로 바라보는 듯했다.

이 결혼식은 형식적인 의식 없이 자연스럽고 편안하게 치러질 예정이었다. 그래서 마치 숙모 할머니는 자신이 도착했을 때 신부가 직접 달려와서 환대하며 안으로 이끄는 모습에 무척이나 황당해했다. 게다가 신랑이 떨어진 화환을 묶고 있지를 않나, 목사인 아버지가 엄숙한 표정으로 양팔에 와인 병을 낀 채 위층으로 올라가고 있지를 않나, 더욱 당황해하는 마치 숙모 할머니였다.

"이것 참, 정말 대단하구나!"

노부인이 자신을 위해 마련된 상석에 앉아서 라벤더색 실크 드레스의 주름을 부산스럽게 매만지면서 소리쳤다.

"넌 마지막 순간까지 모습을 드러내선 안 된단다, 얘야."

"할머니, 저는 누구에게 보여 주려고 결혼식을 하는 게 아니에요. 누구도 저를 쳐다보며 드레스를 평가하고, 점심에 들어간 비용을 계산하려고 오는 게 아닌걸요. 사람들이 무슨 말을 해도 들리지 않을 정도로 저는 행복해요. 그러니 제 결혼식은 제가 원하는 대로 치를 작정이에요. 존, 망치 여기 있어요."

이렇게 말한 메그는 '그 남자'를 도우러 갔다. '그 남자'는 정말 신랑이 하리라고는 생각지 못할 일을 하고 있었다.

브룩 씨는 '고맙다'는 말은 하지 않았지만 낭만적이지 못한 도구를 받으러 허리를 굽히면서 문 뒤의 작은 신부에게 입맞춤을 했다. 신랑의 표정에 감동한 마치 숙모 할머니는 급하게 손수건을 꺼내어 날카로운 눈에 고인 눈물 한 방울을 훔쳐냈다.

로리는 우당탕거리고 훌쩍이며 킬킬대다가 철없는 소리를 내지르며 야단법석을 떨었다.

"오, 신이시여! 조가 또 케이크를 뒤엎었어요."

이렇게 로리가 계속해서 일대 소란을 일으키고 있을 때 한 무리의 사촌들이 도착했고, 베스가 어릴 때 하던 말대로 '모든 손님들이 다 들어왔다.'

"저 젊은 거인이 가까이 오지 못하게 해주렴. 모기보다 더 성가시니 말이다."

사람들로 가득 찬 방 안에 로리의 껑충한 검은 머리가 눈에 띄자, 노부인이 에이미에게 귓속말을 했다.

"오늘은 얌전히 굴기로 약속했어요. 마음만 먹으면 의젓하게 행동할 수 있는 사람인걸요."

이렇게 대답한 에이미는 미끄러지듯 헤라클레스에게 다가가서는 용을 조심하라고 경고해 주었다. 그런데 오히려 이 경고 때문에 로리는 노부인이 거의 미칠 지경으로 열심히 쫓아다녔다.

신부 입장은 없었지만 마치 씨와 어린 신부가 녹색 아치문 아래에 자리를 잡자 떠들썩하던 방 안이 갑자기 조용해졌다. 어머니와 자매들은 메그를 보내기 싫다는 듯이 가까이 모여들었다. 예식을 이끄는 아버지의 목소리는 목이 잠기는 듯 여러 번 끊어졌고, 이 덕분에 예식이 더욱 아름답고 엄숙하게 느껴졌다. 신랑의 손은 눈에 보이게 떨리고 있었고 아무도 신랑의 대답을 듣지 못했지만, 메그는 남편의 눈을 똑바로 바라보며 "네!"라고 분명히 말했다. 신부의 얼굴과 목소리에 드러난 애정 어린 확신에 어머니는 가슴이 벅차올랐고, 마치 숙모 할머니는 다 들리도록 코를 훌쩍였다.

조는 울지 않았다. 거의 한 번은 그럴 뻔했지만 로리가 까만 눈을 즐겁게 반짝이며 자신을 지켜보고 있다는 사실을 알고는 가까스로 위기를 모면할 수 있었다. 베스는 얼굴을 어머니의 어깨에 묻고 있었다. 그러나 에이미는 우아한 조각상처럼 꼿꼿이 서 있었다. 그녀의 하얀 이마와 머리에 달린 꽃 위로 햇살이 비춰 더욱 아름다웠다.

감동적인 장면은 이게 다가 아니었다. 메그는 예식을 마치자마자 울면서 "제 첫 입맞춤은 엄마 거예요!"라며 어머니의 입술에 입을 맞췄다. 그 후 십오 분 동안 메그는 모두에게 둘러싸여 그 어느 때보다 아름다운 장미꽃처럼 보였다. 로렌스 씨에서부터 해나까지 다들 신부와 인사를 주고받느라 정신이 없었다. 정성스레 만든 머리 장식을 쓴 해나는 복도에서 메그와 마주치자 웃음이 섞인 울음을 터뜨리며 소리쳤다.

"신의 은총이 가득하길! 케이크는 조금도 망치지 않았어요. 모든 게 다 훌륭해요."

이렇게 한바탕 눈물 소동이 일어난 후 모두들 감정을 추슬렀다. 그러고는 다들 밝고 즐거운 이야기를 나누었고, 분위기가 다시 떠들썩해졌다. 원래 마음이 가벼울 때는 무슨 말을 해도 웃음이 나는 법이었다. 이 결혼식에는 결혼 선물 자랑이나 멋들어진 아침 식사는 없었다. 선물은 모두 작은 신혼집으로 옮겨진 상태였고, 아침 식사 대신 꽃으로 장식한 케이크와 과일이 점심으로 제공되었다. 로렌스 씨와 마치 숙모 할머니는 세 명의 헤베[4]가 가져다주는 음료가 물과 레모네이드, 커피밖에 없다는 걸 알고 어깨를 으쓱하고는 서로를 쳐다보며 미소를 지었다. 아무도 불평 한마디 하지 않고 있는데, 로리가 당황한 얼굴로 신부 앞에 나타났다. 그는 자신이 신부의 시중을 들어야 한다고 고집을 부리더니 기어코 금속 쟁반 위에 음식을 담아 왔다.

"혹시 조가 실수로 와인 병을 다 깨뜨린 거예요?"

로리가 신부에게 속삭였다.

"아니면 오늘 아침에 와인 병이 굴러다니는 걸 봤는데, 내가 잘못 보고 이렇게 찾느라 고생을 하는 건가요?"

"아니야. 친절하게도 너희 할아버지께서 최고의 와인을 갖다주셨어. 마치 숙모 할머니도 몇 병 보내셨고. 그런데 아버지가 베스를 위해 조금 남겨 둔 것 외에는 전부 병사의 집에 보내버리셨어. 너도 알다시피 아버지는 와인이 환자를 위한 것이라고 생각하시고, 어머니는 늘상 우리 집에서 여자들이 젊은 남자에게 와인을 주는 일은 없을 거라고 말씀하시잖아."

메그는 심각하게 말하면서 로리가 찡그리거나 웃을 거라고 생각했다. 그러나 로리는 그러지 않았고 메그를 흘끗 쳐다보더니 불쑥 이렇게 말했다.

"그거 마음에 드네요. 다른 여자들도 그렇게 생각하기를 바라요! 술이 얼마나 해악을 끼치는지 충분히 봤으니까요."

"직접 그런 일을 겪어봐서 아는 건 아니겠지?"

메그의 목소리에 걱정이 묻어났다.

"아니요. 그건 보증할 수 있어요. 그렇다고 날 너무 좋게 생각하지는 마요. 그런 것에 흥미가 없을 뿐이니까. 와인이 물처럼 흔한 곳에 끌려가도 술 마시는 걸 좋아하지 않아요. 하지만 예쁜 아가씨가 주는 술은 누구라도 거절하지 않는 법이죠."

"하지만 넌 자신을 위해서만이 아니더라도 남들을 위해서 거절할 거야, 그렇지? 로리, 그러겠다고 약속해 줘. 그러면 오늘이 가장 행복한 날인 이유 하나를 더 보태주는 일이 될 테니까."

이렇게 갑작스럽고 심각한 부탁에 로리는 잠시 머뭇거렸다. 자제하는 것보다 더 참기 어려운 일이 조롱거리가 되는 것이기 때문이다. 메그는 로리가 일단 약속하면 무슨 일이 있어도 반드시 지킬 거라는 사실을 알고 있었고, 친구인 로리를 위해서 억지로라도 약속을 받아내려고 했다. 메그는 말을 하지 않았지만 정말 행복한 표정으로 로리를 올려다보며 '오늘은 누구도 내 부탁을 거절하지 못하지.' 하는 미소를 지었다. 당연히 거절할 수 없었던 로리는 미소로 답하고는 손을 내밀며 진심으로 말했다.

"약속해요, 브룩 부인!"

"정말 정말 고마워."

"그리고 나도 '그 결심이 오래가길' 바라며 건배할게, 테디."

조는 레모네이드를 튀기며 이렇게 외쳤다. 잔을 흔들던 그녀는 로리를 향해 환한 웃음을 지어 보였다.

그렇게 축배를 들었고 맹세를 했으며 어떤 유혹에도 굴하지 않겠다는 서약이 오갔다. 본능적으로 두 자매는 친구를 설득하기 위해 행복한 순간을 이용하는 기지를 발휘한 것이었다. 이 약속은 로리가 평생토록 고마워할 만큼 좋은 일이었다.

점심 식사를 마치자 사람들은 두셋씩 짝을 지어 밖에서나 안에서나 따뜻한 햇살을 즐기며 집과 정원을 어슬렁거렸다. 그러다 보니 우연찮게도 메그와 존이 잔디밭 한가운데에 함께 서 있게 되었고, 그 순간 로리에게 이 소박한 결혼식을 잘 마무리 지을 만한 좋은 생각이 떠올랐다.

"독일인들이 하는 방식대로 결혼한 사람들은 모두 신혼부부를 둘러싼 채 서로 손을 잡고 춤을 추는 거예요. 처녀 총각들은 그 바깥에서 짝을 지어 뛰고요!"

로리가 이렇게 소리치면서 에이미와 함께 뛰기 시작했다. 그러자 그 기세와 춤에 전염된 듯이 다들 아무 불평 없이 그들을 따라 했다. 마치 부부와 캐롤 부부가 먼저 시작했고, 다른 사람들이 빠르게 합류했다. 샐리 모팻조차도 조금 주뼛거리더니 치맛자락을 모아 팔에 걸치고는 재빨리 네드와 함께 원을 돌기 시작했다. 그러나 이날 제일 눈길을 끈 광경은 로렌스 씨와 마치 숙모 할머니였다. 위풍당당한 노신사가 진지하게 노부인에게 다가가자, 그녀는 지팡이를 팔 아래에 끼고는 발걸음도 경쾌하게 뛰며 신혼부부 주위를 돌고 있는 사람들의 손을 잡았던 것이다. 젊은 사람들은 한여름의 나비들처럼 정원까지 침범하고 있었다.

다들 숨이 차오르자 이 즉흥적인 무도회도 막을 내렸고 이제 사람들이 떠날 시간이 되었다.

"잘 살길 바란단다, 얘야. 정말 잘 살길 바라. 하지만 틀림없이 후회할 날이 올 게다."

마치 숙모 할머니는 메그에게 이렇게 말하면서 자신을 마차까지 바래다주는 신랑을 향해 한마디 덧붙였다.

"젊은이, 자넨 보물을 얻은 게야. 그럴 자격이 있는지 두고 보겠네."

"그동안 가본 결혼식 중에서 가장 예쁜 결혼식이었어요, 네드. 그렇게 멋진 것도 없었는데 그 이유를 모르겠어요."

마차를 타고 떠나면서 샐리 모팻은 남편에게 이렇게 평했다.

"로리, 얘야. 혹시라도 네가 이런 일을 벌이길 원한다면 저 자매들 중 한 명이었으면 한다. 그러면 정말 흡족할 게야."

아침의 흥분을 가라앉히며 안락의자에 앉아 휴식을 취하던 로렌스 씨가 말했다.

"할아버지께서 흡족하시도록 최선을 다할게요."

로리가 전에 없이 책임감에 가득 찬 목소리로 대답했다. 그러면서 조가 단춧구멍에 달아준 꽃다발을 조심스럽게 떼어냈다.

친정집에서 신혼집까지의 거리는 그리 멀지 않았다. 메그에게는 신혼집으로 향하는 존과의 조용한 산책길이 유일한 신혼여행이었다. 비둘기색 드레스를 입고 흰 끈을 두른 밀짚 보닛을 쓴 메그가 어여쁜 퀘이커교 아가씨 같은 모습으로 내려오자 가족들이 모두 그녀를 둘러싸고 마치 그녀가 기나긴 여행을 떠나기라도 하는 것처럼 눈물겨운 '작별 인사'를 나누었다.

"엄마, 제가 멀리 떠난다고 생각하지 마세요. 존을 사랑하는 만큼 똑같이 엄마도 사랑해요."

메그는 그렁그렁한 눈으로 엄마를 꼭 껴안은 채 말했다.

"아빠, 매일 이 집에 들를 거예요. 제가 결혼했어도 아빠 마음속에 제 자리는 항상 있는 거죠? 베스는 나랑 함께 많은 시간을 보낼 거고, 조와 에이미도 내가 집안일에 우왕좌왕하는 모습을 보며 웃기 위해서라도 가끔씩 우리 집에 들러야 해. 행복한 결혼식을 마련해 줘서 모두들 고마워요. 잘 있어요, 안녕!"

남은 가족들은 메그가 떠나는 모습을 지켜보았다. 양손 가득 꽃을 든 채 남편의 팔에 기대어 걸어가는 메그의 얼굴에는 사랑과 희망, 자부심이 가득했다. 6월의 햇살도 그녀의 행복한 얼굴을 밝게 비춰주었다. 이렇게 메그의 결혼 생활이 시작되었다.

26장

예술적 시도

 자신의 재능이 단순한 능력인지 천부적 소질인지를 구분하는 데는 오랜 시간이 걸린다. 특히 야망이 큰 젊은이는 더욱 그러하다. 에이미는 많은 시련을 거치면서 이 둘의 차이를 알아가고 있었다. 열정을 영감으로 착각한 에이미는 젊음의 혈기로 모든 미술 분야에 뛰어들었다. 오랫동안 '진흙 파이' 만드는 일은 잠잠해졌고, 펜과 잉크로 그리는 세밀화가 그 자리를 대신했다. 에이미는 이 분야에서 뛰어난 감각과 기교를 보여서, 그녀가 만든 우아한 수공품들은 인기뿐만 아니라 수입도 좋았다. 그러나 세밀화는 지나치게 눈을 혹사시키는 일이어서 에이미는 과감히 펜과 잉크를 제쳐놓고 '부지깽이 스케치'[5]에 도전했다. 그런데 이 도전이 계속되는 동안 가족들은 항상 화재의 위험을 안고 살 수밖에 없었다. 언제나 온 집 안에 나무 타는 냄새가 가득했고, 다락방과 헛간에서는 위험할 정도로 자주 연기가 솟아올랐으며, 빨갛게 불에 단 나무 막대들이 여기저기에 아무렇게나 널브러져 있었기 때문이다. 해나는 화재를 대비해서 늘 문가에 물 양동이와 식사 종을 놓아둔 채 잠을 청했다. 반죽 판 뒷면에는 라파엘로의 얼굴이,

맥주 통 윗면에는 바쿠스가 떡 하니 그려져 있었다. 노래하는 천사도 설탕 통 뚜껑을 장식하고 있었다. 한번은 '회색 모직으로 된 장갑을 사는 개릭[6]'을 그리려다 나무판자에 몇 번씩 불이 붙기도 했다.

불에 덴 손가락이 늘어나면서 유화로 관심이 옮겨진 것은 지극히 자연스러운 현상이었다. 그러나 예술에 대한 에이미의 열정은 수그러들 줄을 몰랐다. 미술을 하는 친구 하나가 자신이 안 쓰는 팔레트와 붓, 그림물감을 에이미에게 넘겨주자 에이미는 유화를 마구 그리기 시작했다. 그런데 풍경화 속의 광경들은 육지나 바다 어디에서도 본 적이 없는 풍경이었다. 소를 그린 기괴한 그림은 농산물 축제에 내놓는다면 상을 탈지도 모를 정도였고, 위험스럽게 요동치는 배 그림은 노련한 뱃사람에게도 뱃멀미를 불러일으킬 만했다. 애초에 그 뱃사람이 배의 원래 모습을 완전히 무시하고 그린 이 그림을 보자마자 포복절도하지 않았다 하더라도 말이다. 화실 한구석에는 까무잡잡한 소년과 짙은 눈동자의 성모 마리아가 사람들을 노려보는 그림이 있었는데, 무리요의 화풍처럼은 보이지 않았다. 갈색 그림자가 드리운 얼굴과 엉뚱한 곳에 그려진 붉은 빛줄기는 렘브란트의 화풍을, 풍만한 여인들과 수종에 걸린 아기는 루벤스의 화풍을 따라 그린 것이었다. 또한 터너의 화풍은 푸른색 천둥과 오렌지색 번개, 갈색 비, 자주색 구름이 담긴 폭풍우 그림에 나타나 있었는데, 그림의 한가운데에 찍힌 토마토색 반점은 보는 사람에 따라 태양이거나 부표일 수도, 선원의 셔츠이거나 왕의 의복일 수도 있었다.

그다음으로 에이미는 목탄 초상화에 몰두했다. 모든 식구들의 그림이 줄줄이 내걸렸는데, 하나같이 석탄 저장소에서 막 뛰쳐나온 듯 헝클어지고 쇠약한 모습으로 그려져 있었다. 이들의 모습은 크레파스로 다듬어진 그림에서는 좀 나아 보였다. 그중에서도 에이미의 머리카락과 조의 코, 메그의 입과 로리의 눈은 '굉장히 훌륭하다'고 할 수 있었다. 그 후 또다시 진흙과 석고에 에이미의 관심이 쏠리자, 이번에는 집 안 구석구석에 유령 같은 석고상들이 쭉 늘어서게 되었다. 가끔씩 선반 위에 놓인 석고상들이 사람들의 머리 위로 떨어지기도 했다. 에이미는 아이들을 꼬드겨서 모델로 데려오곤 했지만, 유난스럽게 호기심을 보이는 아이들에게 금세 화를 내며 다그치다가 졸지에 '괴물 에이미 양'이라고 불리게 되었다. 그런데 이 예술적 시도는 생각지도 못한 사건으로 급하게 종지부를 찍고 말았다. 한동안 다른 모델을 찾을 수 없었던 에이미는 자신의 예쁜 발을 석고로 뜨려고 했다. 어느 날 섬뜩한 비명 소리와 쿵쿵대는 소리에 깜짝 놀란 가족들이 에이미를 구하러 달려가 보니, 그 열정적인 예술가가 석고 통에 한 발을 넣은 채 헛간 안을 이리저리 날뛰고 있었다. 석고가 예상치도 못한 속도로 빠르게 굳고 있었던 것이다. 에이미의 발은 아주 어렵고도 위험한 과정을 거친 후에야 빼낼 수 있었다. 조가 웃느라 정신이 없어서 너무 깊숙이 칼을 찔렀기 때문이다. 그 결과 에이미의 가엾은 발에는 오래도록 이 예술적 시도를 기념하는 자국이 남게 되었다.

이 사건으로 에이미의 열정이 수그러든 것도 잠시였다. 곧 자연 풍광을 스케치하는 일에 푹 빠져서는 강이나 들판, 숲으로 습작을 하러 돌아다녔다. 에이미는 늘 축축한 풀밭에 앉아 돌이나 그루터기, 버섯, 부러진 식물 줄기 따위를 그림책에 담느라 감기를 달고 살았다. 게다가 그녀가 '천상의 구름'이라며 그린 그림은 특별히 골라 진열된 깃털 침대처럼 보였다. 에이미는 한여름의 태양 아래에서 하얀 피부를 태워가며 보트 위에 앉아 빛의 명암을 연구했고, 초점을 찾느라 여러 번 눈을 가늘게 뜨고 찡그리는 바람에 코 위에 주름이 생겼다.

미켈란젤로의 말처럼 '천재는 끝없는 인내'로 생긴다면 에이미는 천부적 소질을 지니고 있다고 할 수 있었다. 에이미는 그 어떤 걸림돌이나 실패, 방해에도 굴하지 않고 끈질기게 도전하면서, 언젠가는 '순수예술'이라고 부를 만한 작품을 그릴 수 있을 거라고 확신하고 있었다.

에이미는 미술 이외의 다른 것들을 배우고 즐기는 일에도 열심이었다. 설사 위대한 화가가 되지 못한다 하더라도 매력적이고 교양 있는 여성이 되리라 마음먹었기 때문이다. 미술과 달리 이 분야에서는 일찌감치 성공의 기미가 엿보였다. 에이미는 원체 행운을 타고난 사람이라서, 아무 노력 없이도 남을 즐겁게 할 수 있었고 누구하고도 친구가 될 수 있었다. 삶이 너무나 편하고 쉽게 흘러가서 다른 사람들의 눈에는 에이미가 행운의 별 아래에서 태어난 것처럼 보일 정도였다. 에이미는 많은 재능 중에서도 수완과 요령을 타고났기 때문에 모두가 그녀를 좋아할 수밖에 없었다. 본능적인 감각으로 좋은 말을 가려 할 줄 알았고, 때와 장소에 알맞게 행동했으며, 언제나 침착했다. 오죽하면 자매들이 '에이미는 아무 예행연습 없이 궁정에 데려다 놓아도 알아서 척척 움직일 것'이라고 했겠는가.

에이미의 취약점이라면 '상류사회'에 들어가고 싶어 하는 욕망이 대단하다는 점이었다. 사실 무엇이 진정한 '상류'인지 정확하게 알지 못하면서도 말이다. 돈과 지위, 교양, 우아한 태도가 그녀의 눈에는 가장 중요해 보였고, 이런 것들을 갖춘 사람들과 어울리고 싶어 했다. 종종 진짜와 가짜를 착각하기도 하고 존경할 만하지 못한 것을 떠받들기도 했다. 그러나 에이미는 자신이 타고난 귀부인이라는 사실을 결코 잊어버리는 법 없이 귀족적 취향과 감성을 갈고닦았다. 그래야 기회가 왔을 때 지금은 가난 때문에 쫓겨난 자리를 되찾을 수 있을 것이기 때문이었다.

'우리의 귀부인'은 진짜 숙녀가 되고 싶었고, 마음으로는 이미 숙녀였다. 그렇지만 돈으로는 타고난 세련됨을 살 수 없다는 점과 상류사회의 일원이라고 해서 모두 귀족은 아니라는 점, 외적인 결함이 문제가 아니라 혈통이 중요하다는 점을 아직 모르고 있었다.

"부탁이 있어요, 엄마."

어느 날 에이미가 진지한 표정으로 들어와서는 이렇게 말했다.

"그래, 무슨 부탁이니, 우리 딸?"

어머니가 대답했다. 그녀의 눈에는 어엿한 숙녀인 에이미가 여전히 '아기'로 보였다.

"그림 수업 반이 다음 주면 방학을 맞아요. 그래서 여름 동안 만나지 못할 친구들을 우리 집에 초대해서 놀고 싶어요. 그 애들이 어찌나 내 그림책에 그려진 강이며 부러진 다리를 보고 싶어 하는지 몰라요. 직접 보면서 그려보고 싶다고요. 나한테 여러모로 친절을 베풀어주었고, 내가 가난한 것을 알고도 차별하지 않은 고마운 친구들이에요."

"대체 왜 그 애들이 차별 같은 걸 하겠니?"

평소에 자매들이 '마리아 테레지아 같은 분위기'[7]라고 부르는 말투로 마치 부인이 물었다.

"엄마도 참, 누구나 서로 조금씩은 차이가 나는 법이잖아요. 그러니 어미 닭이 뾰족한 부리에 쪼이는 병아리를 보호하는 듯이 인상 쓰지 마세요. 미운 오리 새끼가 나중에 백조가 되는 거잖아요."

낙천적이고 희망찬 성격의 에이미가 씁쓸한 기색 하나 없이 미소를 지었다.

마치 부인은 웃음을 터뜨렸고 성난 마음을 가라앉히며 물었다.

"그래, 우리 백조. 네가 생각한 계획이 뭔지 궁금하구나."

"다음 주에 친구들을 점심 식사에 초대하고 싶어요. 마차를 타고 친구들이 보고 싶어 하는 곳에 가거나 강에서 배를 타려고요. 그리고 조촐한 미술 축제를 여는 거죠."

"괜찮겠구나. 점심으로 뭘 준비할까? 케이크와 샌드위치, 과일에 커피면 좋을 것 같은데, 어떠니?"

"오, 안 돼요! 소 혀 냉채와 닭고기, 프랑스 초콜릿과 아이스크림을 내야 해요. 친구들은 이런 음식에 익숙하다고요. 그러니까 제 점심 식사는 어디까지나 우아하고 법도에 맞게 준비할 거예요. 비록 돈을 벌려고 일을 하고 있는 입장이지만요."

"몇 명이나 초대할 거니?"

어머니의 표정이 어두워지기 시작했다.

"우리 반 학생들 전부 해서 열두 명에서 열네 명 정도 돼요. 하지만 다 오지는 못할 거예요."

"이런, 애야. 모두 데려오려면 합승 마차를 빌려야 할지도 모르잖니."

"아휴, 엄마, 어떻게 그런 생각을 할 수 있어요? 많아야 여섯 명에서 여덟 명 정도 올 거예요. 그러니 역마차나 로렌스 할아버지의 긴 마차를 빌리면 돼요."

"네 계획대로 하자면 돈이 많이 들 거야, 에이미."

"그렇게 많이 들지는 않아요. 비용은 이미 계산해 봤고, 제 돈으로 지불할 거예요."

"그런데 말이다, 그 소녀들은 그런 것에 익숙해서 우리가 최선을 다해 준비한 것들이 전혀 새롭게 여겨지지 않는다는 걸 모르겠니? 소박하게 대접하는 것이 그들에게는 신선한 느낌을 줘서 더 좋을 거야. 결과적으로 우리가 필요하지도 않은 것들을 사거나 빌려서 형편에 맞지 않게 대접한다 해도 좋을 게 없잖니?"

"내가 원하는 대로 대접을 못 할 바에야 아예 없던 일로 할 거예요. 엄마나 언니들이 조금만 도와주면 완벽하게 잘 해낼 자신이 있어요. 제 돈으로 다 마련할 건데 왜 못 해요?"

에이미가 단호하게 말했다. 이제는 단순히 반대하는 것이 아니라 고집을 부리고 있었다.

마치 부인은 경험이 가장 훌륭한 선생이라는 사실을 알고 있었고, 아이들이 저절로 교훈을 얻을 수 있도록 내버려 두는 편이었다. 물론 딸들이 아플 때 약을 먹듯이 아무런 반대 없이 충고를 받아들인다면 기꺼이 가르쳐주겠지만 말이다.

"그래. 좋아, 에이미. 네 생각이 확고하고 돈이나 시간, 정성이 크게 낭비되지 않는다고 생각한다면 엄마는 더 이상 아무 말도 하지 않으마. 언니들과 상의해서 결정하도록 해라. 난 최선을 다해 널 도울 테니."

"고마워요, 엄마. 허락해 주실 줄 알았어요. 항상 다정하시잖아요."

에이미는 자신의 계획을 언니들에게 설명하려고 자리를 떠났다.

메그는 즉시 찬성하며 도움을 약속했다. 심지어 작은 신혼집부터 가장 좋은 소금 숟가락까지 자신이 가진 것은 무엇이든 내놓으려고 했다. 그러나 조는 얼굴을 찡그리더니 처음에는 이 계획에서 손을 떼려고 했다.

"도대체 왜 너를 조금도 신경 쓰지 않는 소녀들을 위해서 돈을 쓰고 가족들까지 걱정시켜 가며 집안을 발칵 뒤엎으려 하는 거니? 네가 고작 프랑스 부츠를 신고 고급 마차를 타고 다니는 여자들에게 굽실거릴 거라고는 생각도 못 했어. 그러기에는 넌 자존심이 세고 생각도 깊잖니?"

조는 자신의 소설이 비극의 절정으로 치닫고 있는 시점에서 이런 사교적 행사에 관여할 기분이 아니었다.

"난 굽실거리는 게 아냐. 그리고 그렇게 달래듯이 말하지 마."

에이미가 화를 내며 말했다. 여전히 두 사람은 이런 문제가 불거질 때마다 말다툼을 벌였다.

"그 소녀들은 나를 정말 좋아해. 나도 그렇고. 다들 친절하고 재능이 많은 친구들이라고. 언니는 남들이 언니를 좋아하게 하는 일엔 전혀 관심이 없어. 좋은 모임에 들어가거나 훌륭한 태도나 취향을 기르는 일에도 말이야. 하지만 난 그런 것에 관심이 많고, 어떤 기회든 최대한 이용할 작정이라고. 언니는 팔꿈치가 다 해져도 코를 빳빳이 쳐들고 세상을 살아 나갈 수 있겠지. 그걸 자립이라고 부른다면 나도 할 말은 없지만, 그건 내 길이 아니야."

에이미가 작정하고 말싸움에 덤벼들면 지는 법이 거의 없었다. 상식적인 말로 사람들을 자기편으로 만들었기 때문이다. 반면 조는 자유로운 것을 좋아하고 고루한 것을 극단적으로 싫어하는 성향 때문에 이런 말다툼에서는 항상 불리했다. 특히 자립에 대한 에이미의 표현이 재미있어서 두 사람은 웃음을 터뜨릴 수밖에 없었다. 그러자 한결 분위기가 부드러워졌다. 결국 조는 그 계획들이 마음에 차지 않았지만 많이 양보했고, 그날 하루만큼은 그런디 부인[8]이 '얼토당토않은 행사'를 잘 치를 수 있도록 도와주기로 했다.

초대장이 모두 돌려졌고 대부분이 초대를 받아들였다. 행사는 다음 주 월요일로 잡혔다. 그런데 해나가 그 주의 일이 꼬여서 기분이 언짢은 상태였고, '빨래와 다림질이 평소처럼 되어 있지 않으면 어디에서건 삐걱거리기 마련'이라며 걱정을 해댔다. 결국 집안일이 잘 돌아가지 않자 에이미의 큰 행사에도 차질이 생겼다. 그러나 좌우명이 '좌절 금지'인 에이미에게는 마음먹은 일은 어떤 역경에도 굴하지 않고 밀고 나가는 뚝심이 있었다. 그 시련들을 나열해 보자면, 우선 해나의 요리 결과가 좋지 않았다. 닭고기는 딱딱했고, 냉채는 너무 짰으며, 초콜릿도 거품이 알맞게 일지 않았다. 게다가 케이크와 아이스크림은 에이미의 예상보다 훨씬 비쌌고, 마차 비용도 그랬다. 사소할 것이라고 짐작했던 부대 비용도 나중에 합해 보니 어마어마했다. 베스는 감기에 걸려 침대에 누워 있었고, 메그는 전에 없이 몰려드는 방문객들 때문에 자신의 집을 떠날 수가 없었다. 조는 마음이 딴 데 가 있어서 그런지 평소보다 더 심하게 많은 실수를 해댔다.

"엄마가 안 계셨더라면 절대로 해내지 못했을 거예요."

나중에 에이미는 이렇게 단언하면서 가족 모두가 '올해의 가장 우스꽝스러운 행사'를 까맣게 잊어버린 후에도 그 고마움을 잊지 않았다.

월요일에 날씨가 맑지 않으면 친구들은 화요일에 오도록 되어 있었다. 이 결정으로 조와 해나의 기분은 극도로 나빠졌다. 월요일 아침이 되었다. 비가 퍼붓는 것도 아니고 어정쩡한 날씨였다. 조금씩 빗방울이 듣다가 햇살이 비치다가 바람이 불다가 오락가락하는 날씨 때문에 누구도 쉽사리 마음을 결정하기가 어려울 듯했다. 에이미는 새벽같이 일어나서 서둘러 가족들을 깨우고 아침 식사까지 마친 후에 집 안 정리 상태를 점검하러 다녔다. 그런데 그녀의 눈에 들어온 응접실이 그날따라 너무 초라해 보였다. 에이미는 한숨을 내쉴 틈도 없이 요령껏 최대한 멋지게 보일 수 있도록 응접실을 꾸미기 시작했다. 카펫의 닳은 부분에 의자를 갖다 놓고, 벽의 얼룩은 그림 액자로 가리고 텅 빈 구석에는 집에서 만든 조각상들을 세워놓으니 방 안에 예술적 분위기가 감돌았다. 이런 분위기를 내는 데에는 조가 여기저기 놓아둔 아름다운 꽃병도 한몫했다.

점심 식사는 먹음직스럽게 차려졌다. 에이미는 요리를 살피면서 제발 맛도 좋기를 간절히 기도했고, 빌려온 유리잔과 도자기 그릇, 은제 식기들이 무사히 제집으로 돌아갈 수 있기를 바랐다. 마차는 예약을 해두었고 메그와 어머니는 파티를 열 준비를 마친 상태였다. 베스는 보이지 않는 곳에서 해나를 도울 예정이었고, 조는 최대한 활기차고 상냥하게 행동하기로 약속했다. 그러나 정신이 딴 데 가 있는 데다 머리도 아프고 모든 사람과 모든 것에 불만인 형편인데, 그 약속이 제대로 지켜질지는 모를 일이었다. 지칠 대로 지친 에이미는 옷을 차려입으면서 스스로 기운을 북돋았다. 친구들이 와서 무사히 점심을 마치면 오후에는 모두 마차를 타고 나가 그림을 그릴 수 있다는 행복한 생각을 하면서 말이다. 로렌스 할아버지에게 빌린 마차와 부러진 다리 풍경은 에이미가 가장 자신 있어 하는 부분이었다.

이후 초조한 기다림이 두 시간이나 이어졌다. 그동안 에이미는 응접실과 현관을 오가며 풍향계만큼이나 마음을 잡지 못하고 갈팡질팡했다. 이윽고 12시가 되었지만 소녀들은 아무도 오지 않았다. 11시에 내린 소나기 때문에 길을 나설 마음이 없어진 게 분명했다. 2시까지 기다리다 지친 가족들은 햇살 아래 앉아서 맛이 변하기 쉬운 음식들을 먹기 시작했다.

"오늘은 틀림없이 날씨가 좋을 거야. 그러니 분명히 친구들이 올 거라고. 자, 다들 빨리 움직여서 준비를 하자고."

다음 날 아침 햇살에 잠을 깬 에이미가 경쾌한 목소리로 말했다. 그렇지만 속으로는 화요일에 대한 말은 하지 않을걸 그랬다며 후회하고 있었다. 자신이 가장 좋아하는 케이크 같은 것은 점점 딱딱해지고 있었기 때문이다.

"가재를 하나도 잡지 못했으니 오늘은 샐러드 없이 파티를 열어야겠구나."

한 시간 반이 지나서야 집에 돌아온 마치 씨가 담담한 표정으로 어쩔 수 없다는 듯 말했다.

"그러면 닭고기를 넣으면 돼요. 좀 딱딱해도 샐러드용으로는 괜찮을 테니까."

그의 아내가 조언했다.

"해나가 부엌 탁자 위에 놓아둔 닭고기를 아기 고양이들이 먹어버렸어. 정말 미안해, 에이미."

여전히 고양이들의 후원자인 베스가 덧붙였다.

"그렇다면 가재를 사 와야겠어요. 냉채만으로는 안 돼요."

에이미가 단호하게 말했다.

"내가 얼른 가서 사 올까?"

조가 순교자처럼 넓은 아량을 베풀 듯 물었다.

"언니는 나를 놀릴 요량으로 가재를 종이에 싸지도 않은 채 팔 밑에 끼고 올 게 분명해. 내가 갔다 올게."

기가 꺾이기 시작한 에이미가 대답했다.

두꺼운 베일을 두른 에이미는 우아한 바구니를 들고 길을 나서면서, 마차를 타고 시원한 바람을 쐬면 안절부절못하는 마음도 가라앉고 온종일 고생한 자신에게 기분 전환이 될 거라고 생각했다. 얼마간 기다린 후에야 에이미는 염원하던 재료를 손에 넣을 수 있었다. 게다가 집에서 만들 시간을 아끼려고 드레싱 소스도 한 통 샀다. 앞으로 벌어질 즐거운 일에 마음이 사로잡힌 에이미는 다시 마차에 올랐다.

에이미가 탄 합승 마차에 다른 승객이라곤 꾸벅꾸벅 졸고 있는 노부인 한 명뿐이었다. 베일을 접어 주머니에 넣은 에이미는 대체 자신의 돈이 모두 어디로 흘러들어 갔는지 따져보면서 지루한 시간을 보내기로 했다. 그래서 종이에 가득 적힌 숫자를 계산하느라 정신이 없던 에이미는 새로운 승객이 타는지도 모르고 있었다. 마차를 세우지도 않고 올라탄 그 승객이 남자다운 목소리로 "안녕하세요, 마치 양."이라고 인사를 건네자 그제야 고개를 든 에이미는 그 사람이 로리의 대학 친구라는 사실을 알게 되었다. 에이미는 그 남자가 제발 자신보다 먼저 내리기를 바라면서 발치에 놓인 바구니를 모르는 척했다. 그러고는 자신이 새 여행용 드레스를 입고 있다는 사실과 평소와 다름없이 정중하고 상냥하게 인사를 받았다는 사실에 흡족해했다.

분위기는 금세 화기애애해졌다. 그 신사가 먼저 내린다는 사실이 밝혀져서 에이미의 가장 큰 근심거리가 해결되었기 때문이다. 안심한 에이미는 한껏 고상한 태도로 대화를 이어갔다. 그때 노부인이 마차를 내리려고 일어났고 문가로 나가면서 바구니를 엎질렀다. 오, 이럴 수가! 그 커다랗고 생생한 가재가 상류 가문인 튜더가 신사의 눈앞에 떡하니 모습을 드러낸 것이다!

"세상에, 저 부인이 저녁거리를 잊고 내렸네요!"

아무것도 모르는 남자가 이렇게 외치며 지팡이로 그 빨간 괴물을 툭툭 찔러 바구니에 넣더니 노부인에게 바구니를 건네려고 손을 뻗었다.

"제발, 그러지 마세요. 그건, 그건 제 거예요."

에이미가 가재처럼 붉어진 얼굴로 더듬거리며 말했다.

"오, 그래요? 죄송합니다. 정말 보기 드물게 좋은 가재네요, 그렇죠?"

튜더는 당황하지 않고 진지하게 흥미를 보이며 말을 이었다. 정말 귀족다운 행동이었다.

에이미도 숨을 한 번 내쉬고 마음을 가라앉히더니, 과감히 바구니를 의자 위에 올려놓고 웃으며 말했다.

"이 가재가 들어간 샐러드를 먹고 싶지 않으세요? 매력적인 숙녀들과 함께 먹을 거랍니다."

에이미는 솜씨 좋게 남성의 마음을 뒤흔드는 두 가지 약점을 건드렸다. 이 말을 들은 남자는 갑자기 후광이 비치는 가재를 보면서 그 좋았던 맛을 떠올렸고, 거기다 '매력적인 숙녀들'에 대한 호기심이 생겨서 이 우스꽝스러운 사건을 금세 잊어버렸다.

'나중에 이 일을 두고 로리와 웃으며 농담할 게 분명하지만 난 그 장면을 보지 못할 테니, 뭐 어때?'

인사를 하고 떠나는 튜더를 보며 에이미는 속으로 생각했다.

집에 돌아온 에이미는 이 만남에 대해 입도 뻥긋하지 않았지만(엎어진 바구니 때문에 드레스에 드레싱 소스가 묻었고, 그 소스가 실개천처럼 뚝뚝 떨어져서 새 드레스가 엉망이라는 것은 잘 알고 있었지만 말이다.) 준비를 해 나가는 과정이 어제보다 훨씬 더 번거롭게 느껴졌다. 12시가 되자 모든 준비가 끝났다. 에이미는 이웃들이 흥미롭게 자신의 행동을 지켜보고 있다는 생각에 어제의 실패를 지우고 오늘만큼은 성공하는 모습을 보여 주고 싶었다. 그래서 로렌스 할아버지의 긴 마차를 빌려서 당당하게 손님들을 맞이하러 떠났다.

"덜커덕거리는 소리가 들려. 그들이 오고 있나 봐! 현관으로 나가서 정성껏 손님을 맞이해야겠어. 우리 가엾은 딸이 그렇게 고생했는데 좋은 시간을 보내게 해줘야지."

마치 부인이 현관으로 급히 나가면서 말했다. 그러나 흘끗 바깥을 내다본 부인은 형언할 수 없는 표정으로 뒷걸음을 쳤다. 그 큰 마차에 탄 사람이라고는 에이미와 다른 소녀 한 명으로 둘뿐이었다.

"베스, 달려가서 해나가 식탁의 반을 치우도록 도와줘. 소녀 한 명 대접하는데 십이 인분의 요리가 놓여 있으면 그보다 황당한 일이 어디 있겠니?"

조가 웃음을 터뜨릴 겨를도 없이 황망하게 아래층으로 내려가며 소리쳤다.

에이미는 아주 차분하고 정중한 태도로, 약속을 지킨 단 한 명의 손님을 데리고 안으로 들어섰다. 급격하게 표정을 바꾼 나머지 가족들도 자신의 역할을 제대로 해냈다. 그러나 가족들은 터져 나오는 웃음을 완전히 참을 수 없었기 때문에 엘리엇 양은 정말 유쾌한 가족이라고 생각할 수밖에 없었다. 다시 차려진 점심을 즐겁게 먹고 마신 두 사람은 화실과 정원을 둘러보았고, 미술에 대해서도 열정적인 대화를 나누었다. 그 후 에이미는 일인용 마차를 불러서 친구를 태우고는 조용히 가까운 곳들을 구경시켜 주었다. 해 질 무렵이 되자 '손님은 모두 떠났다.'

에이미는 지친 기색이 역력했지만 그 어느 때보다 침착한 표정으로 걸어 들어왔다. 그러고는 조의 입술 끝에 서린 못마땅한 주름 말고는 이 불행한 축제의 흔적은 모두 사라졌다는 걸 알았다.

"마차를 타고 나들이하기에 정말 화창한 오후였지?"

어머니는 열두 명의 손님이 모두 왔다 간 것처럼 담담하게 말했다.

"엘리엇 양은 정말 다정한 친구예요. 제 생각에 정말 즐겁게 놀다 간 것 같아요."

베스가 유난히 따스한 목소리로 말했다.

"케이크 좀 나눠줄 수 있겠니? 손님들이 너무 많이 찾아와서 케이크가 정말 부족하거든. 난 이만큼 맛있게 만들질 못해."

메그가 울적한 목소리로 부탁했다.

"다 가져가도 좋아. 이 집에서 달콤한 것을 좋아하는 사람은 나 하나뿐이니까. 게다가 내가 다 먹기도 전에 곰팡이가 슬어버릴 만큼 많잖아."

이렇게 대답한 에이미는 '결국 이렇게 끝날 일에 음식들을 마구잡이로 사들였구나!' 하며 한숨을 쉬었다.

"로리가 있었으면 음식을 처분하는 데 도움이 많이 되었을 텐데. 안타까워."

가족들이 둘러앉아 벌써 이틀에 네 번씩이나 아이스크림과 샐러드를 먹고 있을 때 조가 탄식했다.

어머니가 경고하는 눈길을 보내자 조는 더 이상 입을 떼지 않았고, 그렇게 웅장한 침묵 속에서 온 가족이 먹는 데 열중했다. 이 침묵을 깨고 마치 씨가 부드럽게 입을 열었다.

"샐러드는 예로부터 사람들이 가장 좋아하던 음식이었단다. 이블린[9]이 말하길······."

이 부분에서 다들 웃음을 터뜨리는 바람에 박학다식한 신사는 깜짝 놀라서 '샐러드의 역사'를 말하려다 그만둘 수밖에 없었다.

"그냥 모든 음식을 바구니에 담아서 허멜가에 갖다줘요. 그들은 좋아할 테니까. 이제 이 음식들은 보기만 해도 질려요. 내가 한 바보짓 때문에 다들 배가 터져 죽을 수는 없잖아요."

26장 예술적 시도

에이미가 눈물을 훔치며 소리쳤다.

"난 너희 두 사람이 마차를 타고 오는 모습을 봤을 때부터 죽을 것 같다는 기분이 들었어. 너희 둘은 큰 껍질 안에 자그마한 낱알처럼 앉아 있는데, 엄마는 무슨 단체 손님이라도 맞이하듯이 나가려고 했으니 말이야."

이미 웃느라 지쳐버린 조가 한숨을 내쉬었다.

"이렇게 실망스럽게 끝이 나서 어떡하니? 그래도 우리는 네 맘에 들려고 최선을 다했단다."

마치 부인이 어머니다운 걱정스러움이 가득 담긴 어투로 말했다.

"제가 맡은 일을 잘 해낸 걸로 만족해요. 이렇게 끝이 난 게 제 잘못은 아니잖아요. 그 점은 다행이라고 생각해요."

에이미는 조금은 떨리는 목소리로 말을 이었다.

"모두들 저를 도와줘서 정말 고마웠어요. 그리고 적어도 한 달 동안은 이 파티에 대한 언급을 삼가준다면 더욱 고마울 거예요."

여러 달이 지나도록 누구도 이 파티에 대해서는 한마디도 하지 않았다. 그러나 '파티'라는 단어만 나오면 모두 빙그레 미소를 지었고, 에이미의 생일이 되자 로리는 회중시곗줄에 달고 다니라며 산호로 만든 작은 가재 모양의 장식물을 선물했다.

27장

문학 수업

운명의 여신이 갑작스럽게 조를 향해 미소를 짓더니 그녀의 앞길에 행운의 동전을 떨어뜨렸다. 정확히 말하자면 황금 동전은 아니었지만, 더 큰 돈이 떨어진다 해도 조는 이보다 더한 행복을 느끼지는 못했을 것이다.

몇 주마다 한 번씩 조는 방 안에 처박혀 글쓰기용 작업복을 입은 채 자신의 표현을 빌자면 '소용돌이 속에 빠진 상태'로 열과 성을 다해 소설을 써 내려갔다. 소설이 완성되기 전에는 마음의 평화를 찾을 수 없었기 때문이다. 조의 '글쓰기용 작업복'은 마음 내키는 대로 펜을 닦을 수 있는 커다란 검은색 앞치마와 같은 재질로 된 실내용 모자를 말한다. 조가 빨간 나비 리본이 달린 이 모자 속에 머리카락을 말아서 집어넣으면 전투태세가 갖춰진 것이었다. 이 모자는 가족들에게 일종의 신호였다. 이 시기에 가족들은 멀찌감치 떨어져서 한 번씩 머리만 쏙 들이밀고는 "영감이 떠오른 거야?"라고 관심 있게 물었다. 그러나 항상 이렇게 질문을 던질 용기가 있는 것은 아니었다. 그럴 때는 모자의 상태를 보고 그에 따라 결정을 내리곤 했다. 모자가 이마까지 푹 내려와 있으면 글이 힘겹게 진행되고 있다는 신호였다. 즐거운 순간에는 머리 위에 약간 비스듬히 씌어 있었고, 절망적인 순간에는 완전히 벗겨져서 마룻바닥에 내팽개쳐져 있었다. 후자의 경우에는 다들 조용히 물러나서 빨간 나비 리본이 당당히 작가의 머리 위에서 다시 빛날 때까지는 감히 조를 부르지 못했다.

조는 결코 자신을 천재라고 생각하지 않았다. 그러나 영감이 떠오르는 시간이 찾아오면 모든 것을 잊고 글쓰기에만 몰두했다. 이럴 때마다 삶이 너무나 행복해서 가난도, 걱정도, 나쁜 날씨조차도 까맣게 잊히는 것이었다. 그 대신 진짜 친구들만큼이나 진실되고 사랑스러운 상상의 친구들로 가득 찬 이야기 세계에서 행복을 누렸다. 이런 때에는 자고 싶은 마음도, 먹고 싶은 마음도 들지 않았고 밤과 낮이 짧게 느껴질 만큼 행복이 충만했다. 조는 이 시간이 아무런 결과를 내지 못하더라도 이런 시간을 가질 수 있다는 것만으로도 살아갈 힘을 얻었다. 신이 내리는 영감의 시간은 보통 한두 주 정도 계속되었는데, 그 후에는 허기지고 졸리고 언짢고 낙담한 상태로 이 '소용돌이'에서 빠져나왔다.

조가 막 이 시기에서 벗어나 일상생활로 돌아왔을 때 크로커 양을 수강 교실까지 데려다 주는 일을 맡게 되었다. 그 보답인지는 모르겠지만 조는 이곳에서 새로운 아이디어를 얻게 되었다. 일반인을 대상으로 하는 피라미드에 관한 강의였다. 잠시 조는 왜 이런 사람들이 이런 주제의 강좌를 선택했는지 의아해했지만 곧 그러려니 하고 말았다. 수강생들은 머릿속으로 석탄과 밀가루 값을 따지느라 바쁘고 그들의 삶에는 스핑크스의 수수께끼보다 더 어려운 문제들이 쌓여 있더라도, 그들에게 파라오의 영광을 펼쳐 보임으로써 큰 사회악이 제거되거나 부족함이 채워질지도 모르는 일이려니 하고 말이다.

그들은 일찍 도착했다. 크로커 양이 스타킹의 뒤꿈치를 손보는 동안 조는 함께 앉아 있는 사람들의 면면을 살펴보면서 시간을 때우기로 했다. 왼쪽에는 이마가 넓은 부인 두 명이 그 이마에 어울리는 보닛을 쓴 채 여성의 권리와 레이스 뜨는 방법에 대해서 의견을 나누고 있었다. 저쪽 건너편에는 담담히 손을 잡고 있는 소박한 차림의 연인과 종이봉투에서 박하사탕을 꺼내 먹고 있는 음침한 노처녀 한 명, 그리고 큰 손수건을 덮고 수업 전에 선잠을 즐기는 노신사 한 명이 있었다. 오른쪽에는 학구적으로 보이는 젊은 남자 한 명이 있었는데, 열심히 신문을 읽고 있었다.

신문의 삽화 면이 보여서 조는 가장 가까운 그림을 꼼꼼히 살펴보았다. 그러면서 도대체 어떤 이야기가 이어지기에 이토록 과장되고 감정적인 삽화가 필요한지 의아해했다. 전투복을 갖춘 한 인디언이 늑대에게 목을 물린 채 절벽 아래로 떨어지고 있는데, 이상하리만치 작은 발과 큰 눈을 지닌 두 명의 젊은 신사들은 화를 내며 맞붙은 채로 서로 칼로 찌르고 있었고, 그 뒤편으로는 마구 헝클어진 여인 한 명이 입을 크게 벌린 채 달아나고 있었다. 신문의 페이지를 넘기려고 잠시 고개를 든 젊은 남자가 조를 보고는 선뜻 신문의 반을 내밀며 말했다.

"읽으실래요? 정말 굉장한 이야기랍니다."

여전히 젊은 남자들에게 호의를 갖고 있던 조는 미소를 지으며 신문을 건네받았다. 그러고는 이내 그 이야기가 사랑과 미스터리, 살인 사건이 얽히고설킨 그렇고 그런 글이라는 것을 알았다. 통속소설에 속하는 이런 이야기는 시도 때도 없이 정열적인 감정을 마구 쏟아내다가, 작가의 상상력이 고갈되면 등장인물의 반을 파탄에 빠뜨리고 나머지 반은 그들의 모습을 보며 환호하는 것으로 대단원의 막을 내리곤 했다.

"훌륭하죠?"

조의 눈이 마지막 문단을 훑어 내리자 남자가 물었다.

"당신이나 저나 쓰려고만 하면 이 정도는 쓸 수 있을 것 같은데요."

조는 이런 쓰레기 같은 소설에 감탄하는 남자가 되레 흥미롭다는 듯이 쳐다보며 대답했다.

"그럴 수 있다면 정말 행운일 거예요. 이 여류 작가는 이런 소설로 엄청나게 돈을 벌어들인다니까요."

남자는 소설 제목 아래에 S. L. A. N. G. 노스베리 부인[10]이라고 적힌 이름을 가리켰다.

"그녀를 아세요?"

조가 갑작스럽게 관심을 보이며 물었다.

"아뇨, 하지만 그녀가 쓴 작품은 전부 읽었어요. 이 신문을 찍어내는 사무실에서 일하는 친구가 있거든요."

"이런 이야기로 엄청난 돈을 번다고 했죠?"

조는 선정적인 문단과 신문 가득 흩뿌려진 굵은 느낌표들을 새삼스러운 눈길로 바라보았다.

"당연하죠! 사람들이 좋아할 만한 이야기를 딱 골라서 써내는데, 큰돈을 버는 게 마땅하잖아요."

강의가 시작되었지만 조의 귀에는 한마디도 들어오지 않았다. 샌즈 교수가 벨조니[11]니 쿠푸[12]니 스카라브[13]니 상형문자니 하며 줄줄이 늘어놓았지만, 조는 신문의 주소를 몰래 적으며 백 달러가 걸린 소설 공모전에 도전하겠다는 결심을 하고 있었다. 강의가 끝나고 수강생들이 일어날 때에도 조는 큰돈을 벌어들일 생각에 이미 이야기의 줄거리까지 완성하고 있었다. 아직 결투 장면을 사랑의 도피 전에 넣을지 살인 사건 후에 넣을지는 고민 중이었다.

조는 자신의 계획을 가족들에게 말하지 않았지만 그다음 날부터 작업에 몰두했다. 이렇게 조가 '영감을 불태울' 때마다 항상 걱정스러운 눈길을 보내는 어머니는 또다시 불안에 잠겼다. 조는 《독수리 날개》에 실을 글을 쓸 때에는 아주 가벼운 사랑 이야기만 담았기 때문에 이전에는 이런 종류의 글을 써본 적이 없었다. 그래도 연극을 해보고 잡다하게 많은 책을 읽은 것이 도움이 되어서인지 극적인 효과나 구성, 말투, 의상 등에 대한 실마리를 얻을 수 있었다. 조의 이야기는 작가 자신이 그런 식의 불편한 감정을 많이 겪어보지 못한 것만큼이나 절망과 낙담으로 가득했다. 리스본을 배경으로 한 이 글은 내용에 걸맞은 충격적인 결말로 지진을 선택했다.[14] 이 원고를 비밀리에 발송하면서 조는 자신의 글이 상을 받지 못하더라도(그런 일은 생각하기도 싫지만) 이 이야기의 값어치에 맞는 돈을 보내준다면 기쁠 것이라는 쪽지를 함께 보냈다.

육 주는 기다리기에 정말 긴 시간이고, 어느 소녀가 비밀을 지키기 위해 입을 다물고 있기에도 그러했다. 그러나 조는 두 가지를 모두 해냈다. 그리고 원고를 다시 볼 수 있으리라는 희망을 모두 버리려던 순간에 한 통의 편지를 받았다. 조는 숨이 멎을 뻔했다. 봉투를 열자마자 백 달러짜리 수표 한 장이 무릎 위로 떨어졌기 때문이다. 잠시 동안 뱀을 보기라도 한 듯이 수표를 뚫어져라 노려보던 조는 편지를 읽더니 울기 시작했다. 이 친절한 편지를 써준 다정한 신사가 자신이 한 아가씨에게 얼마나 큰 행복을 줬는지 알 수 있었다면 휴가를 내서라도 그 흐뭇한 광경을 지켜보았을 것이다. 조는 돈보다 편지를 더 소중하게 생각했다. 자신에게 용기를 주었기 때문이다. 그토록 오랜 세월 동안 노력한 것에 대해 모두 보상받은 듯했다. 가벼운 대중소설이었지만 자신이 무언가를 해낼 수 있었다는 사실이 무척 기뻤던 것이다.

마음을 가라앉힌 조는 한 손에는 편지를, 다른 손에는 수표를 들고 가족들에게 자신이 상을 탔다는 놀라운 소식을 전했다. 이 순간만큼은 세상 어느 여성보다도 자부심이 넘쳐 보였다. 당연히 큰 환호성이 이어졌고, 글을 내보이자 다들 돌려보며 칭찬했다. 아버지는 글이 훌륭하고 사랑 이야기는 신선하고 감동적이며 비극적인 요소도 꽤 긴장감을 준다고 칭찬했지만, 고개를 흔들며 진지한 충고를 한마디 덧붙였다.

"조, 너라면 분명히 이것보다는 더 나은 글을 쓸 수 있어. 목표를 높이 가지고 돈은 신경 쓰지 마라."

"그 상금이야말로 가장 좋은 부분인걸요. 언니는 그 많은 돈을 어디에 쓸 작정이야?"

에이미가 그 마법의 종이를 물끄러미 쳐다보며 물었다.

"한두 달 정도 베스와 엄마가 해변에서 쉴 수 있도록 해줄 거야."

조가 즉각 대답했다.

"오, 정말 굉장해! 아니, 난 그렇게 못 해. 나만 좋은 일이잖아."

베스가 야윈 손으로 박수를 치며 시원한 바닷바람을 갈망하듯이 긴 숨을 내쉬다가 정신을 차리며 소리쳤다. 그러면서도 눈길은 언니가 자신의 눈앞에서 흔드는 수표를 따라 움직였다.

"그렇지만 넌 가게 될 거야. 이미 그렇게 맘먹었으니까. 원래 그럴 작정으로 글을 썼고, 이렇게 성공한 거야. 나만 생각한다면 결코 해내지 못하지. 봐, 너를 위한 일이 나를 위한 일이 되었잖아. 게다가 엄마도 기분 전환이 필요한데 네 곁을 결코 떠나지 않으려 하실 테니 네가 꼭 가야 하는 거야. 네가 다시 통통하게 살이 올라 빨간 장밋빛 얼굴로 집에 돌아오면 얼마나 기쁜 일이겠니? 다들 조 박사를 위해 만세! 언제나 환자를 말끔히 고쳐준다니까."

많은 설전을 벌인 후에 두 사람은 해변으로 떠났다. 기대한 만큼 베스가 장밋빛 볼에 통통한 모습으로 집에 돌아오진 못했지만 몸 상태는 훨씬 더 좋아 보였고, 마치 부인도 십 년은 젊어진 것 같다고 단언했다. 그래서 조는 상금을 잘 썼다고 흡족해하며 다시 돈을 벌어들일 목적으로 심기일전해서 작업에 몰두했다. 그렇게 조는 그해에 수차례나 돈을 벌어들였고, 집안에 미치는 자신의 영향력을 느끼기 시작했다. 조가 부리는 펜의 마술로 가족들의 안락한 생활이 보장되었기 때문이다. 「공작의 딸」로 고기를 샀고, 「유령의 손」으로 새로운 카펫을 깔았으며, 「코번트리가(家)의 저주」로 식료품과 옷을 장만했다.

부는 분명히 탐나는 것이지만 가난에도 장점은 있는 법이다. 역경이 주는 달콤함이라면 머리나 손을 써서 정성껏 일한 데에서 오는 진정한 만족감을 들 수 있다. 게다가 아름답고 유용한 물품들은 뭔가 부족한 상태에서 떠오른 영감으로 만들어지는 경우가 허다하다. 이런 만족감을 맛본 조는 이제 더 이상 부자 소녀들을 부러워하지 않았다. 자신이 원하는 것은 스스로 채울 수 있었고, 누구에게도 손을 벌리지 않아도 된다는 사실로 크게 위안받았다.

조의 글은 주목을 받지는 못했지만 팔리고 있었다. 이 사실에 힘을 얻은 조는 명성과 큰돈을 얻기 위해 과감하게 도전해 보기로 했다. 자신의 소설을 네 번 옮겨 적어서 친한 친구들에게 읽어주고는 떨리는 마음으로 세 명의 출판업자에게 보냈다. 그러나 전체 글의 삼분의 일을 잘라내고 조가 특히 좋아하는 부분을 삭제하라는 조건이 붙자 이 글을 어떻게 처분할지 결정해야 했다.

"이제 이 원고를 싸 들고 올라가서 다시 다듬어 내 돈으로 찍어내든가, 아니면 출판업자의 의견에 따라 난도질을 하든가 둘 중 하나예요. 지금 집안 형편이면 명성을 얻는 것도 중요하지만 현금이 더 필요한 상황이죠. 그러니 이렇게 중요한 문제는 다 같이 생각해 봤으면 좋겠어요."

가족 회의를 청하며 조가 말했다.

"네 글을 망치지 말렴. 그 속에 네가 모르는 뭔가가 있을지도 모르고, 아이디어 자체는 좋은 글이니까. 때가 무르익도록 기다리자꾸나."

아버지의 충고였다. 자신이 가르치는 대로 행동하는 아버지는 자신의 열매가 무르익도록 근 삼십 년을 묵묵히 기다려온 사람이었고, 그 열매가 향기롭게 익은 지금에도 굳이 서둘러 따려 들지 않았다.

"내 생각에는 조가 때를 기다리는 것보다 시도해 보는 게 더 이익일 것 같아요."

마치 부인이 말했다.

"이런 일일수록 남의 비평을 받아보는 게 가장 좋죠. 그러면 조가 생각지도 못한 장점이나 단점을 알게 될 테고, 다음번 소설을 쓸 때 도움이 될 게 분명하니까요. 가족의 의견은 공정할 수 없어요. 하지만 다른 사람의 칭찬이나 비난은 이로울 거예요."

"맞아요."

조가 눈썹을 찡그리며 말했다.

"바로 그거예요. 오랫동안 제 글을 붙잡고 안달복달했지만 이 글이 좋은지, 나쁜지, 그저 그런지, 도통 모르겠단 말이에요. 냉정하고 공정한 사람이 제 글을 읽고 의견을 말해 준다면 정말 크게 도움이 될 거예요."

"난 이 소설에서 한 자도 빼서는 안 된다고 생각해. 글을 망치는 짓이 될 테니까. 이 이야기의 재미는 등장인물의 행동보다는 심리묘사에 있어. 그러니 아무 설명 없이 이어지면 완전히 엉망진창인 글이 될 거라고."

메그는 동생의 글이 이제껏 나온 소설 중에 가장 뛰어나다고 확신하고 있었다.

"하지만 앨런 씨는 '구구절절한 설명은 다 빼요. 간략하고 극적으로 다시 쓰세요. 등장인물의 입을 통해서 이야기를 끌고 가야죠.'라고 적어준걸."

조가 출판업자의 쪽지를 보며 끼어들었다.

"그 사람 말대로 해. 무엇이 팔릴지 그는 알고 있을 거 아냐. 우리는 모르고. 일단 인기 있는 책을 내서 돈을 많이 벌어들이는 거야. 그렇게 명성을 얻게 된 후에는 언니 마음대로 철학적이고 형이상학적인 인물을 등장시키면 돼."

에이미가 아주 실용적인 견해를 밝혔다.

"뭐."

조가 웃으며 말을 이었다.

"내 소설 속에 나오는 등장인물들이 '철학적이고 형이상학적'이라면 그건 내 탓이 아니야. 그런 것들에 대해선 하나도 모르는걸. 다만 가끔씩 아버지가 말씀하시는 걸 들었을 뿐이야. 아버지의 현명한 생각들을 내 사랑 이야기에 접목시킬 수 있다면 나로선 정말 좋은 일이지. 베스, 네 생각은 어때?"

"빨리 책으로 나온 걸 봤으면 좋겠어."

베스가 미소를 지으며 말했다. 그녀가 한 말이라고는 이것뿐이었지만 아직 어린아이 같은 눈빛을 잃지 않은 베스가 수심 어린 표정으로 첫 단어를 저도 모르게 강조해서 말하자 잠시나마 나쁜 예감에 휩싸인 조는 가슴이 철렁 내려앉았다. 그러고는 '빨리' 책을 내리라 굳게 다짐했다.

그래서 이 젊은 여류 작가는 원본을 책상 위에 놓고 가차 없이 난도질했다. 모두를 만족시키려는 마음에 모두의 의견을 받아들여 고쳤지만, 결과는 우화 속 당나귀를 메고 가는 부자처럼 어느 누구도 만족시키지 못했다.

글 속에 무의식적으로 들어간 형이상학적인 요소는 아버지가 좋다고 하자 미심쩍은 마음이 들었지만 그대로 남겨 두었다. 어머니가 너무 많다고 지적한, 사소한 묘사 부분은 대부분 삭제되었고, 그러다 보니 이야기 전개상 꼭 필요한 많은 부분들도 같이 잘려 나갔다. 비극적인 장면이 좋다고 한 메그를 위해서는 고통스러운 장면을 많이 첨가했다. 게다가 장난스러운 장면이 싫다는 에이미를 위해서도 최대의 호의를 베푸는 마음으로 음울한 등장인물에게 위안을 주는 유쾌한 장면을 되도록 넣지 않으려고 애썼다. 마지막으로 너덜너덜해진 글을 삼분의 일로 확 줄여서 작은 새를 북적거리는 큰 세상으로 날려 보내 운명을 시험해 보듯 출판업자에게 보냈다.

결국 이 소설은 책으로 출판되었고, 삼백 달러를 벌어들였다. 거기다 칭찬과 비난의 글이 쇄도했는데, 조는 자신의 예상보다 훨씬 더 많은 의견이 몰려들자 무척이나 당황했고 이 상태에서 벗어나기까지 상당한 시간이 걸렸다.

"비평이 도움이 될 거라고 말씀하셨죠, 엄마. 그런데 이렇게 판이하게 다른 의견들이 몰려드니까 제가 훌륭한 책을 쓴 건지, 십계명을 모조리 어긴 나쁜 글을 쓴 건지 모르겠어요."

가엾은 조가 한가득 쌓인 편지들을 바라보며 소리쳤다. 이 편지들을 읽을 때면 어느 순간 자부심과 환희에 넘쳤다가 다음 순간에는 분노와 절망에 빠졌다.

"이 남자는 '매우 훌륭한 책입니다. 진실과 아름다움, 진심이 가득 담겨 있군요. 즐겁고 순수하고 건전한 글입니다.'라고 썼어요."

당혹스러운 여성 작가가 말을 이어갔다.

"다음 편지에는 '이 책에 담긴 이론은 틀렸습니다. 병적인 상상과 심령주의적인 사상, 비현실적인 인물들로 가득 차 있으니까요.'라고 적혀 있어요. 그런데 난 어떤 이론도 가지고 있지 않고 심령주의를 믿지 않을 뿐만 아니라 등장인물들은 현실 세상에 사는 사람을 그대로 묘사했다고요. 그러니 이 의견은 틀린 거예요. 또 다른 사람은 '수년 동안 미국에서 나온 소설 중에 가장 뛰어난 소설입니다.'라고 했다고요. 다음 사람은 '독창적이고 강력한 힘이 느껴지는 글이지만 상당히 위험한 책이다.'라고 썼고요. 정말 어떻게 이럴 수가 있죠? 어떤 사람은 놀리기나 하고, 또 어떤 사람은 지나치게 떠받들고 있어요. 말도 안 되는 건 대부분 내가 깊은 이론을 펼치기 위해 이 소설을 썼다고 주장하는 거예요. 단지 즐거움과 돈을 위해 썼을 뿐인데 말이죠. 원본대로 출판할 걸 그랬어요. 아니면 아예 세상에 내놓지도 않는 건데. 이렇게 끔찍할 정도로 오해받는 건 정말 싫다고요."

가족들과 친구들이 위로하고 칭찬해 주었지만, 예민하고 혈기 왕성한 조에게는 정말 힘든 시간이었다. 잘해 보려던 일이 안 좋은 결과로 나타났으니 말이다. 그러나 이 시간은 그녀에게 좋은 약이 되었다. 가치가 있는 의견을 보내는 독자는 작가에게 가장 좋은 선생님이기 때문이다. 그렇게 첫 시련을 극복한 조는 자신의 책을 두고 웃을 수 있는 여유를 찾았고, 비평의 뭇매에 더욱 현명해지고 강해진 것을 느낄 수 있었다.
 "키츠처럼 천재가 아니라고 해서 죽을 정도는 아니지."[15]
 조는 당당하게 말했다.
 "결국 웃기는 상황이 벌어진 거야. 진짜 현실 세계에서 곧바로 따온 부분은 불가능하고 말도 안 된다며 비난받고, 어리석은 내 머릿속에서 만들어진 장면은 '정말 자연스럽고 감동적이며 진실이 느껴진다.'라고 평가를 받다니 말이야. 그래도 이 점을 위안 삼아야지, 뭐. 마음의 준비가 되면 난 다시 일어나서 글을 쓸 거야."

28장

신혼 생활

 대부분의 젊은 부인들처럼 메그도 모범적인 가정주부가 되겠다는 확고한 마음으로 결혼 생활을 시작했다. 당연히 존은 집이 천국처럼 느껴졌다. 늘 미소 띤 얼굴을 볼 수 있었고, 매일 호사스럽게 보냈으며, 옷에는 단추가 단정히 달려 있었다. 메그는 난관에 부딪치기도 했지만 온갖 애정과 정성을 쏟아부어 집안일을 했으므로 그 결과가 좋을 수밖에 없었다. 그러나 그녀의 천국은 조용하지 못했다. 자그마한 여인이 늘 안달복달하며 호감을 사기 위해 지나치게 애면글면했던 것이다. 성경 속의 마르다[16]처럼 부산을 떨며 많은 걱정거리를 안고 살았다. 그러다 보니 메그는 가끔 너무 지쳐버려서 미소조차 짓지 못했다. 존은 밥상에 오르는 화려한 요리 때문에 소화불량에 걸릴 정도가 되어서 무심하게도 평범한 음식을 차리라고 요구하기에 이르렀다. 단추만 해도 메그는 도대체 단추가 어디로 감쪽같이 사라져버리는 건지 의아해하면서, 남성들은 너무 덜렁댄다며 고개를 내젓기 시작했다. 그러면서 남편에게 그렇게 서투른 손가락으로 성급하게 옷을 당기는데 단추가 남아나겠느냐며, 다음부터는 직접 단추를 달고 그 단추가 얼마나 오래 버티는지 보려며 으름장을 놓았다.

두 사람은 사랑 하나만으로 모든 게 해결되지 않는다는 사실을 깨달았지만, 그 후로도 여전히 행복하게 지냈다. 존은 메그가 커피 주전자 뒤에서 환히 웃어 보여도 아름다운 미모가 조금도 가시지 않았다고 생각했고, 메그는 그리워할 새도 없이 아침마다 남편의 애정을 새롭게 확인할 수 있었다.

"여보, 저녁거리로 쇠고기나 양고기를 사서 보낼까 하는데 어떻소?"

그녀의 남편이 집을 나설 때마다 입맞춤을 하며 이렇게 온화하게 말을 건넸기 때문이다. 작은 신혼집은 더 이상 꿈속의 휴식처가 아니라 진짜 가정으로 바뀌었고, 신혼부부는 이 변화를 좋은 것으로 받아들이게 되었다. 처음에 그들은 아이들이 장난치는 기분으로 소꿉놀이하듯이 생활했다. 그러나 곧 존은 가장으로서 책임을 짊어지게 된 것을 느끼며 열심히 일터에 나갔고, 메그도 고급 무명 실내복은 접어두고 큰 앞치마를 두르고 앞서 말한 대로 집안일에 열중했다. 물론 아직은 신중하고 현명하게 집안일을 하기보다는 의욕이 많이 앞선 상태이기는 했다.

요리에 대한 광적인 열정이 지속되는 동안 메그는 수학 문제를 풀듯이 참을성 있게 코넬리우스 부인의 요리책[17]을 꼼꼼히 훑었다. 가끔씩 음식을 너무 많이 만드는 바람에 친정 가족을 초대해 성공작들을 대접하기도 했다. 반면, 실패작들은 아무도 모르게 로티의 손에 들려 보내져서 허멜가 사람들의 배를 채웠다. 그러다가 존이 회계장부를 들여다본 저녁이면 메그의 요리 열정이 잠시 수그러들고 절약의 시기가 뒤따랐다. 이 시기 동안 가엾은 남편은 브레드푸딩과 해시 요리, 따뜻한 커피로 만족해야 했지만 꿋꿋이 참아냈다. 이렇게 극단으로 치닫던 메그가 중도라는 것을 배우기도 전에 가정용품이 하나 더 늘어났다. 젊은 부부라면 대부분 사고 만다는 가정용 단지였다.

  메그는 집에서 만든 절임 음식으로 저장실을 가득 채우고 싶다는 가정주부다운 기대에 차서 직접 까치밥 열매 젤리를 만들기로 작정했다. 집에 있는 잘 익은 까치밥 열매를 한꺼번에 절이기 위해서 남편에게 작은 단지 여남은 개와 여분의 설탕을 사서 보내달라고 부탁했다. 존은 '나의 아내'라면 무슨 일이든 잘 해낼 거라고 굳게 믿었고, 그녀의 솜씨에 자부심을 가지고 있었다. 그래서 집으로 마흔 개의 작은 단지와 설탕 반 통, 거기다 열매를 딸 소년 한 명까지 보내주었다. 이렇게 하면 메그가 만족할 것이고 남는 분량은 겨울에 맛있게 즐길 수 있으리라 생각했기 때문이다. 처음에 메그는 쭉 늘어놓은 단지의 개수에 깜짝 놀랐지만 이내 존이 얼마나 젤리를 좋아하는지, 이 단지들을 제일 위 선반에 쭉 세워놓으면 얼마나 좋을지 하는 생각에 이 단지를 모두 채우기로 결심했다. 그녀는 예쁜 머리카락을 작은 모자에 단단히 집어넣고 소매를 팔꿈치까지 걷은 후 앞치마를 동여매고는 일을 시작했다. 그러면서 '해나가 하는 걸 수백 번이나 봤잖아?' 하는 생각에 성공할 것이라고 믿어 의심치 않았다. 메그는 하루 종일 열매를 따고 끓이고 졸이고 하면서 젤리를 만드느라 정신이 없었다. 그녀는 코넬리우스 부인에게 조언을 구하고 해나가 했던 말을 떠올리기도 하면서 설탕을 더 넣어 다시 끓이고 다시 졸였다. 이렇게 최선을 다했지만 이 끔찍한 물질은 '젤리'처럼 굳지 않았다.

  메그는 당장 친정으로 달려가 어머니의 손을 빌리고 싶은 심정이었다. 그러나 존과 메그는 둘만의 사적인 근심거리나 시도, 싸움 같은 것으로 다른 사람을 귀찮게 하지 말자고 약속했다. 그

당시 두 사람은 '싸움'이라는 말에 터무니없는 생각이라는 듯이 웃음을 터뜨렸다. 그렇게 둘은 그 다짐을 지켰고, 도움 없이 지낼 수 있을 때는 굳이 도움을 청하지 않았다. 게다가 애초에 이런 일을 충고한 사람이 마치 부인이었기에 이들의 결심을 방해하는 사람은 아무도 없었다. 그래서 메그는 뜨거운 여름날 온종일, 감당할 수 없는 설탕 절임을 가지고 혼자 씨름했고, 5시가 되자 엉망진창인 부엌에 주저앉아 얼룩덜룩한 손에 얼굴을 묻고 소리 높여 울기 시작했다.

그건 그렇고 메그는 신혼 생활을 시작할 때 남편에게 수줍게 말하곤 했다.

"언제나 마음대로 친구를 데려와도 좋아요. 난 항상 준비가 되어 있을 테니까요. 절대로 당황하거나 탓하지 않을 거예요. 깨끗한 집과 싹싹한 아내, 좋은 저녁 식사가 항상 당신을 맞이할 겁니다. 그러니 존, 내 허락을 받으려고 할 필요 없이 마음대로 친구를 초대해요. 언제나 환영이에요."

얼마나 매력적인 말인가! 존은 이 말을 듣고 환하게 미소를 지었고, 이렇게 좋은 아내를 맞다니 얼마나 큰 축복인지 모르겠다는 생각에 뿌듯해했다. 그러나 이제까지 가끔씩 손님을 초대했지만 갑작스러운 방문은 한번도 없었기에 메그의 말을 확인해 볼 기회는 없었던 셈이었다. 그렇지만 세상을 살다 보면 늘 놀라고 애통해하고 참을 수밖에 없는 일들이 어쩔 수 없이 벌어지기도 한다.

존이 젤리에 관한 일을 까맣게 잊어버렸던 게 아니라면, 하고 많은 날 중에 하필이면 이날을 골라 갑작스럽게 친구를 데리고 온 것은 결코 용서받지 못할 일이었다. 존은 그날 아침에 좋은 저녁거리를 사서 보낸 것에 흡족해하면서, 이 시간쯤이면 훌륭하게 저녁이 준비되어 있으리라는 즐거운 기대에 빠져 있었다. 또한 친구를 집으로 데리고 가면서 예쁜 아내가 자신을 맞으러 뛰어나올 생각에 한껏 의기양양한 기분이 들었다.

그러나 도브코트에 도착했을 때 존은 실망감을 감출 수 없었다. 항상 활짝 열려 있던 정문은 그날따라 굳게 잠겨 있었고, 계단에는 어제 묻은 진흙이 여전히 남아 있었다. 응접실 창문은 커튼이 내려진 채 닫혀 있었고, 어여쁜 아내가 머리에 작은 리본을 단 채 베란다에서 바느질을 하다가 수줍게 환한 미소를 띠며 손님을 맞이하는 모습도 보이지 않았다. 눈에 띄는 사람이라고는 까치밥나무 아래에 곤히 잠들어 있는 험상궂은 소년 한 명뿐이었다.

"무슨 일이 생긴 것 같아. 스콧, 자넨 정원으로 들어가게. 난 아내를 찾아볼 테니."

쥐 죽은 듯이 조용한 집안 분위기에 깜짝 놀란 존이 말했다.

존은 코를 찌르는 설탕 타는 냄새를 따라 급히 집 뒤로 달려갔고, 스콧 씨도 이상한 표정을 지은 채 어슬렁거리며 그의 뒤를 따랐다. 존이 사라지자 스콧 씨는 조심스럽게 걸음을 멈추었다. 비록 멀리 떨어져 있었지만 보고 들을 수 있었기 때문에 미혼인 것이 더욱 즐겁게 느껴졌다.

부엌에는 혼란과 낙담이 가득했다. 단지에서 단지로 젤리 물이 뚝뚝 떨어지고 있었고, 어떤 단지는 마룻바닥에 쓰러져 있었다. 또 다른 단지는 난로 위에서 무섭게 끓고 있었다. 게르만족 특유의 차분함을 지닌 로티는 조용히 빵을 먹으면서 젤리가 되다 만 까치밥열매 주스를 마시고 있었다. 브룩 부인은 앞치마에 얼굴을 묻고 처참하게 훌쩍이며 앉아 있었다.

"여보, 이게 다 무슨 일이오?"

존이 끔찍한 상황을 보고 깜짝 놀라 급히 뛰어들어 오며 소리쳤다. 속으로는 정원에 손님이 있다는 생각에 더욱 암담한 기분이 들었다.

"오, 존. 너무 지치고 더워요. 정말 속상하고 걱정된다고요! 이 일에 온종일 매달리느라 완전히 지쳤어요. 제발 날 도와줘요. 정말 죽을 지경이에요."

지친 아내가 남편의 품으로 뛰어들었다. 이보다 달콤한 환영은 있을 수 없었다. 메그의 앞치마에도 마룻바닥처럼 달콤한 젤리 물이 가득 묻어 있었기 때문이다.

"뭐가 그렇게 걱정이오? 끔찍한 일이라도 일어났소?"

존은 비뚤어진 모자 위에 부드럽게 입맞춤하며 걱정스럽게 물었다.

"네."

메그가 절망적으로 흐느껴 울었다.

"빨리 말해 보시오. 울지 말고. 눈물이 아니라면 그 어떤 것도 사랑으로 참아낼 수 있으니 말이오."

"저, 그러니까 젤리가 굳지를 않아요. 정말 방법을 모르겠어요!"

존 브룩은 웃음을 터뜨렸지만, 그 후로는 웃을 엄두도 내지 못했다. 저 멀리서 비웃고 있던 스콧도 존의 열정적인 위로에 저절로 미소를 띠었다. 존의 위로는 가엾은 메그의 고뇌에 마지막 결정타를 날렸다.

"그것뿐이오? 그깟 젤리는 창문 밖으로 던져버리고 더 이상 괴로워하지 마요. 당신이 원하는 만큼 사줄 테니까 제발 진정하고, 내가 잭 스콧을 집에 데려왔으니……."

존은 더 이상 말을 잇지 못했다. 메그가 존을 확 밀어내고 양손을 깍지 낀 채 절망적으로 의자에 몸을 던졌기 때문이다. 그러면서 분노와 비난, 절망이 담긴 목소리로 외쳤다.

"모든 게 엉망진창인 상황에 식사 초대라뇨! 존, 당신이 어떻게 이럴 수 있어요?"

"쉿, 그가 정원에 있단 말이오. 젤리를 만든다는 걸 잊어버리고 있었소. 그러니 이젠 어쩔 수 없잖소."

존은 초조한 눈으로 친구를 살피면서 말했다.

"쪽지라도 보내든가 오늘 아침에 말을 해줬어야죠. 아니면 내가 오늘 얼마나 바쁠지 기억하고 있었어야 해요."

메그가 화를 내며 말했다. 비둘기처럼 사이좋은 부부도 성이 나면 서로를 쪼아대는 법이다.

"오늘 아침에는 이럴 줄 몰랐고, 퇴근길에 만난 친구라 쪽지를 보낼 겨를도 없었소. 당신이 항상 내 마음대로 하라고 노래를 부르기에 허락을 얻을 생각조차 못 했단 말이오. 아무튼 다시는 이러지 않도록 하지!"

존도 화가 난 목소리로 말했다.

"정말 그러길 바라요! 저 사람을 빨리 데리고 나가요. 난 얼굴을 대할 수도 없고 집에는 저녁거리도 없으니까."

"그게 무슨 소리요! 내가 집으로 보낸 쇠고기와 야채는 어디 있소? 당신이 약속한 푸딩은?"

존이 음식 저장실로 달려가며 소리쳤다.

"요리할 시간이 없었어요. 저녁은 엄마 집에서 먹을 작정이었고요. 미안해요. 하지만 너무 바빴단 말이에요."

메그는 또다시 눈물을 흘리기 시작했다.

존은 너그러운 남자였지만 그도 사람이었다. 힘들게 하루 일과를 보낸 후에 주리고 지친 몸으로 기대에 차서 돌아왔는데, 집은 완전히 엉망진창인 데다 저녁거리도 없고 아내는 잔뜩 화가

난 상태라면 침착하고 평온한 마음을 유지하기 어려웠다. 그렇지만 존은 꾹 참았고, 이 작은 싸움도 불운한 단어 하나만이 아니었다면 금세 끝났을 일이었다.

"정말 곤란한 상황인 건 나도 인정하오. 하지만 당신이 조금만 거들어주면 잘 해낼 수 있을 거요. 자, 울지 말고 조금만 더 힘을 짜내서 뭔가 먹을 걸 좀 만들어봐요. 우리는 둘 다 너무 배가 고픈 상태라서 어떤 음식이든 신경 쓰지 않을 거요. 차가운 고기나 빵, 치즈면 돼요. 젤리는 바라지도 않겠소."

존은 좋은 마음에서 농담을 던진 것이었지만 마지막 '젤리'라는 단어가 그의 운명을 결정짓고 말았다. 메그는 자신의 아픈 실패를 들추는 존이 너무 잔인하다는 생각이 들어 화가 머리끝까지 났다.

"이 곤란한 상황은 당신 재주껏 헤쳐 나가세요. 난 너무 힘을 '짜내서' 더 남은 힘이 없네요. 차가운 고기와 빵과 치즈를 손님에게 내놓다니, 정말 남자가 할 만한 생각이군요. 내 집에서는 그런 일이 일어나도록 할 수 없으니 저 사람을 데리고 엄마 집으로 가세요. 아내는 도망을 쳤다거나 아프다거나 죽었다거나 아무렇게나 둘러대고요. 난 그 사람을 보지 않을 테니 둘이서 내 젤리를 맘껏 비웃든 말든 마음대로 하세요. 난 아무것도 낼 수 없어요."

이렇게 단숨에 분노를 쏟아낸 메그는 앞치마를 벗어 던지고 서둘러 그 자리를 떠나 자신의 방으로 들어가 버렸다.

남겨진 두 사람이 무엇을 했는지 그녀는 알 길이 없었다. 다만 스콧 씨를 '엄마 집'으로 데려가지 않았다는 것만 알았을 뿐이다. 두 사람이 함께 집을 나가고 난 후 메그가 아래층으로 내려와 보니, 점심때 먹은 음식들로 아무렇게나 대접한 흔적이 남아 있어서 경악하고 말았기 때문이다. 로티가 두 분은 '즐겁게 웃으며 많이 드셨고, 주인어른이 시키셔서 젤리는 몽땅 버리고 단지도 숨겼다'고 보고했다.

메그는 어머니에게 가서 모든 걸 털어놓고 싶은 심정이었다. 그러나 자신의 잘못이 창피하기도 했고, '잔인한 짓을 한 존이지만 누구도 그걸 알아선 안 된다'는 생각에 마음을 억눌렀다. 그러고는 잠시 마음을 추스르고 나서 예쁘게 차려입고 앉아 존이 돌아와 용서를 구하기를 기다렸다.

불행하게도 존은 그럴 생각이 전혀 없었다. 존은 이 사건을 유쾌한 농담으로 얼버무리며 어린 아내에 대해 사과했고, 스콧도 즉석에서 차려진 저녁 식사를 즐겁게 받아들이며 다시 또 찾아오겠다고 약속했다. 그러나 존은 속으로 화가 많이 난 상태였다. 메그가 자신을 궁지에 몰고는 정말 곤란할 때에 자신을 버렸다는 생각이 들었기 때문이다.

'어느 때고 마음대로 친구들을 부르라고 말해 놓고는 그 말을 믿고 친구를 데려오니 화를 내고 비난하지를 않나, 남편이 비웃음을 사든지 동정을 사든지 아무 상관 없다는 듯이 내팽개쳐 두지를 않나, 이게 말이 되느냐 말이지. 세상에, 이건 말도 안 돼. 메그도 분명히 깨달아야 한다고.'

친구와 저녁을 먹는 동안 존은 속으로 이렇게 화를 삭였다. 그래도 소동이 지나간 후 스콧을 배웅하고 돌아오면서 생각해 보니 아내가 불쌍하다는 생각도 들기 시작했다.

'가엾게도! 그렇게 나를 기쁘게 해주려고 열심히 노력했는데 잘 안 됐으니 얼마나 힘들었을까. 물론 그녀가 틀렸지만 아직 어리니 내가 참고 가르쳐야겠지.'

존은 메그가 자신의 집으로 달려가지 않았기를 간절히 바랐다. 소문이나 간섭은 딱 질색이었기 때문이다. 한순간 이런 생각에 다시 화가 끓어올랐지만, 메그가 울다 지쳤을 거라는 생각으로 마음이 약해져서 걸음을 빨리했다. 그러면서 차분하고 다정하지만 확고하게, 아주 확고하게 그녀에게 아내로서 무엇을 잘못했는지 알려 주리라 다짐했다.

같은 시간, 메그도 '차분하고 다정하지만 확고하게' 남편의 의무를 알려 주리라는 결의에 차 있었다. 그녀는 당장 남편을 맞으러 달려 나가서 용서를 구하고 입맞춤을 받으며 위안을 얻고 싶었지만, 그런 행동은 하지 않았다. 그 대신, 존이 오는 것을 보자 아주 자연스럽게 노래를 흥얼거리며 한껏 여유로운 부인처럼 흔들의자에 앉아서 바느질을 했다.

존은 메그에게서 비탄에 빠진 니오베[18] 같은 모습이 보이지 않자 약간 실망하면서 사과를 받아야 한다는 생각에 먼저 사과의 말을 건네지는 않았다. 그저 여유롭게 들어와서 소파에 몸을 누이며 대단히 적절한 말을 던졌다.

"우리도 초승달처럼 새롭게 시작하는 거요."

"네, 이의 없어요."

메그도 대단히 부드럽게 대답했다.

그 뒤로 브룩 씨가 이러저러한 이야기를 꺼내면 브룩 부인이 찬물을 끼얹는 식이 되었다. 대화는 이어지지 못했다. 존은 한쪽 창가로 가서 신문을 펼치고는 온몸을 신문으로 감싸다시피 했다. 메그는 다른 쪽 창가로 가서 실내화에 장미꽃 장식을 수놓는 일이 당장 필요한 일이라도 되는 양 바느질에 열중했다. 두 사람 모두 말이 없었고 '차분하고 확고해' 보였다. 그렇지만 둘 다 끔찍할 만큼 불편함을 느끼고 있었다.

'오, 이런. 결혼 생활이란 게 이렇게 힘이 들고 사랑만큼이나 끝없는 인내를 요구하는 것이었구나. 엄마 말씀대로야.'

메그가 속으로 생각했다. '엄마'라는 단어가 나오자 오래전에 어머니가 해주신 충고가 떠올랐다. 그때는 정말 받아들이기 어려운 말이었다.

"존은 좋은 남자지만 결점도 있지. 넌 그의 결점을 잘 알고 참아내는 법을 배워야 해. 너에게도 결점은 있으니 말이다. 존은 매우 단호한 사람이지만, 상대방이 무작정 반대하지 않고 이유를 잘 설명하면 고집을 부리진 않는단다. 매우 정확한 사람이고 진실에 대해 까다롭지. 넌 그 점을 '지나치게 법석을 떤다'고 하지만 난 좋은 점이라고 생각해. 메그, 말이나 외양으로 그를 속이려 들지 말려무나. 그러면 그는 널 믿어줄 거고 지지해 줄 거야. 그도 성질을 내지만 우리처럼 화르륵 불타올랐다가 금방 꺼지지 않는단다. 그는 웬만해서는 화를 내지 않지만 한번 불이 붙으면 그만큼 끄기가 어려워. 그러니 항상 조심하고 조심해서 그 성질을 건드리지 않도록 해야 해. 가정의 평화와 행복은 아내가 남편의 존경을 받을 수 있어야 지켜지니까. 두 사람 모두 잘못했더라도 네가 먼저 사과하고, 자그마한 분노나 오해, 성급한 말을 항상 경계해야 해. 잘못하다가는 슬픔과 후회만 남을 테니까."

해가 질 무렵 바느질을 하다가 갑작스레 생각난 이 충고의 끝부분이 특히나 메그의 마음에 남았다. 이것은 그들이 처음으로 심각하게 벌인 싸움이었다. 이제 와서 그 싸움을 돌이켜보니 자신이 성급하게 내뱉은 말들이 하나같이 어리석고 고약하게 들렸다. 게다가 그렇게 화를 낸 자신이 너무 어린아이 같았고, 존이 집에 돌아오자마자 그런 광경을 맞닥뜨렸다고 생각하니 갑자기 가엾게 여겨져서 마음이 많이 풀어졌다. 메그는 눈물이 그렁그렁한 눈으로 존을 흘깃거렸지만 그는 그런 그녀를 보지 않고 있었다. 메그는 바느질거리를 놓고 일어서며 '내가 먼저 용서를 빌어야지.' 하고 마음먹었지만 남편이 들어줄 것 같지 않았다. 어렵게 자존심을 굽히고 아주 천천히 걸음을 옮겨 남편 옆에 섰지만 존은 돌아보지도 않았다. 한순간 정말 못 할 것 같다는 생각이 든 메그였지만 '이건 시작이야. 내 할 도리는 다해야 나중에 자책할 일이 없을 거야.'라고 마음을 고쳐먹고는 허리를 굽혀 남편의 이마에 살짝 입맞춤을 했다. 당연히 이로써 모든 게 결판이 났다. 이 뉘우침을 담은 입맞춤이 수백 마디의 말보다 더 큰 효과를 발휘했던 것이다. 존은 아내를 무릎에 앉히고 부드럽게 입을 열었다.

"그 젤리 단지를 보고 웃은 건 내가 정말 나빴소. 용서해 주오. 다시는 안 그러리다!"

그러나 그는 그 단지만 보면 웃어댔다. 그것도 수백 번이나! 메그도 마찬가지였다. 그들이 함께 만들어낸 가정의 평화가 둘이서 만든 가장 달콤한 젤리라며, 그 작은 단지를 볼 때마다 마음껏 웃었던 것이다.

그 후로 메그는 스콧 씨를 특별히 초대해서 한 상 가득 대접했다. 저번처럼 녹초가 된 아내의 모습이 아니라 아주 싹싹하고 유쾌한 안주인의 모습으로 손님을 접대하며 모든 일을 척척 잘 해냈기 때문에 스콧 씨는 존에게 행복하겠다며 부러워했고, 집으로 돌아오면서는 아직 미혼인 자신의 처지를 떠올리며 고개를 저었다.

가을이 되자 메그에게 새로운 일이 벌어졌다. 메그와 다시 친하게 지내게 된 샐리 모팻이 메그의 신혼집으로 온갖 소문을 물고 와 들려주었고, 그렇지 않을 때에는 '가엾은 친구'를 자신의 큰 집으로 초대해서 낮 시간을 함께 보내게 되었다. 흐린 날이면 가끔씩 외로움을 느끼던 메그에게는 아주 즐거운 일이었다. 친정 집 가족들은 모두 바빴고 존은 밤까지 돌아오지 않아서, 빈둥거리지 않으면 바느질이나 독서밖에 할 일이 없었기 때문이다. 그러니 메그가 친구와 놀러 다니며 남의 소문에 관심을 가지게 된 것은 당연한 결과였다. 이렇게 샐리와 어울리다 보니 메그는 샐리가 가지고 있는 예쁜 물건들이 부러워졌고, 그런 것을 가지지 못한 자신의 처지가 처량했다. 샐리는 아주 친절해서 가끔씩 탐나는 소품들을 주기도 했지만, 메그는 존이 못마땅해하리라는 것을 알았기에 모두 사양했다. 그러면서 이 어리석은 여자는 존이 더 싫어할 짓을 하고 다녔다.

  메그는 남편의 수입을 잘 알고 있었고, 남편이 행복한 가정생활뿐만 아니라 어쩌면 남자에게 더 중요할지도 모르는 돈 문제에 대해서도 자신을 믿어주는 게 기분이 좋았다. 그녀는 돈이 어디에 있는지 알고 있었고 마음대로 꺼내 쓸 수 있었다. 존이 메그에게 당부한 말이라고는 잔돈 하나까지 계산을 맞추어 놓을 것과 매달 청구서를 빼먹지 않고 지불할 것, 그리고 가난한 남자의 아내라는 사실을 늘 명심할 것, 이렇게 세 가지뿐이었다. 이제까지 그녀는 살림을 신중하고 정확하게 잘 꾸렸고, 가계부도 깔끔하게 기록했으며, 매달 남편에게 그것을 보여 줄 때에도 아무 거리낌이 없었다. 그러나 그 가을에는 사악한 뱀이 메그의 천국에 들어와서 현대의 많은 이브들에게 그러하듯 사과가 아닌 드레스로 메그를 유혹했다. 메그는 동정을 받기 싫었고, 자신이 가난하게 느껴지는 것도 싫었다. 이런 자신의 처지에 짜증이 났지만 솔직히 터놓는 것은 창피해서 샐리에게 구두쇠로 보이지 않게끔 예쁜 소품을 사기도 했다. 그러고 나면 꼭 필요하지 않은 물건을 샀다는 생각에 늘 죄책감을 느꼈지만, 돈이 아주 적게 들었기 때문에 그리 크게 걱정할 일은 되지 못했다. 그래서 소품들은 저도 모르게 하나둘씩 늘어났고, 이제 메그는 샐리와 함께 물건을 사러 나갈 때면 더 이상 소심한 구경꾼에 머무르지 않았다.

그러나 소품에 든 비용은 상상을 넘어서는 것이었다. 메그는 월말에 계산을 해보고는 그 어마어마한 숫자에 놀라고 말았다. 그달에 바빴던 존이 청구서를 그녀에게 맡겼고 다음 달에도 건너뛰었지만 세 번째 달에는 분기별 결산이 있을 참이었고, 메그는 그것을 잊지 않고 있었다. 메그가 끔찍한 짓을 저지르기 며칠 전에도 그 사실이 메그의 양심을 짓누르고 있었다. 그런데 샐리가 실크 천을 사자 메그도 새로운 파티용 실크 드레스가 어떻게든 갖고 싶어졌다. 자신이 가지고 있는 까만 실크 드레스는 너무 평범했고, 저녁에 입기에 얇은 드레스는 아가씨들에게나 어울렸다. 마치 숙모 할머니는 새해가 되면 자매들에게 이십오 달러씩을 주었고, 이제 한 달만 기다리면 그 돈을 받을 수 있었다. 게다가 정말 아름다운 보랏빛 실크 천이 싼값에 나와 있었고, 메그에게는 쓸 수 있는 돈이 있었다. 존은 늘 자신의 것이 그녀의 것이라고 했지만, 앞으로 받을 이십오 달러뿐만 아니라 가계 생활비에서 이십오 달러를 더 보태야 하는데 과연 존이 옳다고 생각할까 하는 것이 문제였다. 옆에서 샐리는 사라고 계속 재촉했고, 돈까지 빌려주겠다고 호의를 보이면서 메그를 설득했다. 그 순간에 가게 점원이 아름답게 반짝이는 천을 펼쳐 보이며 "정말 싸게 나온 겁니다, 부인."이라고 말하자, 메그는 "살게요." 하고 말해 버리고 말았다. 그러자 천이 잘려지고 돈이 지불되었다. 샐리는 정말 기뻐했고 메그도 별일 아니라는 듯이 크게 웃었다. 그렇지만 꼭 뭔가를 훔친 것만 같아서 경찰이 뒤쫓아 오기라도 하는 듯이 서둘러 가게 문을 나섰다.

집에 돌아와서는 아름다운 실크 천을 펴보며 양심을 찔러대는 죄책감을 달래보려 했다. 하지만 그 실크 천은 덜 반짝이는 듯 보였고, 자신에게도 어울리지 않는 것 같았다. 거기다 실크 천에 '오십 달러'라는 글자가 무늬처럼 찍혀 있는 듯 보였다. 메그는 실크 천을 치웠지만 머릿속에서 자신의 어리석음을 일깨워 주는 실크 천의 존재가 떨쳐지질 않았다. 새로운 드레스를 장만했다는 기쁨은 어느새 싹 사라지고 없었다. 그날 밤 존이 가계부를 꺼내자 메그는 가슴이 철렁 내려앉았다. 결혼 생활을 시작하고 처음으로 그녀는 남편이 두려워졌다. 다정한 갈색 눈이 금세 험악하게 굳어버릴 것 같았다. 존은 유난히 즐거워 보였지만, 메그는 그가 이미 그녀의 잘못을 발견하고도 그 사실을 눈치채지 못하게 하려고 그럴 뿐이라는 망상에 잠겼다. 존은 모든 청구서가 제대로 지불되었고 가계부 정리도 깔끔하다며 그녀를 칭찬했고, 그들이 '은행'이라고 부르는 낡은 돈지갑을 열어보려 했다. 지갑이 텅텅 빈 것을 알고 있는 메그는 그의 손을 막으며 초조하게 입을 열었다.

"아직 내 개인적인 지출 장부는 보지 않았잖아요."

존은 그 장부를 보여 달라고 한 적이 한번도 없었지만 메그는 항상 봐주기를 원했고, 그는 여성들의 신기한 물건에 흥미를 느끼며 그 장부를 살펴보곤 했다. 대체 '가두리 장식'이 뭔지 추측도 해보고, '허그미타이트'[19]의 뜻을 추궁하기도 하고, 장미꽃 봉오리 세 개와 벨벳 천 조금, 줄 하나로 된 보닛이 오륙 달러나 하는 데에 놀라기도 하면서 말이다. 그날 밤 그는 평소처럼 속으로는 검소한 아내를 자랑스러워하면서도 겉으로는 짐짓 그녀의 사치스러움에 놀라는 시늉을 해서 그녀를 놀려먹을 생각이었다.

메그는 천천히 그 작은 장부를 꺼내어 남편 앞에 펼쳐놓았다. 그러고는 남편의 지친 이마에 난 주름을 매만져 주려는 듯이 그의 의자 뒤에 섰다. 그녀는 겁에 질린 목소리로 말을 이었다.

"존, 정말 이 장부를 보여 주려니 너무 창피해요. 요즘 들어 끔찍할 정도로 사치를 부렸거든요. 자주 돌아다니는 바람에 물건을 많이 사들일 수밖에 없었어요. 그리고 그건 샐리가 옆에서 사라고 해서 샀어요. 그 액수의 반은 새해에 받을 용돈으로 충당할 작정이에요. 그걸 사고 난 후에 정말 후회했어요. 당신이 날 나쁜 여자라고 생각할 테니까요."

존은 웃음을 터뜨렸고 메그를 옆으로 끌어당기며 기분 좋게 말했다.

"그렇게 숨지 마요. 난 당신이 죽이는 부츠를 샀다고 해도 때리진 않을 테니 말이오. 오히려 난 내 아내의 발을 자랑스러워할 거요. 그리고 그 부츠가 품질이 좋기만 하다면 팔구 달러 정도가 뭐 대수겠소."

그 부츠는 그녀가 마지막으로 산 '소품' 중 하나였고, 존의 눈이 그 부분을 훑어 내리고 있었다.

'오, 그가 그 끔찍한 오십 달러를 보면 뭐라고 할까!'

메그는 몸을 떨며 생각했다.

"부츠보다 더한 거예요. 그건 실크 드레스예요."

메그는 빨리 이 끔찍한 순간이 끝나길 바라는 마음에서 자포자기하듯 담담히 말했다.

"음, 여보. 만탈리니 씨의 말대로 '그 빌어먹을 총액'[20]은 어디에 있소?"

전혀 존답지 않은 말투였고, 메그는 그가 자신을 똑바로 쳐다보고 있다는 걸 알았다. 여태껏 그녀는 그런 눈길에 솔직하게 맞서서 대답할 준비가 되어 있었다. 그러나 지금은 고개를 돌린 채 페이지를 넘겨 총액을 가리켰다. 그 액수는 오십 달러를 빼고도 충분히 놀라운 것이었는데, 오십 달러를 마저 더하니 그 충격은 엄청났다. 순간 방 안에 정적이 흘렀다. 존이 천천히 입을 뗐다. 그렇지만 메그는 그가 불쾌함을 드러내지 않으려고 얼마나 애를 쓰고 있는지 고스란히 느낄 수 있었다.

"음, 드레스 하나를 만드는 데 오십 달러나 들 줄 몰랐소. 아무리 주름 장식이나 여러 가지 것들을 달아야 한다 해도 말이오."

"천만 산 거라서 아직 완성되지도 않은 거예요."

메그는 여전히 돈 들 일이 남아 있다는 생각에 약하게 한숨을 내쉬었다.

"이십오 야드짜리 실크 천이면 자그마한 여성 한 명쯤은 다 덮고도 남을 것 같군. 아무튼 그걸 당신이 입으면 네드 모팻의 마누라만큼 멋져 보일 거라는 건 확신하오."

존이 딱딱하게 말을 이었다.

"당신이 화가 난 건 알지만 어쩔 수 없잖아요. 당신의 돈을 낭비하려던 게 아니에요. 그 작은 물건들이 쌓여서 그렇게까지 엄청난 액수가 될지 몰랐어요. 샐리가 원하는 물건을 다 사면서 나를 동정하는 눈길로 바라보는데, 안 살 수가 없었단 말이에요. 나도 만족하려고 했지만 정말 가난한 건 참기가 힘들어요. 이제 지긋지긋하다고요."

마지막 말은 아주 낮은 목소리로 내뱉었기 때문에 그가 못 들었으리라 생각했다. 그러나 그는 똑똑히 들었고 그 말에 깊은 상처를 받았다. 그동안 존은 메그를 위해서 많은 즐거움을 희생해 왔던 것이다. 메그는 그 말을 내뱉는 순간 자기 혀를 깨물 뻔했다. 존이 장부를 밀치며 벌떡 일어서더니 떨리는 목소리로 이렇게 말했기 때문이다.

"이럴까 봐 늘 두려웠소. 하지만 나도 최선을 다하고 있소, 메그."

남편이 그녀를 야단치거나 흔들어댔다면 그녀의 마음이 이렇게까지 아프지는 않았을 것이다. 메그는 그에게 달려가 꽉 껴안으며 참회의 눈물을 흘렸다.
　"오, 존! 착한 내 남편. 그런 뜻이 아니었어요! 열심히 일하는 당신에게 그런 말을 하다니 난 정말 사악하고 불성실한 아내예요! 고마움도 모르는 배은망덕한 아내라고요!"
　그는 아주 다정하게 그 자리에서 그녀를 용서했고, 나무라는 말은 한마디도 입에 올리지 않았다. 그러나 메그는 남편이 다시는 이 일을 언급하지 않더라도 금세 잊히지 않을 행동과 말을 했다는 걸 알았다. 그녀는 이미 결혼식에서 좋을 때나 나쁠 때나 남편을 사랑하겠다고 맹세했다. 그런데 그런 아내가 남편이 벌어 온 돈을 내키는 대로 펑펑 써버린 후에 남편이 가난하다며 비난한 것이다. 정말 끔찍했다. 가장 끔찍한 일은 존이 그 후로 아무 일도 없었다는 듯이 조용히 지낸다는 사실이었다. 다만 존이 밤늦도록 일터에 남아서 열심히 일하는 날이 많아졌고, 그럴 때마다 메그는 울다 지쳐 잠이 들었다. 일주일을 후회에 젖어 살다 보니 메그는 초주검 상태가 되었다. 게다가 존이 새 겨울 외투를 취소한 것을 알고는 보기에 안쓰러울 정도로 참담한 지경에 빠졌다. 메그가 놀라서 그 이유를 물었을 때 "그럴 돈이 없소, 여보."라는 간단한 대답이 돌아왔다.
　메그는 더 이상 말이 없었지만 몇 분 후에 존은 그녀가 복도에 걸린 자신의 낡은 외투에 얼굴을 묻고 가슴이 찢어져라 울고 있는 모습을 발견했다.
　그날 밤 두 사람은 긴 대화를 나눴고, 메그는 가난한 남편이기에 더 사랑하게 되었다. 그 가난이 지금의 그를 만들었다는 사실을 깨달았기 때문이다. 가난 덕분에 남편은 자신만의 길을 헤쳐 나갈 수 있는 힘과 용기를 얻었고, 인간의 욕심과 사랑하는 사람의 결점까지도 억누르고 참아낼 수 있는 인내심을 배웠던 것이다.

이튿날 메그는 자존심을 접어 호주머니에 넣고 샐리를 찾아갔다. 그녀에게 자신의 처지를 솔직히 털어놓으며 그 실크 천을 사 줄 수 있겠느냐고 부탁했다. 천성이 착한 샐리는 기꺼이 그러겠다고 대답했고, 실크 천을 되사자마자 메그에게 선물로 내밀 정도로 생각이 없지는 않았다. 그길로 메그는 당장 겨울 외투를 주문했다. 존이 집에 돌아왔을 때 메그는 그 외투를 입고서 자신의 새 실크 드레스가 어떠냐고 물었다. 그가 한 대답이 어땠을지 짐작할 수 있을 것이다. 존은 정말 감격했고, 두 사람은 함께 행복해했다. 이제 존은 집에 일찍 돌아왔고, 메그도 더 이상 놀러 다니지 않았다. 그리고 그 외투는 아침마다 행복한 신랑에게 입혀졌고, 저녁이면 헌신적인 아내의 손에 들려졌다. 그렇게 일 년이 흘러갔고, 한여름이 되자 메그는 새로운 경험을 하게 되었다. 여성의 인생에서 가장 심오하고 감동적인 경험 말이다.

어느 토요일, 로리는 잔뜩 들뜬 표정으로 도브코트의 부엌으로 살며시 숨어들다가 쨍하는 소리에 깜짝 놀랐다. 해나가 스튜 냄비와 뚜껑을 들고 맞부딪쳤던 것이다.

"어린 엄마는 어때요? 다들 어디에 있어요? 내가 집에 오기 전에 소식이라도 전해 주지 그랬어요?"

로리가 귓속말이라 하기엔 큰 목소리로 입을 뗐다.

"여왕처럼 행복한 모습이죠! 다들 위층에서 아기를 보느라 정신없어요. 시끄럽게 하면 안 되니까 응접실에 가 있어요. 다들 내려보낼 테니."

웃음기 섞인 목소리로 대답한 해나는 걸음을 옮기면서도 웃음을 그칠 줄 몰랐다.

이윽고 작은 플란넬 뭉치를 큰 베개로 받쳐 안은 조가 당당하게 등장했다. 조의 얼굴은 아주 차분했지만 눈은 반짝거렸다. 목소리는 감정을 억누르는 듯이 기묘했다.

"눈을 감고 팔을 내밀어 봐."

조가 상냥하게 말했다.

로리는 재빨리 구석으로 물러났고 손을 등 뒤로 감추며 애원했다.

"아니, 사양할게. 그러지 않는 게 좋겠어. 떨어뜨리거나 뭉개 버리고 말 거야. 틀림없어."

"그럼, 이 아기를 못 볼 줄 알아."

조가 단호하게 말하며 돌아서려고 했다.

"할게! 할게! 잘못되면 네가 책임져야 해."

로리는 조의 요구대로 용감하게 눈을 감았고, 자신의 팔이 묵직해지는 것을 느꼈다. 조와 에이미, 마치 부인, 해나, 존이 한꺼번에 웃음을 터뜨리자 로리는 눈을 떴고 자신이 안고 있는 아기가 하나가 아니라 둘이라는 사실을 알아챘다.

로리의 멍한 표정이 어찌나 우스꽝스러웠던지! 다들 포복절도할 수밖에 없었다. 로리는 우두커니 서서 아무것도 모르는 순진한 표정의 아기들과 마구 웃어대는 사람들을 황망히 쳐다보았다. 급기야 조는 마룻바닥에 주저앉아 새된 소리까지 질렀다.

"쌍둥이라니, 세상에!"

잠시 후 로리가 겨우 내뱉은 말이었다. 그러고는 짐짓 애처로운 표정을 짓고 있는 여성들을 향해 덧붙였다.

"빨리 아기들을 데려가요. 아무나! 웃음이 터져서 떨어뜨릴 것 같으니까."

존이 그의 아기들을 구해 냈다. 양손에 하나씩 안고 이리저리 움직이는 모습이 벌써 아기를 돌보는 일에 푹 빠진 것 같았다. 그동안 로리는 눈물이 나올 정도로 웃어댔다.

"정말 최고로 웃기지 않았어? 널 놀라게 하려고 입막음 좀 했지. 결국 이렇게 해내다니, 나 자신이 자랑스러워."

조가 한숨을 돌리며 말했다.

"살면서 이렇게 멍했던 적이 없었어. 그렇게 재미있었어? 둘 다 남자야? 이름은 어떻게 지을 건데? 다시 한번 보자. 조, 나 좀 잡아줘. 힘이 다 빠졌어."

로리는 큰 사냥개가 새끼 고양이들을 바라보듯이 쌍둥이를 쳐다보면서 대답했다.

"아들과 딸이야. 정말 예쁘지 않아?"

뿌듯한 아빠가 작은 아기들을 향해 환한 미소를 보내며 말했다. 아빠의 눈에는 이 꼬물거리는 빨간 생명체가 갓 태어난 천사처럼 보이는 모양이었다.

"이제껏 본 아기들 중에 최고죠. 누가 누구예요?"

로리가 그 천사들을 살펴보기 위해 고개를 바싹 들이밀었다.

"에이미가 프랑스에서 유행하는 거라며 남자 아기에게는 푸른색 리본을, 여자 아기에게는 분홍색 리본을 달아놓았으니까 쉽게 구별할 수 있을 거야. 거기다 한 명은 푸른색 눈이고 다른 한 명은 갈색 눈이야. 자, 입맞춤해 주세요. 테디 삼촌."

장난스럽게 조가 말했다.

"얘들이 싫어할 것 같은데."

로리가 평소 같지 않게 머뭇거렸다.

"당연히 좋아하지. 입맞춤에는 벌써 익숙해. 빨리 하시죠."

조는 로리가 자신에게 대신 입맞춤을 할까 두려워하면서 로리를 채근했다.

로리가 얼굴을 잔뜩 찡그린 채 조심스럽게 아기들의 작은 볼에 뽀뽀하자 다들 또 한 번 웃음을 터뜨렸지만, 아기들은 울기 시작했다.

"이것 봐, 이럴 줄 알았다니까! 이렇게 차는 걸 보니 얘는 남자 아기야! 주먹맛 한번 센데. 자, 어린 브룩 씨, 같은 체급의 남자를 치는 게 어때요?"

로리는 이렇게 소리쳤지만 마구 파닥거리는 작은 주먹이 얼굴을 찌르는 걸 즐기는 눈치였다.

"남자 아기는 존 로렌스, 여자 아기는 엄마와 할머니 이름을 따서 마거릿으로 지을 거야. 그런데 한 집에 메그가 두 명이면 안 되니까 데이지라고 부르기로 했어. 남자 아기는 더 좋은 별칭을 찾지 못하면 잭으로 부를 거야."

에이미가 이모다운 관심을 보이며 말했다.

"데미존으로 해. 짧게 '데미'라고 부르는 거야."

로리가 말했다.

"데이지와 데미라, 그거 좋은데! 테디가 해낼 줄 알았어."

조가 박수를 치며 소리쳤다.

이후로 계속 아기들은 '데이지'와 '데미'로 불렸으니, 테디는 이번에야말로 정말 큰일을 해낸 셈이었다.

29장

이웃집 방문

"이리 와, 조 언니. 시간 됐어."

"무슨?"

"설마 오늘 이웃집 여섯 군데를 방문하자고 한 약속을 잊어버린 건 아니겠지?"

"내가 평생 성급하고 어리석은 짓을 많이 하고 살았지만, 그런 미친 약속을 했을 리가 없어. 일주일에 한 번도 벅찬데 하루에 여섯 군데라니."

"아니, 약속했어. 나랑 한 거래였잖아. 내가 베스 언니 초상화를 그려주면 언니는 군소리 없이 나랑 이웃집 방문을 하겠다고 말이야."

"날씨가 화창하다면 말이지. 계약에 있었잖아. 샤일록, 난 계약서에 적힌 글자 그대로 지키겠소.[21] 그런데 지금 동쪽 하늘에 구름이 몰려 있는 거 보이지? 맑은 날씨가 아니니까 가지 않겠어."

"그렇게 피하시겠단 말이지. 날씨가 어때서? 상쾌하고 비 한 방울 내리지 않는데. 자존심이 있는 사람이라면 자신이 한 약속은 지키라고. 당당하게 의무를 다하고 나면 앞으로 반년은 평화롭게 지낼 수 있잖아."

그때 조는 열심히 드레스를 만드는 중이었다. 이 집에서 조는 어머니와 자매들의 상의를 만드는 일을 맡고 있었다. 글쓰기만큼이나 바느질도 잘했기 때문에 이 일에 특히 자부심을 느끼고 있었다. 그런데 첫 가봉을 하다가 붙잡혀서 이 더운 7월에 쫙 빼입고 이웃집 방문이나 하러 가자는 말을 듣자니, 심사가 뒤틀렸다. 조는 공식적인 이웃 방문을 질색했고, 에이미가 거래나 뇌물, 약속 등으로 닦달을 하지 않는 한 스스로 나선 적이 없었다. 지금 상황으로는 도망칠 길이 없어 보였다. 반항하듯이 가위를 쨍강거리던 조는 천둥의 기운을 느꼈다며 떼를 써보다가 결국 항복하고 말았다. 일감을 밀쳐 두고 체념한 듯이 모자와 장갑을 챙겨 들더니 에이미에게 채비를 마쳤다고 말했다.

"조 마치! 언니 앞에선 최고의 성인이라도 짜증 낼 거야. 사람이 왜 그렇게 심술궂어? 진짜 그런 모습으로 나갈 생각은 아니길 빌어."

에이미가 황당하게 쳐다보면서 소리쳤다.

"왜 안 돼? 단정하고 차분하고 편안한데. 더운 날에 먼지 많은 길을 걷기에 딱이잖아. 내가 아닌 내 옷차림에 더 신경 쓰는 사람이라면 나도 만나기 싫어. 네가 두 배로 차려입고 마음껏 우아함을 뽐내든지. 멋지게 보이는 건 너한테나 큰일이잖아. 난 주름 장식들이 거추장스럽기만 하다고."

"오, 이런!"

에이미가 한숨을 쉬었다.

"이제 무턱대고 어깃장을 놓을 셈이지? 자꾸 딴소리로 정신 사납게 하지 말고 제대로 차려입어. 나라고 오늘 같은 날 이웃집을 방문하는 게 즐겁기만 한 줄 알아? 하지만 답례 방문은 이웃들에게 갚아야 할 빚 같은 거란 말이야. 언니랑 나밖에는 그걸 갚을 사람도 없고. 조 언니, 언니가 제대로 차려입고 나를 조금만 도와준다면 뭐든 다 해줄게. 언니는 말도 잘하고 잘 차려입으면 꼭 귀족 같아 보여서 내가 얼마나 자랑스러운데! 맘만 먹으면 예의 바르게 행동하는 것쯤은 아무것도 아니잖아. 난 무서워서 혼자 못 가겠어. 그러니 같이 가서 날 돌봐 줘, 응?"

"그런 식으로 살랑거리며 이 언니를 구슬리겠단 말이지? 내가 귀족적으로 보이고 예의 바르다고? 게다가 혼자서 가는 게 무섭다고? 말이 되는 소리를 해야지! 하지만 그렇게 내가 꼭 가야 한다면 가보지, 뭐. 이 원정단의 우두머리는 너니까 난 군소리 없이 따를게. 이제 됐어?"

조가 고집을 부리다가 갑자기 순한 양으로 돌변하며 말했다.

"우리 언니는 정말 천사야! 자, 이제 제일 좋은 옷으로 갈아입어. 각각의 집에서 어떻게 행동해야 좋은 인상을 남길 수 있을지 알려 줄게. 난 사람들이 언니를 좋아하게 만들고 싶어. 언니가 조금만 상냥해 보이려고 애쓰면 금방 그렇게 될 거야. 머리를 예쁘게 매만지고, 보닛에 분홍색 장미꽃을 달아봐. 정말 잘 어울리네. 평상시에는 너무 수수해 보였단 말이야. 가벼운 가죽 장갑과 수놓인 손수건도 잊지 말고. 가다가 메그 언니 집에 들러 흰 양산을 빌릴 거야. 그러면 내 비둘기색 양산은 언니가 써."

에이미는 옷을 입으면서 조에게 여러 가지로 주문했다. 조는 마지못해 그대로 따랐다. 서둘러 새 드레스를 입을 때는 한숨을 내쉬었고, 나무랄 데 없이 완벽한 나비 모양으로 보닛 끈을 묶을 때는 자신의 모습에 눈살을 찌푸렸다. 깃을 세울 때는 핀 때문에 힘겹게 씨름하더니 손수건을 흔들어 펼치면서는 오만상을 찡그렸다. 상황이 언짢은 것만큼이나 손수건에 놓인 자수도 영 불편했다. 이 우아한 차림새를 완성해 주는 마지막 순서로 단추 두 개와 술이 달린 꽉 끼는 장갑에 손을 억지로 집어넣고 나서는 힘 빠진 표정으로 에이미를 쳐다보며 작은 목소리로 말했다.

"난 완전히 지쳤지만 네가 이제 됐다고만 해준다면 행복하게 죽을 수 있을 것 같아."

"정말 마음에 들어. 자세히 볼 수 있게 천천히 뒤로 돌아봐."

조가 한 바퀴를 돌자 에이미는 여기저기 손을 보더니 뒤로 물러나서 고개를 한쪽으로 기울인 채 다시 한번 살폈다.

"좋아, 이제 됐어. 장미꽃을 단 흰색 보닛이 정말 아름다워. 머리 모양은 내가 원한 것 이상인데? 어깨는 뒤로 쫙 펴고 손은 장갑이 쪼이더라도 늘 편안하게 움직여야 해. 언니에게 잘 어울리는 게 하나 있는데, 바로 숄을 걸치는 거야. 나한텐 절대 안 어울리거든. 근데 언니가 걸치니까 근사해 보여. 이 예쁜 숄을 준 노턴 양에게 감사해야겠는걸. 간단한 소품이지만 아름답고 팔 위로 잡힌 주름이 정말 그림 같잖아. 내 망토는 어때? 가운데에 잘 맞춰져 있지? 드레스 자락도 비뚤어진 데 없고? 코는 이 모양이지만 발이 예쁘니까 구두가 보이도록 드레스 자락을 조금 들어 올렸거든."

"넌 늘 예쁘고 사람들에게 기쁨을 주는 존재지."

조가 미술 감식가처럼 손짓하며 금발 머리에 대비되는 푸른색 깃털 장식을 바라보았다.

"그런데 제 드레스는 땅에 끌리도록 할까요, 아니면 조금 들어 올릴까요?"

"걸을 때는 손으로 잡아 올리고, 집 안에 들어가면 끌리도록 손을 놔. 그렇게 치맛자락을 끌게 하는 게 언니한테 가장 잘 어울리니까. 언니는 우아하게 치마가 끌리는 방법을 익혀야 해. 소매에 단추를 다 채우지 않았네? 빨리 채워. 그렇게 작은 부분을 소홀히 하면 완벽해 보일 수가 없다고. 작은 부분이 전체를 완성하는 법이니까."

조는 한숨을 내쉬었다. 그런데 소매 단추를 채우다가 장갑 단추가 터져버리고 말았다. 우여곡절 끝에 두 사람은 채비를 마쳤고, 유유히 길을 나섰다. 이들의 모습을 위층 창문에서 몸을 내밀고 지켜보던 해나는 '그림처럼 예쁘다'며 힘을 북돋워 주었다.

"언니, 체스터가는 아주 품위 있는 사람들이야. 그러니 아주 예의 바르게 행동해야 해. 평소처럼 툭툭 말을 내뱉거나 이상한 행동을 하면 안 돼, 알겠지? 그저 차분하고 냉정을 잃지 말고 조용하게 있어줘. 그러면 무난하게 숙녀처럼 보일 거야. 십오 분만 그러면 돼."

두 사람이 메그의 집에 들러 흰 양산을 빌리고는 아기를 양팔에 안은 메그에게 최종 검사를 받은 후 첫 번째 집으로 향할 때 에이미가 당부의 말을 했다.

"그래, '차분하고 냉정을 잃지 말고 조용하게'라고! 좋아, 그렇게 할 수 있을 것 같아. 무대에서 새침한 숙녀 역할도 해본걸. 다시 연극을 한다는 기분으로 하면 되겠지. 이 언니는 충분히 잘 해낼 수 있으니까 마음 푹 놓고 있으렴, 아가."

에이미는 한결 마음이 놓인 듯 보였다. 그러나 장난꾸러기 조는 에이미의 말을 곧이곧대로 실천했다. 첫 번째 집에서 우아하게 소파에 앉아 드레스의 주름 하나하나를 반듯하게 정리하고는 여름 바다만큼 '차분하고' 쌓인 눈만큼 '냉정하고' 스핑크스만큼 '조용하게'만 있었던 것이다. 체스터 부인이 조의 '매력적인 소설'에 대해서 언급하고 체스터가의 딸들이 파티나 소풍, 오페라, 유행에 대한 말을 꺼냈지만, 조는 이 모든 말에 미소를 지으며 고개를 까닥이고는 새치름하게 '네', '아니요'란 대답으로 일관했다. 에이미가 조의 입을 열려고 무던히 애를 썼지만 모두 허사였다. 심지어 발을 꾹 밟으며 '말 좀 해.'라며 신호를 보냈지만, 조는 아무것도 모른 척 '얼음처럼 차갑고 눈에 띄게 무표정한 모드[22]'의 얼굴을 하고 있었다.

"조 마치 양은 어쩜 저렇게 건방지고 지루할 수가 있지?"

체스터가의 어느 숙녀가 한 말이 닫힌 문 너머로 조와 에이미에게까지 들려왔다. 조는 복도를 걸어 나오면서 소리 죽여 키득거렸지만, 에이미는 자신의 지시가 실패로 돌아갔다는 생각에 넌더리를 내며 조를 나무랐다.

"어떻게 그런 식으로 내 말을 착각할 수가 있어? 내가 말한 건 품위 있고 차분하게 행동하라는 거였지, 그렇게 돌처럼 굳어 있으라는 게 아니었잖아. 램가에서는 사람들과 어울리려고 애써 봐. 소문이니 드레스니 연애니 하는 언니가 말도 안 된다고 생각하는 이야기가 나오더라도 다른 소녀들처럼 흥미를 보이라고. 램가는 상류층 사람들이니까 친하게 지내는 게 좋아. 이 집에서는 어떻게든지 좋은 인상을 남기고 말 거야."

"사람들과 잘 어울릴게. 킬킬거리면서 수다를 떨고 조그마한 일에도 놀라거나 자지러지면 되는 거지? 더 재미있겠는데? 소위 '매력적인 소녀'를 흉내 내면 되겠지. 메이 체스터라는 훌륭한 모델도 있으니 더 잘할 거야. 어디 두고 봐. 램가 사람들이 '조 마치 양은 어쩜 저렇게 발랄하고 멋질 수가 있죠?'라는 말을 하는지 안 하는지."

당연히 에이미는 걱정스러운 마음이 들었다. 한번 변덕을 부리기 시작하면 어디에서 멈출지 모르는 조였기 때문이다. 물 흐르듯이 램가의 응접실로 들어선 조는 방 안의 모든 젊은 숙녀들에게 입맞춤을 하고 젊은 신사들이 모인 쪽으로 우아한 미소를 보내며 기세 좋게 수다에 동참했다. 그 놀라운 광경을 지켜본 에이미는 수심에 잠겼지만 자신을 예뻐하는 램 부인에게 금세 붙잡혀서 루크레티아[23]의 마지막 공격에 대한 긴 이야기를 듣고 있을 수밖에 없었다. 그러는 동안 유쾌한 세 명의 젊은 신사들은 에이미의 주변을 맴돌면서 호시탐탐 그녀를 구해 낼 기회를 노리고 있었다. 저쪽에서 조는 장난기가 발동된 듯 노부인만큼이나 수다스럽게 말을 하고 있는데, 에이미는 이쪽에서 꼼짝달싹도 못한 채 여러 사람에게 둘러싸여서 조를 감시할 수가 없는 상태였다. 어쩔 수 없이 귀를 있는 대로 쫑긋 세워 언니의 말을 들을 수밖에 없었다. 간간이 끊겨 들려오는 말에 잔뜩 긴장했고, 그쪽 사람들의 휘둥그레진 눈과 손짓, 와자지껄한 웃음소리에 호기심이 동했다. 마침내 그렇게나 재미있는 사연이 무엇인지 엿듣게 된 에이미는 그야말로 충격에 빠졌다.

"그녀는 정말 말을 잘 타요. 선생님이 있었나요?"

"아니요. 나무에 낡은 안장을 걸치고 그 위에 매일같이 올라서 고삐를 잡고 똑바로 앉아 있는 연습을 했어요. 지금 그 애는 어떤 말이든 잘 타죠. 두려움을 모르거든요. 마구간지기가 그 애에게는 말을 싼값에 빌려줘요. 말이 숙녀들을 잘 태울 수 있도록 길들여 주니까요. 그녀는 이 일을 참 좋아해요. 그래서 내가 자주 말했죠. 다른 할 일이 없으면 미녀 조마사나 되라고 말이에요."

이 끔찍한 말에 에이미는 정말 자제하기가 힘들었다. 지금 자신이 행실이 좋지 못한 숙녀로 낙인찍히게 생겼기 때문이다. 이런 인상만큼은 남기고 싶지 않았지만 그녀가 무엇을 할 수 있단 말인가? 램 부인은 이야기를 끝내려면 아직 한참 멀었고, 조는 그 사이에 다시 입을 열었다. 이번에는 더 우스꽝스러운 얘기와 끔찍한 실수들이 이어졌다.

"네, 그날 에이미는 완전히 절망에 빠졌어요. 좋은 말들은 다 나가고 세 마리만이 남아 있었는데, 하나는 절름거렸고 다른 하나는 눈이 멀었거든요. 마지막 말은 엄청나게 고집불통이어서 달리게 하려면 입속에 흙을 처넣어야 할 정도였고요. 정말 길들이기에 보람이 있을 것 같지 않아요?"

"그녀는 어떤 말을 선택했나요?"

신사들이 이 주제에 흥미를 느끼며 웃고 있었는데, 그중 한 명이 물었다.

"어느 말도 고르지 않았어요. 강 건너 농장에 힘차고 잘생긴 말이 하나 있다는 말을 들었거든요. 그런데 그 말은 숙녀를 태워 본 적이 없다는 거예요. 그래서 그 애가 도전해 보기로 마음을 먹은 거죠. 그 애가 한 고생은 이루 다 말할 수가 없을 정도예요. 그 말에 안장을 씌운 사람이 한 명도 없다는 말에 직접 안장을 들고 말을 찾아갔거든요. 배로 안장을 실어 나르고 또 그것을 머리에 이고 걸어서 마구간에 떡하니 나타났으니, 그 노인이 얼마나 놀랐겠어요?"

"그 말을 탔나요?"

"당연히 그 말을 신 나게 탔죠. 난 그 애가 완전히 녹초가 되어 돌아올 줄 알았는데, 그 애는 그 말을 완벽하게 길들이고 씩씩한 모습으로 돌아왔어요."

"정말 용감하군요!"

젊은 램 씨가 에이미를 칭찬하듯이 쳐다보았다. 그러면서 그의 어머니가 대체 무슨 말을 하고 있기에 저 소녀가 저렇게 상기된 모습으로 불편하게 앉아 있는지 의아해했다.

몇 분 후 돌연 이야기의 주제가 옷으로 바뀌자 에이미는 더욱 상기되고 불편해졌다. 젊은 숙녀 하나가 조에게 소풍 때 썼던 그 예쁜 황갈색 모자를 어디서 샀느냐고 물었는데, 바보 같은 조가 이 년 전에 그 모자를 산 가게 이름은 대지 않고 쓸데없는 소리를 늘어놓았기 때문이다.

"오, 그건 에이미가 색을 칠한 모자예요. 그렇게 살짝 어두운 색의 모자는 어디에서도 살 수가 없어서 우리는 우리가 좋아하는 색으로 칠한답니다. 예술적인 재능을 지닌 동생이 있어서 얼마나 좋은지 몰라요."

"정말 참신한 생각이네요!"

램 양은 조가 참 재미있는 아가씨라고 생각하며 소리쳤다.

"그 애의 다른 작품에 비하면 그건 아무것도 아니에요. 그 아이가 할 수 없는 일은 없답니다. 일전에는 샐리의 파티에 푸른색 구두를 신고 가고 싶다며 흰 구두에 예쁜 하늘색을 칠했죠. 정말 윤이 나는 공단 구두처럼 보였다니까요."

조는 그런 동생의 재능이 자랑스럽다는 듯이 의기양양하게 덧붙였다. 그러나 성이 난 에이미는 조에게 명함 상자를 던져야 분이 풀릴 것 같았다.

"며칠 전에 우리는 당신이 쓴 소설을 읽었어요. 정말 재미있더군요."

램 양의 언니가 이 문학적 재능이 많은 아가씨를 칭찬해 주고 싶은 마음에 이렇게 입을 열었다. 그때까지 조가 자신의 솔직한 성격을 내보이지 않았던 게 문제였다. 조는 자신의 '작품'에 대한 말이 나오면 항상 기분이 나빠져서 딱딱하게 굳은 얼굴로 상한 기분을 드러내거나 퉁명스러운 말투로 화제를 돌리곤 했다.

"더 나은 읽을거리를 찾지 못하셨나 보죠? 그 쓰레기 같은 글은 잘 팔려서 쓴 것뿐이에요. 평범한 사람들이나 좋아할 책이죠. 이번 겨울에 뉴욕에 가시나요?"

그 글을 재미있게 읽은 램 양은 이 말이 모욕처럼 느껴졌다. 조도 말을 내뱉자마자 자신의 실수를 깨달았지만, 문제를 더 악화시킬 것 같은 마음에 급하게 작별의 인사말을 떠올렸다. 조가 갑작스럽게 자리에서 일어나는 바람에 나머지 세 명은 말을 채 끝내지도 못했다.

"에이미, 우린 가야겠구나. 모두 잘 있어요. 꼭 우리 집에도 들러주세요. 간절히 기다리고 있을게요. 램 씨, 당신에게는 감히 청하지 못하지만 오시겠다면 굳이 거부할 마음은 없답니다."

조가 메이 체스터의 지나치게 과장된 어투를 우스꽝스럽게 따라 하는 바람에 에이미는 웃음과 울음을 동시에 와락 터뜨리고 싶은 심정이 되어 최대한 빠른 걸음으로 방을 빠져나왔다.

"정말 잘하지 않았어?"

조가 걸어가면서 흡족한 듯이 물었다.

"더 나쁠 수도 없을 지경이었어."

에이미의 무참한 대답이었다.

"어떻게 내 안장이나 모자, 구두 같은 이야기를 그렇게 떠벌릴 수가 있어?"

"웃기는 얘기로 사람들을 재미있게 해주려고 그랬어. 다들 우리가 가난한 걸 알고 있는 마당에, 그들처럼 말 사육사가 집에 있고 한 계절에 모자를 서너 개나 사들이면서 편하고 멋지게 보내는 척할 필요는 없잖아."

"그렇다고 그렇게 우리 집 일을 미주알고주알 다 고해바쳐? 쓸데없이 우리 집 가난이나 드러내 보이고 말이야. 조금은 자존심도 세울 줄 알아야지. 평생을 가도 언니는 언제 입을 다물고 언제

말을 해야 할지 모를 거야."

에이미가 절망적으로 말했다.

불쌍한 조는 무척이나 부끄러워 보였고, 속죄하는 듯이 딱딱한 손수건으로 코끝을 비벼댔다.

"이 집에서는 어떻게 행동할까?"

세 번째 저택이 가까워오자 조가 물었다.

"언니 좋을 대로 해. 이제 난 손을 떼겠어."

에이미의 간략한 대답이었다.

"그럼, 난 내가 즐거운 일을 할래. 이 집에 있는 소년들과 편한 시간을 보내야지. 얼마나 기분 전환이 필요한지는 신만이 아실 거야. 계속 우아를 떠느라 몸이 지쳤어."

조는 에이미의 맘에 들지 못한 것이 속상해 퉁명스럽게 대답했다.

키 큰 소년 세 명과 예쁜 어린아이들이 열렬히 환영해 주자 조의 언짢은 마음도 금세 풀렸다. 때마침 그들처럼 이 집을 방문한 튜더 씨와 안주인은 에이미에게 맡겨 둔 채, 조는 젊은 친구들과 어울리면서 기분을 전환했다. 사냥개와 푸들을 쓰다듬으면서 흥미로운 대학 이야기에 귀를 기울였고, 적절한 말인지 신경 쓸 필요도 없이 "톰 브라운은 좋은 녀석이지."라며 열심히 맞장구를 쳐댔다. 한 젊은이가 자신의 거북이 수조를 보러 가지 않겠냐고 하자 조는 흔쾌히 따라나섰고, 그 모습에 그 젊은이의 엄마는 미소를 지어 보였다. 그 인자한 부인은 아들과 애정이 담긴 포옹을 하느라 엉망이 된 모자를 바로잡고 있었는데, 그 헝클어진 모습이 조의 눈에는 솜씨 좋은 프랑스 여인이 꾸며준 머리 장식보다 아름다워 보였다.

언니를 마음대로 놀도록 내버려 둔 에이미도 자신만의 즐거움을 찾았다. 튜더 씨의 숙부가 국왕의 팔촌인 영국 숙녀와 결혼했다는 소식에 에이미는 그 가족 전체가 우러러보였다. 에이미는 미국에서 태어나고 자랐지만, 왕족에게는 어쩔 수 없는 경외심을 지니고 있었다. 몇 년 전 노랑머리의 왕실 도련님이 방문하자, 하늘 아래 가장 민주적인 국가라는 이 나라에서 일어났던 소동을 기억하는가? 이 두 나라의 관계는 자그마한 몸집의 도도한 엄마가 다 큰 아들을 보듬고 있다가, 그 아들이 대들자 꾸짖으며 떠나보낸 격이었다. 그러니 이 새로운 나라가 고국에 보내는 보답 없는 짝사랑 같은 충성심은 에이미에게도 있을 수밖에 없었다. 영국 왕실의 먼 친척에 관한 이야기가 아무리 재미있더라도 시간을 잊고 있을 에이미가 아니었다. 적절한 방문 시간이 지나자 에이미는 마지못해 이 귀족적 모임을 떨치고 일어서서 조를 찾아 두리번거렸다. 제발 그녀의 구제 불능 언니가 마치 가문의 이름에 먹칠을 할 상황만 아니기를 간절히 바랐다.

상황은 더 나쁠 수도 있었다. 그러나 에이미에게는 충분히 나쁜 상황이었다. 조가 소년들과 함께 풀밭에 진을 치고 앉아 로리의 장난을 신 나게 들려주고 있는데, 조의 드레스 자락 위에는 발에 흙이 잔뜩 묻은 개가 드러누워 있었다. 작은 꼬마는 에이미가 가장 아끼는 양산으로 거북이들을 찌르고 있었고, 두 번째 아이는 조의 가장 좋은 보닛을 뭉개고 앉아 생강 빵을 먹고 있었다. 세 번째 아이는 조의 장갑을 끼고 공놀이를 하고 있었다. 그래도 다들 즐거운 모양이었다. 조가 엉망진창이 된 소지품들을 챙겨 떠나려고 일어서자, 소년들이 따라와서는 다시 꼭 놀러 오라고 간청했다.

"로리 형이 장난친 이야기가 정말 재미있었어요."
"다들 좋은 애들이지? 다시 어려지고 유쾌해진 기분이야."

조는 뒷짐을 진 채 천천히 걸어갔다. 뒷짐은 조의 버릇이기도 했지만, 지금은 얼룩이 진 양산을 숨기기 위해서이기도 했다.

"언니는 왜 늘 튜더 씨를 피하는 거야?"

현명하게도 에이미는 엉망진창이 된 조의 모습에 대해서는 한마디도 하지 않았다.

"좋아하지 않으니까. 그는 잘난 척을 몸에 달고 살고, 누이들을 면박 주고, 자신의 어머니에게도 버릇없이 말하잖아. 로리도 그 남자 행실이 별로 좋지 않다고 하고. 난 그를 어울릴 만한 사람이라고 생각하지 않을 뿐이야. 그래서 그렇게 내버려 둔 거지."

"그래도 최소한 공손하게는 대했어야지. 그저 차갑게 고개만 까닥거렸잖아. 방금 식료품 집 아들인 토미 체임벌린한테는 그렇게 미소 지으며 예의 바르게 인사해 놓고 말이지. 반대로 했어야 옳은 거야."

에이미가 꾸짖듯이 말했다.

"아니야."

고집불통 조가 대답했다.

"난 튜더를 좋아하지도, 존경하지도, 우러러보지도 않아. 아무리 그의 할아버지의 숙부의 조카의 조카딸이 왕의 팔촌이라고 해도 말이야. 토미는 가난하고 수줍음을 많이 타는 아이지만 착하고 똑똑해. 내가 그 아이를 좋게 생각한다는 걸 보여 주고 싶다고. 그 아이는 갈색 봉투를 들었지만 어엿한 신사야."

"언니하고 말해 봤자 내 입만 아프지."

에이미가 입을 열었다.

"그렇다니까."

조가 끼어들었다.

"자, 보아하니 고맙게도 킹 씨 가족들은 모두 외출 중인 것 같

아. 명함만 놓고 가자."

두 사람은 가족 명함을 꺼내 놓아둔 후 다시 길을 나섰다. 조는 다섯 번째 집에서도 감사의 말을 내뱉었다. 그 집 부인들이 약속이 있다고 했기 때문이다.

"이제 집으로 돌아가자. 마치 숙모 할머니는 신경 쓰지 말고. 할머니 댁은 오늘이 아니라도 언제든지 갈 수 있잖아. 이렇게 지치고 힘든데 처량 맞게 흙먼지를 뚫고 다시 길을 가야겠니?"

"그건 언니 생각이지. 우리가 이렇게 차려입고 답례 방문 하는 걸 할머니가 얼마나 좋아하시는데! 아주 작은 일이지만 할머니를 기쁘게 해드리는 일이라고. 다시 길을 나서서 흙먼지를 뒤집어쓰더라도 그 더러운 개와 소년들이 망쳐놓은 것에 비하면 아무것도 아니잖아. 자, 고개를 숙여 봐. 보닛에 묻은 빵 부스러기를 털어줄게."

"정말 착하구나, 에이미."

조는 후회하는 눈빛으로 자신의 엉망진창인 옷과 얼룩 하나 없이 깨끗한 동생의 옷을 쳐다보았다.

"나도 너처럼 남을 기쁘게 해주는 작은 행동들을 쉽게 할 수 있었으면 좋겠어. 나도 그러려고 생각은 하지만, 하나하나 다 챙기려면 시간이 너무 많이 걸린단 말이야. 그래서 난 작은 것들은 건너뛰고 큰 호의를 베풀 기회만 기다려. 하지만 결국에는 작은 배려가 더 빛을 발하더라고."

이 말에 금세 기분이 좋아진 에이미가 빙그레 미소를 지으면서 어머니가 딸에게 하듯이 말했다.

"여성은 늘 남에게 상냥하게 대해야 해. 특히 가난한 여성이라면 더욱 그렇지. 다른 사람의 친절에 보답할 방법이 그것뿐이니까. 이 점을 늘 명심하고 노력한다면 언니는 나보다 더 잘 해낼 거야."

"변덕쟁이에다 고집불통인 내가 쉽게 변하겠니? 네 말이 옳다는 건 인정하지만, 그럴 기분이 아닐 때는 죽어도 상냥한 말이 안 나오는걸. 이렇게 좋고 싫은 게 분명한 성격이라니, 정말 불행이야. 그렇지?"

"그걸 숨길 수 없다는 게 더 큰 불행이지. 나도 언니만큼 튜더가 못마땅하지만 그 사람 앞에서 구태여 드러내지는 않아. 그가 기분 나쁜 사람이라고 해서 언니까지 기분 나쁜 사람이 될 필요는 없잖아."

"그렇지만 젊은 남자가 싫을 때는 싫다는 태도를 분명히 보여줘야 한다고 생각해. 훈계는 조금도 도움이 안 돼. 애석하게도 내가 테디에게 그래 봐서 잘 알아. 하지만 말 한마디 하지 않고도 사소한 행동으로 테디를 단념시킨 적은 많았어. 그 방법을 다른 남자들에게도 써먹어야 한다고 생각해."

"테디는 훌륭한 남자야. 그러니 평범한 다른 남자들이 테디와 똑같은 반응을 보일지는 모르는 일이지."

에이미는 신념에 찬 말투로 말했다. 그 '훌륭한 남자'가 이 말투를 들었더라면 배를 잡고 웃었을지도 모른다.

"혹시 우리가 뛰어난 미인이거나 상류층의 부자 아가씨라면 그래야 할지도 모르겠어. 하지만 평범하고 가난한 우리가 싫어하는 신사들에게 얼굴을 찡그리고, 좋아하는 신사들에게 미소를 보낸다고 그 사람들이 눈 하나 깜짝할 줄 알아? 그저 희한하고 청교도적인 여자들로 낙인찍히고 말걸?"

"미인도, 백만장자도 아니기 때문에 우리가 싫어하는 사람들을 계속 참고 봐야 한단 말이야? 정말 대단히 양심적인 삶이구나."

"말싸움하고 싶지 않아. 다만 그게 세상 돌아가는 이치란 거야. 그 이치를 어기는 사람은 비웃음만 당할 뿐이야. 난 혁명가를 싫어하고, 그렇게 되고 싶지도 않아."

"난 혁명가를 좋아해. 될 수 있다면 되고도 싶고. 비웃음에 굴하지 않는 혁명가들이 없다면 이 세상은 결코 잘 돌아가지 못할걸. 너는 오래된 세상에 묻혀 있고 난 새 세상을 갈망하니까 생각이 다를 수밖에. 넌 가장 좋은 세상에서 살아가. 난 가장 시끌벅적한 세상에서 살 테니. 난 돌멩이와 야유 소리가 난무하는 세상이 더 좋아."

"자, 자. 진정해. 할머니 앞에서 그런 말을 해서 걱정 끼치지 말고."

"애는 써볼게. 그래도 할머니 앞에만 서면 퉁명스러운 말이 저절로 툭 튀어나오면서 대들고 싶어진다니까. 내 운명이 그러니 어쩔 수 없어."

노부인은 캐롤 숙모와 함께 흥미롭게 담소를 나누고 있었다. 그런데 조와 에이미가 들어서자 말을 뚝 끊는 걸 보니, 그들에 대한 얘기인 모양이었다. 조는 이내 기분이 나빠져서 불퉁거렸다. 그러나 에이미는 이미 들른 집들에서 성질을 누르며 모두를 기쁘게 해주는 데 인이 박였던 터라, 지금은 천사 같은 마음만 남아 있었다. 이 마음은 금세 두 숙모에게도 전해졌고, 그들은 에이미를 더욱 예뻐하게 되었다. 나중에 그들은 에이미가 '날마다 부쩍 어른스러워진다'며 대견해했다.

"애야, 바자회를 도울 거니?"

에이미가 어르신들이 좋아하는 친숙한 태도로 옆자리에 앉자, 캐롤 숙모가 물었다.

"네, 체스터 부인이 부탁하셔서 판매대 하나를 맡았어요. 제가 드릴 거라고는 시간밖에 없으니까요."

"난 아니에요."

조가 끼어들어 결연하게 말했다.

"누가 생색내는 꼴은 딱 질색이에요. 체스터가 사람들은 우리에게 상류층 바자회를 돕도록 해주는 게 큰 선심이라도 쓰는 양 굴잖아요. 에이미, 그들은 너에게 일을 시킬 뿐인데 뭐가 그렇게 좋은 거니?"

"난 기꺼이 일할 거야. 체스터가뿐만 아니라 해방된 흑인 노예들을 위한 일이기도 하니까. 그리고 나에게 그런 기회를 주다니, 무척 친절한 사람들이라고 생각해. 좋은 의도의 생색이라면 난 아무렇지도 않아."

"아주 옳은 말이야. 네가 감사하는 마음을 가졌다니, 참 좋구나. 우리의 노력을 알아주는 사람들을 돕는 건 큰 기쁨이란다. 어떤 사람은 그걸 모르니 힘들지."

마치 숙모 할머니가 안경 너머로 조를 쳐다보며 말했다. 조는 시무룩한 표정으로 떨어져 앉아 몸을 이리저리 뒤척였다.

조가 이 순간 엄청난 행운이 자신과 에이미를 놓고 저울질을 하고 있다는 걸 알았더라면 금세 유순하게 굴었을 것이다. 불행하게도 우리들은 가슴에 창이 없어서, 친구의 마음속에서 어떤 일이 일어나고 있는지 볼 수가 없다. 물론 대부분의 경우에는 그럴 수 없다는 것이 다행이겠지만, 그럴 수만 있다면 가끔은 쓸데없는 시간 낭비나 감정 소모를 막을 수 있을 터였다. 조는 다음의 말을 입에 올리는 바람에 몇 년간 이어질 즐거움을 놓쳐버렸다. 그러나 그것이 입조심을 하게 되는 계기가 되기도 했다.

"난 사람들의 호의가 싫어요. 그걸 담보로 날 압박하고 노예처럼 느끼게 한단 말이에요. 그럴 바에야 모든 걸 스스로 해내겠어

29장 이웃집 방문 103

요. 완전히 독립적으로요."

"으흠!"

캐롤 숙모가 작게 기침하며 마치 숙모 할머니를 쳐다보았다.

"내 뭐랬나."

마치 숙모 할머니가 단호하게 고개를 끄덕여 보이면서 대답했다.

다행히도 자신이 방금 무슨 짓을 했는지 모르는 조는 코를 높이 쳐들고 반항적인 분위기를 풍겼다.

"프랑스어는 할 줄 아니?"

캐롤 숙모가 에이미의 손을 잡으며 물었다.

"마치 숙모 할머니 덕분에 아주 잘해요. 에스터와 자주 이야기하게 해주셨거든요."

에이미가 고마움이 담긴 눈길로 마치 숙모 할머니를 쳐다보며 대답하자, 마치 숙모 할머니가 온화하게 미소를 지었다.

"너는 어떠니?"

캐롤 숙모가 조에게 물었다.

"한 단어도 몰라요. 너무 멍청해서 배우는 덴 젬병이거든요. 게다가 프랑스어는 너무 매끄럽고 바보 같아서 들어줄 수가 없더라고요."

퉁명스러운 대답이 돌아왔다.

또 한 번 숙모들 간에 눈빛이 오간 후 마치 숙모 할머니가 에이미에게 물었다.

"얘야, 지금 건강은 좀 어떠니? 보기엔 튼튼해 보인다만, 이제 눈은 괜찮아진 게냐?"

"네, 건강에는 아무런 이상이 없어요. 올 겨울엔 대단한 일을 해볼 작정인걸요. 로마에 언제쯤 갈 수 있을지 모르지만 그 전에

만반의 준비를 해놓으려고요."

"착하기도 하지! 너라면 충분히 갈 수 있을 게다. 가도 되고 말고."

에이미가 떨어진 실타래를 주워드리자, 마치 숙모 할머니가 에이미의 머리를 다독이며 말했다.

"심술쟁이, 빗장을 당기고
불가에 앉아 실을 자아라."

앵무새 폴리가 꽥 소리를 질렀다. 그러면서 건방진 태도로 조의 의자 뒤 횃대에서 몸을 굽히며 빠끔히 조의 얼굴을 훔쳐보는 바람에 다들 웃지 않을 수 없었다.

"정말 관찰력이 좋은 새야."

노부인이 말했다.

"나가서 산책이나 해요, 내 사랑?"

폴리가 도자기 찬장 쪽으로 폴짝 뛰면서 외쳤다. 각설탕을 원하는 것 같았다.

"고마워, 그럴게. 가자, 에이미."

조는 어느 때보다도 몸이 지친 걸 느끼며 일어섰다. 조는 남자 같은 태도로 악수를 청했고, 에이미는 두 분께 입맞춤을 했다. 그들은 그 집을 떠나며 그림자와 햇살처럼 대조적인 인상을 남겼고, 이에 자극을 받은 듯 마치 숙모 할머니는 그들의 멀어지는 뒷모습을 보며 입을 열었다.

"메리, 그렇게 하는 게 좋겠어. 내가 돈을 대지."

캐롤 숙모는 결연하게 대답했다.

"그 애의 부모가 허락만 한다면 꼭 그렇게 할 거예요."

30장

인과응보

체스터 부인의 바자회는 정말 우아하고 특별해서, 이 바자회의 판매대를 맡는다는 것은 이웃에 사는 젊은 아가씨들에게는 큰 영광이었고, 다들 바자회에 큰 관심을 갖고 있었다. 에이미는 판매대를 맡아달라는 부탁을 받았지만 조는 그렇지 못했다. 이는 모든 사람에게 다행스러운 일이었다. 그즈음 조는 무슨 일에나 양손을 허리춤에 올리고 뻗대는 반항적인 기분에 사로잡혀 있었기 때문에, 이후로 수많은 인생의 뭇매를 맞고 나서야 편하게 살아가는 법을 배울 수 있게 된다. 그렇게 이 '건방지고 지루한 인간'은 완전히 홀로 남겨졌다. 물론 에이미는 재능과 감각을 인정받아 예술 작품 판매대를 맡게 되었고, 바자회에 어울리는 적당하고 가치 있는 기증품들을 최선을 다해 준비하고 마련했다.

바자회가 열리기 하루 전까지는 모든 일이 수월하게 잘 돌아갔다. 그러나 나이도 다르고 저마다 개인적인 감정과 편견을 지닌 스물다섯 명의 여성들이 한데 모여 일을 하는데, 사소한 충돌이 없을 수 없었다.

메이 체스터는 에이미가 자신보다 더 예쁨을 받아서 질투심을 느끼던 차에, 여러 가지 사소한 상황들이 더해지면서 감정이 더욱 나빠졌다. 에이미가 펜과 잉크로 그린 우아한 작품 때문에 자신이 색을 칠한 꽃병이 완전히 무시된 게 첫 번째 가시였고, 늦은 밤 파티를 장악한 튜더가 에이미에게는 네 번이나 춤을 신청했는데 자신에게는 달랑 한 번으로 그친 게 두 번째 가시였다. 그러나 메이의 가슴을 가장 아프게 찌른 가시는 친구들이 부지런히 물어다 준 소문이었다. 마치가의 딸들이 램가에서 자신을 조롱거리로 만들었다는 것이다. 결정적으로 이 소문 때문에 메이는 자신이 에이미에게 어떤 잔인한 짓을 해도 당연하다고 생각하게 되었다. 그런데 이는 모두 조의 탓이었다. 장난꾸러기 조가 너무나 생생하게 흉내를 잘 내는 바람에 누구라도 그 대상이 메이라는 사실을 알아챌 수 있었고, 마찬가지로 장난을 좋아하는 램가 사람들이 그 일을 퍼뜨리지 않을 리가 없었기 때문이다. 정작 죄인들에게는 아무 일도 일어나지 않았지만, 에이미에게는 날벼락이 떨어졌다. 바자회가 열리기 바로 전날 저녁에 에이미는 자신의 판매대에 마지막으로 칠을 하고 있었는데, 딸이 조롱거리가 된 사건에 화가 난 체스터 부인이 다가와서는 냉담한 눈길을 보내며 담담한 어조로 말을 걸었다.

"애야, 젊은 숙녀들 사이에서 내가 이 판매대를 내 딸이 아닌 다른 누군가에게 내준 사실에 말들이 많다는구나. 여기가 가장 눈에 띄고 눈길을 끌 수 있는 판매대라고들 하니, 손님을 가장 많이 데려올 사람이 이 자리를 맡는 게 좋겠다고 결정을 내렸단다. 너한텐 미안한 일이지만 바자회의 대의에 깊이 공감하는 너라면 사소한 실망감 정도는 떨치고 양보해 줄 거라 생각하는데, 괜찮겠지? 원한다면 다른 판매대를 맡아도 좋단다."

체스터 부인은 이렇게 간단한 말을 전하는 일쯤은 아무것도 아니라고 지레짐작했지만, 막상 의심을 모르는 에이미의 눈이 놀라움과 고통으로 휘둥그레지는 모습을 똑바로 쳐다보며 말을 하자니 자연스럽게 말이 나오질 않았다.

에이미는 뭔가 다른 속셈이 있다는 걸 느꼈지만, 그게 뭔지 알 수가 없어 그저 상처받은 표정으로 조용히 물었다.

"제가 판매대를 맡지 않기를 바라시는 게 아니고요?"

"오, 애야. 나쁜 감정이 있어서가 아니란다. 그저 편의에 따른 결정일 뿐이야. 내 딸들이 앞장서서 바자회를 준비하고 있으니, 이 판매대가 자연히 그들에게 적합한 자리라고 다들 생각한 거지. 난 이 판매대가 너한테 잘 어울린다고 생각한단다. 열심히 공들여 예쁘게 꾸며준 것도 고맙고. 하지만 큰 목적을 위해 개인적인 욕심을 버릴 줄도 알아야 한단다. 넌 다른 자리를 찾을 수 있을 거야. 그래, 꽃 판매대가 어떻겠니? 어린 소녀들이 그걸 맡았는데 의욕을 잃은 모양이야. 네가 가서 예쁘게 만들 수 있지 않을까? 꽃 판매대는 늘 매력적인 곳이잖니."

"특히 신사들에게 말이죠."

메이가 덧붙였다. 그 순간 에이미는 메이의 표정을 보고 자신이 갑자기 밀려나게 된 이유 한 가지를 알아차렸다. 에이미는 화가 나서 얼굴이 확 달아올랐지만, 비아냥거림을 무시한 채 되레 상냥하게 대답했다.

"체스터 부인, 부인이 원하시는 대로 따를게요. 제 자리를 양보하고 꽃 판매대를 맡도록 하지요."

"원한다면 네 물건은 네 판매대로 가져가도 좋아."

메이가 입을 열었다. 판매대 위에 에이미가 공들여 만든 예쁜 선반과 색을 칠한 조개껍데기, 예스러운 전등 장식들이 우아하게 진열되어 있었기 때문에 양심의 가책을 느낀 것이다. 메이는 친절한 마음에서 한 말이었지만, 그 뜻을 잘못 받아들인 에이미가 빠르게 되받아쳤다.

"오, 방해가 된다면 당연히 가져가야지."

에이미는 허겁지겁 앞치마에 자신의 작품들을 모조리 쓸어 담고는 성큼성큼 걸어갔다. 자신과 자신의 작품이 모두 용서 못 할 모욕을 받은 것처럼 느껴졌다.

"정말 화가 난 모양이에요. 오, 이런. 엄마에게 그런 말을 해달라고 부탁하지 않는 건데 그랬어요."

메이가 텅 빈 판매대를 절망적으로 바라보며 말했다.

"소녀들의 싸움은 오래가지 않는 법이란다."

메이의 엄마는 이 싸움을 부추기기도 했으므로 창피함을 느끼며 대답했다.

어린 소녀들은 에이미와 그녀의 보물을 기쁘게 맞이했다. 에이미는 따스한 환영 덕분에 당황스러운 기분이 다소 진정되었다. 에이미는 예술 작품으로 해내지 못한 성공을 꽃으로라도 이루기로 마음먹고 일에 몰두했다. 그러나 모든 것이 에이미의 의지와는 어긋나는 것 같았다. 일단 시간이 늦었고, 몸이 지친 상태였다. 거기다 모두 자기 일에 바빠서 그녀를 도와줄 여력이 없었다. 어린 소녀들은 방해만 될 뿐이었다. 저들 딴에는 완벽하게 정리해 보겠다며 달려들었지만, 야단법석을 떨며 다들 한 소리씩 보태는 바람에 혼란만 더하는 형편이었다. 상록수 잎으로 만든 아치문은 에이미가 세워놓은 대로 굳건히 서 있질 못하고 비틀거리더니, 매달아 놓은 양동이에 물을 채우자마자 에이미의 머리 위로 쓰러질 뻔했다. 그 바람에 양동이의 물이 에이미가 가장 아끼는 타일 작품에 튀어서 작품 속 큐피드의 뺨 위로 암갈색 눈물 한 방울이 흘러내리는 모양이 되었다. 게다가 숱한 망치질로 손에

멍이 들었고, 틈새로 새어 들어오는 바람을 맞으며 일을 하는 바람에 감기에 걸렸다. 무엇보다도 내일에 대한 걱정이 최대의 고민거리였다. 고난을 겪어본 소녀 독자들이라면 가엾은 에이미의 마음이 어떨지 충분히 공감할 것이다. 그녀가 일을 잘 마칠 수 있도록 함께 기원해 주면 좋겠다.

그날 밤 에이미가 집에 돌아와 자초지종을 말하자, 가족들은 모두 분노에 휩싸였다. 그녀의 어머니는 정말 심한 일을 당했다고 하면서도 에이미가 잘 대처했다고 기특해했다. 베스는 그 바자회에 다시는 가지 않겠다고 선언했고, 조는 왜 그 자리에서 당장 작품들을 몽땅 들고 나오며 그 치사한 인간들끼리 잘해 보라고 하지 않았는지 힐문했다.

"그 사람들이 치사하다고 나도 치사하게 굴어야겠어? 그런 건 딱 질색이라고. 물론 상처를 받았지만 그걸 굳이 드러내 보이고 싶지는 않아. 그러는 게 화내는 말이나 행동보다 그 사람들을 더 미안하게 만들 테니까. 그렇죠, 엄마?"

"그래, 그게 옳은 마음가짐이지. 때리는 사람에게는 용서의 입맞춤을 하는 것이 최고의 대응법이란다. 물론 그렇게 쉽지만은 않은 일이지."

어머니는 무언가를 말하기는 쉽지만 그걸 실천하는 것은 또 다른 일이라는 사실을 잘 알고 있었다.

이튿날 에이미는 화나는 감정과 되갚아 주고 싶은 마음이 자연스레 고개를 쳐들었지만, 그런 유혹을 모두 억누른 채 적들에게 친절함을 보여 주어 적들 스스로 죄책감을 느끼게 하자는 처음의 결심을 꿋꿋이 지켜내기로 마음먹었다. 때마침 뜻밖에도 그녀의 결심을 북돋워 주는 일이 생겨서 첫발을 잘 내디딜 수 있었다. 그날 아침 어린 소녀들이 곁방에서 양동이를 꽃으로 채우고 있는 동안 에이미는 판매대를 정리하고 있었는데, 그때 우연히 자신이 가장 아끼는 작은 책을 꺼내 들게 되었다. 예전에 아버지가 자신의 보물들 사이에서 예스러운 표지에 양피지로 된 이 책을 어렵게 찾아냈고, 에이미가 책 속의 문구를 예쁘게 꾸몄다. 에이미는 우아한 장식이 넘쳐 나는 책장을 자랑스럽게 넘겨 보다가, 지금 자신의 상황에 딱 맞아떨어지는 문구를 발견했다. 주황색과 푸른색, 황금색 연필로 꽃과 가시가 화려하게 그려진 소용돌이 모양의 테두리 장식 안에 새겨진 문구는 '네 이웃 사랑하기를 네 몸같이 하라.'였다. 에이미는 이 장식을 그리면서 사람들이 서로를 도우며 온정을 베푸는 모습을 상상했다.

'당연히 그래야 했는데 못 했지.'

에이미는 이렇게 생각하면서 화려한 책장과 메이의 불만스러운 얼굴을 번갈아 쳐다보았다. 그쪽 판매대에는 큰 꽃병들이 진열되어 있었지만, 에이미의 예쁜 작품들이 빠진 공간을 완전히 메우기는 어려워 보였다. 잠시 동안 에이미는 책장을 넘기며 자신의 불만스러운 마음과 무정함을 꾸짖는 문구들을 읽어 내려갔다. 우리는 날마다 거리나 학교, 사무실이나 집에서 현명하고 옳은 말을 전하는 뜻밖의 설교자들을 만나게 된다. 지금처럼 바자회의 판매대에서 영원불멸의 진리를 얻는다면 그곳도 좋은 설교단이 될 수 있다. 에이미는 그때 그곳에서 읽은 작은 문구 때문에 양심의 가책을 느꼈다. 그러고는 많은 사람들이 하지 못하는 일을 했다. 그 문구를 마음에 깊이 새기고 곧바로 실천에 옮긴 것이다.

한 무리의 소녀들이 메이의 판매대 주위에 서서 아름다운 물건들을 칭찬하면서 판매대 담당이 바뀐 일에 대해 얘기하고 있었다. 그들은 목소리를 낮추었지만 에이미는 그들이 지금 자신에 대해 이야기하고 있으며, 한쪽 말만 듣고 편견에 차 있다는 것쯤은 알 수 있었다. 그리 유쾌한 일은 아니었지만, 이미 좋게 마음을 먹기로 결심한 에이미는 지금이 그 마음을 증명해 보일 기회라고 생각했다. 에이미는 메이가 슬픈 목소리로 말하는 것을 들었다.

"다른 물건을 만들 시간이 없어서 너무 안타까워. 잡동사니들로 채우고 싶지는 않아. 이 판매대가 얼마나 완벽했는데. 지금은 완전 엉망이야."

"네가 그녀에게 부탁하면 물건을 원래대로 되돌려 줄지도 몰라."

누군가가 제안을 했다.

"그 난리를 처놓고 이제 와서 어떻게……."

메이가 입을 열었지만 말을 끝내기도 전에 에이미의 상냥한 목소리가 건너편에서 들려왔다.

"그렇게 부탁하지 않아도 네가 원한다면 기꺼이 물건들을 내놓을게. 그렇지 않아도 되돌려 줄 참이었어. 그쪽 판매대에 맞춰 만든 것들이니까. 자, 여기 있으니 가져가도록 해. 그리고 어젯밤에 내가 성급하게 물건들을 가져간 걸 용서해 줘."

에이미는 고개를 끄덕이고 미소를 지으면서 자신이 만든 물건들을 서둘러 돌려주었다. 그러면서 가만히 서서 감사 인사를 받는 것보다 친절한 행동을 하는 편이 더 쉽다는 생각이 들었다.

"정말 훌륭한 친구야, 그렇지 않아?"

한 소녀가 외쳤다.

메이의 대답은 들리지 않았지만, 레모네이드를 만드느라 성격도 시어버린 게 분명한 젊은 숙녀 하나가 불쾌한 웃음소리를 내며 말하는 소리는 들렸다.

"정말 훌륭하네. 자신의 판매대에서는 팔리지 않을 거라는 걸 알고 있었던 거지."

정말 참기 힘든 말이었다. 스스로를 희생하면 최소한 그 희생을 인정해 주는 말은 듣고 싶은 법이다. 한순간 에이미는 미덕을 베푼다고 늘 그 보답이 따르는 것은 아닌 모양이라며 자신이 한 일을 후회했다. 그녀는 다시 기운을 차리고 노련한 손길로 판매대를 장식하기 시작했다. 소녀들은 아주 친절했고, 에이미의 작은 행동 하나가 분위기를 완전히 바꾼 것 같았다.

에이미에게는 정말 길고 힘든 하루였다. 그녀는 판매대 뒤에 홀로 남겨지곤 했다. 어린 소녀들은 이내 흥미를 잃은 듯 뿔뿔이 흩어졌고, 여름에 꽃을 사려는 사람은 거의 없었다. 그녀가 애써 만든 꽃다발은 밤이 되려면 아직 멀었는데도 이미 시들기 시작했다.

예술 작품 판매대는 가장 눈길을 끄는 곳이었다. 온종일 사람들의 발길이 끊이질 않았고, 판매하는 소녀들은 진중한 표정으로 돈 상자를 덜거덕거리면서 쉴 새 없이 이리저리 돌아다니느라 바빴다. 에이미는 자주 그곳을 갈망 어린 눈길로 쳐다보면서 부러워했다. 이렇게 구석진 곳에서 아무 할 일 없이 앉아 있는 것보다는 자신이 편하고 행복할 수 있는 곳에 있고 싶었다. 다른 사람에게는 별로 힘든 일이 아닐지 모르지만, 어여쁘고 명랑한 소녀에게는 지루할 뿐만 아니라 괴로운 일이었다. 게다가 저녁에 가족과 로리, 로리의 친구들이 와서 그곳에 있는 자신을 볼 거라는 생각에 더욱 고통스러웠다.

에이미는 밤이 되도록 집에 돌아가지 못했다. 가족들은 창백하고 조용한 에이미의 모습을 보고 그녀가 힘든 하루를 보냈다는 것을 금세 알아차렸다. 물론 에이미는 불평 한마디 하지 않았고,

자신이 어떤 일을 했는지도 말하지 않았지만 말이다. 어머니는 애정이 담긴 차 한잔을 건넸고, 베스는 에이미의 드레스를 매만져 주고 예쁜 화환을 만들어 씌워주었다. 조는 평소와 달리 아주 예쁘게 차려입고 나와서 가족들을 놀라게 했다. 그러면서 바자회 분위기가 완전히 바뀔 거라고 넌지시 말했다.

"조 언니, 제발 무례한 짓은 벌이지 마. 소동은 허락 못 해. 그러니 모두 다 잊어버리고 얌전히 행동해 줘."

에이미는 자신의 초라한 판매대를 채워줄 싱싱한 꽃을 찾아보려고 먼저 자리를 뜨면서 조에게 간청했다.

"난 그저 내가 아는 모든 사람들에게 매력적으로 보이려고 예쁘게 치장했을 뿐이야. 그렇게 해서라도 네 판매대에 사람들을 오래 잡아놓으려고 말이야. 테디와 친구들도 손을 빌려줄 거고, 우린 즐겁게 시간을 보내면 되는 거야."

조는 로리가 오나 보려고 울타리 문에 기대면서 대답했다. 이윽고 친숙한 발소리가 어둠 속에서 들려오자 달려 나가서 그를 맞이했다.

"이게 누구신가요?"

"네 절친한 친구지!"

로리가 조의 손을 잡아 자신의 팔에 끼면서 모든 소원을 이룬 듯한 남자의 분위기를 풍겼다.

"오, 테디. 들어봐. 세상에 어떻게 이런 일이!"

조는 언니다운 열의를 보이며 에이미가 당한 나쁜 일을 말해주었다.

"우리 친구들이 곧 하나씩 모여들 거야. 내가 그들을 모조리 에이미의 판매대로 데려가서 꽃을 사게 하고, 계속 거기에 눌어붙어 있게 해줄게."

로리가 조의 말을 따뜻하게 받아들이며 말했다.

"꽃이 모두 시들시들하대. 싱싱한 꽃도 제때에 도착하지 않았고. 의심하고 싶지는 않지만 꽃이 배달되기는 할지 미심쩍어. 한 번 치사한 짓을 하기 시작하면 또다시 그러기가 쉽거든."

조가 역겨운 듯한 말투로 말했다.

"헤이스가 우리 집 정원에서 가장 좋은 꽃들을 너에게 보내지 않았어? 내가 그렇게 일러뒀는데."

"난 몰랐어. 잊어버렸나 보지. 너희 할아버지 몸도 편찮으신데 괜한 부탁을 드려서 걱정 끼치고 싶지 않았어. 꽃은 얻고 싶었지만."

"조, 어떻게 부탁할 생각을 해! 그 꽃들은 내 것이지만 네 것이기도 해. 우린 모든 것을 반반씩 나누기로 했잖아?"

로리가 언제나 조를 가시 돋치게 하는 어투로 말했다.

"이런! 당치도 않아! 난 원하지도 않을뿐더러, 어떻게 네 것의 반이 내 것이 될 수 있니? 아무튼 여기서 이렇게 노닥거릴 시간이 없어. 난 에이미를 도와야 하니까, 넌 가서 멋지게 행동해야 해. 참, 헤이스에게 부탁해서 멋진 꽃들을 보내주면 그 은혜는 평생토록 갚을게."

"지금 갚아주면 안 될까?"

로리가 은근히 말하자 조는 서둘러 눈앞에서 문을 쾅 닫으며 울타리 너머로 소리쳤다.

"빨리 가, 테디. 난 바빠."

이들의 음모 덕분에 그날 밤 바자회의 분위기가 완전히 바뀌었다. 헤이스는 솜씨를 발휘해서 싱싱한 꽃들을 멋진 바구니에 담아 보냈고, 마치 가족은 무리 지어 모여들었다. 특히 조는 사람들을 불러 모으려고 갖은 노력을 다했다. 그 덕분인지 사람들은 몰려들기만 한 것이 아니라 그곳에 오래 머물렀고, 조의 우스갯소리에 웃음을 터뜨리며 에이미의 솜씨를 칭찬했다. 다들 매우 즐거운 듯 보였다. 로리와 그의 친구들은 씩씩하게 그곳을 뚫고 들어가서 꽃다발을 샀으며, 판매대 앞에 진을 치고 서 있었다. 그래서 에이미의 판매대가 있는 구석 자리가 금세 제일 활기 넘치는 장소로 변했다. 그제야 비로소 에이미는 제 솜씨를 발휘할 수 있었고, 고마운 마음에 최대한 명랑하고 상냥한 태도를 유지했다. 그러면서 미덕을 베풀면 결국에는 그 보답이 돌아오는 모양이라고 생각했다.

조는 정말 모범이 될 정도로 예의 바르게 행동했다. 에이미가 행복한 모습으로 명예 친위대에 둘러싸여 있는 동안, 조는 바자회를 한 바퀴 돌며 다양한 소문을 엿듣다가 체스터 부인이 판매대를 바꾸게 된 진짜 원인을 알게 되었다. 조는 자신이 기분을 상하게 만든 장본인이라는 사실을 깨닫고 스스로를 나무랐고, 빨리 에이미의 결백을 밝혀야겠다고 결심했다. 또한 그날 아침 에이미가 한 행동을 알고는 에이미의 관대함에 찬탄을 금치 못했다. 조는 예술 작품 판매대를 지나치며 동생이 만든 작품이 있는지 흘끗 훑어보았지만 한 점도 보이지 않았다.

'모조리 눈에 안 보이게 치워둔 거야.'

조가 속으로 생각했다. 그녀는 자신에게 잘못한 일은 쉽게 용서할 수 있었지만 가족이 모욕받는 것에는 불같이 화를 냈다.

"안녕하세요, 조 양. 에이미는 어떤가요?"

메이가 상냥한 태도로 물었다. 자신도 역시 관대한 모습을 보이고 싶었기 때문이다.

"팔릴 만한 것들은 모조리 팔았어요. 지금은 즐겁게 놀고 있죠. 꽃 판매대는 늘 매력적인 곳이잖아요. '특히 신사들에게' 말이죠."

조는 빈정거리는 말을 억누를 수가 없었다. 그러나 메이가 순순히 넘겨버리자, 조는 이내 후회하며 큰 꽃병을 칭찬하기 시작했다. 그 꽃병들은 여전히 팔리지 않고 남아 있었다.

"에이미가 만든 전등 장식은 어디에 있어요? 아버지에게 드릴 선물로 사고 싶어서요."

조는 동생의 작품이 어떻게 됐는지 알고 싶어서 초조한 어조로 물었다.

"에이미가 만든 작품은 다 팔린 지 오래예요. 작품을 아껴줄 사람들에게 선보이려고 애썼어요. 그 사람들도 기꺼이 돈을 기부해 주었고요."

메이도 에이미처럼 잡다한 마음의 유혹을 다 날려 버린 듯 선선히 대답했다.

아주 마음이 흡족해진 조는 급히 되돌아가서 이 좋은 소식을 전해 주었다. 에이미는 메이가 한 말과 태도를 듣고 놀라면서도 감동을 받은 것 같았다.

"자, 신사 여러분. 다들 다른 판매대에도 가서서 여기에서처럼 관대한 모습을 보여 주세요. 특히 예술 작품 판매대를 추천해요."

에이미는 아가씨들이 '테디파'라고 부르는 로리의 대학 친구들에게 명령을 내렸다.

"그 판매대에서는 '계산이야! 체스터, 계산!'이라는 말밖에 들을 수 없겠지만 남자답게 골라보세요. 그러면 값어치는 하는 예술 작품을 얻을 수 있을 테니까."

그 헌신적인 무리가 출전 태세를 갖추자 우스갯소리를 참지 못하는 조가 말했다.

"명령대로 따릅지요. 하지만 마치(3월)가 메이(5월)보다 훨씬 더 공정한(화창한) 법이죠."

작은 파커가 재치 있고 다정하게 보이려고 애쓰면서 말했지만, 곧바로 로리가 한 말에 입을 꾹 다물고 말았다.

"작은 소년치고는 아주 잘했어, 내 아들!"

로리는 파커를 데리고 걸어가면서 아버지처럼 그의 머리를 다독였다.

"꽃병을 사도록 해."

에이미는 로리에게 이렇게 속삭여서 적에게 마지막 친절을 베풀었다.

로리가 꽃병을 사서 양팔에 하나씩 끼고 바자회를 돌아다니자 메이는 크게 기뻐했다. 마찬가지로 다른 신사들도 서둘러 약해 빠진 잡동사니들을 사서는 로리의 뒤를 힘없이 따라다녔다. 모두 밀랍으로 만든 꽃다발과 색을 입힌 냄비, 선조 세공 장식물, 기타 유용하고 적당한 구매품들을 들고 바자회를 누빈 것이다.

캐롤 숙모도 그곳에 있었고 모든 이야기를 듣게 되었다. 그러고는 흡족한 표정으로 구석 자리에서 마치 부인에게 뭔가를 속삭였다. 그러자 마치 부인은 만족스럽고도 환한 미소를 짓더니, 에이미를 자부심과 걱정이 섞인 얼굴로 바라보았다. 그러나 며칠이 지날 때까지 그렇게 기뻐한 이유를 드러내지 않았다.

바자회는 성공적으로 막을 내렸다. 메이가 에이미에게 "잘 가."라고 인사할 때 평소처럼 '과장된' 태도를 보이지는 않았지만, 애정이 담긴 입맞춤을 하면서 '용서하고 다 잊어줘.'라는 표정을 지었다. 이 모습에 에이미도 만족스러웠다. 에이미는 집으로 돌아오자, 응접실 벽난로 선반 위에 꽃다발을 꽂은 꽃병들이 죽 진열된 광경과 맞닥뜨리게 되었다. 로리가 요란하게 선언한 대로 '관대한 마치 양의 공적을 기리는 상품' 같은 것이었다.

"에이미, 넌 정말 고결하고 관대한 성품을 지녔어. 내가 생각했던 것보다 훨씬 더 기품 있게 행동했다고. 정말 널 존경하지 않을 수가 없구나."

그날 밤 늦도록 조와 에이미는 서로의 머리를 빗겨 주었고, 그때 조가 따뜻한 목소리로 말했다.

"맞아, 우린 모두 널 존경해. 그렇게 쉽게 용서하다니 말이야. 그토록 오랫동안 열심히 일해서 만든 예쁜 물건을 직접 팔고 싶었을 텐데, 얼마나 끔찍했겠어. 나라면 너처럼 친절하게 행동할 수 없었을 거야."

침대에 누워 있던 베스가 말을 덧붙였다.

"아휴. 언니들, 그렇게 칭찬할 필요 없어. 난 내가 대우받고 싶은 대로 행동했을 뿐이니까. 언니는 내가 숙녀가 되고 싶다고 말할 때마다 비웃었지만, 난 마음이나 행동 모두 진정한 숙녀에 걸맞은 사람이 되길 원했어. 그래서 내가 알고 있는 방법을 총동원해서 노력한 거야. 정확히 설명할 순 없지만, 그런 하찮은 일이나 실수에 아랑곳하고 싶지가 않았거든. 아직 한참 모자라지만 최선을 다해서 언젠가는 엄마처럼 진정한 숙녀가 되고 싶어."

에이미가 열의를 다해 진지하게 말하자 조는 애정 어린 포옹을 하며 말했다.

"이제야 네 뜻을 알겠어. 다시는 널 비웃지 않을게. 넌 네 생각보다 훨씬 빨리 숙녀로 성장하고 있어. 나도 너에게서 배우는 게 많단다. 넌 이미 방법을 알고 있으니 계속 노력해 봐. 그러면 언젠가 반드시 그 보답을 받게 될 거야. 그때는 누구보다도 내가 기뻐해 줄게."

일주일 뒤 에이미는 정말 보답을 받게 되었지만, 조는 기뻐해 주기가 어려웠다. 캐롤 숙모가 편지를 보냈고, 그 편지를 읽는 마치 부인의 얼굴이 환해졌다. 곁에 있던 조와 베스는 무슨 소식인지 알려 달라고 재촉했다.

"캐롤 숙모가 다음 달에 해외로 나간다는구나. 그래서……."

"절 데리고 가시려는 거죠!"

조가 주체 못할 기쁨에 들떠서 의자를 박차고 일어나며 갑자기 끼어들었다.

"아니다, 얘야. 네가 아니라 에이미란다."

"오, 엄마! 에이미는 너무 어려요. 제가 먼저라고요. 정말 오랫동안 이 기회를 기다려왔어요. 정말 저한테는 좋고도 굉장한 일이 될 거예요. 제가 가야 해요."

"조, 그건 불가능할 것 같구나. 숙모는 단호하게 에이미라고 말했어. 게다가 숙모가 베푸는 호의에 우리가 나서서 이래라저래라 할 수는 없잖니."

"늘 이래요. 재미있는 건 모두 에이미 차지이고 난 일만 해야 하죠. 정말 불공평해요. 오, 정말 너무하다고요!"

조가 격렬하게 소리쳤다.

"얘야, 이건 네 탓도 크단다. 며칠 전에 숙모와 얘기를 나눠보니, 너의 퉁명스러운 태도와 지나치게 독립적인 마음가짐을 애석해하시더구나. 그리고 여기에 네가 한 말을 인용해서 써 보냈어. 난 처음엔 조를 데려갈 생각이었어요. 그런데 '호의는 짐만 된다'는 데다 '프랑스어는 질색'이라고 해서 조를 초대할 생각을 접었지요. 에이미는 유순해서 우리 플로의 좋은 말상대가 되어줄 거예요. 그리고 훨씬 더 고맙게 이 여행을 받아들일 것 같군요."

"오, 입이 방정이지! 정말 입이 문제야! 왜 조용히 있는 법을 배우지 못했을까?"

조가 신음하며 자신이 하지 말았어야 할 말을 떠올렸다. 마치 부인은 조가 왜 그런 말을 했는지 변명을 다 듣고 나서 슬픈 목소리로 말했다.

"나도 네가 갈 수 있었으면 좋겠구나. 하지만 이번에는 아무 희망이 없어. 그러니 씩씩하게 이겨내도록 하렴. 비난이나 후회의 말로 에이미의 즐거움을 망쳐선 안 된단다."

"애써 볼게요."

조는 기쁨에 들떠 엎어버린 바구니를 바로 세우려고 무릎을 굽혀 앉으면서 힘겹게 눈을 깜박였다.

"나도 에이미를 본받아서 겉으로만 기뻐 보이는 게 아니라 마음으로도 기뻐할 수 있도록 노력할게요. 조금도 에이미의 행복을 두고 투덜대지 않을 거예요. 하지만 끔찍이도 실망스러운 일이어서 쉽지는 않을 것 같아요."

가엾은 조는 작은 바늘겨레에 쓰디쓴 눈물 몇 방울을 떨어뜨렸다.

"조 언니, 이기적인 생각이지만 난 언니 없이는 살 수 없어. 그래서 언니가 가지 않게 된 게 정말 기뻐."

베스가 조와 바구니를 모두 끌어안으며 속삭이자, 따뜻한 포옹과 사랑스러운 얼굴에 조의 마음도 진정되었다. 그러나 여전히 자신의 뺨을 때리고 싶을 만큼 후회가 남는 것은 어쩔 수 없었다. 다시 한번 캐롤 숙모에게 공손하게 간청해서 호의를 얻을 수만 있다면 자신이 얼마나 그 호의를 고맙게 받아들일지 보여 주고 싶다는 마음이 간절해지는 것이었다.

에이미가 집에 돌아오자, 조는 가족들의 축하 의식에서 자신의 역할을 다할 수 있었다. 평소처럼 열렬하게는 아니었지만 적어도 에이미의 행운에 대해서 불평은 하지 않았다. 에이미는 그 소식을 정말 기쁘게 받아들였고, 이리저리 기쁨에 들떠 서성거리다가 물감을 분류하고 연필을 싸기 시작했다. 옷이나 돈, 여권처럼 사소한 것들을 챙기는 일은 자신보다 예술에 덜 심취한 사람들의 손에 맡겨 두고 말이다.

"이건 그냥 즐거운 여행이 아니야, 언니들."

에이미는 가장 좋은 팔레트를 닦으며 강조하듯 말했다.

"내 직업을 결정짓는 여행인 거야. 나한테 천부적인 재능이 있다면 로마에서 발견할 수 있을 거고 뭔가를 이뤄낼 수 있을 거야."

"못 찾아내면?"

조가 충혈된 눈으로 에이미에게 줄 새로운 깃을 바느질하면서 물었다.

"그러면 집으로 돌아와서 그림을 가르치면서 돈을 벌 거야."

큰 뜻을 품은 예술가가 철학적인 침착함을 보이며 대답했다. 그러나 그녀는 그 생각에 얼굴을 찡그렸고 희망을 포기하기 전에 다른 방법을 반드시 찾겠다는 듯 팔레트를 박박 문질러댔다.

"아니, 넌 못 그래. 힘든 일은 질색이잖아. 넌 부자 남자와 결혼해서 평생 호사스럽게 살 거야."

조가 말했다.

"언니의 예상이 가끔씩 맞아떨어지기도 하지만, 그건 아니야. 내가 화가가 못 된다면 다른 사람이 화가가 될 수 있도록 돕고 싶으니까 난 꼭 그렇게 할 거야."

에이미가 미소를 지으며 말했다. 그 모양새가 가난한 그림 선생님이라기보다는 관대한 부잣집 마나님을 연상시켰다.

"흠!"

조가 한숨을 쉬며 말했다.

"네가 원한다면 반드시 그렇게 되겠지. 내 소원은 결코 안 이뤄지지만 네 소원은 항상 이뤄지니까."

"언니도 가고 싶어?"

에이미가 생각에 잠긴 듯 칼로 코를 두드리면서 물었다.

"말이라고!"

"음, 일이 년쯤 후에 내가 언니를 부를게. 우리 둘이서 유물을 찾아 로마의 광장을 파헤치고 다니는 거야. 예전에 엄청나게 세워두었던 계획을 모조리 실행해 보자고."

"고마워. 그런 기쁜 날이 오면 꼭 약속 지켜야 해. 그런데 정말 그런 날이 오기는 할까?"

조가 막연하지만 엄청난 제안을 고맙게 받아들이면서 대답했다.

준비할 시간이 그리 많지 않아서 에이미가 떠날 때까지 온 집안이 분주했다. 조는 에이미의 푸른색 리본이 펄럭거리며 사라질 때까지 아주 잘 참아냈다. 그러고는 자신의 은신처인 다락방으로 올라가 더 이상 눈물이 나오지 않을 때까지 목 놓아 울었다. 에이미 또한 증기선이 출항할 때까지 잘 버텼다. 승객들이 오르내리던 계단이 막 걷어지자, 갑자기 자신과 자신을 가장 사랑하는 사람들 사이에 큰 대양이 가로놓이게 된다는 두려움이 에이미를 덮쳤다. 그래서 에이미는 마지막 보루인 로리에게 매달리며 훌쩍거릴 수밖에 없었다.

"오, 나를 대신해서 가족들을 잘 보살펴 줘. 만약 어떤 일이 생기면……."

"알겠어. 어떤 일이 생기면 내가 당장 달려와서 널 위로해 줄게."

로리가 속삭였다. 그러나 자신이 얼마나 빨리 이 말을 지키게 될지는 꿈에도 모르고 있었다.

이렇게 에이미는 젊은이의 눈에는 늘 새롭고 아름다워 보이는 유럽을 향해 뱃길에 올랐다. 뭍에 남은 그녀의 아버지와 친구는 그들을 향해 손을 흔드는 행복한 소녀에게 행운만이 따르길 간절히 빌면서, 여름 햇살이 눈부시게 반짝이는 바다 위로 아무것도 보이지 않을 때까지 배웅했다.

31장

해외통신원 에이미

런던에서

사랑하는 가족들에게

 난 지금 진짜로 피커딜리 가(街) 베스 호텔의 앞쪽 창문가에 앉아 있어요. 이곳은 그다지 멋진 호텔은 아니지만, 수년 전에 숙부님이 이곳에 묵으신 후로 다른 곳에는 가지 않으려 하신대요. 하지만 오래 머무를 예정은 아니어서 그렇게 큰 문제는 아니랍니다. 오, 얼마나 즐거운지 어떻게 말로 다 전할 수 있을까요? 절대로 그럴 수 없을 것 같아서 집을 떠난 후로 계속 스케치와 낙서를 해둔 공책 몇 장을 함께 보낼게요.

 핼리팩스에서 보낸 편지는 너무 비참할 때 쓴 거였어요. 그래도 그 이후로는 계속 즐겁게 지냈어요. 별로 아프지도 않았고, 온종일 갑판에서 유쾌한 사람들과 재미있는 시간을 보냈죠. 모두 나에게 친절하게 대해 주었어요. 특히 사관들이오. 조 언니, 웃지 마. 항해 중에는 신사들이 의지도 되고 힘든 일도 도와주니까 정말 없어서는 안 될 존재들이에요. 게다가 그들도 딱히 할 일이 없으니 우리를 도울 일이라도 있는 게 다행인 형편이죠. 그렇지 않았다면 그들은 죽어라 담배만 피우고 있었을 테니까요.

숙모님과 플로는 항해 내내 몸이 좋지 않아서 사람들과 어울리길 싫어했어요. 그래서 그들을 위해 해줄 수 있는 일을 다 한 후에는 혼자 나가서 놀았어요. 갑판을 느긋하게 둘러보고 그곳에서 일몰 광경을 바라보거나 시원한 바닷바람을 맞으며 물결치는 바다를 내려다보는 게 어찌나 좋던지! 배가 앞으로 돌진할 때는 흡사 빠른 말을 타고 달리는 것처럼 기분이 들뜬다니까요. 베스 언니가 올 수 있었더라면 좋았을 텐데. 건강에 아주 좋은 약이 되었을 거예요. 조 언니도 왔더라면 제일 높은 돛대에 올라가 앉기도 하고, 기관사들과 친구가 되기도 하고, 선장의 확성기에 대고 소리를 지르면서 기쁨에 들떠 지냈을 거예요.

모든 것이 천국 같았지만, 그중에서도 아일랜드의 해변을 볼 수 있었던 게 가장 기뻤어요. 정말 아름다웠는데, 온통 초록빛에 햇살이 가득한 데다 갈색 오두막들이 여기저기에 세워져 있었고 언덕에는 폐허가 된 유적지도 군데군데 보였죠. 계곡에는 귀족들의 대저택도 눈에 띄었는데, 넓은 정원에서 사슴들이 풀을 뜯고 있었어요. 이른 아침이었지만 일찍 일어난 것이 후회스럽지 않았어요. 작은 배들이 가득 정박된 항만이며 해안가가 그림처럼 아름다웠고, 붉게 물든 하늘이 장관이었거든요. 결코 잊지 못할 거예요.

새로 알게 된 신사 한 명이 퀸스타운에서 내리게 되었어요. 레녹스 씨란 분인데 한번은 내가 킬라니 호수에 대한 얘기를 하니까 한숨을 내쉬더니 나를 바라보며 이런 노래를 부르지 않겠어요?

오, 케이트 커니를 들어본 적이 있나요.

그녀는 킬라니 호숫가에 살고 있지요.
그녀의 눈길이 닿으면
위험을 피해 달아나세요.
케이트 커니의 눈길은 치명적이니까요.

정말 엉뚱하지 않아요?

우리는 리버풀에 정박했을 때만 잠깐 배에서 내렸어요. 그곳은 더럽고 시끄러워서 떠날 때는 정말 기뻤죠. 숙부님은 급히 내려가서 개가죽 장갑과 볼품없는 두꺼운 구두, 우산을 사 오셨어요. 거기다 양고기 모양의 구레나룻[24]으로 면도도 했고요. 그러고는 정말 영국인처럼 보인다며 흡족해하셨어요. 하지만 구두에 묻은 진흙을 떨어내려고 구두닦이를 찾아가자, 그 어린 구두닦이가 미국인인 것을 알아보고는 씩 웃으면서 "자, 다 됐습니다. 최신 미국식으로 광을 내드렸습니다."라고 말하더라고요. 숙부님은 그 말을 듣고 정말 재미있어하셨어요. 참, 그 엉뚱한 레녹스 씨가 벌인 일을 말하지 않을 수가 없네요! 우리는 레녹스 씨의 친구인 워드 씨와 함께 다녔는데, 레녹스 씨가 친구에게 나를 위한 꽃다발을 주문해 달라고 부탁했대요. 내 방에 들어서자마자 '로버트 레녹스로부터'라고 적힌 카드와 함께 아름다운 꽃다발이 놓여 있는 게 눈에 띄지 않겠어요? 언니들, 재미있지 않아? 이래서 난 여행이 좋아요.

서둘지 않으면 런던에 대한 이야기는 꺼내지도 못하겠네요. 뱃길 여행은 말을 타고 아름다운 그림 사이를 달리는 것처럼 주변 풍경들이 정말 아름다웠어요. 그중에서도 농가를 보는 게 제일 즐거웠어요. 초가지붕, 처마까지 올라간 덩굴, 격자 창문들, 문가에 서 있는 명랑한 어린이들과 당당한 부인들이 제 주의를 끌었죠. 클로버가 무성히 자란 들판에서 풀을 뜯는 소들은 우리네 소보다 더 평온해 보였고, 암탉들도 미국 닭처럼 신경질적이지 않은 모양인지 아주 만족스러운 듯 꼬꼬댁 소리를 내더군요. 주변 풍광의 색채도 그렇게 완벽할 수가 없었어요. 초록빛 풀밭과 푸른빛 하늘, 누런 곡식들, 짙은 색의 나무숲이 생생하게 다가와서 여행 내내 너무 기뻤어요. 플로도 이리저리 뛰어다니며 모든 것을 눈에 담으려고 애썼어요. 배가 시간당 육십 마일의 속도로 빠르게 지나가고 있었기 때문에 그냥 스쳐가기 쉬웠거든요. 숙모님은 지쳐서 잠자리에 들었지만, 숙부님은 여행 안내서를 읽으면서 어떤 것에도 놀라지 않으셨죠. 우리가 나눈 대화는 거의 이런 식이었어요.

내가 들떠서 "오, 저건 케닐워스 성이 틀림없어. 저 나무들 사이에 있는 회색 건물 말이야!"라고 말하면 플로가 쏜살같이 창가로 달려와서 "어쩌면 저렇게 멋질 수가. 아빠, 우리도 언젠가 저곳에 꼭 한번 가봐요, 네?"라고 감탄해요. 그러면 숙부님은 차분히 구두를 바라보며 "안 된단다, 얘야. 맥주를 먹고 싶은 게 아니라면 말이다. 그곳은 양조장이야." 하고 대화를 막아버리시죠.

잠깐 침묵이 흐른 뒤 플로가 다시 "이럴 수가, 저기에 교수대가 있어. 한 남자가 올라가고 있네." 하고 외치면 내가 "어디, 어디!" 하고 비명을 지르며 높은 기둥 두 개를 가로지르는 대들보와 거기에 매달린 쇠사슬을 쳐다봐요. 그러면 숙부님은 장난스럽게 눈을 반짝이면서 "탄갱이 아니냐." 하고 마시죠. 또 내가 "저기 양 떼가 모두 누워 있네. 정말 아름다운 풍경이야." 하고 말하면 플로가 감상적으로 "아빠, 저기 좀 보세요. 정말 예쁘지 않나요!"라고 덧붙여요. 그러면 숙부님은 "이런, 아가씨들." 이라며 엄중한 목소리로 우리 입을 다물게 하세요. 그러다가 플로는 『캐

번디시 선장의 연애』라는 책을 읽느라 조용해지고, 난 다시 혼자서 풍경을 감상하죠.

우리가 런던에 도착했을 때는 계속 비가 내리고 있었어요. 안개와 우산밖에 보이지 않았죠. 우리는 짐을 풀고 쉬다가 비가 좀 뜸한 틈을 타서 쇼핑을 하기도 했어요. 너무 급하게 여행을 떠나느라 제대로 물건을 챙겨 오지 못했잖아요. 그래서 숙모님이 새로운 물건들을 좀 사주셨어요. 푸른 깃털이 달린 예쁜 흰 모자와 이 모자에 어울리는 굉장히 눈길을 끄는 모슬린 드레스, 한번도 본 적이 없을 정도로 아름다운 망토를 말이에요. 리젠트 가에서 쇼핑을 하다니, 정말 굉장했죠. 물건들이 정말 싼 것 같았어요. 멋진 리본이 일 야드에 육 펜스밖에 안 하더라고요. 그래서 좀 많이 사들였지만, 장갑은 파리에서 구입할 예정이에요. 이렇게 말하니까 우아한 부잣집 마나님처럼 들리지 않나요?

숙부님과 숙모님이 외출하신 동안 플로와 난 재미로 핸슨 마차[25]를 불러서 타봤어요. 나중에서야 안 일인데, 숙녀들끼리만 이 마차를 타서는 안 되는 거였어요. 하지만 정말 대단한 경험이었죠! 마부가 마차를 너무 빠르게 몰아서 겁에 질린 플로가 나더러 마차를 세우라고 말해 달라는 거예요. 그런데 마부는 마차 바깥쪽 뒤편에 높이 앉아 있어서 내가 외치는 말이 들리지도 않았어요. 그는 내가 부르는 소리를 듣지 못했고, 양산을 앞으로 휘젓는 모습도 보지 못했죠. 그렇게 우리는 마차가 덜커덩거리며 달리는 대로 무력하게 몸을 맡길 수밖에 없었는데, 심지어 모퉁이를 돌 때에도 속도를 줄이지 않는 거예요. 거의 초주검이 되었을 때 겨우 지붕 위의 조그마한 문을 발견해서 그곳을 푹 찔러 열었더니, 빨간 눈을 한 마부가 얼굴을 들이밀고는 맥주 냄새를 풍기며 묻더군요.

"뭡니까, 아가씨?"

난 최대한 침착하게 지시를 내리고는 문을 쾅 닫아버렸어요. 그 늙은 마부는 "네, 네." 하고 대답하더니 이번에는 장례식에 가듯이 느릿느릿하게 말을 걸리는 거예요. 그래서 "조금 더 빠르게요."라고 하니 또다시 허겁지겁 말을 달리지 뭐예요. 어쩔 수 없이 우리는 모든 걸 운명에 맡기고 체념할 수밖에 없었어요.

오늘은 날씨가 화창해서 근처에 있는 하이드파크로 산책을 나갔어요. 우리는 보기보다 귀족적인 생활을 하고 있어요. 데번셔 공작이 가까이에 사는데 그의 급사가 뒷문에서 빈둥거리는 걸 가끔씩 보기도 했고, 웰링턴 공작의 집도 그리 멀지 않은 곳에 있어요. 이곳으로 산책을 나온 사람들은 정말 굉장해요. 내 생전에 이런 광경을 볼 수 있다니! 넉넉한 몸집의 귀족 미망인들이 실크 스타킹과 벨벳 외투를 화려하게 차려입은 채 머리에 분을 뿌린 마부가 끄는 빨갛고 노란 사륜마차를 타고 나왔더라고요. 또 단정한 하녀들이 귀여운 어린아이들을 데리고 나왔는데, 어떤 꼬마 아가씨는 비몽사몽이었어요. 거기다 희한한 영국 모자에 라벤더색 장갑을 낀 귀족 청년들이 이리저리 빈둥거리는 모습도 봤고요. 짧고 빨간 상의에 머핀 모양의 모자를 삐뚤게 쓴 키 큰 군인들도 있었는데 그 모양새가 정말 웃겨서 그림으로 옮기고 싶을 정도였어요.

로튼 거리[26]는 왕의 거리라는 뜻이에요. 하지만 지금은 승마 교실 같아 보여요. 그곳에 나오는 말들은 정말 굉장하고, 남성들, 특히 마부들이 진짜 말을 잘 달려요. 그런데 여성들은 우리와는 달리 뻣뻣하게 말 위에 앉아서 가볍게 달릴 뿐이더라고요. 그들이 뭔가 부족해 보이는 승마복을 입고 높은 모자를 쓴 채 엄숙하게 위아래로 말을 걸리는 모습을 보면, 장난감 노아의 방주 속에 있는 여인들이 떠올라요. 그들에게 미국 여성들이 얼마나 신나게 말을 달리는지 보여 주고 싶은 마음이 정말 굴뚝같았죠. 여기에서는 모든 사람들이 말을 타요. 노인, 당당한 귀부인, 자그마한 어린이, 젊은 청년들 할 것 없이 다들 서로 희롱하며 장난을 치죠. 한 쌍의 남녀가 장미꽃 봉오리를 교환하는 걸 봤는데, 서로의 단춧구멍에 그걸 꽂는 거예요. 정말 멋진 생각 아닌가요?

오후에는 웨스트민스터 성당에 갔어요. 하지만 이곳을 묘사하라고는 하지 말아 주세요. 불가능하니까요. 그저 탁월하다는 말밖에는 나오질 않아요! 오늘 저녁에는 페히터[27]가 나오는 연극을 보러 갈 예정이에요. 인생에서 가장 행복한 날의 마무리로 이보다 좋은 계획이 있을까요?

자정에

너무 늦은 시간이지만 어젯밤에 일어난 일을 말하지 않고서는 아침에 편지를 부칠 수 없었어요. 우리가 차를 마시고 있을 때 누가 찾아왔게요? 바로 로리의 영국 친구들인 프레드와 프랭크 본 형제가 찾아왔지 뭐예요! 명함을 보지 않았더라면 몰라볼 정도여서 깜짝 놀랐어요. 둘 다 키가 컸고, 구레나룻을 길렀어요. 프레드는 영국식으로 잘 차려입어서 멋졌고, 프랭크는 훨씬 더 멋졌는데 지금은 약간 절뚝거릴 뿐이어서 목발을 사용하지 않더군요. 로리에게서 우리가 어디에 있는지를 듣게 된 그들이 우리를 집으로 초대하러 들렀는데, 숙부님이 가지 않으려 하셔서 나중에 답례 방문을 하겠다고 했어요. 그래서 우리와 함께 극장에 가서 즐거운 시간을 보냈어요. 프랭크는 플로에게 딱 들러붙어 있었고, 프레드와 나는 평생을 알아온 친구처럼 과거, 현재, 미래에 대한 이야기를 나누었답니다. 베스 언니에게 프랭크가 안부를 묻더라는 말을 전해 주세요. 언니가 아프다는 소식에 정말 안타까워했어요. 프레드는 내가 조 언니 얘기를 하자 "그 큰 모자에 경의를 보낸다."라고 하더라고요. 둘 다 로렌스 캠프와 그곳에서 즐겁게 지낸 일을 잊지 않은 모양이에요. 벌써 그 일이 아득한 옛날처럼 느껴지네요.

숙모님이 세 번이나 벽을 두드리시니 이만 줄여야겠어요. 이러니까 진짜 방탕한 런던 숙녀가 된 것 같아요. 예쁜 물건들이 가득한 방 안에 앉아 이렇게 늦게까지 글을 쓰고, 머릿속에는 산책이니 극장이니 새 드레스니 하는 것들로 가득하니까요. 거기다 진짜 영국 귀족다운 거만한 모습으로 금발의 콧수염을 매만지며 "아." 하는 감탄사를 내뱉는 늠름한 신사들까지 생각하고 있으니 말이에요.

다들 너무 그리워요.

　　　　　　　　　어리석지만 언제나 사랑스러운 에이미가

　　　　　　　　　　　　　　　　　　　　파리에서

사랑하는 언니들에게

지난번에 런던에 들른 얘기를 했잖아. 본가 사람들이 얼마나 우리에게 친절했는지, 얼마나 유쾌한 동행인이 되어주었는지 말이야. 특히 난 햄프턴 궁전과 켄싱턴 박물관이 가장 좋았어. 햄프턴 궁전에서는 라파엘로가 그린 밑그림을 볼 수 있었고, 박물관에서는 터너와 로렌스, 레이놀즈, 호가스 등 위대한 화가의 작품을 감상할 수 있었거든. 우리는 정기적으로 영국식 소풍도 즐겼는데, 리치먼드 파크에 갔던 날이 참 즐거웠어. 그곳에는 굉장한 참나무와 사슴 무리가 있었는데, 그림으로 옮길 수도 없을 만큼 정말 멋진 거 있지? 거기다 나이팅게일이 지저귀는 소리도 듣고 종달새가 날아오르는 모습도 봤어. 프레드와 프랭크 덕분에 마음껏 런던을 즐겼지. 런던을 떠나는 게 애석할 정도였어. 영국 사람들은 다른 사람과 친해지기는 어려워도, 한번 마음을 준 사람에게는 그렇게 상냥할 수가 없다고 생각해. 본가 사람들이 다음 겨울에 로마에서 다시 만나자고 했는데, 이 약속이 지켜지지 않으면 난 크게 실망할 거야. 그레이스와는 정말 친한 친구가 되었고, 그 형제들도 정말 좋은 친구들이거든. 특히 프레드 말이야.

우리가 파리에 막 도착했을 때는 잘 적응하지 못했어. 프레드가 다시 나타나서 휴가를 얻었다며 스위스로 갈 예정이라고 하기 전까지는 말이야. 처음에 숙모님은 정색하셨지만, 프레드가 아주 요령 좋게 말하는 바람에 숙모님은 한마디도 할 수 없으셨어. 지금은 아주 잘 지내고 있어. 프레드는 프랑스인처럼 프랑스어를 잘해서 도움이 많이 되고 있어. 그가 없었다면 어떻게 됐을지 상상하기도 끔찍할 정도야. 숙부님은 아는 프랑스 단어가 열 개밖에 안 되는데, 영어를 아주 크게 발음하면 다들 알아들을 거라고 생각하시는 것 같아. 숙모님의 발음은 너무 구식인 데다 플로와 나는 많이 안다고 자부했는데 여기에 와서 그게 전부 착각이었다는 걸 통감했지 뭐야. 그래서 프레드가 대신 말해 주는 게 그렇게 고마울 수가 없어.

이곳에서 보내는 시간이 어찌나 즐거운지! 아침부터 밤까지 관광을 하고 있는데, 점심을 먹으려고 멋진 카페에도 들러봤고 우스꽝스러운 모험이란 모험은 다 해봤거든. 비가 내리는 날에는 루브르 박물관에서 그림을 감상하며 시간을 보내. 조 언니는 예술적인 감각이 없으니까 훌륭한 명화를 보고도 장난스럽게 콧방귀를 뀌겠지만, 난 예술적 소양을 갖춘 사람이니까 예술을 보는 눈과 감각을 더욱더 갈고닦을 거야. 조 언니라면 위대한 인물의 유품을 더 좋아할지도 모르겠어. 이곳에는 나폴레옹의 삼각모와 회색 외투, 아기 때 쓰던 요람과 오래된 칫솔이 진열되어 있는 데다 마리 앙투아네트의 작은 구두와 성 드니의 반지, 샤를마뉴 대제의 보검 같은 흥미로운 것들도 많아. 집에 돌아가면 몇 시간이고 다 얘기해 줄게. 지금은 시간이 없어서 다 못 쓰겠어.

왕궁은 정말 천국 같은 곳이야. 보석상이 가득 들어차 있고 예쁜 물건들이 정말 많은데, 살 수 없어서 엄청 심란했어. 프레드가 사주겠다고 했지만 물론 거절했지. 그다음으로 찾아간 블로뉴 숲과 샹젤리제 거리는 정말 엄청났어. 여러 번 황실 가족들[28]이 행차하는 모습도 봤는데, 황제는 추남이지만 강인해 보였고 황후는 미인이지만 창백했어. 그런데 황후의 옷차림이 자줏빛 드레스에 초록색 모자, 노란 장갑이라니 정말 끔찍하지 뭐야. 어린 나폴레옹은 잘생긴 소년인데, 사 인승 사륜 포장마차에 앉아서 가정교사와 얘기를 나누다가 국민들에게 손 입맞춤으로 인사를 하더라고. 마차 행렬 왼쪽에는 붉은색 공단 상의를 입은 기수가 따랐고, 행렬 앞뒤로는 기마병들이 호위하는 모습이었어.

가끔씩 우리는 튈르리 정원을 거닐었는데, 정말 아름다운 곳이었어. 물론 난 고풍적인 룩셈부르크 정원이 더 좋았지만. 페르라셰즈 공동묘지는 아주 신기했어. 많은 무덤이 작은 방처럼 만들어져 있어서 안을 들여다보니, 탁자 위에 고인의 모습이 담긴 그림이 놓여 있고 애도하는 사람들이 찾아와서 앉을 수 있도록 의자도 마련되어 있지 뭐야. 참으로 프랑스적이지 않아?

우리가 묵은 방은 리볼리 가에 있었어. 발코니에 앉아서 길고 화려한 거리를 바라보았지. 온종일 돌아다니느라 지친 우리에게는 거기에서 이야기를 나누며 보내는 저녁 시간이 참 즐거웠어.

프레드는 정말 재미있고 유쾌해. 로리를 제외하면 가장 마음에 드는 젊은 남자라고 할 수 있지. 난 가벼운 남자는 싫어서 프레드가 조금은 진중한 면이 있었으면 싶지만, 본가는 아주 부자에다 훌륭한 가문이야. 그러니 내 처지에 그들을 흠잡는 건 좀 그렇겠지?

다음 주에 독일과 스위스에 갈 예정이야. 여행길이 바빠질수록 급하게 쓴 편지밖에는 보낼 수 없을지도 몰라. 하지만 늘 일기장을 끼고 다니면서 아빠의 충고대로 '보고 감탄한 모든 것들을 정확히 기억해서 완벽하게 적어놓을게.' 이건 내게 좋은 훈련이 될 거야. 스케치도 열심히 해서 모든 것을 생생하게 보여 줄게. 그림이 난잡한 글보다는 훨씬 더 나을 테니까.

아듀, 따뜻한 포옹을 보내며.

에이미

하이델베르크에서

사랑하는 엄마에게

스위스의 베른으로 떠나기 전에 시간이 나서 엄마에게 그간의 일을 전하려고 펜을 들었어요. 보시면 알겠지만, 몇몇 사항은 아주 긴요한 일이랍니다.

라인 강을 따라 배를 타고 올라간 여행길은 아주 완벽했어요. 배에 앉아서 실컷 그 시간을 즐겼죠. 아버지의 오래된 여행 책자를 꺼내어 라인 강에 대한 부분을 읽었어요. 그 책의 문구보다 아름답게 이곳을 묘사하지는 못할 것 같아요. 코블렌츠에서는 정말 멋진 시간을 보냈어요. 프레드가 배 안에서 본에서 온 학생들과 친해졌는데, 그들이 우리에게 세레나데를 불러줬거든요. 달빛이 비치는 늦은 밤에 플로와 나는 창문 아래에서 들려오는 멋진 음악에 잠을 깼어요. 둘 다 벌떡 일어나서 커튼 뒤로 몸을 숨겼죠. 살짝 바깥을 훔쳐보니 프레드와 그 학생들이 아래에서 노래를 부르고 있는 게 아니겠어요? 그렇게 낭만적인 광경은 평생 본 적이 없었어요. 강이 흐르고 그 위로 배가 떠다니며 건너편으로는 웅장한 요새가 보였죠. 그런 풍광을 배경으로 달빛이 가득한 곳에서 들리는 음악은 돌로 된 심장도 녹일 정도였어요.

그들이 노래를 마치자 우리는 꽃을 던졌어요. 그들은 꽃을 주섬주섬 줍더니 보이지도 않는 숙녀들을 향해 손 입맞춤을 날리고 웃으며 사라졌어요. 담배를 피우고 맥주를 마시는 곳으로 갔겠죠. 그런데 이튿날 아침에 프레드가 나를 찾아와서 조끼 호주머니에 꽂은 구겨진 꽃을 보여 주면서, 아주 감상에 젖은 표정을 짓는 거예요. 난 웃음을 터뜨리며 그 꽃을 던진 사람은 내가 아니라 플로라고 말해 주었어요. 그랬더니 아주 질색하는 표정으로 꽃을 창문 너머로 던지고는 다시 예전 모습으로 돌아오더라고요. 이 소년과 곤란한 일이 벌어질까 봐 걱정스러워요. 어쩌면 벌써 시작된 건지도 모르겠어요.

나사우에서는 기분 좋은 온천욕을 즐겼고, 바덴바덴에서도 마찬가지였어요. 그곳에서는 프레드가 돈을 잃어버려서 내가 혼을 내기도 했죠. 프레드는 프랭크가 옆에 붙어 있지 않을 때는 누군가가 돌봐줄 필요가 있어요. 언젠가 케이트 언니가 프레드는 빨리 결혼하기를 바란다고 말한 적이 있었는데, 그 말에 전적으로 동감해요. 프랑크푸르트에서도 정말 재미있었어요. 괴테의 생가와 실러의 동상, 다네커의 유명한 '아리아드네' 조각[29]도 봤어요. 조각상은 정말 아름다웠지만 신화를 더 잘 알고 있었더라면 훨씬 즐거웠을 거예요. 다들 그 이야기를 알거나 알고 있는 척하는 바람에 물어보고 싶지도 않았어요. 조 언니가 있었다면 다 말해 줬을 텐데, 안타까웠죠. 이제부터는 책을 더 많이 읽을 거예요. 아무것도 모르고 있는 내 자신이 너무 굴욕적이었으니까요.

자, 지금부터는 심각한 이야기를 시작하려 해요. 프레드는 방금 막 떠났어요. 그는 정말 친절하고 즐거운 사람이어서 우리 모두 그를 많이 좋아하게 되었어요. 세레나데 사건이 일어나기 전까지 프레드와 나 사이에는 여행 친구 이상의 감정은 전혀 없었어요. 그런데 그 이후로 달빛 속을 산책하고 발코니에서 대화를 나누고 일상적인 모험을 하는 일이 프레드에게는 재미 이상의 의미가 있다는 걸 느끼게 되었죠. 엄마, 맹세컨대 한번도 그를 유혹한 적은 없답니다. 그저 엄마가 해주신 말씀을 떠올리면서 최선을 다했을 뿐이에요. 사람들이 날 좋아한다면 어쩔 수 없잖아요. 내가 일부러 좋아하게 만든 것도 아니고 그 마음에 답할 수 없을 때는, 조 언니는 내가 심장도 없는 아이라고 비난했지만 나도 마음이 아프다고요. 그런데 지금 난 엄마가 머리를 내젓고 언니들이 "오, 이런 돈만 아는 철면피!"라고 말할 게 분명한 일을 하려고 해요. 만약 프레드가 청혼한다면, 그를 미치도록 좋아하지는 않지만 그 청혼을 받아들이자고 결심했거든요. 난 그를 좋아하고, 결혼하면 우리 모두 편하게 살 수 있어요. 프레드는 잘생겼고 젊고 영리한 데다 정말 부자예요. 로렌스가보다도 훨씬 돈이 많은 집안이죠. 그 집에서도 반대는 하지 않을 거라고 생각해요. 그 집 가족들은 모두 친절하고 예의 바르고 관대한 데다 나를 좋아해서 함께 있으면 나도 행복할 거고요. 프레드는 쌍둥이 중에서 맏이라 저택도 물려받게 될 거예요. 정말 멋진 곳이에요! 번화가에 자리한 저택인데, 우리네 저택만큼 으리으리하지는 않아도 아주 살기 편한 집이죠. 게다가 영국인들의 관습대로 집 안을 장식하는 화려한 물건들은 모두 진품이에요. 나도 그 점이 마음에 들고요. 이미 접시와 가족 보물, 오래된 하인들, 시골 영지를 그린 그림도 봤어요. 그 그림 속에는 장원과 대저택, 아름다운 땅과 좋은 말들이 그려져 있었어요. 더 바랄 게 없는 풍경이었죠! 작위보다는 그런 것들을 가지고 싶어요. 작위에 눈이 멀어 재빨리 결혼하고 나서 그 작위가 이름뿐이라는 사실을 뒤늦게 알아채는 것보다는 낫잖아요. 내가 속물일지는 모르지만, 가난이 지긋지긋해요. 벗어날 수 있는데 왜 가난에 허덕이며 살아야 해요? 더 이상은 가난을 참을 수가 없다고요. 우리 자매 중 한 명은 부자와 결혼해야 해요. 메그 언니는 틀렸고, 조 언니는 안 그럴 거고, 베스 언니는 아직 그럴 수가 없죠. 그러니 내가 결혼해서 모든 것이 편안하게 돌아갈 수 있도록 하겠어요. 그렇지만 나라도 싫어하거나 경멸하는 사람과는 결혼하지 않아요. 그 점은 분명히 해둘게요. 프레드가 이상형의 남자는 아니지만 아주 좋은 사람인 것은 분명하니까, 그가 나를 많이 사랑해 주고 내가 원하는 대로 할 수 있게 내버려 둔다면 언젠가는 나도 그를 사랑하게 될 거예요. 그래서 지난주에 마음의 결정을 내렸어요. 프레드가 나를 좋아한다는 사실이 눈에 빤히 보였거든요. 아무 말도 하지 않았지만, 그런 건 사소한 행동에서 알 수 있는 법이죠. 프레드는 절대로 플로와는 함께 다니지 않았고, 마차와 식탁에서도 늘 내 옆에만 앉았어요. 또 단둘이 있을 때는 감정이 담긴 눈길로 쳐다보았고, 누가 나에게 말을 걸려고만 해도 눈살을 찌푸렸죠. 어제저녁 식사 자리에서도 어떤 오스트리아 사관이 우리를 보며 난봉꾼처럼 보이는 남작 친구에게 독일어로 '굉장한 금발 머리 아가씨'에 대해 이야기하자, 프레드는 사자처럼 사나운 표정을 짓더니 무섭게 고기를 자르는 거예요. 하마터면 접시가 날아갈 뻔했다니까요. 프레드는 냉철하고 뻣뻣한 영국 남자와는 달리 성미가 급한 편이에요. 그건 아름다운 푸른색 눈동자에서도 알 수 있듯이 스코틀랜드인의 피가 흐르고 있어서죠.

아무튼 어제저녁 해 질 녘에 우리 일행은 모두 성에 올라갔어요. 프레드는 편지를 찾으러 유치우편과에 들렀다 오기로 했고요. 우리는 폐허가 된 유적지와 커다란 술통이 있는 저장고, 이곳의 영주가 오래전에 영국인 아내를 위해 만든 아름다운 정원을 이리저리 기웃거리며 즐거운 시간을 보냈어요. 난 넓은 테라스가 전망이 좋아서 제일 마음에 들었어요. 그래서 다들 안쪽 방을 둘러보는 동안, 나는 테라스에 앉아서 회색 돌로 된 사자 머리가 붙어 있는 벽과 그 벽에 매달려 있는 주홍색의 인동덩굴을 스케치하고 있었어요. 그곳에서 난 사랑에 빠진 듯한 기분을 느꼈어요. 거기에 앉아서 계곡을 따라 흐르는 네카어 강을 바라보며, 아래쪽에서 오스트리아 악단이 연주하는 음악을 들으면서 연인을 기다리는 마음을 느껴보았죠. 마치 이야기책 속의 여주인공처럼 말이에요. 이미 뭔가가 일어날 듯한 느낌을 받았고 난 만반의 준비가 되어 있었어요. 조금도 부끄럽거나 당황스럽지 않았고 차분했어요. 약간 들뜨긴 했지만요.

이윽고 프레드의 목소리가 들렸고 그가 허둥대며 큰 아치문을 지나 나를 찾아왔어요. 프레드가 너무 괴로워 보여서 내 용건은 잊어버린 채 황망하게 무슨 일이냐고 물어봤더니, 프랭크가 아주 아프니 빨리 집으로 돌아오라는 편지를 받았다는 거예요. 그래서 그는 즉시 밤 기차를 타고 집으로 돌아갔어요. 작별 인사도 겨우 할 수 있었죠. 매우 안된 생각이 들었지만, 한편으로는 실망도 했어요. 하지만 그 급박한 순간에도 프레드는 악수하며 내가 착각할 수 없는 태도로 이렇게 말했어요.

"곧 돌아오겠소. 날 잊지는 않겠지요, 에이미?"

난 약속의 말은 한마디도 하지 않았어요. 그저 그를 물끄러미 쳐다보았을 뿐이었죠. 그래도 그는 만족한 듯 보이더군요. 한 시간도 되지 않아 떠났기 때문에 다들 제대로 인사도 나눌 수 없어 많이 아쉬워했어요. 난 그가 나에게 뭔가를 말하고 싶어 한다는 걸 알아챘지만, 그가 예전에 넌지시 비춘 말로 미루어 짐작하건대 아버지에게 얼마 동안은 그런 종류의 일을 함부로 결정하지 않겠다고 약속한 모양이에요. 그의 아버지는 아들이 성급하다는 걸 잘 알고 계시는 데다 외국인 며느리를 맞기는 싫으셨던 거겠죠. 그래도 우리는 로마에서 다시 만날 예정이고, 그때에도 내 마음이 변하지 않는다면 그의 청혼을 고맙게 받아들일 거예요.

물론 이 일은 아주 개인적인 얘기이지만, 엄마는 이 모든 사정을 아셨으면 좋겠다고 생각했어요. 제 걱정은 하지 마세요. 언제나 '신중한 에이미'라는 것도 잊지 마시고요. 절대로 성급하게 결정하지 않을 테니까요. 충고의 말씀은 얼마든지 보내주세요. 가능하면 엄마의 조언에 따를게요. 정말 엄마의 얼굴을 보면서 이야기를 나누고 싶네요. 이 막내딸을 믿고 사랑해 주세요.

늘 엄마를 생각하는 딸, 에이미가

32장

미묘한 문제

"조, 엄마는 베스가 걱정이구나."

"왜요, 엄마? 조카들이 태어난 후로는 눈에 띄게 몸이 건강해진 것 같은데요."

"걱정되는 건 베스의 몸이 아니라 마음이란다. 뭔가 걱정거리가 있는 게 분명하니 네가 좀 알아봤으면 좋겠구나."

"왜 그런 생각이 드신 거예요, 엄마?"

"혼자 앉아 있는 시간이 늘어났고, 아버지와도 예전처럼 대화를 많이 나누지 않더구나. 며칠 전에는 아기들 앞에서 눈물을 흘리는 모습도 봤단다. 노래를 부를 때는 항상 슬픈 노래만 부르고, 가끔씩 내가 이해하지 못할 표정을 짓기도 하고 말이다. 전혀 베스답지 않잖니. 정말 걱정이 되는구나."

"베스에게 왜 그러는지 물어봤나요?"

"한두 번 말을 꺼냈지만, 질문을 피하거나 너무 고통스러워 보여서 그만두고 말았단다. 엄마는 한번도 너희들에게 속내를 털어놓으라고 강요한 적이 없어. 그도 그럴 것이 오래 기다릴 필요도 없었으니까."

마치 부인은 맞은편에 앉아 있는 조의 얼굴을 살펴보았다. 그러나 베스의 비밀스러운 고민에 대해서는 조금도 아는 것이 없어 보였다. 잠시 동안 조는 생각에 잠긴 채 바느질을 하다가 입을 열었다.

"베스가 어른이 되고 있나 봐요. 그래서 꿈을 꾸기 시작하고 희망과 두려움을 품기도 하며, 영문도 모른 채 안절부절못하게 되기도 하죠. 엄마, 이제 베스도 열여덟 살이 되었어요. 그런데 우리는 그걸 미처 깨닫지 못하고 아직도 베스를 어린아이 취급하고 있잖아요. 베스도 이젠 어엿한 숙녀라는 걸 잊지 말아야 해요."

"정말 그렇구나. 너희들이 어찌나 빨리 성장하는지 그저 놀라울 뿐이란다."

어머니가 한숨을 내쉬며 미소를 지었다.

"어쩔 수 없는 일이죠. 그러니 모든 걱정은 접어두고 엄마의 아기 새들이 둥지 밖으로 나가는 걸 지켜봐 주세요. 이 약속이 위안이 될지 모르겠지만, 난 결코 멀리 가지는 않겠어요."

"커다란 위안이 되지, 조. 네가 집에 있으면 언제나 든든하단다. 이제 메그는 집을 떠났고, 베스는 너무 연약하고, 에이미는 너무 어려서 의지할 수가 없으니까. 하지만 너도 언제고 기회가 주어지면 떠날 준비가 되어 있잖니."

"엄마, 난 힘든 일이 많아도 상관없어요. 어느 집에나 부족한 자녀가 있기 마련이죠. 에이미는 예술적 재능이 뛰어나고, 난 그렇지 않아요. 하지만 카펫을 치운다거나 가족들이 한꺼번에 병이 났을 땐 내가 도움이 되죠. 에이미는 저렇게 해외에서 두각을 나타내고 있지만, 집안에 무슨 일이 났을 때는 이 둘째 딸이 있다는 걸 잊지 마세요."

"그럼, 베스는 너에게 맡기마. 그 애는 누구보다도 너에게 여린 속마음을 털어놓을 테니까. 아주 다정하게 대해 주렴. 절대 다른 사람이 자신을 주시하고 있다거나 자신에 대한 얘기를 하고 있다는 생각이 들지 않게 하면서 말이다. 베스가 다시 건강하고 씩씩해지기만 한다면 소원이 없겠구나."

"그렇다면 엄마는 정말 행복하신 거네요. 난 소원이 무지하게 많은걸요."

"그래, 어떤 소원이니?"

"우선 베스의 문제를 해결한 다음에 말씀드릴게요. 그렇게 큰 일도 아니니 그냥 가슴에 담아둘래요."

조는 현명하게 고개를 끄덕이며 바느질을 계속했다. 지금만큼은 어머니의 마음을 어지럽히지 않으려는 조의 배려였다.

조는 일에 열중하는 척하면서 베스를 지켜보았다. 머릿속으로 이리저리 수많은 추측을 해본 끝에 베스의 변화를 설명해 줄 만한 이유 한 가지를 짐작할 수 있었다. 가벼운 사건이 실마리가 되었고, 활발한 상상력과 감성이 힘을 보태어 생각해 낸 결론이었다. 어느 토요일 오후, 베스와 단둘이 있게 된 조는 바쁘게 글을 쓰는 척하고 있었다. 손은 뭔가를 끼적이고 있었지만, 눈은 유난히 조용해 보이는 베스에게 박혀 있었던 것이다. 창가에 앉아 있던 베스는 가끔씩 바느질감을 무릎에 툭 떨어뜨리고는 풀이 죽은 모습으로 손에 얼굴을 괸 채 한가로운 가을 풍경을 멍하니 바라보았다. 갑자기 창문 아래로 누군가가 새처럼 휘파람을 불면서 지나가다가 큰 소리로 외치는 소리가 들려왔다.

"이상 무! 오늘 밤 들를게."

베스가 벌떡 일어나더니 앞으로 몸을 기울이고는 미소를 지으며 고개를 끄덕였다. 그러고는 그의 빠른 걸음 소리가 사라질 때까지 그를 지켜보더니 자그마한 목소리로 혼잣말을 하는 것이 아닌가!

"어쩜 저렇게 씩씩하고 행복해 보일까."

"흠!"

조는 헛기침을 하면서도 여전히 동생의 얼굴에서 눈을 떼지 못하고 있었다. 베스의 밝은 안색은 언제 그랬냐는 듯이 금세 흐릿해졌고, 미소가 사라졌으며, 창턱에는 눈물 한 방울이 떨어져서 빛나고 있었다. 베스는 눈물을 훔치며 걱정스럽게 조를 흘끗 쳐다보았다. 조는 엄청난 속도로 글을 써 내려갔고 겉으로는 『올림피아의 서약』에 흠뻑 빠진 듯 보였다. 그러나 베스가 고개를 돌리자마자 다시 베스를 지켜보기 시작했고, 베스가 손으로 여러 번 눈을 닦는 모습을 목격했다. 옆으로 돌린 베스의 얼굴에 비친 슬픈 감정이 조에게 전해져서, 조의 눈에도 눈물이 차올랐다. 조는 베스에게 자신의 눈물을 들킬까 봐 종이가 더 필요하다는 말을 웅얼거리며 방을 빠져나왔다.

"이럴 수가. 베스가 로리를 사랑하고 있어!"

조는 자기 방으로 들어가 털썩 주저앉으며 하얗게 질린 얼굴로 방금 깨달은 충격적인 사실을 읊조렸다.

"이런 일은 꿈에도 생각 못 했는데! 엄마가 아시면 뭐라 하실까? 로리는……."

잠시 말을 멈춘 조는 갑자기 떠오른 생각에 얼굴이 붉어졌다.

"로리가 베스의 사랑을 받아주지 않으면 얼마나 끔찍할까? 로리는 반드시 받아줘야만 해. 내가 그렇게 만들고 말겠어!"

조는 벽에 걸린 그림을 보며 고개를 위협적으로 흔들었다. 그림 속에는 장난스러운 표정으로 웃고 있는 소년의 모습이 담겨 있었다.

"아, 정말, 우리 모두 어른이 되고 있는 거야. 메그 언니는 결혼해서 엄마가 되었고, 에이미도 파리에서 화려하게 지내고 있고, 이젠 베스까지 사랑에 빠지다니. 이런 인생의 장난에 빠지지 않을 사람은 이성적인 나뿐이야."

한동안 조는 그림을 뚫어져라 쳐다보며 골똘히 생각에 잠겼다. 그러고는 이마에 생긴 주름을 펴면서 그림 속의 얼굴에 대고 단호하게 고개를 끄덕이더니 이렇게 말했다.

"아니, 사양하겠어! 넌 정말 매력적이지만 바람만큼이나 변덕스러워. 그러니 감동적인 편지를 보내고 그렇게 환심을 사듯 웃을 필요 없어. 아무 소용 없을 테니까."

조는 한숨을 내쉬더니 오랫동안 몽상에 잠겼다. 그러다가 해질 녘 무렵에 아래층으로 내려간 조는 자신의 의심을 확신시켜 주는 장면을 보게 되었다. 로리는 에이미와 시시덕거리거나 조와 농담을 주고받았지만, 베스에게는 유난히 친절하고 점잖게 대했다. 그러나 누구나 베스에게는 상냥했기 때문에, 로리가 베스를 특별히 좋아하는 거라고는 아무도 생각하지 않았다. 사실 요즘 들어 마치가 가족들은 '로렌스 소년'이 조를 좋아하고 있다는 인상을 받았다. 그렇지만 조는 이런 말이 나오면 한마디도 들으려 하지 않았고, 그럴 낌새만 보여도 화부터 냈다. 식구들은 지난해에 로리가 조에게 보인 행동을 알았더라면 깊은 만족감을 드러내면서 "내 그럴 줄 알았지."라고 말했을 터였다. 그러나 조는 '남자와 노닥거리기'를 아주 싫어했고, 그럴 기미라도 보이면 싹을 잘라버리듯이 언제나 농담이나 미소로 넘길 뿐 조금도 틈을 주지 않았다.

처음 대학에 들어갔을 때 로리는 한 달에 한 번꼴로 사랑에 빠졌다. 그렇지만 이런 작은 불꽃들은 열렬한 만큼 금세 시들어버렸고, 큰 화상도 남기지 않았다. 조는 매주 로리를 만날 때마다 로리가 털어놓는 사랑의 희망과 절망, 포기에 대한 이야기를 아주 흥미롭게 들으며 재미있어했다. 그런데 이내 로리는 수많은 성전을 숭배하는 일을 관두고는 절절하고 열렬한 사랑에 빠졌다는 사실을 넌지시 비추었다. 가끔은 바이런처럼 우울한 기분에 빠진 모습까지 보였다. 그러더니 이런 감정적인 이야기는 더 이상 나오지 않게 되었고, 조에게 보내는 편지에는 철학적인 문구만이 가득해졌다. 로리는 학구적으로 변해서, 이제부터는 졸업식 때의 영광을 위해 책만 '들이파겠다'는 의지를 밝혔다. 조는 이렇게 변한 모습이 훨씬 좋았다. 예전처럼 황혼 녘에 속내를 털어놓는다거나 손을 다정하게 꽉 잡으며 무언가를 전하려는 듯한 눈빛으로 자신을 쳐다보는 일이 없어졌기 때문이다. 감성보다 지성이 일찍 발달한 조는 상상 속의 영웅들이 현실의 남자보다 좋았다. 상상 속의 영웅들은 싫어지면 책상 속에 푹 처박아 뒀다가 다시 좋아질 때 꺼낼 수 있지만, 현실 속 남자들은 마음대로 다루기가 어려웠던 것이다.

바로 이런 상황에서 조가 베스에 대한 충격적인 사실을 깨달은 것이다. 그날 밤 조는 이전과는 전혀 다른 눈길로 로리를 지켜보았다. 그 새로운 생각이 머릿속에 없었다면, 베스가 아주 조용하고 로리가 베스에게 아주 친절하다는 사실로 별다른 이상한 느낌을 받지는 못했을 것이다. 그러나 고삐 풀린 조의 상상력이 무서운 속도로 조를 몰아갔고, 오랫동안 사랑 이야기를 쓰느라 상식적인 이성도 무디어져서 상상력의 고삐를 당기는 데는 도움이 되지 못했다. 평소처럼 베스는 소파에 누워 있었고, 로리는 가까이에 있는 낮은 의자에 앉아서 온갖 소문을 재미있게 들려주고 있었다. 베스는 매주 이 시간을 간절히 기다렸고, 로리는 그런 베스를 실망시킨 적이 한번도 없었다. 하지만 그날 저녁 조는 베스가 유난히 즐거운 눈빛으로 로리의 검게 탄 씩씩한 얼굴을 바라보고 있다고 생각했다. 게다가 로리가 '티스를 잡았다'느니 '위켓에 맞아 아웃을 당했다'느니 '레그바이로 삼 점을 땄다'느니 하면서 베스에게는 산스크리트어만큼이나 생소한 용어로 크리켓 경기 이야기를 하는데도 베스는 마냥 흥미로운 것 같았다. 이미 생각이 굳어질 대로 굳어진 조에게는 로리의 태도도 예전보다 훨씬 부드럽게 느껴졌다. 로리는 가끔씩 목소리를 낮추었고, 평소보다 웃음이 덜했으며, 약간 멍한 상태로 다정다감하게 베스의 발치에 숄을 덮어주는 배려까지 보였다.

'누가 알겠어! 더 희한한 일들도 벌어지는데, 뭐.'

조는 방 안을 부산스럽게 걸어 다니며 생각했다.

'베스는 로리에게 천사처럼 대해 줄 거고, 로리는 우리 귀염둥이가 편하고 즐겁게 살 수 있도록 해줄 거야. 두 사람이 서로를 사랑하기만 한다면 말이야. 어떻게 베스를 사랑하지 않을 수 있겠어. 두 사람만 있게 되면 로리는 분명히 그렇게 될 거야.'

조는 다들 집을 떠나고 없으니, 자신만 빨리 사라져주면 된다고 생각했다. 그런데 어디로 가야 할까? 조는 여동생을 위해서라면 무슨 일이든 할 수 있다는 헌신적인 마음으로 소파에 앉아서 해결 방법을 고심하기 시작했다.

이 오래된 소파는 길고 넓고 푹신한 데다 낮아서 소파의 원조라 할 수 있었다. 이 소파가 낡고 초라한 것은 당연했다. 자매들이 아기 때는 이 소파 위에서 잠을 자고 기어 다녔고, 아이 때는 소파 등에 낚싯대를 걸치고 소파 팔 위에 앉아 말을 달리고 소파 아래로 숨어 들었으며, 커서는 지친 머리를 누이고 꿈을 꾸고 그 꿈에 대해 다정하게 이야기를 나누는 장소로 이용했기 때문이다. 자매들은 가족의 안식처 노릇을 하는 이 소파를 아주 좋아했다.

조도 늘 한쪽 구석에 앉아서 빈둥거리길 즐겼다. 이 고색창연한 소파를 장식하는 많은 쿠션 가운데는 딱딱하고 둥근 모양에 따끔따끔한 말갈기가 덮여 있고 양 끝에 혹 같은 단추가 달린 기다란 쿠션이 하나 있었다. 이 불편한 쿠션은 조가 특별히 아끼는 물건이었다. 종종 무기나 방어막으로 사용할 수 있었고, 낮잠을 너무 오래 자지 못하도록 딱딱한 베개 역할도 해주었기 때문이다.

로리는 이 쿠션에 대해 잘 알고 있을 뿐만 아니라 깊은 반감까지 갖고 있었다. 어릴 때는 조와 장난을 치다가 아주 심하게 이 쿠션으로 얻어맞았고, 지금은 자신이 가장 앉고 싶은 조의 옆자리를 떡하니 차지하고 있을 때가 많기 때문이다. 조가 그들이 '소시지'라고 부르는 이 쿠션을 소파 끝자락에 세워 놓으면 로리가 그곳에 앉아서 휴식을 취해도 좋다는 신호였지만, 소파에 기다랗게 눕혀 놓으면 남자든 여자든 어린아이든 상관없이 아무도 감히 그 자리를 차지해서는 안 되었다. 그날 저녁 조는 깜빡 잊고 방책을 치지 못했고, 오 분도 지나지 않아 조의 옆자리가 묵직해졌다. 로리가 양팔을 소파 등에 걸치고 양다리를 앞으로 쭉 뻗고는 흡족한 한숨을 내쉬며 말했다.

"겨우 차지했네!"

"저리 가."

조가 쿠션을 던지듯 내려놓으며 받아쳤지만 너무 늦었다. 쿠션은 놓일 공간이 없어서 바닥으로 미끄러졌고, 금세 어디론가 사라져버렸다.

"좀 봐주라, 조. 그렇게 가시만 세우지 말고 일주일 내내 뼈 빠지게 공부하느라 지친 친구를 다독여 줘도 좋잖아."

"베스가 다독여 줄 거야. 난 바빠."

"싫어. 베스를 성가시게 하면 안 되지. 넌 이런 일을 좋아하잖

아. 아니면 갑자기 정이 떨어진 거야? 네 절친한 친구가 싫어져서 베개라도 던지고 싶어?"

로리가 이렇게 비위를 맞추려는 모습을 거의 본 적이 없던 조였지만, 딱딱한 반문으로 '절친한 친구'의 기를 죽였다.

"이번 주에는 랜들 양에게 꽃다발을 몇 개나 보냈어?"

"맹세컨대 하나도 안 보냈어! 그녀는 약혼을 했다고."

"다행이네. 네가 조금도 좋아하지 않는 아가씨들에게 꽃다발이나 선물 나부랭이를 보내는 건 정말 낭비니까."

조가 나무라듯이 말을 이었다.

"내가 관심이 가는 똑똑한 아가씨들은 '꽃다발이나 선물 나부랭이'를 받아주지 않는 걸 나보고 어떡하라고? 내 감정을 풀 데는 있어야지."

"엄마는 남자들이 장난으로라도 시시덕거리는 건 싫어하셔. 테디, 넌 정말 가벼워."

"'너도 그렇잖아.'라고 대답할 수 있다면 원이 없겠다. 그럴 수 없으니 변명하자면, 그건 아무에게도 해가 되지 않는 즐거운 놀이일 뿐이야. 그 아가씨들도 놀이라는 걸 알고 있다고."

"뭐, 즐거워 보이기는 하지만 어떻게 그럴 수 있는지 난 잘 모르겠어. 다들 그러니까 나도 노력은 해봤지만, 잘되지 않는 것 같았어."

조는 로리를 타이르던 중이라는 것을 잊고 이렇게 말했다.

"에이미에게 교육을 받아보지그래? 에이미는 그런 놀이에 재능이 있으니까."

"그래, 에이미는 선을 넘지 않으면서도 능숙하게 잘 해내지. 내가 보기에 어떤 사람들은 노력 없이도 남을 즐겁게 해줄 수 있는 재능을 타고나지만, 어떤 사람들은 늘 엉뚱한 곳에서 엉뚱한 말과 행동을 하는 것 같아."

"난 네가 그런 재주가 없는 게 기뻐. 너처럼 똑똑하고 솔직한 아가씨를 보면 정말 새로운 느낌이 들거든. 우리끼리 하는 얘기지만, 자신을 바보로 만들어가며 남자들을 즐겁게 해주려는 아가씨들을 보면 나까지 창피하더라고. 나쁜 아가씨들은 아니지만, 우리 친구들이 뒤에서 그녀들을 두고 어떤 소리를 하는지 알게 된다면 당장 태도를 고칠 거라고 생각해."

"그 아가씨들도 똑같은 짓을 할걸. 그들의 혀가 더 날카로울 테니까 너희 친구들이 더 욕을 먹고 있을 거야. 너희들이나 그 아가씨들이나 똑같이 멍청하다고. 네가 예의 바르게 행동했다면 그 아가씨들도 그렇게 대해 주었을걸. 네가 그들의 바보짓을 좋아하는 줄 아니까 그녀들도 계속 그러는 건데, 넌 그녀들 탓을 하니?"

"뭘 좀 알고 그런 소리를 해!"

로리가 깔보듯이 말했다.

"우리는 장난치거나 시시덕대는 걸 좋아하지 않아. 가끔 그래 보여도 말이지. 예쁘고 정숙한 아가씨들은 절대 그런 식으로 신사들의 입에 오르내리지 않아. 정말이지, 네가 우리와 한 달만 지내보면 조금 놀라운 상황을 보게 될 거야. 맹세컨대 그런 망나니 아가씨들을 볼 때면 언제나 우리 친구 코크 로빈과 함께 이렇게 말하고 싶다고. '바보 같은 여자, 정말 꼴도 보기 싫네. 뻔뻔스럽기 그지없군!' 이라고 말이야."

로리는 여성에 대해 나쁘게 말하지 않으려는 기사도 정신을 가지고 있는 한편, 여성답지 못하게 어리석은 짓을 많이 저지르는 사교계 여성들을 아주 싫어했다. 조는 이 모순된 두 성향 때문에 웃지 않을 수 없었다. 조는 사교계 엄마들이 '젊은 로렌스'를 최상의 신랑감으로 여기고, 그들의 딸들이 그에게 자주 미소를 보내며, 모든 연령대의 여성들이 그를 칭찬한다는 사실을 알고 있었다. 그래서 조는 로리가 너무 우쭐대지는 않을지 질투 어린 눈으로 지켜보았고, 로리가 여전히 정숙한 아가씨들을 마음에 두고 있다는 사실에 안도했다. 갑작스럽게 다시 훈계조로 돌아선 조는 목소리를 낮추며 말했다.

"테디, 네가 감정을 풀 곳이 그렇게도 필요하다면 네가 존경하는 '예쁘고 정숙한 아가씨들' 가운데 한 명을 골라 헌신해 봐. 멍청한 아가씨들을 붙들고 시간 낭비 하지 말고."

"정말 그렇게 생각해?"

로리가 초조함과 즐거움이 섞인 묘한 표정으로 조를 바라보았다.

"그래. 하지만 웬만하면 대학 졸업 때까지는 기다리는 게 어떠니? 그러면서 만반의 준비를 하는 거야. 그 정숙한 여성이 누구일지 모르겠지만, 아직 넌 그런 여성을 사귀기에는 많이 부족하니까."

조도 약간 묘한 표정을 지었다. 하마터면 머릿속을 맴돌던 그 여성의 이름을 내뱉을 뻔했기 때문이다.

"그건 그렇지!"

로리는 눈을 아래로 떨어뜨리고 멍하니 조의 앞치마에 달린 술을 손가락에 말면서 겸손하게 인정했다. 이는 참으로 드문 일이었다.

'이런, 이래선 될 일도 안 되겠어.'

조는 이런 생각을 하며 소리 높여 말했다.

"가서 노래를 불러줘. 노래가 듣고 싶어 죽겠어. 언제나 네 노래는 좋단 말이야."

"고맙지만 여기에 있을래."

"안 돼. 여긴 비좁잖아. 가서 도움이 되는 일을 좀 해줘. 장식품이라기엔 넌 너무 크니까. 여자의 앞치마 끈에 매여 있는 건 질색이라고 했잖아."

조는 로리가 했던 말을 인용하면서 반박했다.

"아, 그건 누구의 앞치마이냐에 따라 다르지!"

로리가 대담하게 앞치마의 술을 휙 잡아당겼다.

"계속 그럴래?"

조가 쿠션을 찾아 허리를 굽히며 위협조로 말했다.

로리는 즉시 달아나서「보니 던디의 기치 아래」[30]라는 노래를 불렀다. 그사이 조는 슬그머니 방을 빠져나가더니 로리가 머리끝까지 화가 난 채 집으로 돌아갈 때까지 방에 나타나지 않았다.

그날 밤 오랫동안 뒤척이던 조가 막 잠이 들려는 찰나, 숨 죽여 우는 소리가 들려왔다. 이 소리에 벌떡 일어난 조는 얼른 베스의 침대 곁으로 가서 걱정스럽게 물었다.

"무슨 일이니?"

"언니는 잠든 줄 알았는데."

베스가 훌쩍였다.

"예전에 아팠던 곳이 또 아픈 거야?"

"아니, 새로운 고통 때문이야. 하지만 참을 수 있어."

베스가 눈물을 멈추려고 애썼다.

"다 말해 봐. 내가 고쳐줄게."

"언니는 못 해. 치료법이 없는 병이니까."

베스는 처절한 목소리로 이렇게 말하면서 언니에게 매달려 목놓아 울기 시작했다. 베스의 모습에 조는 덜컥 겁이 났다.

"도대체 어디가 아픈 거야? 엄마를 부를까?"

베스는 아무 말 없이 마치 가슴이 아프다는 듯이 한 손을 자신의 가슴에 댄 채 다른 손으로 조를 재빨리 붙잡으며 만류했다.

"아니, 엄마는 부르지 마. 엄마에게 말해선 안 돼! 곧 나아질 거야. 여기에 누워서 내 머리를 쓰다듬어줘. 그러면 진정이 되어서 잠이 들 테니까. 정말 그럴 거야."

조는 베스의 말을 따랐다. 그러나 조의 손이 부드럽게 베스의 뜨거운 이마와 축축한 눈꺼풀을 쓰다듬는 동안, 조는 가슴이 벅차올라 속내를 털어놓고 싶은 마음이 간절해졌다. 조는 어렸지만, 마음이란 것은 꽃봉오리와 같아서 억지로 열려고 해선 안 되며 자연스럽게 열릴 때까지 기다려야 한다는 사실을 알고 있었다. 그래서 베스의 새로운 고통이 무엇 때문인지 알 것 같았지만, 다정한 목소리로 이렇게 물을 수밖에 없었다.

"무슨 걱정거리라도 있는 거니?"

"응, 언니!"

긴 침묵 끝에 나온 대답이었다.

"나에게 털어놓으면 편해지지 않겠니?"

"지금은 아니야. 아직은."

"그럼 묻지 않을게. 하지만 기억해. 엄마와 내가 언제나 네 곁에서 기꺼이 널 도울 거라는 걸."

"알고 있어. 곧 말해 줄게."

"이제 아픈 건 좀 덜하니?"

"응, 많이 좋아졌어. 조 언니랑 있으면 정말 마음이 편안해!"

"이제 눈 좀 붙여. 네 옆에서 잘 테니까."

그들은 뺨을 맞댄 채 잠이 들었다. 아침이 되자 베스는 다시 평소의 모습으로 돌아온 듯 보였다. 열여덟 살에는 골치 아프거나 마음 아픈 일이 오래가지 않으며, 다정한 말 한마디에 씻은 듯이 낫는 법이다.

그러나 조는 이미 마음을 먹었고, 며칠을 고심한 끝에 엄마에게 결심을 털어놓았다.
"엄마가 며칠 전에 내 소원이 뭐냐고 물으셨죠? 그중 한 가지를 말씀드릴게요."
엄마와 단둘이 앉게 되자 조가 입을 열었다.
"이번 겨울에 기분 전환도 할 겸 어딘가로 가고 싶어요."
"왜 그러니, 조?"
엄마가 조의 속뜻을 알려는 듯이 재빨리 고개를 들었다.
조는 바느질감에 눈을 고정한 채 차분하게 대답했다.
"새로운 것을 경험하고 싶어서요. 지금보다 더 많이 보고 듣고 배우고 싶어서 안달이 나요. 너무 오랫동안 좁은 울타리 속에서 이리저리 고민한 것 같아요. 새로운 변화가 필요해요. 그래서 이번 겨울에는 좀 멀리 떨어져서 내 날개를 시험해 보고 싶어요."
"어디로 가려고?"
"뉴욕이오. 어제 언뜻 떠올랐는데 그곳이 좋을 것 같아요. 커크 부인이 자녀들을 믿고 맡길 젊은 교사를 찾는 중이라고 엄마에게 편지를 보낸 적이 있잖아요. 이거다 싶은 일은 아니지만 노력하면 잘 해낼 수 있을 것 같아요."
"애야, 그렇게 큰 하숙집에서 일하겠다니!"
마치 부인은 놀란 듯했지만 언짢아 보이지는 않았다.
"정확히 말해 일하는 건 아니에요. 커크 부인은 엄마의 친구잖아요. 게다가 아주 친절한 분이니 편안히 대해 주실 거예요. 부인의 가족들은 따로 살고 있고 그곳에는 나를 아는 사람이 없으니까 자유롭게 지낼 수 있겠죠. 뭐, 누가 알아보더라도 상관없어요. 정직한 일이고 하나도 부끄럽지 않으니까요."
"나도 그렇단다. 하지만 네 글은 어떡하니?"

"더 좋은 기회죠. 새로운 것들을 보고 들으며 새로운 아이디어를 얻을 테니까요. 그곳에서 글 쓸 시간은 많지 않더라도 소재는 아주 많이 얻을 수 있을 거예요."

"틀림없이 그럴 테지. 하지만 갑작스럽게 떠날 생각을 한 이유가 그게 전부는 아닌 것 같은데?"

"네, 엄마."

"다른 이유를 물어봐도 되겠니?"

조는 고개를 들었다 숙였다 하다가, 갑자기 얼굴을 붉게 물들이며 천천히 입을 뗐다.

"착각일지도 모르지만 로리가 저를 아주 좋아하게 된 것 같아 걱정이에요."

"그럼 넌 그런 식으로는 로리를 좋아하지 않는단 말이지?"

마치 부인이 걱정스러운 표정으로 물었다.

"당연히 아니죠! 늘 그랬던 것처럼 로리를 사랑하고 엄청나게 자랑스러워하고 있지만, 그 이상은 아니에요. 말도 안 되죠."

"다행이구나, 조!"

"왜 그렇게 생각하세요?"

"너희들은 잘 맞지 않는다고 생각한단다. 친구로서는 죽도 잘 맞고 자주 티격태격하다가도 금방 화해하지만, 부부가 된다면 늘 부딪치게 될 것 같으니 말이다. 너희 둘은 다혈질에 고집이 센 것은 말할 것도 없고 너무 많이 비슷한 데다 자유로운 걸 좋아해서 함께 행복하게 살지는 못할 거야. 부부 관계에는 사랑뿐만 아니라 끝없는 인내도 필요한 법이니까."

"제대로 표현할 수 없었지만 제 생각이 바로 그거예요. 로리가 나에게 깊이 빠진 것은 아니라서 다행이에요. 로리를 불행하게 만들까 봐 괴로웠거든요. 그렇지만 고맙다는 마음만으로 오랜 친구와 사랑에 빠질 순 없잖아요, 그렇죠?"

"넌 정말 로리의 감정을 확신하니?"

조의 볼이 더욱 붉어졌다. 조는 젊은 아가씨들이 첫 숭배자에 대해 말할 때처럼 즐거움과 자부심, 고통이 섞인 표정을 지으며 대답했다.

"그런 것 같아요, 엄마. 로리는 아무 말도 하지 않았지만 표정과 행동이 그래요. 그런 감정이 더 깊어지기 전에 내가 빨리 어디론가 떠나는 게 좋겠다고 생각해요."

"나도 찬성이란다. 그렇게 해서 정리할 수 있다면 말이다."

조는 한결 마음이 놓인 듯 보였고, 잠시 후에 미소를 지으며 말했다.

"모팻 부인이 엄마의 이런 모습을 본다면 정말 의아해할 거예요. 그러면서 애니한테도 희망이 있다는 사실에 기뻐하겠죠."

"오. 조, 엄마들이 딸을 다루는 방식은 다 다르지만 마음은 같단다. 늘 자녀들이 행복하길 바라는 거지. 메그는 행복하니 됐고, 너에게는 질리도록 자유를 주고 싶구나. 그래야만 이 세상에 자유보다 더한 행복도 있다는 걸 알게 될 테니까. 지금 가장 걱정이 되는 건 에이미지만, 현명하게 잘 헤쳐 나가리라 생각한단다. 베스는 건강하기만을 바랄 뿐이지. 그런데 요즘 베스가 훨씬 더 밝아 보이더구나. 베스와 얘기해 본 거니?"

"네, 베스는 걱정거리가 있다는 건 인정했지만 말해 주진 않았어요. 곧 말해 주겠다고는 했는데, 난 알 것 같아요."

조는 엄마에게 자신의 추측을 말해 주었다.

마치 부인은 고개를 흔들며 그렇게 낭만적인 걱정거리가 아닐 거라고 생각했다. 그러나 진지한 표정으로 조에게 로리를 위해서 잠시 떠나 있는 게 좋겠다는 말만 되풀이했다.

"모든 게 정해질 때까지 로리에게는 아무 말도 하지 않기로 해요. 로리가 눈치를 채고 매달리기 전에 달아날 거예요. 베스에게는 로리 때문에 떠난다는 말은 할 수 없으니 그냥 내가 좋아서 가는 걸로 해두고요. 내가 떠난 후에 베스가 로리를 다독이며 위로해 줄 수 있겠죠. 그러면 로리의 낭만적인 감정도 사라질 거예요. 로리는 예전에도 이런 종류의 시련은 많이 겪어봐서 익숙할 테니 실연의 아픔쯤은 금방 극복하겠죠."

조는 희망차게 말했지만, 로리에게 이번 '시련'은 너무 힘든 것이어서 예전처럼 쉽게 '실연의 아픔'을 극복하지 못할지도 모른다는 두려운 예감을 떨쳐 버리지 못했다.

조의 계획은 가족회의에서 다루어졌고, 다들 찬성했다. 커크 부인이 흔쾌히 승낙하며 집처럼 편안하게 지내게 해주겠다고 약속했기 때문이다. 조는 그곳에서 교사 일을 하면서 경제적으로 독립할 수 있을 터였고, 쉴 때는 글을 써서 돈을 벌 수 있을지도 몰랐다. 게다가 새로운 환경과 사람들을 접하는 일도 유익하고 즐거울 게 분명했다. 이런 생각에 기분이 좋아진 조는 빨리 집을 떠나고 싶었다. 이제 집은 조의 활동적이고 모험적인 성격을 거두기에는 너무 좁은 곳이 되어버렸다. 모든 일정이 정해지자, 조는 두려움에 떨면서 로리에게 말했다. 그러나 놀랍게도 로리는 아주 조용히 그 사실을 받아들였다. 요즘 로리는 평소보다 훨씬 진중했지만 아주 상냥했다. 그래서 농담 삼아 착하게 살자는 새로운 결심이라도 한 모양이라고 놀려대자, 로리는 차분하게 대답했다.

"맞아, 이번에는 바뀌지 않을 거야."

조는 로리가 때마침 이렇게 착한 결심을 해줘서 다행이라고 생각했다. 게다가 베스도 더 씩씩한 듯 보여서 홀가분한 마음으로 준비할 수 있었다. 조는 자신이 모두를 위해 좋은 일을 하는 것이길 바랐다.

"특별히 부탁할 게 하나 있어."

조가 떠나기 전날 밤에 베스에게 말했다.

"신문 말이야?"

베스가 물었다.

"아니, 로리를 좀 부탁할게. 잘 대해 줘야 해, 알았지?"

"물론이지. 하지만 내가 언니의 자리를 대신할 수 있을까? 언니를 많이 그리워할 텐데."

"로리에게 해가 되진 않을 거야. 그러니 기억해. 난 로리를 너에게 맡긴 거야. 따라다니며 잔소리도 하고 다독여 주기도 하라고."

"언니를 위해서 최선을 다할게."

베스가 약속했다. 그러면서 언니가 왜 묘한 표정을 짓는지 의아해했다.

로리는 작별 인사를 하면서 진지하게 속삭였다.

"이런다고 해도 아무 소용 없을 거야, 조. 내 눈은 항상 널 바라보고 있어. 그러니 몸가짐에 신경 써야 해. 그러지 않으면 내가 직접 가서 집으로 데려올 테니까."

33장

조의 편지

뉴욕, 11월

사랑하는 엄마와 베스에게

누구처럼 유럽 대륙을 여행하는 숙녀는 아니지만 말할 것이 많으니 정기적으로 편지를 보낼게요. 떠날 때 배웅하는 아버지의 얼굴이 멀어지니까 약간 침울해졌어요. 옆에 아일랜드 부인과 계속 울어대는 네 명의 꼬마가 없었다면 눈물까지 한두 방울 흘릴 뻔했죠. 그 꼬마들이 울려고 입을 벌릴 때마다 좌석에 생강 빵 조각을 떨어뜨리며 재미있게 길을 갔답니다.

곧 날씨가 개고 해가 났어요. 좋은 징조 같아서 제 기분도 날씨처럼 맑아졌죠. 그래서 그 후로는 마음껏 여행길을 즐겼어요.

커크 부인은 정말 친절하게 환영해 주셨어요. 큰 집에 낯선 사람들이 가득했지만, 그 덕분에 금세 편안해졌지요. 남은 방이 다락방 하나뿐이라 그 방에 짐을 풀었어요. 하지만 난로도 있고, 햇살이 잘 드는 창가에 멋진 탁자까지 놓여 있어서 내킬 때마다 앉아서 글을 쓸 수 있답니다. 게다가 수많은 계단을 오르는 보람을 느낄 수 있을 정도로 전망이 정말 좋아요. 맞은편에 교회 탑이 보여서 제 은신처가 단박에 마음에 들었죠. 아이들을 가르치고 바느질을 할 보육실은 커크 부인의 개인 응접실 옆방인데, 아주 쾌적한 곳이에요. 두 명의 여자 아이들도 예뻐요. 약간 버릇이 없어 보이긴 했지만, 「일곱 마리의 나쁜 돼지」얘기를 들려준 후로는 저를 잘 따르게 되었답니다. 반드시 모범적인 가정교사가 될게요.

식사는 아이들과 함께하고 있어요. 아무도 안 믿겠지만 부끄러워서 대식당에서는 밥을 못 먹겠어요.

처음에 커크 부인이 인자하게 안내해 주셨죠.

"애야, 집처럼 편안하게 지내려무나. 보다시피 난 이렇게 대가족을 보살피느라 아침부터 밤까지 늘 종종걸음을 친단다. 이제 아이들이 너랑 안전하게 있을 거라고 생각하니 정말 큰 짐을 내려놓은 기분이구나. 내 방은 언제나 너에게 열려 있고 네 방도 최대한 안락하도록 신경 쓰마. 이 집에는 좋은 사람들이 많으니 어울리는 것도 좋겠고, 저녁 시간에는 마음대로 해도 좋단다. 뭔가 잘 돌아가지 않으면 날 찾도록 하고, 즐겁게 지내려무나. 아, 차 마시는 시간이네. 난 모자를 바꿔 써야 해서 빨리 가봐야겠구나."

부인이 이렇게 당부하고 자리를 훌쩍 떠서 새로운 둥지에 홀로 남게 되었어요.

그 후에 곧바로 계단을 내려오면서 흥미로운 장면을 봤어요. 이 집은 천장이 높아서 계단이 아주 길어요. 그래서 세 번째 계단 위에 서서 짐을 든 어린 하녀가 먼저 지나가길 기다리는데, 이국적으로 생긴 남자가 그 하녀 뒤를 따라오더니 무거운 석탄 통을 대신 들어서 문가에 놓아주고는 친절하게 고개를 끄덕이며 외국 억양이 섞인 어투로 말하는 거예요.

"이러는 게 낫죠. 그 작은 등으로 이렇게 무거운 걸 어떻게 옮겨요?"

 그러고는 성큼성큼 걸어가 버리는 게 아니겠어요? 정말 친절하지 않나요? 난 이런 걸 좋아해요. 아빠가 늘 말씀하시듯 사소한 행동에서 성격이 드러나니까요. 그날 저녁에 커크 부인에게 이 얘기를 하니, 부인이 웃으면서 말했어요.

 "아마 바에르 교수님일 게다. 그분은 늘 그러시니까."

 그는 베를린 출신으로, 학식이 높고 좋은 분이래요. 그런데 무척이나 가난해서 가르치는 일로 근근이 생활을 하는 데다 부모를 잃은 어린 조카 두 명까지 돌보고 있대요. 미국인이랑 결혼한 누이의 생전 소원이 자식들의 교육을 이곳에서 받게 하는 것이었대요. 조금도 낭만적인 이야기가 아니었지만 왠지 관심이 가더라고요. 그래서 커크 부인이 그 교수님에게 제자들을 가르칠 방으로 개인 응접실을 빌려주었다는 말에 내심 기뻤어요. 응접실과 보육실 사이에는 창 달린 문이 있거든요. 그 창으로 그분을 훔쳐볼 작정인데, 나중에 자세히 말해 줄게요. 거의 마흔 살은 되어 보이는 분이니 괜찮을 거예요, 엄마.

 차를 마시고 아이들을 재우느라 씨름한 후에는 커다란 반짇고리를 꺼내서 열심히 바느질을 했어요. 그리고 새로운 친구와 담소를 나누며 한가한 저녁 시간을 보냈죠. 이제부터 일기를 쓰듯이 편지를 써서 모아놓았다가 일주일에 한 번씩 한꺼번에 부칠게요. 안녕히 주무세요.

화요일 저녁
 오늘 아침에 수업을 하는데 아이들이 어찌나 산초처럼 구는지 그 둘을 붙잡고 마구 흔들어댈 뻔했어요. 진짜 활기찬 수업 시간이었죠. 그런데 어떤 마음씨 착한 천사의 조언대로 실컷 몸을 움직이도록 내버려 뒀더니 제 풀에 지쳐 얌전해지지 뭐예요. 점심 식사 후에는 그 천사 아가씨가 아이들을 데리고 산책을 나갔고, 난 아주 기쁜 마음으로 바느질감을 손에 들었답니다. 단춧구멍을 멋지게 만드는 방법을 배워둔 게 얼마나 다행인지 모르겠더라고요. 그렇게 자화자찬하며 흡족해하고 있는데, 옆 방문이 열리고 닫히는 소리가 들리더니 누군가가 독일어로 '당신은 아시나요, 그 땅을'[31]이라며 큰 소리로 흥얼거리는 거예요. 정말 예의 없는 짓인 건 알지만 유혹을 이기지 못하고 사잇문에 쳐진 커튼을 들추고 옆방을 훔쳐보고 말았어요. 거기에는 바에르 교수님이 있었고, 그분이 책을 정리하는 동안 그분의 외양을 아주 자세히 관찰할 수 있었죠. 전형적인 독일 남자처럼 건장한 체격에 갈색 머리카락이 온통 헝클어져 있었고 덥수룩한 수염에 우스꽝스러운 코, 아주 상냥한 눈을 가지고 있었어요. 게다가 미국인이 재잘거리는 날카로운 목소리만 듣다가 아주 묵직한 목소리를 들으니 오랜만에 귀가 호강하는 것 같았어요. 옷은 낡았고 손은 아주 컸는데, 고른 치아 말고는 잘생긴 구석이라고는 없는 얼굴이었어요. 하지만 머리가 좋은 분이어서 마음에 들더라고요. 리넨 천으로 된 옷은 굉장히 멋져서 신사처럼 보였어요. 비록 외투의 단추가 두 개 정도 떨어져 나간 것 같았고, 구두 한쪽에는 덧댄 자국이 있었지만 말이에요. 노래를 흥얼거리면서도 얼굴 표정은 진지했는데, 창가로 가서 히아신스꽃을 햇빛 쪽으로 돌려주고 오랜 친구처럼 반기는 고양이를 쓰다듬고 나서야 미소를 지어 보이더군요. 그때 문 두드리는 소리가 들려왔고, 교수님이 크고 경쾌한 목소리로 "들어와요!"라고 말했어요. 난 막 달아나려다가 자그마한 여자아이가 큰 책을 들고 들어오는 모습이 보여서 그 자리에 다시 멈춰

설 수밖에 없었어요.

"우리 바에르 선생님을 만나러 왔어요."

꼬마가 책을 털썩 내려놓으며 교수님에게 쪼르르 달려가더군요.

"너희 바에르 선생님은 여기에 있단다. 귀여운 우리 티나, 선생님이 한번 안아보자꾸나."

교수님이 웃으면서 티나를 머리 위로 번쩍 들어 올리자, 티나가 고개를 숙여 그에게 입맞춤을 하더라고요.

"이제 공부할 시간이에요."

꼬마가 이렇게 말하니까 교수님은 아이를 탁자에 내려놓고는 아이가 가져온 큰 사전을 펼치더니 종이와 연필을 내주었어요. 티나가 사전을 뒤적이며 뭔가를 적다가 가끔씩 단어를 찾는 듯 통통한 손가락으로 사전을 짚어 내려가는 모습이 너무 진지해서 하마터면 소리 내어 웃을 뻔했지 뭐예요. 그동안 바에르 교수님은 꼬마의 예쁜 머리를 쓰다듬으며 아버지처럼 자상한 표정으로 옆에 서 있었어요. 그래서 그 아이가 독일인처럼 보이지는 않았지만 교수님의 딸인 게 분명하다고 생각했죠.

또다시 문 두드리는 소리가 들리더니 이번에는 두 명의 젊은 숙녀가 들어와서, 난 재빨리 제자리로 돌아가 바느질에 열중했어요. 하지만 옆방에서 들려오는 재잘거리는 소리까지 막을 수는 없었죠. 한 아가씨는 계속 깔깔거리면서 애교 섞인 목소리로 "교수님."이라고 불러댔고 다른 아가씨는 독일어 억양이 정말 못 들어줄 정도로 형편없었어요.

두 아가씨 때문에 교수님은 인내심을 엄청나게 짜내야 했을 거예요. 교수님이 "아니, 아니에요. 그렇게 하면 안 되죠. 내 발음을 주의해서 들어요."라고 힘주어 말하는 걸 한 번 이상은 들었거든요. 한번은 책을 탁자에 내려놓는 것처럼 쾅 하는 소리가 들리더니 "이런! 오늘은 완전 엉망진창이군." 하는 절망적인 탄식까지 들려왔어요.

불쌍한 선생님, 동정심이 들더군요. 그 아가씨들이 떠나고 나서 교수님이 어떤 상태인지 몰래 훔쳐봤어요. 그는 지친 듯 의자에 털썩 주저앉아 등을 기대고는 눈을 감고 있었어요. 그런데 시계가 2시를 치자 벌떡 일어나더니 또 다른 수업 준비를 하려는 듯 책을 주머니에 넣고는 소파에 잠든 티나를 품에 안고 조용히 다른 곳으로 옮기더군요. 정말 힘들게 사는 것 같았어요.

커크 부인이 5시에 저녁 식사를 함께하지 않겠느냐고 해서서, 사람들도 조금 그립고 한 지붕 아래 사는 사람들이 어떤 이들인지 보려고 따라나섰어요. 그래서 점잖게 차려입은 채 식당에 몰래 들어가려고 커크 부인 뒤에 조용히 따라붙었는데, 부인은 키가 작고 난 커서 눈에 띄지 않게 들어가려던 계획이 수포로 돌아가고 말았어요. 부인의 옆자리에 앉아서 차분한 표정으로 용기를 내어 주위를 살펴보았죠. 기다란 식탁은 빈자리 없이 가득 찼고, 다들 저녁 식사에만 열중하는 모습이었어요. 특히 신사들은 누가 쫓아오기라도 하는 것처럼 식사를 마치자마자 쏜살같이 나가 버리더라고요. 젊은이들은 그네들끼리 모여서 수다를 떠느라, 연인들은 서로에게 신경을 쓰느라, 기혼 부인들은 아기를 돌보느라, 노신사들은 정치 얘기를 하느라 여념이 없더군요. 난 어디에도 낄 수 없는 처지였죠. 단 한 명 친해지고 싶은 아가씨는 있었어요. 다정한 얼굴에 뭔가 사연이 있어 보이는 아가씨가 말이에요.

바에르 교수님은 식탁 맨 끝 자리에 앉아 있었어요. 양편으로 가는귀가 먹은 노신사와 프랑스 남자가 앉아 있었는데, 호기심 많은 노신사가 이것저것 묻는 말에 큰 소리로 답하랴, 프랑스 남자와는 철학에 대해 토론하랴, 많이 바빠 보였어요. 에이미가 여기 있었다면 교수님을 다시는 보려고 하지 않았을 거예요. 안타깝게도 그는 에이미의 '귀부인적 취향'으로는 도저히 용서 못 할 모습을 보이고 있었기 때문이죠. 대식가인 데다 음식을 입에 퍼 넣다시피 먹고 있었거든요. 난 해나의 말대로 '먹성 좋은' 모습이 좋기 때문에 별로 거리낌이 없었어요. 게다가 불쌍한 교수님은 온종일 바보들을 가르치느라 힘들었으니, 그렇게 많은 음식이 필요할 만도 했을 거예요.

저녁 식사 후에 계단을 올라가는데, 젊은 남자 두 명이 복도의 거울 앞에서 턱수염을 매만지다가 그중 한 명이 낮은 목소리로 "그 새로운 얼굴은 누구래?" 하며 묻는 소리를 들었어요.

"여자 가정교사쯤 될걸?"

"도대체 왜 우리 식탁에 앉은 거야?"

"노부인의 친구니까."

"머리는 좋아 보이지만 촌스러워."

"그렇지. 제발 눈 좀 호강하고 살았으면."

처음에는 화가 났지만, 여교사는 점원이나 마찬가지니까 그런 말에는 신경 쓰지 않았어요. 그리고 그렇게 담배를 빡빡 피워 대면서 수다를 떨어대는 우아한 사람들의 말에 따르면, 난 촌스럽긴 하지만 머리는 좋다는 거니까요. 정말이지, 한심한 사람들은 딱 질색이에요!

목요일

어제는 조용한 하루였어요. 아이들을 가르치고 바느질하고 내 작은 방에서 글을 쓰면서 보냈죠. 내 방은 햇빛과 난로 덕분에 아주 편안해요. 그동안 새로운 사실을 몇 가지 알게 되었고, 교수님과도 인사를 나눴어요. 티나는 이곳 세탁실에서 다림질을 하는 프랑스 여인의 딸인 것 같아요. 그 꼬마 아가씨는 바에르 씨에게 온 마음을 다 빼앗겨서, 그가 집에 있을 때는 언제나 강아지처럼 졸졸 따라다닌답니다. 교수님은 그게 또 기쁜가 봐요. 아직 미혼인데도 어린아이들을 무척 좋아하더군요. 키티 커크와 미니 커크도 그를 아주 좋아해서 그가 만들어낸 놀이와 그가 준 선물, 그가 해준 굉장한 이야기에 관한 말을 늘 입에 달고 살 정도예요. 커크 부인이 말하길, 젊은이들은 교수님을 늙은 독일인이나 라거 비어, 큰곰자리 등등으로 부르며 이름을 가지고 놀려대지만 교수님은 아이처럼 좋아할 뿐이래요. 그렇게 좋게 받아들이니 젊은이들도 그를 좋아할 수밖에요.

내가 친해지고 싶었던 아가씨는 노턴 양이라고 해요. 돈이 많고 교양도 풍부하며 상냥하죠. 그녀가 오늘 저녁 식사 자리에서 내게 말을 걸더니(네, 다시 식당에 갔어요. 사람들을 관찰하는 게 정말 재미있거든요.), 자기 방에 놀러 오지 않겠느냐고 하더라고요. 그녀는 좋은 책과 그림을 많이 가지고 있었고 흥미로운 사람들도 많이 알고 지내더군요. 그래서 나도 상냥하게 대해 주었어요. 에이미처럼 상류사회에 발을 들이고 싶은 건 아니지만, 정말 좋은 모임의 일원이 되고 싶거든요.

어제저녁에 거실에 있는데, 바에르 교수님이 신문을 들고 커크 부인을 찾아왔어요. 마침 부인은 안 계셨지만 아이들 중 맏이인 미니가 아주 예쁜 모습으로 나를 소개해 주었죠.

"이분은 엄마의 친구인 마치 양이세요."

"맞아요. 그녀는 유쾌해서 우리가 아주 좋아해요."

'말썽쟁이'인 키티가 덧붙였어요.

우리 둘은 인사를 하고서는 동시에 웃음을 터뜨렸어요. 아이들의 새침한 소개말과 솔직하게 덧붙인 말이 대비되어서 우스웠거든요.

"아, 네. 이 장난꾸러기 아가씨들이 마치 양을 당황스럽게 한다는 말은 들었어요. 또다시 그러면 그땐 절 부르세요."

그가 협박하듯이 얼굴을 찡그려 보이자 꼬마 아가씨들이 즐거워했어요.

난 그러겠다고 말했고, 그는 방을 나갔어요. 그런데 오늘이 무슨 날이라도 되는지 교수님을 자주 보게 될 운명이었나 봐요. 외출을 하려고 교수님의 방문 앞을 지나다가 우연히 우산 끝으로 그 방문을 두드리게 되었지 뭐예요. 그러자 방문이 확 열리면서 실내복을 입은 교수님이 한 손에는 푸른 양말을, 다른 손에는 짜깁기 바늘을 든 채 서 있는 거예요. 그는 전혀 창피한 것 같지 않아 보였어요. 내가 설명을 하고 급히 떠나려고 하자, 양말을 든 손까지 흔들며 큰 목소리로 쾌활하게 이렇게 말했거든요.

"걷기에 참 좋은 날씨네요. 그럼, 산책 잘하시오, 마드무아젤."

난 계단을 내려오는 내내 웃었어요. 하지만 그 가난한 남자가 옷을 꿰매고 있다고 생각하니 불쌍한 생각도 들었어요. 독일 신사들이 자수를 놓는다는 건 알고 있지만, 양말을 꿰매는 건 다른 일이잖아요. 그렇게 보기 좋은 모습은 아니니까요.

토요일

편지 쓸 거리가 별로 없네요. 노턴 양 방에 놀러 간 일을 빼면요. 그녀의 방은 아름다운 물건들로 가득했어요. 상냥한 노턴 양은 자신의 보물을 다 보여 주었죠. 그러더니 괜찮다면 가끔 자신과 함께 강좌나 콘서트 등을 함께 다니지 않겠느냐며 부탁하는 거예요. 분명히 커크 부인이 우리 집에 대해서 다 말해 줬을 테니 그녀는 나에게 호의를 베풀려고 그런 부탁을 했을 거예요. 난 자존심이 강하지만 이렇게 상냥한 사람의 친절한 호의는 전혀 부담스럽지 않답니다. 난 아주 고맙게 호의를 받아들였어요.

다시 육아실로 돌아갔을 때 옆방에서 엄청난 괴성이 들렸어요. 안을 들여다보니 바에르 교수님이 손과 무릎을 바닥에 댄 채 등에 티나를 태우고 있는 거예요. 키티는 그런 교수님을 밧줄로 묶어 끌고 있었고, 미니는 의자로 만든 감옥 안에서 찧고 까불고 있는 조그마한 사내아이 두 명에게 씨가 박힌 과자를 주고 있었어요.

"우린 조련사 놀이를 하고 있는 중이에요."

키티가 설명해 주었죠.

"이건 내 코끼리예요!"

티나가 교수님의 머리카락을 잡은 채 덧붙였고요.

"엄마는 프란츠와 에밀이 오는 토요일 오후에는 우리 마음대로 놀라고 하셨어요. 그렇죠, 바에르 선생님?"

미니가 이렇게 묻자 그 '코끼리'가 제일 신 나 보이는 얼굴로 일어서더니 차분한 목소리로 내게 말했어요.

"정말 그래요. 우리가 너무 시끄럽다 싶으면 '쉿!' 하고 한마디만 해요. 그럼, 목소리를 낮출 테니까 말이오."

난 그러겠다고 했지만 방문을 열어둔 채 그들이 노는 광경을 재미있게 바라보았어요. 정말 그렇게 신 나는 구경은 처음이었어요. 그들은 꼬리잡기 놀이와 군인 놀이를 하더니, 춤추고 노래도 불렀어요. 날이 어두워지기 시작하자, 아이들은 모두 교수님이 앉아 있는 소파에 몰려들었어요. 교수님은 재미있는 동화 이야기를 들려주었는데, 굴뚝 위의 황새 이야기라든지, 눈이 내리면 눈송이를 타고 내려오는 꼬마 도깨비 얘기 같은 것들이었어요. 우리 미국인들도 독일인처럼 단순하고 자연스럽게 행동하면 얼마나 좋을까요, 그렇죠?

글을 쓰는 게 좋아서 돈 문제가 걸려 있지 않으면 영원히 이 편지를 끝맺지 못할 것 같아요. 얇은 종이에 빽빽하게 썼지만 이 긴 편지에 붙일 우푯값이 얼마나 될지 조금 두렵답니다. 에이미의 편지도 다 읽는 대로 부쳐주세요. 내 편지는 에이미의 굉장한 이야기에 비하면 아주 단조롭게 들리겠지만, 그 나름대로 재미를 느낄 수 있을 거예요. 테디는 친구들에게 편지 쓸 시간도 없을 만큼 열심히 공부하나 보죠? 베스, 나 대신 테디를 잘 보살펴 줘. 그리고 쌍둥이들 얘기도 알려 주고. 모두들 엄청나게 사랑해요.

언제나 한결같은 조가

추신. 편지를 다시 읽어보니 바에르 교수님에 대한 이야기가 많아 놀랐어요. 하지만 언제나 기이한 사람들에게 관심이 가는걸요. 게다가 정말 편지 쓸 거리가 없었어요. 건강하세요.

12월

소중한 베시에게

두서없이 휘갈겨 쓰지만, 내 생활이 어떤지 알려 주고 널 재미있게 해주려고 너한테 보내는 거야. 한가한 나날이지만 아이들 덕분에 웃고 살아. 정말 초인적인 인고의 노력 끝에 이제야 조금씩 내 말이 먹혀들기 시작했거든. 내가 가르치는 소녀들은 티나와 소년들만큼 관심이 가지는 않지만 최선을 다해 가르치고 있고 그 애들은 날 좋아한단다. 프란츠와 에밀은 정말 쾌활한 녀석들이야. 독일인과 미국인의 기질이 섞여 있어서 항상 떠들썩하지. 토요일 오후는 집에서건 밖에서건 항상 난리 법석이 일어나는 시간이야. 날씨가 화창하면 교수님과 내가 아이들을 데리고 학교 소풍처럼 산책을 나가거든. 정말 재미있어!

교수님과는 이제 좋은 친구가 되었어. 나도 독일어 수업을 받게 되었는데, 정말 우습게 시작된 일이어서 말하지 않고는 못 배기겠어. 우선 처음부터 말하자면 어느 날 바에르 교수님 방 옆을 지나가고 있는데, 그 방을 뒤지고 있던 커크 부인이 날 불러 세우는 거야.

"애야, 이렇게 소굴 같은 방을 본 적이 있니? 이리 와서 책 정리 좀 도와주렴. 내가 온통 뒤집어 놓아서 말이다. 내가 며칠 전에 교수님에게 새 손수건 여섯 장을 줬는데, 그걸 어디다 치웠는지 찾을 수가 없구나."

그래서 나도 방에 들어가 부인을 도왔는데, 주위를 둘러보니 확실히 '소굴'은 '소굴'이었어. 책이며 종이가 사방에 널려 있었고, 부서진 해포석 담배 파이프와 낡은 피리가 장식품인 양 벽난로 선반 위에 놓여 있는 거야. 게다가 꼬리가 잘린 덥수룩한 새 한 마리가 창가 의자 위에서 울어대고, 다른 창가에는 흰 쥐가 담긴 상자가 놓여 있었어. 반쯤 완성된 배와 토막 난 끈들은 원고 사이에 있었고, 더럽고 작은 구두는 말리려고 난롯불 앞에 놓아두었더라고. 거기다 사랑스러운 소년들이 어지럽힌 흔적들이 온 방 안에 가득했어. 이렇게 들쑤신 끝에 손수건 세 장은 찾아냈지. 하나는 새장 위에 걸쳐져 있었고, 또 하나는 잉크가 잔뜩 묻어 있었고, 마지막 하나는 받침대로 썼는지 불에 그슬린 자국이 나 있었어.

"대단하군!"

사람 좋은 커크 부인은 찾아낸 손수건을 헝겊 주머니에 넣으면서 웃으셨어.

"다른 손수건들도 배를 만들거나 손가락의 상처를 싸매거나 연 꼬리를 만드느라 다 찢어버렸을지도 모르겠구나. 끔찍한 일이지만 그를 나무랄 수는 없단다. 그렇게 속없고 심성이 착해서는 아이들이 등을 타고 놀아도 화 한번 내는 법이 없잖니. 내가 세탁이며 바느질을 해준다고 했는데도 그가 옷을 내놓는 걸 잊어버리고 나도 돌보질 않아서 그냥 지나칠 때가 많구나."

"그러면 제가 바느질을 할게요."

내가 말했어.

"전 괜찮으니 제가 하게 해주세요. 교수님에게 굳이 알리실 필요는 없고요. 교수님은 제 편지도 가져다주고 책도 빌려주시는걸요. 저도 보답하고 싶어서 그래요."

그래서 내가 교수님의 물건을 정리하는 일을 맡게 되었어. 교수님이 서툴게 꿰맨 양말 뒤꿈치도 내가 다시 꿰맸지. 난 교수님이 이 일을 모르길 바랬어. 그런데 지난주에 알게 되신 거야. 다른 사람을 가르치는 교수님의 수업이 정말 재미있어서 나도 배우고 싶을 정도였어. 티나가 들락날락하니까 문은 항상 열어두거든. 그래서 수업을 엿들을 수 있었지. 그날도 문 옆에 가까이 앉아 마지막 남은 양말을 꿰매면서 교수님의 수업 내용을 이해해 보려고 애쓰고 있었어. 새로운 학생이었는데 나만큼이나 멍청하더라고. 그 아가씨가 가고 나서 조용해지자 교수님도 나갔다고 생각했어. 그래서 난 앞뒤로 몸을 흔들면서 입으로는 동사를 발음해 보고 있었지. 그때 작게 키득대는 소리가 들려서 고개를 드니, 바에르 교수님이 티나에게 조용하라는 눈짓을 보내며 슬며시

33장 조의 편지 171

웃고 있지 뭐야. 내가 바느질을 멈추고 멍하니 쳐다보니까 교수님이 입을 뗐어.

"그래, 당신은 날 훔쳐보고 난 당신을 훔쳐봤으니 피장파장이군요. 하지만 독일어를 배우고 싶다고 하면 내가 언짢아할 거라고 생각했소?"

"아니요. 교수님은 정말 바쁘시잖아요. 거기다 전 너무 멍청해서 잘 배우지 못할 거예요."

난 홍당무처럼 빨개진 얼굴로 어물거렸어.

"이런! 시간은 내면 되죠. 저녁에 짧은 수업 하나는 더 할 수 있어요. 거기다 보시오, 마치 양. 난 갚아야 할 빚이 있잖소."

그러면서 교수님이 내 바느질감을 가리키는 거야.

"그래요! 친절한 숙녀분들이 서로 이렇게들 말했겠죠. '그는 멍청한 늙은 바보니까 우리가 하는 일을 알아채지 못할 거야. 양말 뒤꿈치에 더 이상 구멍이 생기지 않는 걸 알지도 못할 거고, 단추는 떨어지면 새로 자란다고 생각할 게 뻔해. 끈도 저절로 달리고 말이야.' 아! 하지만 나도 눈이 있어서 많은 걸 봤고, 가슴이 있으니 당연히 감사할 줄도 알죠. 자, 지금부터 수업을 시작합시다. 아니면 더 이상 요정처럼 숨어서 호의를 베풀 필요도 없어요."

당연히 그 후로는 한마디도 할 수 없었지. 정말 굉장한 기회여서, 난 수업을 받는 대신 바느질을 해주기로 교수님과 거래했어. 그런데 수업을 네 번 받고 나니까 문법에서 딱 막히는 거야. 교수님은 정말 참을성 있게 가르쳐줬지만 아주 맘고생이 심하셨을 거야. 가끔씩 교수님이 절망적인 표정으로 나를 쳐다보는데, 웃어야 할지 울어야 할지 모르겠더라고. 너무 창피하고 비참해서 코를 훌쩍였더니, 교수님이 문법책을 바닥에 던지고는 방을 나가

버리는 거야. 정말 부끄럽고 버려진 느낌이 들었지만 교수님이 원망스럽지는 않았어. 위층으로 올라가서 감정을 추스르려고 종이를 긁어모으고 있는데, 교수님이 경쾌하게 환한 웃음을 지으며 들어오시지 않겠니?

"자, 이제 새로운 방법을 써보죠. 재미있는 동화책을 같이 읽어요. 우리를 괴롭게만 하는 이 딱딱한 책은 던져버리자고요."

교수님은 아주 다정하게 말하면서 한스 안데르센의 동화책을 펼쳐 보이셨어. 결단코 이렇게 창피했던 적은 없었어. 그래서 죽기 살기로 수업에 임했지. 그 모습이 교수님에게는 재미있으셨나 봐. 난 창피함도 잊고 온 힘을 다해서 읽었어. 긴 단어에서는 더듬거리면서 발음도 생각나는 대로 즉흥적으로 지어냈어. 그래도 최선을 다했어. 첫 장을 다 읽고 숨을 돌리는데, 교수님이 박수를 치면서 열정적으로 칭찬하시는 거야.

"잘했어요! 이런 식으로 해보자고요! 내 차례죠. 내가 읽는 걸 잘 들어봐요."

교수님이 굵은 목소리로 힘 있게 단어를 읽어 내려가는데, 목소리도 목소리지만 열정적인 모습도 보기 좋았어. 다행히도 그 동화가 우스꽝스러운 「장난감 병정」이어서 웃을 수 있었어. 교수님이 읽는 내용의 반도 이해하지 못했지만 웃음이 나오더라고. 교수님이 진지하게 읽는 모습도, 흥분한 나 자신도, 그 모든 상황이 정말 웃겨서 어쩔 수 없었어.

그 후로 수업은 더 잘되었어. 지금은 수업 시간에 책을 아주 잘 읽는단다. 이런 공부 방식이 나에게 맞나 봐. 마치 알약을 젤리 속에 넣어서 먹는 것처럼, 이야기와 시에 문법이 들어가 있어서 더 쉽게 이해할 수 있지 뭐야. 문법을 정말 좋아하게 되었고, 교수님도 날 가르치는 일이 아직은 괜찮으신가 봐. 정말 좋은 분이지 않니? 크리스마스 때 교수님에게 선물을 할 작정이야. 돈을 드릴 수는 없으니 뭐가 좋을지 조언을 부탁해요, 엄마.

로리가 그렇게 행복하고 바쁘다니 다행이에요. 거기다 담배도 끊고 머리도 다시 기른다면서요? 봐요, 엄마. 나보다 베스가 로리를 더 잘 다루잖아요. 베스, 질투하는 게 아니야. 최선을 다해 보살펴 줘. 다만 너무 성인군자처럼 만들지는 말아 줘. 장난기가 하나도 없는 로리는 좋아할 수가 없으니까. 이 편지를 로리에게도 보여 줘. 따로 편지를 쓸 시간이 없어서 그래. 베스, 네가 계속 편안히 잘 지낸다니 정말 하늘에 감사할 뿐이란다.

1월

사랑하는 가족들 모두 새해 복 많이 받으세요. 로렌스 할아버지와 테디도요. 크리스마스 선물을 받고서 얼마나 기뻤는지 몰라요. 밤까지 선물이 도착하지 않아서 포기하고 있었거든요. 편지는 아침에 도착했지만, 날 놀라게 하려고 선물에 대한 얘기는 한 줄도 없더군요. 가족들이 날 잊을 리 없다고 기대하다가 실망도 했죠. 차를 마신 후 내 방에서 울적한 마음으로 앉아 있는데, 진흙이 묻은 커다란 짐꾸러미 하나가 배달된 거예요. 진짜 좋아서 꾸러미를 껴안고 방방 뛸 수밖에 없었죠. 기분도 좋고 집도 그리운 마음에 마룻바닥에 털썩 주저앉아 선물 보따리를 풀어서 읽고 보고 먹으며 웃다가 울었어요. 정말 내가 갖고 싶었던 물건들뿐이었어요. 게다가 사지 않고 직접 만든 물건이라 더 좋았어요. 베스가 새로 만든 '잉크받이'는 정말 대단했어요. 그리고 해나의 선물인 생강 쿠키가 든 상자는 보물로 자리 잡을 것 같아요. 엄마, 보내주신 멋진 플란넬 드레스 잘 입을게요. 아빠가 줄 처놓은 책의 문구도 주의 깊게 읽을 거고요. 모두 감사해요. 정말 많이요!

책 얘기가 나와서 말인데요, 책 쪽으로는 아주 부자가 된 기분이에요. 새해 첫날에 바에르 교수님이 셰익스피어 책 한 권을 주셨거든요. 교수님이 정말 아끼는 책이에요. 저도 종종 감탄을 하며 읽었고요. 독일어 성경과 플라톤, 호메로스, 밀턴과 함께 서가의 명당 자리에 꽂혀 있던 책이었어요. 그런데 교수님이 그 책을 꺼내어 내 이름이 적힌 속장과 '친구 프리드리히 바에르로부터'라고 쓰인 글귀를 보여 주었으니 얼마나 기뻤겠어요?

"종종 자신만의 서재를 갖고 싶다고 했지요? 내가 한 권을 기증하겠소. 이 한 권에는 수많은 책들이 들어 있는 셈이오. 그러니 잘 읽으면 분명히 도움이 될 겁니다. 이 책에 나온 등장인물을 연구하면 세상의 모든 인물이 쉽게 이해될 것이고, 당신의 펜으로 인물들을 덧입히는 작업도 쉬워질 거예요."

교수님에게 이루 다 말할 수 없을 정도로 감사 인사를 했고, 책을 백 권이라도 가진 양 '내 서재'에 대해서 이야기했어요. 전에도 셰익스피어에 대해서는 많이 알지 못했지만, 셰익스피어 책을 설명해 줄 바에르 교수님도 없었죠. 교수님 이름이 이상하다고 해서 웃지 마세요. 베어도 비어도 아니고 독일식으로 그 중간 발음쯤 된다고 해요. 독일인들만이 제대로 발음할 수 있는 이름이죠. 두 분 모두 교수님에 대한 이야기를 좋아하시고 언젠가 한번 만나고 싶다고 해서서 기뻐요. 엄마는 교수님의 따뜻한 마음씨가, 아빠는 교수님의 현명한 머리가 마음에 드실 거예요. 난 그 두 가지 장점을 다 좋아해요. 새로운 친구 '프리드리히 바에르' 덕분에 삶이 많이 풍요로워진 기분도 든답니다.

교수님 선물로는 돈도 많지 않고 교수님이 뭘 좋아하는지도 몰라서 자그마한 물건 몇 가지를 샀어요. 그런 후에 교수님이 뜻밖의 장소에서 선물들을 발견할 수 있도록 방 안 여기저기에 놓아두었죠. 유용하거나 예쁘거나 웃긴 물건들인데, 탁자에 놓을 새로운 접시꽂이와 작은 화병, 담배 파이프를 놓을 받침대 같은 것이에요. 교수님은 신선한 기분을 느끼기 위해서라며 늘 꽃을 꽂아두거나 유리컵에 풀이라도 꽂아놓곤 했거든요. 그리고 손수건을 태울 필요가 없도록 받침대를 직접 만들었어요. 베스가 고안해 낸 큰 나비 모양으로 만들었는데, 뚱뚱한 몸통에다 검고 노란 날개를 달고 털실로 더듬이를, 구슬로 눈알을 붙였더니 교수님이 정말 마음에 들었는지 벽난로 선반에 장식해 두었더라고요. 결국 받침대로 쓰이질 못했으니 선물은 실패한 셈이었죠. 교수님은 가난한데도 하인 한 사람, 아이 한 명조차 잊지 않고 선물했어요. 거기다 이 집에 사는 사람이라면 세탁실의 프랑스 여인에서부터 노턴 양까지 교수님을 잊은 사람이 한 명도 없었고요. 그 사실이 정말 기뻤죠.

새해 전날 밤에 이 집 사람들은 가장무도회를 열어 즐거운 시간을 보내더군요. 난 드레스도 없고 해서 내려가지 않을 작정이었는데, 마지막 순간에 커크 부인이 오래된 드레스를 기억해 냈고 노턴 양이 레이스와 깃털을 빌려줘서 맬러프롭 부인으로 꾸미고는 가면을 쓴 채 무도회가 열리는 곳으로 유유히 들어갔어요. 목소리를 꾸며서 냈기 때문에 아무도 날 알아보지 못했어요. 누구도 조용하고 콧대 높은 마치 양(대부분의 사람들이 내가 뻣뻣하고 냉정하다고 생각해요. 얄미운 애송이들에게는 그런 식으로 대했거든요.)이 가장을 한 채 춤을 추면서 '묘비명을 뒤죽박죽 섞어 멋지게 말하는 능력'[32]에 대해 주절대리라고는 상상도 못했겠죠. 실컷 즐긴 후에 가면을 벗자 다들 놀라서 날 쳐다보는데, 정말 재미있었어요. 젊은 남자 한 사람이 친구에게 내가 여배우인 줄 알았다고 말하는 걸 듣기도 했어요. 어쩌면 내가 참여한 작은 연극에서 날 봤을지도 모르겠어요. 메그 언니는 이런 장난 이야기를 들으면 좋아할 거예요. 바에르 교수님과 티나는 셰익스피어의 「한여름 밤의 꿈」에 나오는 직공 닉 보텀과 요정의 여왕 티타니아로 분해서 춤을 추더군요. 요정을 팔에 안고 춤을 추는 교수님의 모습이 테디의 말을 빌자면 정말 '장관'이었어요.

 이렇게 새해 첫날을 정말 행복하게 보냈어요. 방에 들어와서 곰곰이 생각해 보니, 이곳에서 실수도 많이 했지만 그럭저럭 잘 지낸 것 같아요. 늘 씩씩하게 일도 열심히 하고 있고, 예전보다 다른 사람들에게 관심이 많이 생기게 된 점이 만족스러워요. 늘 신의 축복이 함께하길 빌게요.

사랑을 보내며, 조

34장

친구

조는 사교적인 분위기 속에서 아주 행복했고 날마다 밥값을 버는 일로 바빴지만, 문학적인 노력을 게을리하지는 않았다. 글을 써서 돈을 벌겠다는 조의 목표는 가난하고 야망 있는 소녀에게 자연스러운 것이었지만, 조가 목표를 이루기 위해 선택한 방법은 좋은 것이 아니었다. 그녀는 돈이 힘이라는 사실을 경험했고, 돈과 힘을 가지기로 굳게 결심했다. 이는 그녀 자신만이 아니라 자신보다 더 사랑하는 사람들을 위해서였다. 가족들을 편안히 살게 해주고, 베스가 원하는 거라면 겨울의 딸기에서부터 침실에 오르간까지 모든 것을 해주고 싶었기 때문이다. 게다가 자신도 해외여행을 하고 남을 도우며 살려면 언제나 돈이 많이 필요할 터였다. 바로 이 꿈이 조가 수년 동안 가슴속에 소중히 품어온 공상의 성이었다.

이전에 소설로 상을 타본 경험이 있어서 『에스파냐의 성』이라는 소설을 오랜 생각과 고생 끝에 내놓을 수 있었다. 그러나 이 소설이 몰고 온 여파로 조는 한동안 글을 쓸 엄두조차 내지 못하고 있었다. 여론이라는 것은 아무리 용감한 잭에게도 무지막지하게 큰 콩 나무처럼 느껴지는 법이기 때문이다. 이 이야기 속 불멸의 영웅이 첫 시도에서 굴러떨어진 후 주저했던 것처럼, 조도 잠시 펜을 놓았던 것이다. 그렇지만 잭처럼 '다시 올라가서 보물을 가져오자'는 마음이 들었고, 이번에는 그늘진 곳을 찾아 기어올라 더 많은 보물을 가져오기로 했다. 그런데 이번에도 하마터면 돈주머니보다 훨씬 귀중한 것을 놓칠 뻔했다.

조는 통속적인 이야기를 쓰기 시작했다. 이렇게 암담한 시절에는 모든 면에서 완벽한 미국인조차도 쓰레기 같은 글을 읽었다. 조는 아무에게도 말하지 않았지만 '스릴 넘치는 이야기'를 지어냈고, 대담하게도 《주간 활화산》의 편집자인 대시우드 씨를 직접 찾아갔다. 그녀는 의상 철학에 관한 책[33]을 읽어본 적은 없지만, 성품이나 태도보다는 좋은 옷차림이 많은 사람들에게 더 큰 영향을 끼치리라는 직감이 들었다. 그래서 가장 좋은 옷으로 차려입은 채 흥분되지도 초조하지도 않다고 자기 암시를 걸며 어둡고 더러운 계단을 용감하게 올라갔다. 그곳에는 아주 어지럽혀진 방이 하나 있었는데, 온통 담배 연기가 자욱하고 세 명의 신사가 발꿈치를 머리보다 높이 두고 앉은 채 그녀를 보고서도 꿈쩍도 하지 않았다. 이런 모습에 당황한 조는 문지방에 서서 머뭇거리며 입을 열었다.

"실례합니다. 《주간 활화산》 사무실을 찾아왔는데요. 대시우드 씨를 뵐 수 있을까요?"

가장 높이 쳐든 발꿈치가 아래로 내려가면서 담배 연기를 가장 많이 내뿜던 신사가 일어났다. 손에 담배를 아주 소중히 들고는 고개를 끄덕이며 걸어 나오는데, 얼굴에 졸음이 잔뜩 묻어 있었다. 어떻게든 이 일을 끝마쳐야겠다고 생각한 조는 자신의 원고를 내밀었다. 편집자가 한 문장씩 읽어 내려갈 때마다 조의 얼굴은 계속 붉어졌고 열심히 준비해 둔 말을 더듬거리며 하기 시작했다.

"친구가 부탁을 해서요. 저 그게, 한번 글을 써봤다는데 편집자님의 의견을 듣고 싶다고요. 괜찮다면 글을 더 써보겠다네요."

조가 얼굴을 붉히며 어물거리는 동안 대시우드 씨는 원고를 받아 들고 더러운 손가락으로 깨끗한 종이를 넘기며 날카로운 눈길로 훑어보았다.

"처음이 아니라고요?"

초보인 게 확실히 드러나 보이는 원고를 보며 편집자가 이렇게 물었다. 원고에 장수가 매겨져 있고, 표지도 앞표지만 있으며, 원고를 끈으로 한데 묶지도 않았기 때문이다.

"네, 그녀는 경험이 있습니다. 《블라니스톤》 신문 공모전에서 상도 받은걸요."

"오, 그래요?"

대시우드 씨는 조의 옷차림을 주의 깊게 보려는 듯이 보닛의 나비 리본에서부터 부츠의 단추까지 재빨리 훑어보았다.

"그럼, 원한다면 원고는 놔두고 가세요. 지금 이런 종류의 원고가 산더미처럼 쌓여 있어서 어떻게 해야 할지 모를 정도니까. 하지만 빨리 읽어보고 다음 주에 답을 주도록 하지요."

이렇게 되니 조는 원고를 두고 가고 싶지 않았다. 대시우드 씨가 영 마음에 들지 않았기 때문이다. 그래도 상황이 상황인지라 조는 아무렇지도 않은 듯 인사를 하고 나갈 수밖에 없었다. 그녀는 당황하거나 창피할 때는 언제나 더욱 어깨를 펴고 당당한 표정을 지었는데 지금이 딱 그랬다. 신사들이 서로 눈짓을 하는 양을 보니 '친구'의 소설이 그들에게는 장난거리밖에 안 되는 모양이었고, 편집자가 문을 닫고 무슨 말을 했는지 한바탕 웃음소리가 들려왔기 때문이다. 다시는 그 사무실을 찾지 않으리라고 작정하면서 집에 돌아왔고, 앞치마를 열심히 바느질하면서 짜증을 떨쳐 버렸다. 그래도 한두 시간이 지나서 그 일에 대해 웃어넘길 수 있게 되자 다음 주가 은근히 기다려졌다.

조가 다시 사무실을 찾았을 때 대시우드 씨는 혼자 있었고 전과는 달리 졸음이 싹 가신 얼굴이었다. 게다가 예의를 생각하지 못할 만큼 담배에 깊이 중독된 것도 아닌 모양이었다. 그래서 이 두 번째 만남은 훨씬 더 편안하고 쾌적한 분위기에서 이루어졌다.

"우린 이 글을 싣기로 했소.(편집자들은 결코 "내가"라고는 하지 않는다.) 다만 몇 가지 수정에 동의한다면 말이오. 글이 너무 길어요. 하지만 내가 표시한 문단만 삭제하면 딱 알맞은 길이가 될 거요."

그는 사업적인 어조로 말했다.

조의 원고는 어찌나 이리저리 난도질을 당하고 구겨졌는지 거의 알아볼 수가 없을 지경이었다. 조는 새로운 요람에 맞추기 위해 아기의 다리를 자르라는 소리를 들은 부모처럼 애달픈 심정으로 문제의 문단들을 훑어보았다. 그런데 도덕적인 교훈이 들어가 있는 문단이 모두 삭제된 것을 보고는 놀라지 않을 수 없었다. 조가 글 속에 넘쳐나는 사랑 이야기와 균형을 맞추기 위해서 심혈을 기울여 작성한 문단이었기 때문이다.

"하지만 모든 이야기에는 도덕적인 교훈이 포함되어야 한다고 생각해요. 그래서 이야기 속 죄인들이 뉘우치는 장면을 일부러 넣은 건데요."

대시우드 씨는 편집자다운 근엄한 표정을 지우고 슬며시 미소를 지었다. 조가 '친구'를 잊어버리고 원작가만이 할 수 있는 말을 했기 때문이다.

"사람들은 설교가 아니라 재미를 얻기를 원하죠. 도덕적인 내용은 요즘 팔리지 않는답니다."

그렇게 올바른 말은 아니었다.

"이렇게 고치면 잘 팔릴 거라는 말씀이세요?"

"그렇소. 구성도 새롭고 아주 잘 쓴 글이오. 단어 선택도 좋고."

대시우드 씨의 상냥한 대답이었다.

"얼마나, 그러니까 보수는……."

조는 어떻게 표현해야 할지 몰라 더듬거리며 입을 열었다.

"아, 네. 우리는 이런 종류의 글에는 이십오 달러에서 삼십 달러까지 지급합니다. 글이 실리면 즉시 지불하죠."

대시우드 씨는 그 점을 잊었다는 듯이 대답했다. 그렇게 사소한 일은 편집자들이 종종 잊어버린다고들 한다.

"좋아요. 그렇게 하죠."

조는 흡족해하며 원고를 돌려주었다. 일 달러짜리 글도 써본 조에게는 이십오 달러면 좋은 보수였다.

"친구에게 더 좋은 글이 있으면 편집자님이 더 실어주실 거라고 말해도 될까요?"

자신의 성공에 고무된 조가 이전의 말실수는 깨닫지 못한 채 이렇게 물었다.

"뭐, 우리가 봐야겠죠. 약속은 할 수 없어요. 짧고 톡톡 튀게 쓰고, 도덕적인 교훈은 신경 쓰지 말라고 전해 줘요. 어떤 이름으로 올리면 좋겠소?"

무심한 어조였다.

"괜찮다면 익명으로 해주세요. 그녀는 이름이 오르길 바라지 않아요. 필명도 없고요."

조는 저도 모르게 얼굴을 붉히며 말했다.

"당연히 그녀가 원하는 대로 해야죠. 이 글은 다음 주에 실릴 거요. 돈은 찾으러 올 겁니까, 아니면 내가 부쳐줄까요?"

대시우드 씨가 새로운 기고가에 대한 호기심을 넌지시 내보이며 물었다.

"제가 올게요. 그러면 안녕히 계세요."

조가 떠나자 대시우드 씨는 발을 책상에 올리면서 우아하게 덧붙였다.

"늘 그렇듯이 가난하고 당당한 글쟁이군. 하지만 그녀는 잘 해낼 거야."

조는 대시우드 씨의 조언을 마음에 담고 노스베리 부인을 본보기 삼아 거품 많은 통속소설의 바다로 뛰어들었다. 그러나 친구가 던져준 구명구 덕분에 완전히 가라앉기 전에 다시 물 위로 나올 수 있었다.

대부분의 젊은 작가들처럼 조도 등장인물과 배경을 외국에서 따와서는 도적, 백작, 집시, 수녀, 공작 부인을 무대 위에 내세워 제 몫의 연기를 펼치게 했다. 그녀의 독자들은 문법이나 구두점, 개연성 같은 사소한 것들에 대해서는 까다롭게 굴지 않았다. 게다가 대시우드 씨는 흔쾌히 조의 소설을 실어주었는데, 사실 그 진짜 이유는 때마침 글쟁이들 중 한 명이 더 많은 보수를 주는 곳으로 옮겨 버려 난처한 상황에 처했기 때문이었다. 그는 조에게 가장 낮은 보수를 지급하면서 굳이 진실을 말해 줄 필요는 없다고 생각한 것이다.

이내 조는 이 일에 재미를 붙이게 되었다. 그녀의 빈약했던 지갑이 뚱뚱해졌고, 내년 여름에 베스를 산에 데려가려고 모으는 돈이 매주가 지날 때마다 적게나마 차곡차곡 쌓이고 있었기 때문이다. 다만 한 가지 사실이 마음에 걸렸는데 이 일을 가족들에게는 알리지 않았던 것이다. 조는 부모님이 찬성하지 않으실 게 분명하니, 우선 마음대로 일을 벌인 후에 나중에 용서를 받는 게 낫겠다고 생각했다. 익명으로 기고한 글이라서 비밀을 지키기가 쉬웠다. 물론 대시우드 씨는 금세 알아챘지만 입을 다물겠다고 약속했고 놀랍게도 그 약속은 지켜졌다.

조는 이 일로 자신이 해를 입지는 않을 것이라고 생각했다. 스스로 창피스러운 글은 쓰지 않을 작정이었고, 양심의 가책은 가족들에게 자신이 번 돈을 내보이며 비밀을 털어놓을 행복한 순간을 기대하며 애써 모른 척했다.

그런데 대시우드 씨는 스릴 넘치는 이야기가 아니면 거절했다. 이런 글을 쓰려면 독자들의 정신을 괴롭힐 만한 소재가 필요했기 때문에 역사와 사랑, 육지와 바다, 과학과 예술, 경찰 기록과 정신병원 등을 샅샅이 뒤져야 했다. 그러면서 조는 지금까지 자신이 아무리 비참한 경험을 했다고 해도 그것은 사회 밑바닥에 있는 비극적인 세계를 아주 살짝 맛본 것뿐이라는 사실을 깨닫게 되었다. 조는 부족한 경험을 등장인물의 개성이라는 힘으로 보완할 수밖에 없었다. 그녀는 글감을 찾기 위해 신문을 뒤적여 사건, 사고, 범죄에 관한 이야기를 조사했고, 그 소재를 완벽히 구현하지는 못해도 구성만은 독특하게 만들기 위해 고심했다. 조는 독의 효과에 대해 묻고 다녀서 공공 도서관 사서들의 의심을 사기도 했고, 등장인물의 좋고 나쁘고 무심한 성격을 연구하기 위해 거리를 지나다니는 사람들의 얼굴을 지켜보기도 했다. 게다가 먼지에 묻힌 고대 시절의 이야기까지 탐독했다. 그런 역사적 사실이나 고대소설들은 너무 오래되어서 거의 새로운 것이나 마찬가지였기에 새로운 실수나 범죄, 비참한 삶에 관한 글감을 얻을 수 있었다. 조는 자신이 잘해 나가고 있다고 생각했지만, 자기도 모르는 사이에 가장 여성다운 속성을 잃어가고 있었다. 조는 나쁜 세상에서 살고 있었다. 비록 그 세상이 상상 속에 있다고 해도 그녀는 자신의 마음과 생각을 좀먹는 위험하고 무익한 이야기의 악영향을 피할 수 없었고, 언젠가는 우리 모두 알게 될 인생의 어두운 부분을 너무 일찍 알아버린 터라 마음속의 순수함이 빠르게 사라지고 있었다.

조는 다른 사람의 정열과 감정을 묘사하면서 자신의 내면에 대해 연구하고 생각하는 일이 잦았기에 자신의 변화를 느끼기 시작하고 있었다. 건강한 정신을 지닌 젊은이라면 자진해서 이런 생각에 빠져들지는 않았을 것이다. 나쁜 짓에는 그 대가가 따르기 마련이고, 조도 벌을 받은 셈이었다.

조가 정직하고 용감하고 강한 성격을 제대로 묘사할 수 있었던 것이 셰익스피어를 연구해서인지 아니면 여성의 직감 때문인지는 모르겠다. 그러나 조의 상상 속 영웅들이 그렇게 완벽한 품성을 지니게 된 것은 조가 살아 있는 영웅을 발견했기 때문이었다. 그는 수많은 인간적 결함에도 불구하고 조의 관심을 끌었다. 바에르 씨는 조에게 작가가 될 수 있는 좋은 훈련법으로, 단순하고 진실되고 사랑스러운 성격의 사람들을 마주칠 때마다 자세히 살펴보라고 조언했다. 조는 그의 말대로 주위를 둘러보고는 곧바로 그를 살펴보기 시작했다. 바에르 씨가 이 사실을 알았더라면 깜짝 놀랐을 일이었다. 그 교수님은 아주 겸손한 분이었기 때문이다.

처음에 조는 왜 모든 사람들이 그를 좋아하는지 곤혹스러웠다. 그는 부자도 대단한 사람도 아니었고, 젊지도 잘생기지도 않았다. 어느 면으로나 매혹적이거나 인상적이거나 굉장해 보이는 사람과는 거리가 멀었다. 그러나 그는 따뜻한 난롯불처럼 매력적이었고, 사람들은 따뜻함을 찾아 자연스레 그 주변에 몰려드는 것 같았다. 교수님은 가난했지만 늘 무언가를 주었고, 이방인이었지만 모두가 그의 친구였으며, 이제 더 이상 젊다고 할 수 없었지만 소년처럼 마음속에 행복이 가득했다. 평범하고 기이한 사람이지만 많은 사람들에게 그의 얼굴은 아름답게 보였고, 그의 기이한 행동들도 자연스럽게 받아들여졌다. 조는 자주 그를 지켜보며 매력을 알아내려고 애썼고, 마침내 그런 기적이 일어난 이유가 그의 선한 마음 때문이라는 결론을 내렸다. 그는 어떤 슬픔이 있어도 가슴속에 묻어둔 채 세상에는 밝은 면만 드러내 보였다. 그의 이마에도 주름은 있었지만, 세월도 그의 친절함을 아는 모양인지 거의 눈에 띄지 않을 정도였다. 입가의 주름은 수많은 친절한 말과 유쾌한 웃음이 남긴 흔적이었다. 그의 눈은 결코 냉랭해지거나 굳어진 적이 없었고, 그의 큰 손은 언제나 따뜻하고 강해서 어떤 말보다도 힘을 북돋워 주었다.

바에르 씨는 옷차림에서조차도 다정함이 묻어났다. 아주 편해 보여서 보는 사람도 편안해졌기 때문이다. 그의 넉넉한 상의는 넓은 마음을, 빛바랜 외투는 허물없는 성격을 보여 주는 듯했다. 게다가 헐렁한 호주머니는 평소에 조그마한 손들이 자주 드나들며 뭔가를 가져간 흔적임이 분명해 보였다. 그의 구두조차 친절해 보였고, 목깃은 다른 사람들처럼 뻣뻣하거나 성마르게 보인 적이 한번도 없었다.

"바로 그거야!"

조는 진정한 선의야말로 건장한 독일 선생조차 아름답고 품위 있어 보이게 한다는 사실을 깨달았다. 아무리 그 사람이 저녁 식사를 입에 퍼 넣고, 양말을 꿰매고, 바에르라는 이상한 이름을 가졌다 해도 말이다.

조는 선함을 최고의 가치로 생각했지만 지성에 대해서도 여성답게 동경을 지니고 있었고, 교수님에 대한 몇 가지 사실을 알게 되면서 그를 더욱 존경하게 되었다. 그는 결코 자신에 대해 얘기하는 법이 없어서 아무도 그가 얼마나 학식이 높고 고국에서 굉장한 사람이었는지 모르고 있었다. 그런데 동향 사람이 교수님을 찾아왔고, 노턴 양이 그 사람과 대화하던 중에 놀라운 사실을 알아낸 것이다. 조는 노턴 양에게 그 이야기를 전해 듣고, 바에르 씨가 직접 그런 얘기를 한 적이 없다는 사실에 더 감동을 받았다. 그가 미국에서는 가난한 독일어 교사지만 베를린에서는 명예로운 교수였고, 검소하고 근면한 생활을 해왔다는 사실을 알고 뿌듯함을 느꼈다. 게다가 거기에 곁들여진 낭만적인 사연 때문에 교수님의 삶이 더욱 아름답게 여겨졌다.

어느 날 조에게 지성보다 더 나은 가치가 있다는 사실을 깨닫게 해준 기회가 우연히 찾아왔다. 노턴 양은 문학계 모임을 자유롭게 드나들 수 있는 사람이었다. 이 고독한 여성은 야심만만한 소녀에게 흥미를 느꼈고, 조와 교수님에게 친절한 호의를 많이 베풀었다. 노턴 양이 아니었다면 조는 이런 모임에 가볼 기회가 전혀 없었을 터였다. 하루는 노턴 양이 특별한 토론회에 조를 데리고 갔다. 그 토론회는 유명 인사 몇 분을 위해 개최된 것이었다.

조는 멀리서 열렬히 동경하던 분들을 직접 만나면 허리 굽혀 인사하고 높이 받들어 모실 작정을 하고 갔다. 그러나 천재를 동경하던 조의 마음이 그날 밤 와르르 무너졌다. 그렇게 위대한 분들도 결국 남자와 여자일 뿐이라는 사실을 받아들이기까지는 시간이 좀 걸렸다. 그녀가 받은 정신적 충격이 어떠했을지 상상이 가는가? 조가 동경하는 마음에 곁눈질로 흘끗 훔쳐볼 수밖에 없었던 시인이, 그의 시만 보면 "정신과 불과 이슬"만 먹고 살 것처럼 보이는 초인간적인 존재가 저녁을 아주 열심히 우적우적 먹는 광경을 목격했으니 말이다. 거기다 이 우상에게서 고개를 돌린 조는 낭만적인 환상을 깨끗이 지울 만한 또 다른 광경을 맞닥뜨리게 되었다. 위대한 소설가는 두 술병 사이를 시계추처럼 왔다 갔다 했고, 유명한 신학자는 이 시대의 스탈 부인[34] 같은 여성과 보란 듯이 시시덕거렸다. 그녀는 이미 심오한 철학자를 두고 코린나 같은 여성과 한바탕 경쟁을 치른 모양이었고, 부인을 이기고 철학자의 관심을 빼앗은 그 여성은 부인을 빗대어 얄밉게 비아냥대고 부인은 그 여성을 노려보는 상황이었다. 그 심오한 철학자는 존슨[35]처럼 차를 마시며 선잠에 빠질 듯 보였다. 그 여성의 재잘거리는 소리 때문에 말할 기회가 없어서인 것 같았다. 과학자들은 연체동물과 빙하시대는 잊어버린 채 열렬히 굴과 얼음을 먹으면서 미술에 대한 이야기에 빠져 있었다. 그리고 제2의 오르페우스처럼 온 도시를 매료시키고 있는 젊은 음악가들은 말얘기를 하고 있었다. 게다가 우연인지는 몰라도 이곳에 온 영국 귀족들은 이 중에서도 가장 평범해 보였다.

그날 저녁이 반도 지나기 전에 완전히 환멸에 빠진 조는 구석에 앉아 충격을 가라앉히고 있었다. 곧 바에르 씨도 참석했는데, 이 자리에는 잘 맞지 않는 듯 보였다. 때마침 여러 명의 철학자들이 저마다 학식을 자랑하며 지적인 경쟁을 벌일 준비를 하고 있었다. 토론의 내용은 조가 이해할 수 없는 것이기는 했다. 칸트와 헤겔[36]이 미지의 신처럼 느껴지고 주관론이니 객관론이니 하는 난해한 용어가 오갔지만 조는 그 토론을 즐겼다. 그러나 모든 토론이 끝난 후 조의 '내적 인식에서 진화된' 것은 심각한 두통뿐이었다. 토론자들은 세계가 분해되어 새롭고도 영원하며 좋은 원칙 아래에서 재조합되고 있다고 주장했다. 즉, 이제 종교란 아무

것도 아니게 될 것이며 지성만이 유일한 신으로 존재하리라는 말이었다. 조는 철학이나 형이상학 이론에 대해서는 아무것도 몰랐지만 토론을 들으면서 호기심과 흥미, 아픔을 함께 느꼈다. 그녀는 풍선처럼 시간과 공간을 넘어 표류하는 기분이 들었다.

교수님은 어떻게 느끼는지 알고 싶어서 조가 둘러보자, 그는 여태껏 보지 못한 아주 음울한 표정으로 조를 쳐다보고 있었다. 그는 머리를 흔들며 조에게 이리 오라고 손짓했지만, 사변철학의 자유로움에 마음을 빼앗긴 조는 계속 자리를 지키며 저 현명한 신사들이 낡은 신념을 모두 무너뜨린 뒤에 어떤 새로운 신념을 내세울지 알아내려고 고심했다.

바에르 씨는 말을 삼가고 천천히 의견을 말하는 사람이었다. 그건 의견이 확고하지 않아서가 아니라 진지하고 본격적인 것이어서 가볍게 말할 수 없기 때문이었다. 그는 조와 여러 명의 젊은이들이 철학적 불꽃놀이의 화려함에 매료된 것을 보고는 눈살을 찌푸리며 말할 기회를 얻기를 간절히 바랐다. 흥분하기 쉬운 젊은 영혼들이 폭죽에 눈이 멀어 잘못된 길로 빠져서는 불꽃놀이가 다 끝난 후에 타버린 막대나 불에 그슬린 손만 가지게 될까 봐 걱정이 되었던 것이다.

그는 참을 수 있을 만큼 오래 참았지만, 발언 기회를 얻자마자 솔직한 분노를 드러내며 종교를 옹호하는 의견을 유창하게 펼쳤다. 어찌나 능숙하게 의견을 펼치는지 문법에 맞지 않는 영어도 음악처럼 들렸고, 그의 평범한 얼굴이 아름답게 빛났다. 현명한 토론자들도 능숙하게 잘 받아쳤기 때문에 어려운 논쟁이 벌어졌다. 그러나 바에르 씨는 꺾일 줄을 몰랐고 남자답게 자신의 주장을 굽히지 않았다. 어찌 된 일인지 그가 의견을 펼치자 조는 세상이 다시 바로 선 듯이 느껴졌다. 그토록 오랫동안 이어진 낡은 신념들이 새로운 것보다 더 좋게 느껴졌던 것이다. 하느님은 맹목적인 권력이 아니었고, 불멸성은 예쁘게 지어낸 거짓이 아니라 축복받은 사실이었다. 그녀는 다시 단단한 땅에 발을 디디고 있는 듯이 느껴졌고, 바에르 씨가 잠깐 멈췄다가 입씨름을 하며 조금도 흔들리지 않는 모습에 박수를 치며 감사의 인사를 하고 싶었다.

조는 아무런 행동도 내보이지 않았지만, 이 장면을 머리에 아로새기며 교수님에게 진심이 담긴 경의를 보냈다. 그녀는 교수님이 이렇게 말하기까지 얼마나 큰 노력이 필요했는지 알고 있었다. 그런데도 그는 양심을 저버리지 않았던 것이다. 조는 돈이나 사회적 지위, 지성, 미모보다도 성품이 더 훌륭한 자질이라는 것을 알게 되었다. 그리고 위대함이란 것이 어떤 현자가 정의한 대로 '진실, 존경, 선의'를 일컫는다면, 그녀의 친구인 프리드리히 바에르야말로 선할 뿐만 아니라 위대한 사람이었다.

이러한 믿음은 날이 갈수록 확고해졌다. 조는 그의 자존심을 높이 샀고, 그에게 존경받고 싶었다. 그리고 그의 친구가 될 만한 자격을 갖추고 싶었다. 이런 바람이 깊어질 즈음에 하마터면 모든 것을 잃을 뻔한 사건이 일어났다. 모든 일은 삼각모에서 시작되었다. 어느 날 저녁에 교수님이 티나가 만들어준 종이 모자를 그대로 쓴 채 조를 가르치러 방 안에 들어섰기 때문이다.

'내려오면서 거울을 한번도 보지 않은 게 분명해.'

조는 미소를 지으며 속으로 생각했다. 교수님은 인사를 건네며 차분히 앉아 수업 주제와 자신의 모자가 얼마나 우스꽝스러운 대비를 이루는지도 모른 채 「발렌슈타인의 죽음」[37]을 읽어 나갔다.

조는 아무 말도 하지 않았다. 무언가 웃기는 상황이 벌어졌을 때 교수님이 마음껏 크게 웃는 소리가 듣기 좋았기 때문에 스스로 알아차리도록 내버려 둔 것이다. 그러나 곧 독일인의 음성으로 듣는 실러에 푹 빠져서 모든 것을 잊어버렸다. 읽기를 마친 후에는 수업이 시작되었는데, 아주 활발한 분위기였다. 그날 밤 조는 종이 모자가 눈에 밟혀 얼굴에 웃음이 떠나질 않았기 때문이다. 교수님은 조가 왜 그러는지 영문을 몰라서 결국 어리둥절한 표정으로 이렇게 물을 수밖에 없었다.

"마치 양, 내 얼굴에 뭐가 묻기라도 했나요? 선생님에 대한 존경심을 가져야지요."

"선생님이 그런 모자를 쓰고 있는데 어떻게 존경심이 우러나겠어요?"

조가 말했다.

교수님이 멍한 표정으로 손을 들어 머리를 만져보고는 짐짓 진지하게 작은 종이 모자를 벗어 잠시 그것을 보더니, 고개를 젖히며 굵은 목소리로 웃음을 터뜨렸다.

"아! 지금에야 알았네요. 장난꾸러기 티나가 날 놀리려고 이런 모자를 씌웠군요. 자, 아무 일도 아니니 다시 수업을 합시다. 하지만 수업이 제대로 되지 않으면 마치 양에게 이 모자를 씌울 겁니다."

그러나 수업은 전혀 이루어지지 못했다. 한순간 모자 위의 그림을 발견한 바에르 씨가 그것을 펴더니 역겨운 심정을 토로했기 때문이다.

"이런 잡지가 이 집에 굴러다니다니요. 이런 건 아이들이 보아서도, 젊은이들이 읽어서도 안 되는 겁니다. 좋지 않아요. 이렇게 유해한 것을 만드는 사람들은 참아줄 수가 없군요."

조는 그 종이를 흘끗 훔쳐보았고 정신병자와 시체, 악당, 독사가 그려진 그림이 보였다. 그녀도 마음에 들지 않는 그림이었지만, 그녀가 그 종이를 뒤집어엎고 싶은 마음이 든 이유는 불쾌함이 아니라 한순간 그 종이가 《주간 활화산》일지도 모른다는 두려움 때문이었다. 그러나 그 잡지가 아닌 데다 설사 그 잡지가 맞더라도 익명으로 쓴 글이므로 자신이라는 걸 알 리 없다는 생각이 떠오르자 두려움도 가라앉았다. 그러나 조는 상기된 표정으로 속마음을 드러내고 말았다. 교수님은 순해 보여도 사람들의 생각보다 훨씬 더 많은 것을 꿰뚫어 보는 사람이었다. 그는 조가 글을 쓴다는 사실을 알고 있었고, 신문사들이 모인 거리에서 그녀를 몇 번 마주치기도 했다. 그때는 조가 아무 말도 하지 않았기 때문에, 그는 조의 작품이 보고 싶으면서도 아무 질문도 하지 않았던 것이다. 이제야 그는 조가 스스로 인정하기에 부끄러운 짓을 하고 있었다는 생각이 들면서 마음이 괴로워졌다. 그는 많은 사람들처럼 '이건 내가 간섭할 일이 아니야. 그럴 권리가 없다고.'라고 생각하지 않았다. 단지 조가 어리고 가난하며 부모님의 사랑과 보호에서 멀리 떨어진 소녀에 불과하다는 생각만 들었다. 그래서 흙탕물에 빠진 아기를 구할 때처럼 당연히 재빨리 손을 내밀어 도움을 주고 싶다는 마음뿐이었다. 이런 생각들이 마음속을 스쳐 지나갈 때에도 그는 내색조차 하지 않았다. 조가 그 종이를 치우고 바늘에 실을 꿰자, 그는 아주 자연스럽지만 엄중하게 입을 열었다.

"그래요. 저런 잡지는 멀리하는 게 옳죠. 젊은 아가씨들은 저런 것들을 보면 안 된다고 생각해요. 어떤 이들에게는 즐거움을 줄지 모르지만 난 조카들에게 이런 쓰레기를 읽히느니 화약을 사주겠소."

"그렇게 나쁜 것만은 아니에요. 다만 바보 같은 내용이 실려 있을 뿐이죠. 그런 잡지를 찾는 사람이 있다면 그것을 판매하는 것은 당연하다고 생각해요. 훌륭한 사람들도 통속소설이라고 부르는 글을 써서 정직하게 삶을 꾸려가고 있는걸요."

조가 힘차게 옷의 주름을 잡아 바느질하며 말했다.

"위스키를 찾는 사람들도 많소. 하지만 당신이나 나는 그것을 팔려고 들지 않을 겁니다. 그 훌륭하다는 사람들이 자신이 어떤 짓을 하고 있는지 안다면 정직하게 돈을 번다고 생각하지 못할 것이오. 그들은 사탕에 독을 넣어 어린아이들에게 그것을 먹일 권리가 없어요. 당연히 안 되죠. 그들도 생각이 있다면 다시는 이런 짓을 하지 말고 자신들이 뿌려놓은 거리의 진흙을 모조리 치워야 할 겁니다!"

바에르 씨는 온화하게 말을 하고는 불가로 가서 손에 든 종이를 구겨서 던져 넣었다. 조는 그 불이 자신의 몸을 태우기라도 하는 듯 가만히 앉아 있었다. 조의 볼도 종이 모자가 다 타서 연기로 변해 굴뚝으로 날아가 버릴 때까지 발갛게 달아올라 있었다.

"나머지 잡지도 이렇게 태우고 싶군요."

교수님이 한결 마음이 놓인다는 듯이 중얼거리며 자리로 돌아왔다.

조는 위층에 쌓여 있는 자신의 원고들을 태우면 얼마나 연기가 많이 날까 생각했다. 한순간 자신이 힘들게 번 돈이 양심을 짓누르고 있는 것처럼 느껴졌다. 그러나 조는 속으로 자신을 위로했다.

'내 글들은 그렇지 않아. 바보 같은 내용일 뿐 나쁘지는 않다고. 그래, 걱정하지 않을 거야.'

이렇게 생각하면서 책을 다시 든 조는 학구적인 표정을 지으며 말했다.

"선생님, 계속 수업하죠? 이번에는 진지하고 바른 자세로 임할게요."

"나도 그랬으면 좋겠군요."

교수님이 한 말은 이것뿐이었지만, 이 말에는 조가 생각하는 것보다 더 많은 뜻이 담겨 있었다. 교수님이 진중하고 다정한 눈길로 조를 쳐다보자, 조는 자신의 이마에 《주간 활화산》이라는 글씨가 커다랗게 찍혀 있는 느낌이 들었다.

조는 자신의 방으로 올라가자마자 원고를 꺼내 놓고 꼼꼼히 다시 읽어 내려갔다. 바에르 교수님은 근시여서 종종 안경을 썼는데, 예전에 조가 그 안경을 써보고는 책의 작은 글씨들이 아주 크게 보여서 슬며시 미소 지었던 적이 있었다. 지금 조는 교수님의 정신적이고 도덕적인 안경을 쓴 것처럼 느껴졌다. 원고의 결점들이 끔찍하게 드러나 보여서 비참해졌기 때문이다.

"이 글들은 다 쓰레기야. 이렇게 계속 글을 써간다면 쓰레기보다 못한 글이 되겠지. 원고들이 점점 더 안 좋아지고 있는 게 눈에 보이니까. 난 돈 때문에 나 자신과 다른 사람들을 망치고 있었던 거야. 이제야 알겠어. 이렇게 찬찬히 읽다 보니 수치스러움이 사라지질 않아. 가족들이나 바에르 교수님이 이걸 보게 되면 어쩌려고 이런 짓을 한 걸까?"

조는 이 생각만으로도 얼굴이 확 달아올랐고, 원고 더미를 전부 난롯불에 쑤셔 넣었다. 굴뚝까지 불이 붙을 정도로 큰 불꽃이 타올랐다.

'그래, 이런 쓰레기에 가장 잘 어울리는 곳이야. 다른 사람이 내 글을 보고 해를 입으니 집을 태워버리는 편이 낫지.'

조는 「쥐라산맥의 악령」이 불꽃에 사로잡혀 검은 재로 변하는 모습을 성난 눈으로 지켜보며 생각했다.

그러나 조는 석 달에 걸친 노고가 잿더미와 돈으로밖에 남지 않게 되자 울적해져서, 바닥에 주저앉아 이 돈을 어떻게 해야 할지 생각에 잠겼다.

"아직 그렇게 큰 해를 끼친 건 아니니 이 돈은 내 시간에 대한 보상으로 생각하자."

오랜 생각 끝에 조는 조급하게 덧붙였다.

"아, 양심이란 게 없으면 얼마나 편할까. 옳은 일에 신경 쓰지 않고 나쁜 짓을 해도 마음이 편하다면 아주 잘 살아갈 수 있을 텐데. 가끔은 부모님이 도덕적인 일에 그렇게 까다롭지 않으면 좋겠다고 빌 수밖에 없다니까."

조는 이런 소원을 빌 것이 아니라 '부모님이 까다롭다'는 사실에 감사해야 마땅하다. 그리고 오히려 옳은 원칙으로 이끌어줄 보호자가 없는 사람들을 불쌍히 여겨야 한다. 혈기왕성한 젊은이들에겐 이런 원칙들이 감옥처럼 느껴질지 모르지만, 사실은 진정한 성품을 닦을 수 있는 단단한 반석이라는 점을 명심해야 한다.

조는 이제 더 이상 통속적인 글을 쓰지 않았다. 돈보다 잃는 게 더 많다고 결론을 내렸기 때문이다. 그래서 이번에는 정반대의 길을 선택했다. 그녀와 처지가 비슷한 여류 작가인 셔우드 부인과 에지워스, 해나 모어[38]를 본보기 삼아 수필이나 훈화 같은 도덕적인 이야기를 쓰기로 한 것이다. 그래도 처음부터 미심쩍은 부분이 있기는 했다. 조는 자신의 활발한 상상력과 소녀다운 낭만적 성향이 이 새로운 형식의 글에 잘 맞지 않는다고 생각했다. 마치 가장무도회에서 뻣뻣하고 번거로운 옛날식 복장을 입은 것 같은 기분이었다. 조는 이 교훈적인 글을 여러 출판사에 보냈지만, 아무도 사려는 사람이 없었다. 이쯤 되자 도덕적인 내용은 팔리지 않는다던 대시우드 씨의 말을 수긍하지 않을 수 없었다.

다음으로는 어린이를 위한 글에 도전했다. 그러나 이 일은 조가 돈벌이를 하겠다는 마음이 없었다면 쉽게 포기했을 일이었다. 조에게 충분한 대가를 지불하겠다며 나타난 사람은 명망 있는 신사 한 분뿐이었다. 그는 자신의 신념으로 온 세상을 바꾸겠다는 사명에 불타는 사람이었다. 그는 장난꾸러기 소년들이 안식일 학교에 가지 않았다는 이유로 모두 곰에게 잡아먹히거나 미친 황소의 습격을 받고, 학교에 잘 가는 착한 어린이들은 금으로 된 생강빵을 상으로 받거나 내세에서도 천사들의 수호를 받는 것처럼 온갖 종류의 축복을 받는 내용으로 글을 써주길 원했다. 그렇지만 조는 어린이를 위한 글을 쓰는 일이 마음에 들었기 때문에 그렇게 묘사할 수는 없었다. 그래서 이 도전도 실패로 끝이 났다. 조는 잉크병의 뚜껑을 닫으면서 풀이 죽은 목소리로 말했다.

"난 아무것도 모르겠어. 뭔가를 알게 될 때까지 펜을 놓고 기다리자. 그동안 '거리에 뿌려놓은 진흙이나 몽땅' 치워버려야지. 그게 정직한 행동이야."

이렇게 결심한 것을 보니 콩 나무에서 두 번째로 굴러떨어진 일이 조에게 약이 된 모양이었다.

조가 마음속으로 큰 싸움을 벌이고 있는 동안 겉으로는 여전히 바쁜 채로 아무런 일 없이 시간이 흘러갔다. 가끔씩 심각하거나 울적해 보이기도 했지만, 그걸 알아채는 사람은 바에르 교수님뿐이었다. 그는 자신의 꾸지람이 조에게 효과가 있는지 아주 조용히 살펴보았기 때문에, 조는 교수님이 지켜보고 있다는 것을 알지 못했다. 그런데도 조는 그 시험을 잘 견뎌냈고, 교수님은 흡족해했다. 조와 아무런 말도 하지 않았지만 그녀가 글쓰기를 그만두었다는 사실을 눈치챘던 것이다. 우선 조의 오른손 검지에 잉크 자국이 묻어 있지 않았을 뿐만 아니라 저녁 시간을 아래층에서 많이 보냈고, 신문사 거리에서도 더 이상 마주치지 않았으며, 끈질기게 공부에만 열중했기 때문이다. 그래서 교수님은 이제 조가 다른 유익하고 즐거운 일에 전념하고 있다고 확신했다.

교수님은 여러 방면으로 조를 많이 도와주었고, 조는 그와 진정한 친구가 된 것에 행복해했다. 조는 잠시 펜을 놓고 있었지만 독일어 말고도 다른 것들을 많이 배울 수 있었고, 자신만의 감동적인 이야기를 만들 수 있는 기반을 쌓고 있었다.

조는 아주 즐겁고 긴 겨울 휴가를 보냈다. 조가 떠날 시간이 되자 모두들 무척 아쉬워했다. 아이들은 슬픔에 잠겼고, 바에르 씨의 머리카락은 온통 위로 뻗어 있었다. 그는 마음이 괴로울 때면 머리카락을 마구 헝클어대는 버릇이 있었다.

"집으로 돌아가는군요! 아, 돌아갈 집이 있다니 정말 행복하겠소."

조가 떠나기 전날 밤 작은 송별회가 열렸을 때 바에르 씨는 구석에 앉아 가만히 수염을 당기며 이렇게 말했다.

조는 아침 일찍 떠날 예정이어서 전날 밤에 모두에게 작별 인사를 하는 중이었다. 교수님 차례가 되자 조는 따뜻하게 말했다.

"선생님, 우리 집 쪽으로 여행하게 되면 꼭 잊지 말고 우리 집에 들러주세요, 그러실 거죠? 그냥 가버리면 절대 용서하지 않을 거예요. 새로 사귄 친구를 가족들에게 소개하고 싶으니까요."

"정말이오? 내가 가도 되겠소?"

그가 간절한 표정으로 조를 내려다보며 물었다. 조는 미처 그 표정을 보지 못했다.

"그럼요. 다음 달에 오세요. 그때쯤이면 로리가 졸업하거든요. 졸업식을 구경하면 기분 전환이 될 거예요."

"당신의 가장 친한 친구라고 했죠?"

그가 달라진 어조로 말했다.

"네, 제 친구 테디예요. 정말 자랑스러운 친구죠. 선생님도 그를 만나보면 좋을 텐데요."

조는 두 사람이 만나는 장면을 상상하면서 기쁨에 들떠 교수님을 쳐다보았다. 그런데 바에르 씨의 얼굴에 로리가 친구 이상이 아닌가 하는 의구심이 묻어 있는 것을 보고는 그렇게 보이지 않으려고 무척 애를 썼다. 그러다 보니 저절로 얼굴이 발개지기 시작했고, 태연한 척할수록 얼굴이 더 붉어졌다. 그녀의 무릎에 티나가 앉아 있지 않았더라면 어찌할 바를 몰랐을 터였다. 다행히도 티나가 손을 뻗쳐 조를 껴안았고, 조는 금세 얼굴을 숨길 수 있었다. 그녀는 교수님이 자신의 얼굴을 보지 못했기를 간절히 바랐지만 허사였다. 교수님은 초조한 표정을 금세 감추며 평소처럼 다정하게 말을 건넸다.

"졸업식에 참석할 시간은 낼 수 없을 것 같지만, 친구의 성공을 빌겠소. 그리고 당신도 항상 행복하길 바라오. 신의 축복이 늘 함께하길!"

그는 이 말과 함께 따뜻하게 악수를 하더니 티나를 어깨 위로 안고는 돌아서 가버렸다.

그러나 조카들을 재운 후 그는 오래도록 불가에 앉아 있었다. 얼굴에는 지친 표정이 역력했고, 마음에는 향수병이 깊이 자리 잡았다. 그러면서 조가 티나를 안고 앉아 있던 모습과 그녀의 부드러운 표정을 떠올렸다. 그는 잠시 고개를 괸 채 생각에 잠겼다가 뭔가를 찾는 듯이 방 안을 배회했다.

"나 때문이 아니야. 그런 걸 기대해선 안 돼."

그는 혼잣말을 하며 신음에 가까운 한숨을 내쉬었다. 그리고는 자신의 억누를 수 없는 갈망을 자책하듯이 조카들의 이마에 입맞춤을 하고는 거의 사용하지 않는 해포석 담배 파이프를 내려놓고 플라톤을 펼쳤다.

그는 최선을 다했고 잘 견뎌냈다. 그러나 아무리 장난꾸러기 조카들과 담배 파이프, 플라톤이 있다 하더라도 그들이 아내와 아기, 가정을 대신하기에는 부족함이 많을 것이다.

이튿날 아침 이른 시간이었지만 바에르 씨는 역에 나와 조를 배웅했다. 덕분에 조는 친숙한 친구의 미소와 제비꽃 한 다발을 간직한 채 즐겁게 여행길에 오를 수 있었다.

'뭐, 겨울은 다 지난 데다 책도 한 권 쓰지 못했고 돈도 벌지 못했지만 좋은 친구를 얻었어. 평생토록 인연을 이어가야지.'

조는 무엇보다도 이런 생각을 할 수 있어서 행복했다.

35장

상심

로리가 도대체 어떤 마음을 먹고 그해에 책을 '들이팠는지' 모르겠지만, 결국 일등으로 졸업하게 되었다. 그래서 로리는 그의 친구 말을 빌자면 필립스처럼 우아하게, 데모스테네스처럼 웅장하게 라틴어 연설을 했다.[39] 모두들 졸업식에 참석했다. 특히 그의 할아버지가 얼마나 자랑스러워 하셨는지! 마치 부부와 존과 메그, 조와 베스는 다들 진심으로 찬사를 보내며 기뻐했다. 소년들은 이런 환호를 가볍게 넘겨 버리기 십상이지만, 어떤 값진 승리를 이뤄내도 이처럼 진심이 담긴 축하를 받기는 어려운 법이다.

"난 이 정신없는 저녁 식사 때문에 남아 있어야 해. 하지만 내일 아침 일찍 집에 갈 테니 아가씨들은 평소처럼 날 만나러 와줘, 알겠지?"

로리는 졸업식이 끝난 후 자매들을 마차에 태우면서 이렇게 말했다. 그가 '아가씨들'이라고는 했지만 사실은 조를 향한 말이었다. 조는 이 대단하고 자랑스러운 친구를 거부할 마음이 조금도 들지 않았기 때문에 흔쾌히 대답했다.

"비가 오더라도 꼭 만나러 갈게, 테디. 네 앞에서 피리로 「정복자 영웅을 맞이하라」를 연주하며 행진해 주지."

로리는 고맙다고 하면서 의미가 담긴 눈길을 보냈다. 그 눈길과 마주한 조는 갑자기 겁에 질렸다.

'오, 어떻게 해! 로리가 뭔가를 말할 건가 봐. 어쩌면 좋지?'

저녁 내내 고심하고 아침 내내 일에 매달린 결과, 조는 두려운 마음을 가라앉힐 수 있었다. 조는 자신이 어떻게 대답할지 뻔히 알고 있을 로리가 청혼을 할 거라고 생각하다니 착각도 유분수라고 치부하며 약속된 시간에 맞춰 출발했다. 그러면서도 테디가 어리석은 감정으로 마음 상할 일은 벌이지 않기를 간절히 바랐다. 만남에 앞서 메그의 집에 들러 데이지와 데미존을 안아보고 나니 더욱 힘이 나는 듯했다. 그런데 멀리서 건장한 형체가 점점 다가오는 모습이 보이자, 재빨리 돌아서서 달아나고 싶은 충동에 사로잡혔다.

"피리는 어디에 있어, 조?"

목소리가 들릴 만큼 가까워지자 로리가 외쳤다.

"잊어버렸어."

조는 다시 마음을 놓았다. 이런 종류의 인사는 연인들이 할 만한 것이 아니었기 때문이다.

이런 상황에서는 늘 조가 로리의 팔짱을 꼈는데 지금은 그러지 않았다. 로리도 아무런 불평을 하지 않았는데, 나쁜 징조이긴 했다. 조는 이상한 말이 나올세라 거리가 먼 화제들만 골라 재잘거렸다. 함께 집으로 향하던 그들이 모퉁이를 돌아 작은 숲으로 이어지는 골목길에 들어서자, 로리가 갑자기 말을 끊으며 천천히 걷기 시작했다. 로리의 말이 끊어질 때마다 조는 오싹한 기분이 들었다. 이 침묵의 우물에서 빠져나오기 위해 조는 성급하게 입을 열었다.

"이제 길고 긴 휴가를 즐길 차례네!"

"그러려고 해."

로리의 결의에 찬 어조에 조가 재빨리 고개를 들어 쳐다보자 로리가 뭔가를 결심한 표정으로 내려다보고 있었다. 내내 우려하던 끔찍한 순간이 된 것을 확신한 조는 손을 내밀며 애원했다.

"안 돼. 테디, 제발 하지 마!"

"할 거야. 내 말 들어, 조. 아무리 그래도 소용없어. 우린 결론을 지어야만 해. 빠르면 빠를수록 좋은 일이야."

로리는 얼굴을 붉힌 채 격앙된 목소리로 대답했다.

"그럼, 좋을 대로 말해 봐. 들어줄 테니까."

조는 인내심을 짜내며 말했다.

로리는 사랑에는 서툰 젊은이였지만, 죽는 한이 있더라도 고백하고야 말겠다는 결의에 차 있었다. 그래서 급한 성격대로 곧바로 본론으로 들어갔다. 무척이나 의연하게 고백하려고 애를 썼지만, 한 번씩 가슴이 울컥해서 목이 메는 것은 어쩔 수 없는 모양이었다.

"조, 너를 처음 만날 때부터 계속 사랑해 왔어. 나도 어쩔 수 없는 감정이었어. 내게 너무나 잘해 줬으니까. 늘 내 감정을 내보이려고 했지만 네가 허락하질 않았지. 이젠 내 말을 들어줘야겠어. 그리고 대답해 줘. 지금 상태로는 더 이상 앞으로 나갈 수 없으니까."

"이런 일이 일어나는 걸 막고 싶었어. 난 네가 이해했다고 생각했는데……."

조는 거절이 생각보다 어렵다는 걸 깨달았다.

"나도 알고 있었어. 하지만 소녀들의 마음이란 알기가 힘든 거잖아. 아니라고 말하면서도 속내는 정반대인 경우가 많으니까.

그저 재미로 남자를 궁지에 몰면서 관심을 끌려고 말이야."

로리가 부정할 수 없는 사실을 이유로 들며 대답했다.

"난 안 그래. 그런 식으로 네 관심을 끌고 싶었던 적도 없었어. 오히려 널 막으려고 멀리 떠나 있었지."

"그럴 거라 생각했어. 정말 너다운 행동이었지만 소용없었어. 널 더 사랑하게 되었을 뿐이지. 널 기쁘게 하려고 열심히 공부했고, 당구나 네가 싫어하는 건 전부 그만뒀어. 그리고 널 기다리면서 불평 한마디 하지 않았어. 네가 날 사랑하기만을 바랐어. 비록 내가 너에게 많이 부족하지만……."

이 부분에서 또다시 목이 메자 미나리아재비꽃을 꺾으면서 목소리를 가다듬었다.

"아니야. 넌 충분히 훌륭해. 오히려 내게 너무 과분하지. 넌 정말 고맙고 자랑스럽고 좋은 친구인데 어째서 널 사랑할 수 없는지는 나도 모르겠어. 노력은 해봤지만 마음을 바꿀 순 없었어. 그런데 사랑한다고 말하면 거짓말인 거잖아."

"정말? 진심이야, 조?"

로리는 조의 양손을 잡으며 조가 잊지 못할 표정으로 딱딱하게 물었다.

"정말, 진심이야!"

그들은 어느새 작은 숲에 들어와 있었고, 가까이에 울타리 계단이 있었다. 조의 입에서 마지막 말이 힘겹게 떨어지자 로리는 조의 손을 놓고는 가려는 듯 돌아섰다. 그런데 평생 처음으로 로리에게 그 울타리 계단이 너무 높게 느껴졌다. 그래서 로리는 이끼 낀 울타리 기둥에 머리를 기댄 채 그저 가만히 서 있을 수밖에 없었다. 조는 그 모습에 겁을 먹었다.

"오, 테디. 미안해. 너무 미안해서 목숨이라도 내놓고 싶은 심정이야! 네가 쉽게 받아들여 주면 좋겠어. 나도 어쩔 수 없어. 마음이 그렇지 않은데 억지로 사랑할 수는 없다는 걸 알잖아."

조가 두서없이 후회하는 목소리로 소리쳤다. 그러면서 예전에 로리가 자신을 위로해 주던 때를 떠올리고는 부드럽게 로리의 어깨를 토닥였다.

"그러다가 사랑하게 되는 수도 있잖아."

꽉 잠긴 목소리가 기둥 쪽에서 들려왔다.

"그건 올바른 사랑법이 아니라고 생각해. 그렇게까지 하고 싶지도 않고."

단호한 대답이었다.

긴 침묵이 이어졌다. 강가 버드나무 위에서 검은지빠귀 한 마리가 즐겁게 지저귀고 있었고, 키 큰 풀들이 바람을 따라 소리를 내고 있었다. 이윽고 조가 계단에 앉으면서 아주 침울하게 입을 열었다.

"로리, 하고 싶은 말이 있어."

로리는 총에라도 맞은 듯이 깜짝 놀라더니 고개를 번쩍 들고 무시무시한 어투로 소리쳤다.

"한마디도 하지 마, 조. 난 참을 수 없으니까!"

"뭘 말하지 말라는 거야?"

조가 로리를 의아하게 쳐다보며 물었다.

"그 노인을 사랑한다는 말."

"그 노인이 누군데?"

조는 로리가 그의 할아버지를 말하는 것이리라 생각하며 따졌다.

"그 악마 같은 교수 말이야. 네가 항상 편지에 썼잖아. 지금 네가 그를 사랑한다고 말하면 무슨 짓을 할지 몰라."

로리는 자신이 말한 대로 하고야 말겠다는 듯이 분노가 서린 눈빛으로 주먹을 꽉 쥐었다.

조는 어이없는 웃음이 나오려는 것을 꾹 참고 달래는 목소리로 말했다. 그녀도 이 상황에 흥분하기 시작했다.

"테디, 막말은 하지 마! 그는 노인도 아니고, 그렇게 나쁜 사람도 아니야. 선하고 친절한 사람이고, 너 다음으로 가장 친한 친구야. 그러니 제발 벌컥 화부터 내지 말란 말이야. 되도록 다정하게 말하고 싶지만, 네가 계속 교수님을 욕하면 나도 화가 난다고. 난 누구도 사랑할 생각이 요만큼도 없으니까."

"하지만 시간이 지나면 너도 사랑을 하게 될 거야. 그땐 난 어떡해야 할까?"

"너도 다른 사람을 사랑하게 될 거야. 현명하게 이 모든 걸 잊고 말이야."

"난 다른 사람은 사랑할 수 없어. 조, 널 결코 잊지 못할 테니까. 절대로! 절대로 말이야!"

로리는 열정적으로 마지막 말을 강조했다.

"널 어쩌면 좋니?"

조는 감정이란 게 생각보다 다루기 힘들다는 사실을 뼈저리게 느끼며 한숨을 쉬었다.

"내가 하고 싶은 말이 있다고 했잖아. 앉아서 들어줘. 정말 제대로 결론을 짓고 네 마음도 편하게 해주고 싶어."

조는 이렇게 말하면서 이성적으로 로리를 달랠 수 있기를 바랐다. 이 정도로 사랑에 대해서는 아무것도 모르는 조였다.

마지막 말에서 희망의 빛을 본 로리는 조의 발치에 몸을 던지고는 무릎을 꿇은 채 기대에 가득 찬 표정으로 조를 물끄러미 올려다보았다. 이런 상태가 되니 조는 머릿속이 어지러워져서 차분하게 설득할 수가 없었다. 가장 친한 친구가 이렇게 사랑과 갈망에 찬 눈빛으로 쳐다보는데, 어떻게 냉정한 말을 할 수 있겠는가? 로리의 속눈썹에는 여전히 눈물 한두 방울이 맺혀 있어 조의 가슴도 먹먹해진 이 상황에서 말이다. 조는 로리와 눈을 마주치지 않기 위해 로리의 머리카락을 부드럽게 쓰다듬으며 입을 열었다. 그 머리카락도 로리가 조를 위해 기르기 시작한 것이니 얼마나 감동적인가!

"엄마가 우리는 서로 맞지 않는다고 하셨는데 난 그 말이 옳다고 생각해. 우리는 둘 다 급한 성격에 의지가 강해서 함께 있으면 비참해질 거야. 만약 어리석게도 우리가……."

조가 주저하며 말을 끌자 로리가 환한 표정으로 끼어들었다.

"결혼하면 말이지. 하지만 아니야, 그렇지 않을 거야! 조, 네가 날 사랑한다면 난 완벽한 성인군자도 될 수 있어. 네가 하라는 대로 할 테니까!"

"아니, 난 못 해. 이미 해봤지만 안 됐잖아. 널 바꾸려고 시도해서 좋은 사이를 망치고 싶지 않아. 우리가 결혼하면 서로 부딪히기만 해서 결코 잘해 나갈 수 없을 거야. 그러니 평생 좋은 친구로 지내고 경솔한 짓은 하지 말자."

"아니야, 기회만 주어진다면 우린 잘해 낼 거야."

로리가 고집을 꺾지 않으며 중얼거렸다.

"이제 좀 정신을 차리고 이성적으로 생각해 봐."

조가 어찌할 바를 몰라 애원했다.

"이성적으로 생각하지 않을 거야. 정신을 차리고 싶지도 않고. 나한테 조금도 도움이 되지 않으니까. 넌 마음이란 게 없는 거야?"

"아예 그랬으면 좋겠어!"

조의 목소리가 약간 떨렸다. 로리는 그걸 좋은 징조로 생각하고 온 힘을 발휘해서 가장 달콤한 어조로 구슬리기 시작했다.

"모두를 실망시키지 마! 다들 우리의 결혼을 원하고 있다고. 할아버지는 벌써 마음을 정하셨고, 너희 가족들도 좋아할 거야. 난 너 없이는 살 수 없고. 그러니 넌 하겠다고 말만 하면 돼. 다 같이 행복해지자고! 말만 해! 말만!"

나중에 조는 아무리 생각해 봐도 어떻게 이 순간에 그렇게 빨리 굳게 결심할 수 있었는지 스스로도 이해가 되지 않았다. 그러나 조는 로리를 사랑하지 않았고, 앞으로도 그럴 수 없다는 것을 직감적으로 알 수 있었다. 물론 거절의 말을 하는 것은 대단히 힘겨운 일이었지만, 미루기만 해서는 두 사람 모두에게 더 큰 상처만 남으리라는 사실을 알고 있었던 것이다.

"난 그런 말을 할 수 없고, 앞으로도 하지 않을 거야. 너도 시간이 지나면 내가 옳았다는 걸 알게 될 거야. 그리고 내게 감사하게 될걸."

조가 진지하게 말했다.

"절대 그럴 일은 없어. 장담해!"

로리가 벌떡 일어서며 분노를 터뜨렸다.

"아니, 넌 그렇게 될 거야!"

조도 맞섰다.

"넌 곧 이 일을 극복하고 너를 사랑해 줄 아름다운 아가씨를 찾을 수 있을 거야. 그 훌륭한 저택의 훌륭한 안주인이 될 만한 여인을 말이야. 난 그 저택에 어울리지 않아. 난 촌스럽고 이상한 데다 나이도 많아. 넌 나를 창피해할 테고 우린 계속 싸우겠지. 봐, 지금도 그렇잖아. 게다가 난 네가 몸담고 있는 그 우아한 사교계도 싫어한다고. 그리고 난 글을 쓰지 않고는 살 수 없는데,

넌 그런 나를 싫어하게 될 거야. 그러다 보면 우린 둘 다 불행해져서 결혼을 하지 않았더라면 하고 바라게 될 거고. 아, 모든 것이 끔찍하게 변할 거야!"

"더 없어?"

로리가 조의 예언을 더 들어주기 어렵다는 듯이 물었다.

"없어. 다만 내가 결혼 따위는 절대로 하지 않을 거라는 걸 빼면 말이야. 난 지금 이대로가 행복해. 이 자유가 너무 좋아서 어떤 남자하고도 바꾸지 않을 거라고."

"그렇지 않을걸!"

로리가 끼어들었다.

"지금은 그렇게 생각하겠지만 너도 누군가에게 관심이 생겨서 사랑에 빠질 때가 올 거야. 그러면 넌 그를 위해 목숨까지 내놓으려고 할걸. 난 알 수 있어. 그때가 오면 곁에서 똑똑히 지켜볼 테야."

절망에 빠진 로리가 모자를 벗어 바닥에 내동댕이쳤다. 그의 표정이 그렇게 비참하지 않았다면 아주 우스웠을 행동이었다.

"그래. 정말 저절로 날 사랑에 빠지게 할 사람이 있다면 그 사람을 위해 목숨이라도 내놓을게. 너도 최선을 다해 보시지."

결국 참을성을 잃은 조가 소리쳤다.

"난 최선을 다했는데, 넌 이성적으로 생각해 보려고도 하지 않아. 내가 할 수 없는 일을 자꾸만 졸라대다니, 어쩌면 그렇게 이기적이니? 난 항상 널 좋아할 거야. 친구로서 말이야. 하지만 결혼은 절대 할 수 없어. 네가 그걸 빨리 인정하는 편이 우리 둘 모두에게 좋아."

이 말은 화약에 불을 당긴 격이었다. 로리는 어찌할 바를 모르겠다는 듯이 조를 잠시 쳐다보더니 홱 돌아서서 절망적인 어조로 말했다.

"후회하게 될 날이 있을 거야, 조."

"오, 어딜 가려고?"

로리의 표정에 겁을 먹은 조가 소리쳤다.

"지옥에!"

로리가 강둑을 내려가서 강가로 달려가자 한순간 조의 가슴이 철렁했다. 그러나 로리는 절망했다고 해서 죽음을 선택할 만큼 약한 젊은이가 아니었다. 로리는 강에 몸을 던질 생각은 하지 않았지만, 충동적으로 모자와 외투를 보트에 던져 넣고 보트에 올라 온 힘을 다해 빠르게 노를 저었다. 조는 가엾은 친구가 가슴속 괴로움을 이겨내려고 애쓰는 모습을 지켜보면서 긴 숨을 내쉬며 움켜쥐었던 손을 폈다.

"잘된 거야. 하지만 로리가 저렇게 슬프고 괴로운 마음이니 이제 만날 엄두도 내지 못하겠지."

조는 느린 걸음으로 집 쪽으로 향했다. 그러면서 자신이 방금 순수한 뭔가를 죽여서 나뭇잎 속에 묻어버린 듯한 기분이 들어 이렇게 중얼거렸다.

"로렌스 할아버지를 찾아가서 말씀드려야겠어. 불쌍한 로리를 위로해 주시도록 말이야. 로리가 베스를 사랑하길 바랐는데. 시간이 지나면 그렇게 되리라고도 생각했고. 그런데 지금은 내가 베스에 대해 착각한 것 같은 느낌이 들어. 오, 이런! 다른 여자들은 어떻게 사랑하고 거절하는 걸까? 정말 끔찍한 일인데."

조는 누구도 자신만큼 잘 말할 수 없으리라는 생각에 로렌스 씨를 곧바로 찾아갔다. 용감하게 그 힘겨운 사정을 이야기했지만, 결국 울음을 터뜨릴 수밖에 없었다. 인자한 노신사는 무척이나 실망했지만, 비참하게 우는 조를 보면서 나무랄 수는 없었다.

그는 도대체 어떤 아가씨가 사랑스러운 로리를 거부할 수 있는지 이해하기 어려웠고, 조가 마음을 바꾸기를 바랐지만 사랑이란 억지로 되지 않는다는 것을 조보다 훨씬 잘 알고 있었다. 그리고 격렬한 성격의 손자가 조에게 한 마지막 말을 전해 들었을 때는 자신의 가슴도 찢어지는 것 같아서, 애석하게 머리를 흔들며 손자의 슬픔을 달래주기로 마음먹었다.

완전히 녹초가 된 얼굴이었지만 차분한 표정으로 로리가 집에 돌아오자, 할아버지는 아무것도 모르는 척 그를 맞았다. 그리고 한두 시간 동안은 그 상태를 잘 버텨냈다. 그러나 해 질 무렵에 둘이 함께 있게 되자 로렌스 씨는 평소처럼 즐겁게 떠드는 일이 무척이나 힘겨웠고, 젊은 로렌스도 졸업에 대한 칭찬을 듣고 있기가 점점 어려워졌다. 로리의 성공은 사랑을 얻기 위해 고군분투한 결과일 뿐이었는데, 지금은 그 사랑을 잃어버렸으니 초라한 성공만이 남은 셈이었다. 도저히 이 시간을 참을 수 없게 된 로리는 피아노를 연주하기 시작했다. 창문이 열려 있어서 베스와 정원으로 산책을 나온 조도 그 연주를 들을 수 있었다. 그 순간 조는 생전 처음으로 베스보다 음악을 더 잘 이해할 수 있었다. 로리가 베토벤의 「비창 소나타」를 그 어느 때보다도 비장하게 연주하고 있었기 때문이다.

"아주 훌륭한 연주지만 눈물이 날 만큼 슬픈 곡이구나. 좀 더 즐거운 곡을 연주해 보렴."

이렇게 말하는 로렌스 씨의 가슴은 연민으로 가득 찼다. 그는 언제나 이런 마음을 내보이고 싶었지만 방법을 몰랐다.

로리는 금세 신 나는 곡으로 바꿔 연주하기 시작했고, 몇 분 동안 폭풍이 몰아치듯이 피아노를 쳐댔다. 잠시 후 마치 부인의 목소리가 들려오지 않았다면, 로리는 씩씩하게 슬픔을 극복했을 터였다.

"조, 애야. 이리 와보렴. 네가 필요해."

전혀 다른 의미지만 정작 로리가 하고 싶었던 말이 그대로 들려오자 로리는 길을 잃어버렸다. 음악은 완전한 불협화음으로 끝이 났고, 연주자는 어둠 속에 조용히 앉아 있었다.

"더 이상 못 보겠군."

노신사는 이렇게 중얼거리며 자리에서 일어나서 피아노로 다가갔다. 다정한 손으로 손자의 어깨를 잡으며 엄마처럼 부드럽게 속삭였다.

"얘야, 나도 안단다."

잠시 아무 대답도 하지 않던 로리가 날카롭게 물었다.

"누가 말했어요?"

"조가 말해 줬단다."

"그렇다면 다 끝났네요!"

로리는 조급하게 할아버지의 손을 떨쳐 냈다. 할아버지의 마음은 고마웠지만 동정을 받는 건 남자의 자존심이 허락하지 않았다.

"아직은 아니다. 할 말이 있으니 그걸 듣고 끝내렴."

로렌스 씨가 평소와 달리 부드럽게 대꾸했다.

"지금은 집에 머물고 싶지 않을 것 같구나. 그렇지?"

"여자를 피해 달아나진 않아요. 이대로 머물면서 계속 조를 지켜볼 거예요. 조도 날 막을 수 없어요."

로리가 반항적인 어조로 대답했다.

"네가 정말 신사라면 그래선 안 된다. 나도 실망했다만, 조가 어쩔 수 없다는데 어쩌겠니? 네가 할 수 있는 건 잠시 떠나 있는 일뿐이란다. 자, 어디로 갈 테냐?"

"아무 데나요. 이젠 어떻게 되든지 상관없어요."

로리가 일어나더니 정신없이 웃기 시작했다. 그 웃음소리는 듣기가 괴로웠다.

"남자답게 받아들이고 제발 경솔한 짓은 하지 마라. 네가 계획했던 대로 외국에 나가서 마음을 추스르는 게 어떠냐?"

"못 가요."

"하지만 계속 외국에 나가고 싶어 했지 않느냐? 나도 네가 대학을 졸업하면 허락하겠다고 약속했고 말이다."

"아, 하지만 전 혼자 갈 생각이 아니었다고요!"

로리가 빠른 걸음으로 방을 걸어 나갔다. 다행히도 할아버지는 그의 비참한 표정을 보지 못했다.

"혼자 가라고는 하지 않았다. 이 세상 어디라도 기꺼이 너랑 함께 갈 사람이 하나 있지."

"누군데요?"

로리가 걸음을 멈췄다.

"바로 나다."

로리가 빠른 걸음으로 다시 돌아오더니 손을 내밀며 쉰 목소리로 말했다.

"할아버지, 전 정말 이기적인 놈이에요. 그렇지만 할아버지……."

"그래, 나도 안다. 젊은 시절에 다 겪어봤고 네 아비 일로도 충분히 경험해 본 일이지. 자, 애야. 여기 앉아서 내 계획을 들어보려무나. 다 준비해 뒀으니 즉시 행동에 옮길 수 있단다."

로렌스 씨는 손자가 제 아비처럼 눈앞에서 사라질까 봐 두려운 듯 로리를 꽉 붙든 채 말했다.

"그게 뭔데요?"

로리는 아무런 흥미도 없다는 듯한 표정과 목소리로 물으며 자리에 앉았다.

"런던에 관리해야 할 사업체가 있다. 너에게 맡길 작정이었지만 내가 더 잘할 수 있을 것 같구나. 여기 일은 브룩에게 맡겨 놓으면 잘 돌아갈 테고 말이다. 대부분 일은 동업자들이 하고 있으니, 네게 언제라도 물려줄 수 있도록 유지만 할 생각이란다."

"하지만 할아버지는 여행을 싫어하시잖아요. 연세를 생각하면 감히 부탁드릴 수도 없는걸요."

로리는 할아버지가 고마우면서도 정말 가게 된다면 혼자 가고 싶다는 마음으로 입을 열었다.

노신사는 손자의 마음을 아주 잘 알고 있었지만 절대로 혼자 보내지 않을 작정이었다. 이런 상태의 손자를 홀로 떠나게 내버려 두는 것은 현명한 일이 아니라고 확신했기 때문이다. 그래서 편안한 집을 떠난다는 생각에 가슴이 먹먹해졌지만 단호하게 말했다.

"이런. 애야, 난 아직 그렇게 노쇠하지 않단다. 이 계획이 정말 마음에 들어. 오히려 나한테 좋은 약이 될 게다. 게다가 요즘 여행은 의자에 앉아 있는 것만큼이나 편하다더구나."

로리가 안절부절못하는 걸로 봐서 의자가 편하지 않거나 계획이 마음에 들지 않는 모양이었다. 그래서 노신사는 급히 말을 덧붙였다.

"참견하거나 부담을 주려고 이러는 게 아니란다. 내가 혼자 남아 있으면 너도 마음이 불편할 게 아니냐? 너랑 함께 다니지 않을 생각이니, 난 나대로 재미를 찾고 너도 네 마음대로 돌아다니려무나. 내가 런던과 파리에 있는 친구들을 방문하는 동안 넌 이탈리아나 독일, 스위스에 가서 마음껏 그림과 음악, 풍경, 모험을 즐기면 될 게다."

할아버지의 말을 듣기 전까지만 해도 로리는 자신의 심장이 완전히 산산조각 났고, 이 세상은 바람 소리만 황량한 황무지나 다름없다고 생각했다. 그러나 할아버지의 달콤한 계획을 들으니, 뜻밖에도 부서진 심장이 요동쳤고 황량한 황무지에도 푸른 오아시스 한두 개가 보이기 시작했다. 로리는 한숨을 내쉬고는 힘없는 목소리로 대답했다.

"할아버지 좋으실 대로 하세요. 전 어디 가서 뭘 하든지 상관없으니까요."

"나는 상관이 있다. 그러니 명심하거라. 완전히 자유롭게 지내도 좋지만 잘못된 길로 빠지지는 말아야 한다는 걸. 그것만 약속해 다오, 로리."

"마음대로 하세요."

'좋다!'

노신사는 속으로 생각했다.

'지금은 아무래도 상관없을지 모르지만, 이 약속이 널 지켜줄 때가 올 게야. 아니면 내가 큰 실수를 하는 거겠지.'

추진력이 강한 로렌스 씨는 금세 계획을 실행에 옮겼다. 풀이 죽은 손자가 언제 다시 마음을 바꿀지 몰라서 당장 준비를 시작한 것이다. 여행 준비를 하는 동안 로리는 실연을 당한 젊은이들이 으레 그렇듯이, 침울했다가 짜증을 부렸다가 수심에 젖어들었다. 식욕을 잃었고, 되는대로 옷을 입었으며, 피아노를 미친 듯이 쳐댔다. 게다가 조를 피해 다니면서도, 창가에서 조의 모습을 바라보며 위안을 삼았다. 로리의 애처로운 얼굴이 밤마다 조의 꿈에 나타났고, 낮에는 조의 마음을 무겁게 짓눌렀다. 그런데 로리는 다른 젊은이들과는 달리 실연당한 일에 대해서는 입도 뻥긋하지 않았다. 거기다 다른 사람이 언급하는 일조차 꺼렸다. 심지어 마치 부인의 위로까지 거부했다. 어떤 면에서는 친구들에게 안심이 되는 부분이기도 했다. 그러나 로리가 떠나기 전 몇 주 동안 그들은 마음이 매우 불편했고, '가엾은 친구가 괴로움을 잊고 다시 행복한 모습으로 집에 돌아오기 위해 멀리 떠날 것'이라는 사실에 다들 기뻐했다. 당연히 로리는 그들의 착각에 홀로 음울하게 미소 지었다. 자신의 사랑은 변할 리가 없다고 확신하고 있었기 때문이다.

작별의 순간이 되자 로리는 불쑥불쑥 솟아나는 불편한 감정을 감추기 위해 일부러 활기차게 행동했다. 그런 모습에 진짜로 속는 사람은 없었지만 다들 모른 척했다. 로리도 마치 부인이 입맞춤을 하며 인자하게 위로의 말을 속삭일 때까지는 속마음을 잘 숨겼다. 그 후로는 빨리 작별 인사를 끝내야겠다는 생각에 서둘러 모두와 포옹하며 촌각을 다투기라도 하는 듯이 빠르게 계단을 내려왔다. 물론 슬퍼하는 해나도 빼먹지 않고 인사를 전했다. 잠시 후 조는 로리가 뒤를 돌아보면 손을 흔들어줄 생각으로 계단을 따라 내려갔다. 그런데 로리가 뒤를 돌아보더니 다시 돌아와서 계단 위에 서 있는 조에게 팔을 두르고는 감정이 담긴 표정으로 애처롭게 그녀를 쳐다보며 물었다.

"오, 조. 정말 안 되겠어?"

"테디, 나도 그럴 수 있었으면 좋겠어!"

잠깐 침묵이 흘렀지만 이걸로 끝이었다. 로리는 몸을 펴고는 "괜찮아, 신경 쓰지 마."라고 말하면서 떠나버렸다. 그래도 조는 전혀 괜찮지 않았고 신경이 쓰였다. 그녀는 힘겹게 대답한 후 자신의 팔에 기댄 곱슬머리를 보면서 가장 사랑하는 친구를 칼로 찌른 것처럼 느꼈다. 그리고 로리가 뒤도 한번 돌아보지 않고 떠나자, 이제 소년 로리는 다시 볼 수 없으리라 직감했다.

36장

베스의 비밀

 봄에 집으로 돌아온 조는 베스의 달라진 모습에 충격을 받았다. 아무도 그 변화에 대해 말하지 않았고, 어쩌면 그 변화가 너무 서서히 일어나서 매일 베스를 보는 사람들은 느끼지 못한 것일 수도 있었다. 그러나 오랜만에 베스를 보는 조의 날카로운 눈에는 그 변화가 아주 또렷이 보였고, 베스의 얼굴을 볼 때마다 조의 마음은 무겁게 내려앉았다. 그냥 보기에는 안색이 더 창백해진 것도 아니었고 가을보다 약간 야윈 것일 뿐이었다. 그렇지만 베스의 얼굴에는 기이하고 투명한 빛이 떠올라 있었다. 마치 인간의 생명력이 서서히 빠져나가고 대신 내세의 빛이 연약한 살결에 자리 잡은 것처럼 보였다. 그래서인지 베스에게서는 형용할 수 없을 만큼 애처로운 아름다움까지 느껴졌다. 조는 그것을 보고 느꼈지만 아무 말도 하지 않았다. 베스가 건강하고 행복해 보였기 때문에 첫인상은 곧 힘을 잃었던 것이다. 게다가 누구도 베스의 건강에 의심을 품지 않았고, 조는 다른 문제 때문에 잠시 베스에 대한 걱정을 잊고 있었다.
 그러나 로리가 떠나고 평화로운 나날이 계속되자 처음의 걱정이 다시 떠올라 조를 괴롭혔다. 이때는 이미 조가 가족들에게 자신이 휴가 동안 저지른 잘못을 고백하고 용서를 받은 후였다. 조는 자신이 모아둔 돈을 보여 주며 베스에게 산으로 여행 가자고 제안했지만, 베스는 진심으로 고마워하면서도 집에서 멀리 떨어져 있기는 싫다며 거절했다. 그래서 조는 해변으로 다시 한번 요양 가는 게 낫겠다고 생각했다. 이번에는 할머니가 아기들을 두고 떠날 수 없었기 때문에 조가 베스를 데리고 조용한 해변으로 휴양을 떠났다. 그렇게 확 트인 곳에서 신선한 바닷바람을 맞으면 베스의 창백한 볼에도 조금이나마 화색이 돌아올 터였다.

그곳은 그다지 유명하지 않아서 사람들이 북적거리지는 않았다. 제법 괜찮은 사람들이 많았지만 자매들은 친구를 사귀지 않고 둘이서만 다녔다. 베스는 원체 수줍음을 많이 타서 사람들과 어울리지 못했고, 조는 베스를 돌보느라 다른 사람을 신경 쓸 여력이 없었던 것이다. 그래서 두 자매는 사람들이 호기심 어린 눈으로 자신들을 쳐다보는지도 모른 채 한 몸처럼 붙어 다녔다. 사람들은 건강한 언니가 약한 여동생을 데리고 다니는 모습을 보고 긴 이별이 멀지 않은 모양이라고 안타까워했다.

조와 베스도 그걸 느끼고 있었지만, 둘 다 아무 말도 하지 않았다. 가깝고 사랑하는 사이일수록 감히 입 밖으로 내뱉지 못하는 부분들이 있기 마련이다. 조는 자신과 베스의 마음 사이에 투명한 막이 쳐진 것처럼 느껴졌다. 그래도 그 막을 걷어 올리면 근접하지 못할 신성한 뭔가가 있을 것 같아서, 베스가 먼저 입을 열기를 기다리기로 했다. 조는 부모님이 자신이 보고 있는 걸 왜 보지 못하는지 의아해하면서도 감사한 마음이 들었다. 평온한 몇 주가 흐르는 동안 조의 근심은 더 깊어졌지만, 집에 있는 가족들에게는 알리지 않았다. 베스가 집으로 돌아가면 그들도 저절로 알게 되리라 확신했기 때문이다. 조는 베스가 정말 그 힘겨운 진실을 느끼고 있는지 궁금했다. 게다가 베스가 바닷가 따뜻한 바위 위에 조의 무릎을 베고 누워 기분 좋은 바람을 맞고 음악 같은 파도 소리를 들으면서 무슨 생각을 하는지도 알고 싶었다.

어느 날 베스가 조에게 털어놓았다. 그날 조는 베스가 잠이 든 줄 알았다. 그래서 읽던 책을 내려놓고 가만히 누워 있는 베스를 수심에 잠긴 눈으로 바라보면서, 베스의 뺨에 혈색이 희미하게라도 남아 있는지 찾아보려 했다. 그러나 베스의 얼굴은 너무 야위어 있었고, 베스의 손은 그들이 주운 장밋빛의 작은 조개조차 쥘 수 없을 정도로 약해 보였다. 그러자 조는 베스가 서서히 자신의 곁을 떠나고 있다는 비참한 생각이 강하게 들어서 팔을 뻗어 가장 소중한 보물을 꽉 끌어안았다. 한동안 조는 눈이 흐릿해서 아무것도 보이지 않았다. 눈앞이 선명해지자 베스가 다정한 눈길로 올려다보고 있는 모습이 보였다. 굳이 입을 열 필요도 없었다.

"조 언니, 언니가 안다니 다행이야. 말하려고 했지만 할 수가 없었거든."

조는 아무 대답 없이 베스의 볼에 자신의 볼을 갖다 대었다. 눈물도 없었다. 조는 너무 슬프면 울지 않았다. 이렇게 약해진 조를 베스가 보듬으며 위로하려 애썼다. 그러면서 조의 귀에 위로의 말을 속삭였다.

"난 오래전부터 알고 있었어. 지금은 익숙해져서 그 생각을 해도 그다지 힘들지 않아. 나 때문에 괴로워하지 말고 그냥 자연스럽게 받아들여 줘. 난 정말 괜찮으니까. 정말이야."

"그래서 가을에 그렇게 기분이 좋지 않았던 거야? 그땐 확신이 없어서 혼자 속으로만 괴로워했던 거야?"

조는 괜찮다는 말을 듣고 싶지 않았지만, 베스의 근심이 로리와 상관없다는 사실은 다행스러웠다.

"응, 그땐 모든 희망을 버렸지만 인정하고 싶지 않았어. 그저 내 망상일 뿐이라고 생각하고 싶었지. 그런데 언니가 활기차게 행복한 계획을 말하는 모습을 보니까 난 절대로 언니처럼은 될 수 없을 거라는 느낌이 강하게 들었어. 정말 비참했어."

"오, 베스. 나한테 말하지 않다니. 내가 널 위로하고 도울 수 있게 했어야지! 어떻게 입을 다물고 혼자 참을 수가 있어?"

조의 목소리는 안타까운 비난으로 가득 차 있었다. 베스가 이 세상의 모든 것과 헤어질 준비를 하면서 이렇게 씩씩하게 받아들일 때까지 혼자 싸웠다는 생각에 조의 가슴은 찢어질 듯 아팠다.

"내 느낌이 틀렸을 수도 있으니까. 누구도 아무 말이 없으니 확신할 수 없었어. 내가 착각한 것이길 간절히 바라기도 했고. 게다가 엄마는 메그 언니 일로 걱정이 많으시고 에이미는 멀리 떠나 있는데, 무서운 말로 모두를 놀라게 하고 싶지 않았어. 언니도 로리와 정말 행복해 보이고 말이야. 그땐 그렇다고 생각했어."

"난 네가 로리를 사랑한다고 생각했어. 그래서 멀리 떠났던 거라고."

조는 진실을 모두 털어놓을 수 있어서 홀가분했다.

베스가 놀란 듯 보이자 조는 미소를 지으며 부드럽게 덧붙였다.

"그런데 넌 아니었던 거야, 그렇지? 난 정말 두려웠어. 네가 사랑 때문에 괴로워한다고 생각했거든."

"어쩜! 조 언니, 로리가 언니를 그렇게 좋아하는데 어떻게 내가 그럴 수 있겠어?"

베스가 아이처럼 순진하게 물었다.

"나도 로리를 정말 사랑해. 그렇게 잘해 주는데 어떻게 안 그럴 수 있겠어? 하지만 내겐 친오빠 같은 사람일 뿐이야. 언젠가는 진짜 가족이 되기를 정말 바랐다고."

"나를 통해서는 아니야."

조가 단호하게 말했다.

"에이미가 있잖아. 그 둘은 진짜 잘 어울릴 거야. 하지만 지금은 그런 생각을 할 여유 따위는 없어. 너 말고는 다른 사람이 어찌 되든 다 상관없다고. 넌 건강해져야만 해."

"나도 그러고 싶어. 정말이야! 하지만 날마다 조금씩 힘을 잃는 걸 느껴. 다시는 회복될 수 없으리라는 느낌이 강해지고 있다고. 밀물이 밀려오듯이, 서서히 다가오지만 막을 수가 없어."

"막아야만 해. 아직 네 차례가 아니라고. 열아홉 살은 너무 일러. 베스, 난 널 보낼 수 없어. 노력하고 기도하고 맞서 싸울 거야. 무슨 일이 있어도 널 지켜낼래. 아직 늦지 않았으니 방법이 있을 거야. 널 데려가다니, 신이 그렇게 잔인할 순 없어."

베스보다 신앙심이 약한 조가 신에게 저항하듯이 소리쳤다.

정말 신실한 사람들은 자신의 신앙심에 대해 말하지 않는다. 신앙심은 말보다 행동에서 저절로 드러나는 법이고, 장황한 훈계나 항의보다 더 큰 힘을 지니고 있다. 베스는 자신이 어떻게 생을 순순히 포기하고 씩씩하게 죽음을 맞이할 용기와 인내심을 갖게 되었는지 제대로 설명할 수가 없었다. 단지 순종적인 아이처럼 아무런 의문도 품지 않은 채 우리 모두의 아버지와 어머니인 신과 자연에 모든 것을 맡겼을 뿐이다. 이 세상과 저세상에서 용감하게 살아갈 수 있는 힘을 줄 수 있는 존재는 신과 자연뿐이라고 굳게 믿었던 것이다. 베스는 신실한 말로 조를 타이르지 않았다. 그저 조가 보여 주는 뜨거운 애정에 감정이 북받쳐 올라 조를 사랑스럽게 껴안았다. 신이 인간에게 심어준 사랑이 둘 사이에 가득했다. 이 사랑을 통해서 우리는 신에게 더욱 가까이 갈 수 있는 것이다. 베스가 조를 꽉 붙잡자 두 자매는 슬픔에 복받쳐 함께 울음을 터뜨렸다. 베스는 지금 삶이 행복해서 신에게 가는 길이 기쁘다고는 말할 수 없었다. 다만 조의 품에 안겨서 훌쩍이는 목소리로 "기꺼이 받아들이려고 노력할 거야."라고는 말할 수 있었다.

이윽고 베스가 감정을 추스르고 입을 열었다.

"집에 가면 가족들에게 말할 거야?"

"말하지 않아도 알아챌 거라고 생각해."

조가 한숨을 쉬었다. 날이 갈수록 베스의 변화가 뚜렷해지는 것 같았기 때문이다.

"아마 아닐 거야. 가장 사랑하는 사이일수록 그런 건 잘 눈치채지 못한다고 하더라고. 만약 가족들이 알아채지 못하면 언니가 대신 말해 줘. 난 아무것도 숨기고 싶지 않고, 가족들이 마음의 준비를 할 수 있게 해주고 싶어. 메그 언니는 형부와 아기들이 위안이 되겠지만, 부모님은 언니가 힘이 되어줘. 그래 줄 거지?"

"그럴게, 베스. 하지만 난 아직 포기하지 않았어. 망상일 뿐이라고 믿을래. 너도 그렇게 생각하라고."

조가 애써 명랑하게 말했다.

베스는 잠시 생각에 잠기더니 조용히 입을 열었다.

"어떻게 설명해야 할지 모르겠지만 언니에게만은 털어놓을래. 난 오래 살지 못할 운명을 타고 태어난 것 같은 느낌이 들어. 다른 사람들과는 달랐으니까. 난 장래 계획을 세워본 적도 없고, 결혼할 거란 생각도 해본 적이 없어. 그저 집 안에서 종종거리는 어리석은 작은 베스 말고는 다른 모습의 나를 상상할 수 없었던 거야. 결코 멀리 떠나고 싶지 않았지. 지금 가장 힘든 건 가족들을 두고 떠난다는 사실이야. 무섭지는 않지만 천국에서도 향수병에 걸릴 것 같아."

조는 아무 말도 할 수 없었다. 잠시 동안 바람 소리와 파도 소리만이 들려왔다. 갈매기 한 마리가 은빛 가슴에 햇살을 담고 날아왔다. 베스는 그 갈매기가 사라질 때까지 지켜보았다. 베스의 눈에는 슬픔이 가득했다. 작은 회색빛 바닷새가 햇빛과 바다를 즐기듯이 모래벌판을 걷고 있었다. 그 새가 베스에게 가까이 다가와 다정한 눈길로 바라보더니, 따뜻한 바위 위에 앉아 젖은 날개를 말리는 게 아닌가! 그 모습에 베스는 미소를 지었고 위안을 느꼈다. 그 자그마한 존재로 인해 아직 이 세상에서 즐길 거리가 남아 있다는 걸 깨닫게 된 베스였다.

"귀엽기도 하지! 조 언니, 얘 좀 봐. 말을 잘 들어. 난 이 작은 새들이 갈매기보다 좋더라. 갈매기만큼 거칠고 멋지진 않지만 무척이나 행복해 보여. 지난여름에 이 새들을 보고 내 작은 새라고 불렀는데, 엄마는 이 새들을 보면 내가 떠오른대. 쉴 새 없이 움직이면서 언제나 육지 가까이에서 흡족한 듯 작은 노래를 지저귀니까. 언니는 강하고 거친 갈매기야. 폭풍과 바람을 좋아하고 저 먼 바다까지 날아가니까. 거기다 혼자서도 행복하고 말이야. 메그 언니는 비둘기고, 에이미는 종달새 같아. 언제나 구름 낀 하늘 속으로 날아가려 하지만, 늘 둥지 속으로 다시 떨어지니까. 예쁜 내 동생! 에이미는 정말 야망이 크지만 가슴은 따뜻하고 여려. 아무리 높이 날더라도 집을 잊어버릴 애는 아니지. 에이미를 다시 볼 수 있기를 바라지만 너무 멀리 떨어져 있는 것 같아."

"봄이면 돌아올 거야. 그때쯤이면 넌 다 나아서 에이미를 반갑게 맞을 수 있을 테지. 내가 그렇게 만들고 말겠어."

조가 이것이 베스의 변화 중에 가장 큰 것이리라 생각하면서 이렇게 장담했다. 그러나 베스에게는 아무 소용도 없는 말이었다. 그녀는 수줍은 베스답지 않게 단호하게 속으로 외쳤다.

'조 언니, 그렇게 기대하지 마. 아무 소용이 없을 거라는 걸 알아. 그러니 슬퍼하지 말고 즐겁게 지내자. 기다리는 동안 행복하게 지낼 수 있을 거야. 난 그렇게 힘들지 않고 언니만 곁에 있으면 그 밀물도 편안히 맞이할 수 있을 것 같으니까.'

조는 고개를 숙여 차분한 얼굴에 입맞춤을 했다. 그러면서 몸과 마음을 다 바쳐 베스를 돌보리라 다짐했다.

조의 생각이 옳았다. 그들이 집으로 돌아갔을 때 말할 필요가 없었다. 부모님은 자신들이 그렇게 간절히 보지 않기를 바랐던 그 뭔가를 보고야 말았다. 짧은 여행으로 지친 베스는 집에 돌아와 얼마나 기쁜지 모른다며 곧장 침대로 향했다. 조는 아래층으로 내려가면서 베스의 비밀을 털어놓아야 하는 어려운 숙제가 남아 있다는 걸 깨달았다. 아버지는 벽난로 선반에 머리를 기댄 채서서, 조가 들어왔는데도 돌아보지 않았다. 어머니는 위로가 필요한 듯 팔을 내밀었고, 조는 아무 말 없이 어머니에게 다가가 안겼다.

37장

새로운 인상

오후 3시가 되면 프랑스 니스의 '영국인 산책로'는 가장 번화한 세계로 돌변한다. 이곳은 가장자리에 야자수와 꽃, 열대 관목이 죽 늘어선 넓은 산책로다. 한쪽은 바다에, 다른 쪽은 호텔과 빌라가 즐비한 넓은 마찻길에 접해 있다. 저 너머로는 오렌지 나무 숲과 언덕이 보인다. 이곳에서는 수많은 국적의 사람들이 제각기 독특한 옷을 차려입은 모습을 볼 수 있고, 외국어도 들려온다. 특히 햇빛이 밝은 화창한 날이면 축제만큼 신 나고 화려한 장관이 펼쳐진다. 도도한 영국인, 생기 넘치는 프랑스인, 음울한 독일인, 잘생긴 스페인인, 못생긴 러시아인, 유약한 유대인, 자유롭고 편한 미국인까지 몰려들어서는 다들 마차를 타거나, 앉아서 쉬고 산책을 했다. 그러면서 새로운 소식에 대해 수다를 떨거나 최근에 이곳을 방문한 리스토리나 디킨스, 비토리오 에마누엘레나 샌드위치 섬의 여왕[40] 같은 유명 인사에 대해 평하기도 했다. 이곳으로 몰려드는 마차 형태는 사람들만큼이나 다양했고 많은 관심을 끌었다. 특히 숙녀들이 직접 모는 나지막한 사륜마차가 눈길을 사로잡았다. 이 마차를 끄는 한 쌍의 기운찬 망아지들에게는 많이 날뛰지 못하도록 화려한 올가미가 씌워져 있었고, 마차 뒤꽁무니에는 어린 시종이 앉아 있었다.

크리스마스 날, 키가 크고 젊은 남자 하나가 이 산책로를 따라 약간 멍한 표정으로 뒷짐을 진 채 어슬렁거리고 있었다. 그는 이탈리아인 같은 얼굴에 영국인처럼 옷을 입었고 미국인 같은 자유로운 분위기를 풍기고 있었다. 이 모습은 수많은 여성들의 눈길을 끌기에 충분했다. 게다가 까만 벨벳 양복에 장밋빛 넥타이를 매고 가죽 장갑을 꼈으며 단춧구멍에 오렌지꽃을 꽂은 젊은이의 모습에, 각양각색의 멋쟁이 신사들은 대수롭지 않은 듯 어깨를 으쓱하고 말았지만 큰 키는 부러운 모양이었다.

그곳에는 아름다운 얼굴들이 많았지만, 젊은 남자는 푸른색 옷을 입은 금발 머리 아가씨들을 가끔씩 흘끗 쳐다보는 것 말고는 그다지 큰 관심이 없어 보였다. 어느새 그는 산책로에서 빠져나와 교차로에 서 있었다. 공원으로 가서 음악을 들을지 아니면 언덕 쪽으로 난 해변을 거닐지 결정하지 못하고 있는데, 그때 빠르게 뛰어오는 말발굽 소리가 들려왔다. 고개를 드니 숙녀 한 명을 태운 작은 마차가 이쪽으로 빠르게 달려오고 있는 게 보였다. 그 젊은 숙녀는 금발 머리에 푸른색 옷을 입고 있었는데, 젊은 남자가 그 모습을 뚫어지게 쳐다보더니 뭔가를 알아차린 듯 소년처럼 모자를 흔들며 그녀에게 달려갔다.

"오, 로리! 정말 로리가 맞는 거야? 오지 않는 줄 알았잖아!"

에이미가 고삐를 떨어뜨리고 양손을 내밀면서 소리쳤다. 이 모습에 깜짝 놀란 프랑스인 엄마는 이 '정신 나간 영국인'들의 방종한 태도를 딸이 보지 못하도록 걸음을 재촉했다.

"좀 지체됐어. 하지만 크리스마스는 너랑 보내겠다고 약속했잖아. 그래서 이렇게 왔어."

"할아버지는 어떠셔? 언제 도착한 거야? 어디에서 묵는데?"

"아주 잘 지내셔. 어젯밤에, 샤브랭 호텔에서. 너희 호텔로 찾아갔는데, 넌 나가고 없더라고."

"맙소사! 정말 할 말이 너무 많아서 어디서부터 시작해야 할지 모르겠어. 우선 마차에 타. 편하게 이야기하면서 가자. 산책하고 싶었는데, 마침 동행이 필요한 참이었어. 플로는 오늘 밤을 위해 아껴두었고."

"무슨 일인데? 무도회라도 있어?"

"우리 호텔에서 크리스마스 파티가 열려. 그곳에 미국인들이 많아서 함께 크리스마스를 기념하기 위해 파티를 여는 거야. 당연히 우리랑 함께 갈 거지? 숙모도 좋아하실 거야."

"고마워! 지금은 어디로 가는데?"

로리가 몸을 뒤로 기대며 팔짱을 낀 채 물었다. 에이미는 직접 마차를 모는 걸 좋아했다. 에이미는 푸른 고삐를 손에 든 채 양산을 채찍 삼아 하얀 망아지의 등을 치면서 한없는 만족감을 느꼈다.

"먼저 우체국에 들러서 편지를 찾고 캐슬 언덕으로 갈 거야. 그곳 전망이 정말 아름다워. 공작새들에게 먹이를 주는 것도 재미있고. 거기 가본 적 있어?"

"옛날에 자주 갔어. 하지만 또 가도 좋겠지."

"자, 그동안 있었던 얘기를 해줘. 할아버지에게 들은 마지막 소식으로는 베를린에 있었다면서?"

"응, 그곳에 한 달 정도 머물렀어. 그 후에 파리에서 할아버지를 만났지. 그곳에서 겨울을 보내셨거든. 할아버지는 파리에 친구들이 있고 흥밋거리가 많으신가 봐. 그래서 나도 그곳으로 가서 함께 지냈지."

"그거 멋지네."

에이미는 뭔지 모르겠지만 로리의 태도가 바뀐 듯한 느낌을 받았다.

"너도 알다시피 할아버지는 여행을 싫어하고, 난 가만히 있는 걸 싫어하잖아. 그래서 각자의 취향에 맞추어 살다가 가끔씩 함께 지내지. 할아버지는 내 모험담을 좋아하고, 난 방랑을 마치고 돌아왔을 때 반겨주는 누군가가 있어서 좋고 말이야. 더러운 곳이네, 그렇지?"

로리는 역겨운 듯 코를 킁킁거리며 말했다. 그들은 낡은 거리를 지나고 있었다.

"이 더러움은 그림 같아서 싫지 않아. 저 강과 언덕 좀 봐. 얼마나 멋져? 이렇게 얼기설기 엮인 좁은 도로를 보는 것도 즐거워. 이제 저 행렬이 다 지나갈 때까지 기다려야 해. 성 요한 교회로 향하는 행렬이지."

로리는 차양 아래 사제들과 흰 베일을 쓰고 초를 든 수녀들, 푸른 옷을 입은 남자들이 성가를 부르며 지나가는 행렬을 무심하게 쳐다보고 있었다. 에이미는 그런 로리를 보면서 왠지 모를 수줍음을 느꼈다. 로리는 변했고, 그녀가 떠날 때 봤던 장난기 가득한 소년의 모습은 더 이상 찾아볼 수가 없었다. 대신 우울한 표정의 남자가 옆에 앉아 있었다. 에이미는 로리가 더 잘생겨지고 엄청나게 성숙한 것 같다고 생각했다. 지금 로리는 에이미를 발견했을 때의 흥분이 가라앉고 나자, 지치고 열의 없는 표정으로 되돌아가 있었다. 아파 보이지도, 그렇다고 딱히 불행해 보이지도 않았지만, 한두 해 전보다 훨씬 의젓하고 진중해 보였다. 에이미는 이해가 되지 않았지만 감히 이유를 물어보지 못했다. 그래서 행렬이 아치 다리를 지나 교회 안으로 사라지자, 가만히 고개를 내

저으며 고삐를 흔들었다.

"뭘 생각해?"

에이미의 프랑스어가 마차 안에 울려 퍼졌다. 외국 생활을 시작한 후로 에이미의 프랑스어 실력이 양적으로나마 부쩍 늘어나 있었다.

"아가씨께서 해외에서 시간을 잘 보내신 모양이군요. 실력이 늘었네요."

로리가 한 손을 가슴에 대고 정중하게 인사하면서 대답했다.

에이미는 기쁜 마음에 얼굴을 붉혔다. 그런데 어째서인지 이런 찬사를 듣고도 집에서 듣던 칭찬만큼 흡족한 기분이 들지 않았다. 예전에 로리는 파티에서 에이미를 만나면 진심 어린 미소를 지으며 "정말 예쁘다."라고 칭찬하면서 머리를 쓰다듬어주었다. 에이미는 이 새로운 어조가 싫었다. 무심한 것은 아니었지만 정중한 표정에도 불구하고 냉담하게 들렸기 때문이다.

'어른이 되어서 그런 거라면 그냥 소년으로 남아 있는 편이 좋았을 텐데.'

에이미는 실망과 불편함을 느끼며 생각했다. 그러나 겉으로는 아주 편하고 즐거운 것처럼 보이려고 애썼다.

에이미는 우체국에서 소중한 편지를 찾아서 고삐는 로리에게 맡기고 느긋하게 가족들의 편지를 읽었다. 마차는 어느새 초록 울타리 사이의 그늘진 길로 접어들고 있었다. 그곳에는 6월인 양 월계화가 활짝 피어 있었다.

"베스 언니가 많이 안 좋대. 가끔씩 내가 집으로 돌아가야 하냐고 물으면 다들 그냥 머물라고만 해. 나한테 또다시 이런 기회는 없을 것 같아서 그 말대로 하고는 있는데 걱정이야."

에이미가 우울한 표정으로 편지를 넘겼다.

"잘하고 있는 거야. 집에 가봤자 네가 할 수 있는 일은 없잖아. 가족들에게는 네가 건강하고 행복하게 잘 지내는 것이 가장 큰 위안일 거야."

로리가 조금 가까이 다가왔다. 그렇게 위로하는 로리를 보니 예전 모습이 보이는 듯했다. 그리고 에이미의 마음을 무겁게 짓누르던 두려움도 가벼워졌다. 오빠 같은 표정과 행동을 보자, 어떤 괴로운 일이 일어나더라도 이 이국땅에서 홀로 슬퍼하는 일은 없겠구나 하고 안심이 된 것이다. 그런 생각을 하던 에이미가 갑자기 웃음을 터뜨리며 로리에게 작은 그림을 하나 보여 주었다. 글쓰기용 작업복 차림의 조를 그린 스케치였는데, 나비 리본이 삐딱하게 달린 모자를 쓴 채 입가에는 '영감이 불타는 중!' 이라는 말풍선까지 달려 있었다.

로리는 미소를 지으며 그림 종이를 가져가더니, '바람에 날아가지 못하게' 조끼 호주머니 속에 넣었다. 그러고는 에이미가 읽어주는 편지 내용을 흥미롭게 들었다.

"정말 즐거운 크리스마스야. 아침에는 선물을 받았고, 오후에는 반가운 얼굴을 만났고 편지도 받았잖아. 게다가 밤에는 파티까지 있으니까."

오래된 요새 유적지에서 마차를 내리면서 에이미가 말했다. 화려한 공작새 무리가 먹이를 달라는 듯이 두 사람 뒤를 졸졸 따라왔다. 에이미가 비탈길에 서서 웃으며 빵 부스러기를 떨어뜨려 주고 있을 때, 로리는 밑에서 에이미를 가만히 관찰했다. 서로 떨어져 지내던 시간 동안 에이미가 얼마나 많이 변했는지 궁금했기 때문이다. 로리는 당황스럽거나 실망스러운 부분은 발견하지 못했다. 오히려 감탄과 찬사가 절로 나올 정도였다. 에이미는 말투와 태도를 약간 과장되게 꾸미는 점만 빼면 정말 생기와 기품이 흘러넘쳤다. 옷차림과 몸가짐에서는 우아함과 형언할 수 없는 아름다움이 느껴졌다. 언제나 자신의 나이보다 성숙했던 에이미는 예전부터 말투와 태도에서 여성스러운 침착함을 풍기고 있었다. 지금도 가끔 옛날의 건방진 태도가 드러났고, 강한 의지는 예전 그대로였으며, 천성적인 솔직함도 외국 물이 들지 않았다.

공작새에게 먹이를 주는 그 짧은 시간 동안에 로리가 이 모든 점을 읽어낼 순 없었지만, 궁금증을 풀고도 남을 만큼 에이미의 변화를 충분히 알아낼 수 있었다. 게다가 햇살 속에서 환히 웃고 있는 에이미의 어여쁜 모습이 그림처럼 아름다웠다. 드레스는 햇살에 더욱 부드럽게 빛났고, 볼에는 신선한 화색이 돌았으며, 금빛 머리카락은 한층 더 아름다운 장관을 연출하고 있었다.

언덕에서 제일 높은 돌 위에 올라서자 에이미는 자신이 가장 좋아하는 곳이라며 여기저기를 가리키며 손을 흔들었다.

"저 성당과, 어부가 그물을 끌던 코르소 만이 기억나? 빌라 프랑카로 가는 저 아름다운 도로는 어때? 바로 아래쪽에는 슈베르트 탑도 있어. 가장 좋은 경치는 저 바다 멀리 떠 있는 점 같은 섬이야. 사람들이 코르시카라고 부르는 섬 말이야. 다 기억나?"

"응, 별로 많이 변하지 않았네."

로리는 열의 없이 대답했다.

"저 유명한 섬을 조 언니가 본다면 얼마나 좋아할까!"

에이미가 로리의 동의를 구하듯이 명랑하게 말했다.

"그래."

로리의 대답은 이게 다였다. 그러나 로리는 고개를 돌려 뚫어져라 그 섬을 바라봤다. 마치 나폴레옹보다 더 위대한 정복자가 눈길을 끌기라도 한 듯 보였다.

"언니를 위해서 잘 봐둬. 그 후에는 이리 와서 그동안 뭘 하고 지냈는지 다 말해 줘."

에이미가 편하게 대화를 나누려고 자리를 잡고 앉으며 말했다.

그렇지만 에이미는 충분히 대화를 나누지 못했다. 로리는 에이미의 질문에 충실히 대답했지만, 에이미가 알아낸 거라고는 로리가 유럽을 돌아다녔고 그리스에 가봤다는 정도뿐이었다. 그들은 한 시간 정도 빈둥거리다가 집으로 돌아왔다. 로리는 캐롤 부인에게 인사를 하고, 저녁에 다시 오겠다며 발길을 돌렸다.

그날 밤 에이미에게 기록적인 일이 생겼다. 의도적으로 한껏 치장을 한 것이다. 이미 두 사람 모두 떨어져 지낸 시간 동안 일어난 변화에 큰 충격을 받은 상태였다. 에이미는 오래된 친구를 새롭게 보게 되었다. 그는 더 이상 이웃집 소년이 아니라 잘생기고 다정한 남자였다. 그러니 에이미가 그에게 예쁘게 보이고 싶어 한 것은 아주 자연스러웠다. 에이미는 자신의 장점을 잘 알고 있었고 그 장점을 최대한 살릴 수 있는 요령과 솜씨도 있었다. 이는 가난하고 예쁜 여성에게 큰 재산이라 할 수 있었다.

니스에서 실크 드레스와 베일은 비싸지 않았다. 그래서 에이미는 이런 파티가 있을 때마다 실크로 치장했다. 영국적인 단순함을 살리면서 신선한 꽃과 작은 장신구로 약간의 장식을 곁들이는 것도 잊지 않았다. 우아한 장식품은 모두 값싸지만 효과적인 것들이었다. 사실 이렇게 검소한 에이미도 가끔씩은 예술적인 취미가 발동해서 골동품 머리 장식이나 고전적인 주름 장식에 빠져들었다. 하지만 어쩌랴. 사람이라면 작은 약점 하나씩은 있기 마련이고, 젊은 여성이 아름다움으로 우리의 눈을 즐겁게 해주겠다는데 소박한 허영심 정도는 눈감아 주는 게 어려운 일은 아니지 않은가.

"오늘은 정말 예쁘게 보이고 싶어. 로리가 집에 가서 전할 수 있도록 말이야."

에이미는 플로의 오래된 흰색 실크 드레스를 입고 구름 같은 베일로 몸을 감싸며 혼잣말을 중얼거렸다. 베일 위로 드러난 하얀 어깨와 금빛 머리가 마치 그림 같은 효과를 냈다. 여신처럼 땋아 묶어 올린 머리만으로도 충분히 아름답긴 했다.

"유행은 아니지만 나한테 어울리는걸. 다른 모양을 해서 끔찍해지면 참을 수 없을 거야."

에이미는 최신 유행대로 지지고 부풀리고 땋으라는 충고를 들을 때마다 이렇게 말하곤 했다.

이 중요한 파티에 어울릴 만한 장신구가 없는 에이미는 넘실대는 치맛자락에 진달래 송이를 달았고, 어깨 쪽은 푸른 덩굴로 치장했다. 예전에 구두를 칠했던 기억을 떠올리며 하얀 공단 구두를 흡족하게 바라보았다. 이 구두를 신은 채 자신의 아름다운 발에 감탄하며 혼자서 방 안을 돌아다녔다.

"새 부채는 꽃 장식과 잘 어울리고, 장갑도 팔찌에 딱 맞아떨어져. 숙모의 손수건에 달린 진짜 레이스 덕분에 드레스 전체가 우아해 보이네. 코와 입만 좀 우아하게 생겼다면 더 바랄 게 없을 정도로 행복할 텐데."

에이미는 양손에 초를 든 채 비판적인 눈으로 자신의 외모를 살펴보았다.

에이미는 코와 입이 불만이었지만 그날 밤 유난히 화려하고 우아해 보였다. 그녀는 유유히 미끄러지듯 걸어갔다. 뛰는 것은 자신과 어울리지 않는다고 생각했기 때문에 거의 뛰지 않았다. 허리를 곧게 펴고 당당하고 기품 있게 걷는 것이 명랑하고 활달한 태도보다 더욱 바람직하게 여겨졌다. 에이미는 로리를 기다리면서 호텔의 넓은 홀을 왔다 갔다 했다. 샹들리에 아래에 서면 머리카락이 빛나서 더욱 예뻐 보일 거라 생각해서 그 자리에 서 있다가 금세 저쪽 끝으로 걸어갔다. 첫인상을 좋게 하려는 자신의 계획이 갑자기 부끄러워진 모양이었다. 그러나 의도하지 않은 이 모습이 더 좋은 결과를 낳았다. 로리가 아주 조용히 들어왔기 때문에, 에이미는 그가 오는 소리를 듣지 못하고 저 멀리 창가에 우두커니 서서 고개를 반쯤 돌린 채로 한 손으로 치맛자락을 들고 빨간 커튼에 기대어 있었다. 그 날씬하고 하얀 모습이 로리의 눈에는 빨간색 배경과 대비를 이루어 마치 조각상처럼 보였던 것이다.

"안녕, 디아나!"

에이미의 바람대로 로리는 아주 흡족한 눈길로 그녀를 바라보았다.

"안녕, 아폴로!"

그녀가 미소를 되돌리며 대답했다. 로리도 그날따라 유난히 다정해 보였다. 에이미는 이렇게 멋진 남자와 팔짱을 끼고 무도회장에 들어갈 생각을 하니 데이비스가의 평범한 네 자매에 대한 동정심이 가슴 밑바닥에서부터 솟아올랐다.

"여기 꽃다발을 받아줘! 내가 직접 만든 거야."

로리가 작은 꽃다발을 내밀며 말했다. 그 꽃다발에는 에이미가 매일 카르디글리아 상점을 지나면서 항상 갖고 싶었던 은팔찌가 달려 있었다.

"어쩌면, 로리는 정말 다정하다니까!"

에이미는 고마움을 담아 소리쳤다.

"나도 로리가 참석할 줄 알았다면 선물을 준비했을 텐데. 그래도 이렇게 예쁜 건 못 해줬겠지만."

"마음만으로도 고마워. 원래 이렇게 예쁘진 않던데. 네가 차니까 훨씬 빛이 나네."

에이미가 팔목에 은팔찌를 차자, 로리가 덧붙였다.

"제발 그러지 마!"

"넌 이런 말을 좋아할 거라 생각했는데."

"로리한테선 듣고 싶지 않아. 자연스럽지가 않잖아. 그저 옛날처럼 솔직한 칭찬이면 돼."

"그렇다면 나야 좋지!"

로리는 안도하는 표정으로 대답했다. 그러고는 에이미의 장갑 단추를 채워주고, 자신의 타이가 똑바른지 물었다. 그들이 예전에 파티에 함께 갈 때 그랬던 것처럼 편안한 행동이었다.

그날 밤 넓은 식당에 모여든 사람들은 정말 유럽에서나 볼 수 있는 무도회답게 각양각색이었다. 사교성 좋은 미국인들이 니스에서 알게 된 모든 사람을 불렀고, 작위에 특별한 반감이 없었기 때문에 몇몇 귀족들도 초대했다.

러시아 왕자는 겸손하게 구석 자리에 앉아 햄릿의 엄마처럼 까만 벨벳 드레스에 진주 목걸이를 한 육중한 부인 한 분과 대화를 나누고 있었다. 열여덟 살인 폴란드 백작은 자신을 '매력적인 왕자님'이라고 부르는 숙녀들에게 정신이 팔려 있었고, 독일의 어떤 전하는 홀로 저녁 식사를 하러 온 것인지 이리저리 먹을 것을 찾아 돌아다녔다. 로스차일드 남작의 개인 비서라는 코쟁이 유대인은 딱 붙는 부츠를 신고 온 세상을 향해 상냥한 미소를 보내고 있었다. 마치 자신이 모시는 남작의 이름이 금빛 후광이라도 되는 듯이 보였다. 프랑스 황제와 알고 지낸다는 건장한 프랑스 남자는 춤에 빠져 있는 사람이라 당연히 무도회에 빠질 수 없었고, 영국 귀족 부인인 존스 부인은 여덟 명의 대가족을 데리고 나타나서 눈길을 끌었다. 물론 발걸음이 가볍고 새된 목소리로 재잘대는 미국인 소녀들과 미인이지만 활기 없는 표정의 영국인 소녀들, 평범하지만 매력적인 프랑스 아가씨들도 있었다. 마찬가지로 늘 그렇듯이 여행 중인 젊은 신사들이 신 나게 무도회를 즐기고 있었다. 벽에는 온갖 나라에서 모여든 엄마들이 죽 늘어서서 젊은 신사와 딸이 춤추는 모습을 흐뭇하게 지켜보고 있었다.

그날 밤 에이미가 로리의 팔짱을 끼고 '무대에 올랐을' 때 에이미의 마음이 어땠을지 젊은 아가씨들이라면 가히 상상이 될 것이다. 그녀는 자신이 예쁘게 보인다는 걸 알고 있었다. 게다가 무도회장이 고향처럼 느껴질 정도로 춤을 잘 췄고 좋아했다. 에이미는 젊은 아가씨들이 처음으로 자신들의 미모와 젊음, 여성다움으로 지배할 수 있는 새롭고 아름다운 왕국을 발견했을 때 느끼는 힘과 즐거움을 만끽했다. 그녀는 데이비스가의 아가씨들이 정말 불쌍했다. 그녀들은 이 자리에 어울리지 않았고 평범했다. 게다가 같이 온 사람이라고는 음울한 아빠와 더 음울한 노처녀 고모 세 명이 전부였다. 에이미는 그녀들을 향해 친절하게 인사하며 지나갔다. 이것이 아주 좋은 효과를 낸 듯했다. 그 아가씨들에게 자신의 좋은 드레스를 보여 줄 수 있었고, 옆의 멋진 친구가 누구인지 궁금증을 남길 수 있었기 때문이다. 첫 연주가 시작되자 에이미의 얼굴에 화색이 돌았고, 눈은 반짝거리기 시작했으며, 발은 조급하게 박자를 맞추었다. 에이미는 춤을 아주 잘 췄고, 로리가 그걸 알아주기를 원했다. 그러니 로리가 아주 차분한 어조로 "춤추고 싶어?"라고 물었을 때 에이미가 받은 충격이 얼마나 컸겠는가?

"무도회에 왔으니 당연히 그렇지!"

에이미의 황당한 얼굴과 재빨리 되받아치는 대답에 로리는 이내 자신의 실수를 깨닫고 재차 물었다.

"난 첫 춤을 신청하려던 거였어. 내가 그 영광을 차지해도 될까?"

"백작님에게 양해를 구할 수 있으면 그렇게 할게. 그는 정말 춤을 잘 춰. 하지만 양보해 줄 거야. 로리는 내 오랜 친구니까."

에이미는 그 이름이 로리에게 좋은 자극이 되기를 바라면서 말했다.

"멋지고 어린 친구지. 하지만 그 폴란드 소년은 아가씨의 춤을 받쳐주기엔 좀 짧지 않나? '신들의 딸이자 천상의 아름다움을 지닌 키 큰 아가씨'[41]에겐 말이야."

인기를 뽐내고 싶었던 에이미가 만족감을 얻기에는 부족한 답변이었다.

어쩌다 보니 그들은 영국인 무리 속에 끼게 되었고 에이미는 우아하게 코티용[42]을 출 수밖에 없었다. 지금 그녀는 독거미와도 즐겁게 춤을 출 수 있을 것 같은 심정이었다. 로리는 두말없이 에이미를 '멋지고 어린 친구'에게 양보하고 다음 춤 예약도 없이 플로와 춤을 췄다. 에이미는 괘씸한 로리에게 본때를 보여 줘야겠다고 마음먹고, 저녁 식사 때까지의 춤 예약을 다 채워버렸다. 그러면서 로리가 조금이라도 뉘우치는 기색이 보이면 용서해 주리라 생각했다. 에이미는 로리가 다음번 춤인 폴카 레도바를 신청하러 오자 새치름하게 춤 예약 명단을 보여주었다. 로리가 아쉬움을 드러냈지만 그의 열의 없고 형식적인 태도가 마음에 차지 않은 에이미는 보란 듯이 신 나는 음악에 맞춰 백작과 춤을 추러 나갔다. 그런데도 로리는 한시름 놓은 표정으로 숙모 곁에 앉아 있는 것이 아닌가!

정말 용서 못 할 일이었다. 에이미는 계속 로리를 모른 척했다. 가끔 연주가 멈춘 사이에 핀이 필요하거나 잠시 쉬기 위해 숙모의 곁으로 올 때마다 한두 마디 건네는 것 말고는 대화도 나누지 않았다. 그러나 그녀의 분노는 좋은 효과를 발휘했다. 분노를 미소로 감춘 덕분에 유난히 쾌활하고 빛나 보였기 때문이다. 그녀는 뛰는 것도 천천히 걷는 것도 아닌 자태로 우아하게 춤을 추었다. 재밋거리를 찾던 로리의 눈도 에이미를 떠날 줄 몰랐다. 당연히 그는 아주 새로운 눈으로 그녀를 바라보게 되었고, 금세 '어린 에이미가 아주 매력적인 여성이 됐다'는 사실을 깨달았다.

무도회장의 분위기는 아주 활기찼다. 모두들 크리스마스 감흥에 취해 얼굴이 환히 빛났고, 가슴에는 행복이 가득했으며, 발걸음은 경쾌했다. 연주자들은 마음껏 활을 켜고 악기를 두드려댔다. 춤을 잘 추는 사람은 춤을 췄고, 못 추는 사람은 서로 무리를 지어 다정하게 덕담을 나누었다. 데이비스가의 분위기는 어두웠지만, 존스가의 아이들은 어린 기린 떼처럼 우르르 뛰어다녔다. 금빛 후광이 비치는 비서는 분홍색 공단 자락으로 바닥을 휩쓰는 프랑스 여인과 함께 무대 위를 혜성처럼 날아다녔다. 저녁 식탁을 찾아낸 독일 전하는 행복한 표정으로 양껏 음식을 즐겼으며, 손에서 음식을 내려놓는 법이 없어서 시중드는 소년들을 힘들게 했다. 반면 황제의 친구라는 남자는 아는 사람이든 아니든 모두와 춤을 췄으며, 춤출 사람이 없을 때는 혼자 발끝으로 돌기도 했다. 건장한 남자가 소년처럼 자유롭게 노는 모습은 보기에 즐거웠다. 다소 육중한 몸이었지만 고무공처럼 발랄하게 춤을 추었기 때문이다. 그는 달리고 날고 뛰어다니느라 얼굴과 대머리가 환히 빛났고, 연미복 끝자락은 힘차게 흔들렸으며, 구두는 공중에서 반짝였다. 음악이 멈추자 그는 눈썹에 맺힌 땀을 닦아내더니 친구들을 향해 환한 미소를 보냈다.

우아하고 민첩하게 움직이는 에이미와 폴란드 백작은 단연 돋

보이는 한 쌍이었다. 그들이 날개가 달린 것처럼 지치지 않고 날아다닐 때마다, 로리는 저도 모르게 에이미의 하얀 구두를 따라 박자를 맞추었다. 마침내 백작이 "너무 일찍 떠나게 되어 유감이군요."라는 말을 남기며 에이미를 놓아주자, 그제야 쉴 수 있게 된 에이미는 변절한 기사가 벌을 잘 받고 있는지 둘러보았다.
　에이미의 작전은 성공적이었다. 사랑을 잃은 젊은이는 친구들에게서 위안을 찾으려 하고, 아름다움과 빛, 음악, 춤이 함께하는 곳에 있으면 젊은 피가 끓어오르고 신경이 요동치며 혈기 왕성해지기 마련이다. 로리는 에이미에게 자리를 선뜻 내어주고는 서둘러 에이미의 식사를 챙기러 갔다. 그러자 에이미는 흡족한 미소를 지으며 혼잣말을 했다.
　"아, 내 이럴 줄 알았지!"
　"넌 발자크의 '스스로 화장을 한 여성' 처럼 보여."
　로리는 한 손으로 에이미에게 부채질을 해주며 커피를 건넸다.
　"내 화장은 묻어나질 않아."
　에이미가 볼을 문지르더니 하얀 장갑을 내보였다. 로리의 말을 곧이곧대로 받아들이는 에이미의 단순한 모습에 로리는 웃음을 터뜨렸다.
　"이 천은 뭐라고 불러?"
　로리는 자신의 무릎에 닿는 베일 자락을 만지며 물었다.
　"일루전[43]."
　"좋은 이름이네. 정말 예뻐. 새로 나온 거야?"
　"오래전부터 있던 거야. 수많은 아가씨들이 걸친 걸 봤을 텐데. 지금까지 이렇게 예쁜 줄 몰랐던 거야. 바보!"
　"네가 입은 건 처음 보잖아. 그래서 실수한 거지."
　"그러지 말라니까. 지금은 그런 찬사보다 커피가 더 낫겠어.

여기서 빈둥대지 좀 마. 성가시니까."

로리는 벌떡 일어나더니 순순히 에이미의 빈 접시를 치웠다. '어린 에이미'의 명령을 받는 게 왠지 즐겁기까지 했다. 이제 에이미는 수줍어하지 않았고, 로리를 쥐락펴락하고 싶어 했다. 여성이라면 다들 이런 욕구가 있기 마련이었다.

"어디서 이런 것들을 다 배운 거야?"

로리가 어리둥절한 표정으로 물었다.

"'이런 것들'이 뭔지 모르겠어. 자세하게 설명해 줄래?"

에이미는 정확히 무슨 말인지 알아듣고도 심술궂게 이렇게 되물었다.

"있잖아, 우아한 분위기나 침착한 자태. 그리고 그, 그…… 일루전 같은 거 말이야."

곤혹스러워진 로리가 웃음을 터뜨리며 어물거리다가 새로운 단어를 떠올렸다.

에이미는 만족스러웠지만 당연히 겉으로 드러내지 않고 새치름하게 대답해 주었다.

"외국 생활을 하다 보면 저절로 몸에 익지. 놀기만 하는 게 아니라 공부도 하거든. 그리고 이건 말이야."

드레스를 살짝 들어보였다.

"여기에선 베일 천이 싸거든. 꽃도 거저 얻을 수 있고. 게다가 난 소소한 것들을 가지고 뭐든 잘 만들어내니까."

에이미는 마지막 말을 내뱉고는 약간 후회했다. 굳이 드러내지 않아도 좋았을 사실이기 때문이다. 그러나 로리는 그런 에이미가 좋았다. 어떤 기회든 잘 이용해서 최선의 결과를 내는 에이미가 자랑스럽고 존경스러웠다. 용감한 정신과 꽃으로 가난을 가리는 씩씩한 기백이 에이미다웠다. 에이미는 로리가 왜 그렇게 다정하게 쳐다보는지 의아했다. 게다가 에이미의 춤 예약 명단을 로리가 왜 자신의 이름으로 가득 채우는지도 알지 못했다. 그 후로 저녁 내내 로리는 아주 즐거운 모습으로 에이미와 춤을 추었다. 사실 그동안 두 사람은 부지불식간에 새로운 인상을 서로 주고받고 있었기에 로리의 태도도 바뀔 수 있었던 것이다.

38장

가정생활

프랑스에서 젊은 아가씨들은 결혼하기 전까지 '자유로운 생활'을 목표로 삼고 빈둥거린다. 다들 알다시피 미국에서는 소녀들이 일찍부터 독립을 선언하고 공화국다운 자유로움을 만끽한다. 그러나 결혼하면 그 자유를 포기하고 수녀원에 들어간 것처럼 은둔 생활을 시작한다. 수녀원처럼 고립되어 있지만 전혀 조용하지 않은 생활을 하게 되는 것이다. 대부분의 여성들은 이런 생활이 마음에 들든 안 들든 상관없이 결혼식의 흥분이 가라앉으면 곧바로 집안일에 묻혀서 이런 한탄을 내뱉게 된다.

"난 그 어느 때보다 아름다운데 결혼했다는 이유로 아무도 거들떠보지 않는구나."

사교계의 화려한 미인이 아니었던 메그는 아기들이 돌이 될 때까지 이런 괴로움을 느끼지 못했다. 그녀의 작은 세상에서는 옛날 관습에 따르는 것이 아주 당연한 일이었고, 그 속에서 메그는 결혼 전보다 더 많은 사랑과 찬사를 받았다.

여성다운 성격의 메그는 모성 본능이 아주 강해서 아기들에게만 온 신경을 쏟았다. 그 밖의 것들은 안중에도 없었다. 낮이나 밤이나 메그는 지치는 법 없이 헌신적으로 애지중지 아기들을 돌보았다. 남편 존은 부엌일을 맡고 있는 아일랜드 부인에게 맡겨둔 채였다. 가정적인 남자인 존은 당연히 예전 같은 아내의 손길이 그리웠다. 그렇지만 그도 아기들을 무척이나 예뻐했기 때문에 잠깐의 불편함은 선선히 감수하려고 했다. 무지한 남자의 짐작으로는 곧 가정의 평화를 되찾을 수 있으리라고 생각했지만, 석 달이 지나도록 그럴 기미조차 보이지 않았다. 메그는 지치고 초조해 보였다. 아기들은 엄마를 놓아주지 않았고, 집 안은 엉망이 되었으며, 요리사인 키티는 줄곧 간단한 음식만 내놓았다. 아침에 집을 나설 때면 존은 아기들에게 매인 아내가 당부하는 심부름 사항을 듣느라 정신이 없었고, 밤에 즐거운 마음으로 집에 돌아와서 가족들을 안으려고 하면 "쉿! 온종일 칭얼거리다가 방금 잠들었단 말이에요."라는 말을 듣기 일쑤였다. 그가 집에서 작은 오락거리를 내놓으면 "안 돼요. 아기들이 깰 거예요."라는 말이 돌아왔고, 강좌나 콘서트 얘기를 꺼내면 비난 섞인 표정으로 "우리끼리 놀자고 어떻게 아기들을 놔두고 나갈 수가 있어요? 절대 안 돼요!"라는 단호한 대답이 돌아왔다. 게다가 아기들의 울음소리와 유령처럼 왔다 갔다 하는 모습에 잠을 설친 적도 부지기수였다. 식사 중에도 안주인은 남편을 버려두고 아기들에게 젖을 물리기 위해 위층과 아래층을 수시로 오갔다. 존이 저녁에 신문을 읽을 때면 신문의 선박 리스트가 적힌 면은 데미의 복통으로 인해 사라진 지 오래였고, 주가 면은 데이지가 굴러서 구겨져 있었다. 브룩 부인은 신문의 가정 면에만 관심이 있었다.

이 가엾은 남편은 심경이 아주 불편했다. 아기들이 아내를 빼앗았고, 집은 탁아소일 뿐이었으며, 끈질기게 따라붙는 '쉿' 소리 때문에 이 신성한 아기 왕국에 발을 들여놓을 때마다 무지막

지한 침입자가 된 기분이 들었다. 그래도 육 개월 동안 아주 참을성 있게 버텨냈지만 조금도 변화의 기미가 보이지 않자, 여느 남편들처럼 다른 편안한 곳을 찾게 되었다. 스콧이 결혼해서 멀지 않은 곳에 살고 있었는데, 존은 텅 빈 응접실과 그칠 줄 모르고 자장가를 불러대는 아내를 뒤로한 채 저녁에 한두 시간 정도는 그 친구 집에서 보내게 된 것이다. 스콧 부인은 활달하고 예쁜 데다 상냥했다. 게다가 모든 준비를 완벽하게 해두었다. 그 집의 응접실은 늘 밝고 아늑했으며, 언제나 체스 판과 피아노, 즐거운 수닷거리와 멋진 저녁 식사가 마련되어 있었다.

존은 외롭지만 않다면 본인의 응접실에 있는 걸 더 좋아할 사람이었다. 그러나 집에서는 외톨이였기에 친구와 보내는 저녁 시간을 선택한 것이다.

메그도 처음에는 이런 상황을 좋게 받아들였다. 존이 응접실에 앉아 졸거나 큰 발소리로 아기들을 깨우는 것보다 친구와 즐거운 시간을 보내는 게 안심이 되기도 했기 때문이다. 그러나 젖니가 나는 시기가 지나고 아이들이 제시간에 잠들기 시작해서 엄마에게도 휴식 시간이 생기자, 메그는 존을 그리워하게 되었다. 낡은 실내복을 입은 채 불가에 앉아서 실내화를 데우는 남편의 모습이 보이지 않으면, 바느질도 아주 지루하다는 사실을 새삼 깨닫게 된 것이다. 그녀는 남편에게 집에 있으라는 말은 하지 않았지만, 그 마음을 알아주지 못하는 남편이 야속했다. 자신도 예전에 남편을 그렇게 기다리게 했다는 사실은 완전히 잊은 채였다. 메그는 아기를 돌보고 걱정하느라 신경이 곤두서 있었고, 완전히 지친 상태였다. 집안일을 너무 잘하려고 하는 좋은 엄마들일수록 그 압박감 때문에 비합리적으로 생각하며, 감정적으로 흐를 때가 많다. 또한 집 안에만 있다 보니 운동이 부족하게 되어 생기를 잃고 신경만 곤두선 느낌을 받기 쉬운 것이다.

"맞아."

메그는 거울을 보며 입을 열었다.

"난 너무 늙고 못생겨졌어. 존은 더 이상 내게 관심이 없는 거야. 그러니 이 시들어가는 아내를 내버려 두고 골칫거리가 없는 어여쁜 이웃을 찾는 거겠지. 뭐, 괜찮아. 내겐 아기들이 있으니까. 그들은 내가 말랐건 창백하건 머리가 헝클어졌건 상관없이 날 사랑해. 너희만이 나의 안식처지. 언젠간 존도 내 수고를 알아줄 날이 올 거야. 그렇지, 얘들아?"

이 애처로운 물음에 데이지와 데미가 옹알이로 대답하자, 메그는 엄마다운 기쁨에 빠져 잠시나마 탄식을 접어둘 수 있었다. 그러나 존이 정치 얘기에 빠져 계속 스콧 집에 머물자, 메그의 고통은 더욱 커졌다. 그는 메그가 자신을 그리워하는 줄은 전혀 모르고 있었다. 이런데도 한마디 말도 하지 않고 지내던 메그는 어느 날 울고 있는 모습을 엄마에게 들키고 말았다. 그렇지 않아도 그동안 메그의 기분이 좋지 않다는 걸 모를 리 없던 마치 부인은 끈질기게 이유를 물었다.

"엄마 말고는 아무에게도 말하지 않을 거예요. 정말 엄마의 조언이 필요해요. 존이 계속 저렇게 지낼 거라면 난 과부인 편이 나을 것 같아요."

메그는 데이지의 턱받이로 눈물을 훔치며 대답했다.

"대체 어떻게 지내기에 그러니?"

그녀의 엄마가 걱정스럽게 물었다.

"온종일 밖에 나가 있는데 밤에도 그를 볼 수가 없어요. 항상 친구 집에 가 있거든요. 난 이렇게 힘든 일만 하면서 조금도 놀지 않는데, 불공평해요. 남자들은 너무 이기적이에요."

"여자들도 그렇단다. 네 잘못을 알기 전에는 존을 비난하면 못써."

"하지만 이렇게 날 무시하는 게 옳지는 않잖아요."

"넌 그를 무시하지 않니?"

"엄마, 엄마는 제 편을 들어줄 줄 알았어요!"

"마음으로는 당연히 네 편이지. 하지만 이번 일은 네 잘못인 것 같구나, 메그."

"왜 그런지 모르겠어요."

"그럼, 내가 말해 주마. 네가 저녁 시간을 늘 함께 보내는데도 존이 널 무시하는 거니?"

"아니요. 하지만 지금은 그럴 수가 없다고요. 돌봐야 할 아기가 둘이나 되잖아요."

"아니, 넌 할 수 있단다. 그리고 그래야만 해. 아주 편하게 말을 해도 되겠니? 네 편이 되어주는 것도 엄마지만 꾸짖는 것도 엄마 몫이라는 걸 알아주겠지?"

"그럼요! 절 어린 메그라고 생각하고 말씀해 주세요. 이 아기들이 모든 걸 내게 의지할 때마다 내 부족함이 절실히 느껴지거든요."

낮은 의자에 앉아 있던 메그는 엄마 옆으로 더욱 가까이 의자를 끌었다. 모녀는 서로 무릎을 맞댄 채 대화를 나누었다. 이들 사이는 모성이라는 공통분모로 인해 더욱 가까워진 듯했다.

"대부분의 젊은 아내들이 저지르는 실수를 너도 저지른 거야. 아이에게 푹 빠져서 남편을 잊어버린 거지. 아주 당연하고 이해할 만한 실수이지만, 다르게 처신했다면 일어나지도 않았을 일이란다. 날이 갈수록 아기들은 너와 떨어지려 하지 않았고, 존은 그저 보고 있을 수밖에 없었잖니. 난 몇 주 동안이나 그런 모습을 지켜보면서 언젠가는 모든 것이 제자리로 돌아올 거라는 생각에 아무 말도 하지 않았단다."

"그런 날이 안 올 것 같아서 걱정이 돼요. 존에게 집에 머물라고 말하면 그는 내가 질투한다고 생각할 거예요. 그러면 존은 모욕을 당했다고 느낄 거고요. 그는 내가 뭘 원하는지 몰라요. 어떻게 하면 아무 말 없이도 존에게 내 마음을 전할 수 있을지 모르겠어요."

"존이 밖으로 나갈 마음이 들지 않게 하면 되지. 존도 아늑한 자신만의 가정을 원하고 있을 게야. 하지만 네가 그곳에 없으니 무슨 소용이 있겠니? 넌 항상 아기들 방에 가 있으니까."

"거기에 있으면 안 되는 거예요?"

"항상 있을 필요는 없지. 너도 방 안에 너무 갇혀 있다 보니 초조해지고 겉도는 느낌이 드는 거야. 게다가 너에겐 아기들뿐만 아니라 존도 신경 써야 할 의무가 있어. 아기들 때문에 남편을 버려둬선 안 된단다. 아기를 돌보는 일에서도 존을 내치지 말고, 그가 거들게 만들어야지. 네가 있는 곳이 바로 존이 있을 곳이야. 아기들에게도 아빠가 필요하니까. 존에게도 그걸 느끼게 해줘. 존이라면 아주 기꺼이 성실하게 아빠 역을 잘 해낼 거야. 그러면 너희 모두에게 좋은 일이 될 거란다."

"정말 그렇게 생각하세요, 엄마?"

"그럼. 메그, 내가 직접 겪어본 일이니 잘 알 수 있어. 난 결과도 모른 채 아무렇게나 조언을 하지는 않는단다. 너와 조가 어릴 때 나도 너처럼 내 모든 시간을 너희에게 쏟지 않으면 안 된다고 생각했어. 가엾은 아버지는 독서에 열중할 수밖에 없었어. 내가 모든 도움을 거절했거든. 난 혼자서 할 수 있는 데까지 해봤지만 조는 너무 벅찬 아이였어. 마음대로 하게 내버려 두는 바람에 조를 응석받이로 키울 뻔했지. 넌 몸이 너무 약해서 네 걱정에 내가 병이 날 정도였어. 그때 아버지가 날 구해 줬단다. 조용히 모든 일을 처리하는 그 모습을 보면서 난 내 실수를 깨달았고, 그 후로 아버지 없이는 잘 해낼 수 없었지. 이게 바로 우리 집이 행복한 비결이란다. 네 아버지는 사업 때문에 우리 가족의 사소한 걱정거리나 의무를 저버린 적이 한번도 없었고, 나도 집안일에 파묻혀 아버지의 일을 소홀히 대한 적은 없었지. 각자 맡은 일을 하면서도 집에서는 늘 함께 일했어."

"그렇네요, 엄마. 저도 엄마처럼 존과 아이들을 대할 수 있었으면 좋겠어요. 어떻게 해야 할지 가르쳐주세요. 엄마 말씀은 뭐든지 다 들을게요."

"넌 언제나 착한 딸이었지. 그래, 우선 내가 너라면 존에게 데미의 훈육을 맡길 거야. 남자아이에게는 훈련이 필요하고, 그 시기는 빠르면 빠를수록 좋은 법이니까. 그다음으로는 내가 종종 네게 말했던 대로 할 거야. 해나를 불러 너를 돕게 하는 것 말이다. 해나는 아이들을 잘 돌보니, 너도 아기들을 믿고 맡길 수 있지. 그동안 넌 집안일을 하고 운동을 하는 거야. 해나는 기꺼이 널 도와줄 테고, 존도 건강한 아내를 다시 보게 될 테지. 넌 가족에게 힘을 줘야 하는 존재이니 좀 더 밖으로 나가 기분 전환을 하도록 해. 네가 침울해 있으면 집안 분위기도 흐려지니까. 그리고 존이 좋아하는 것이 무엇이든 같이 흥미를 가져보는 게야. 그것에 대해 함께 얘기하고 의견도 나누면서 공유하는 거지. 여자라고 해서 좁은 상자 안에만 박혀 있지 말고, 바깥세상이 어떻게 돌아가는지도 관심을 가져보란 거야. 다 가정생활에 필요한 일이니 말이다."

"존은 너무 똑똑한 사람이라서 내가 정치 얘기를 물으면 날 멍청하다고 생각할 것 같아서 겁이 나요."

"그러지 않을 거란다. 사랑은 많은 단점을 덮어주기 마련이지. 게다가 존이 아니면 누구에게 그런 걸 자유롭게 물을 수 있겠니? 한번 해봐. 그런 후에 존이 스콧 부인의 저녁 식사보다 너와 함께 있는 걸 더 즐기는지 지켜보면 되지 않겠니?"

"그럴게요. 가엾은 존! 그렇게 오랫동안 그를 내버려 두었는데 난 내가 옳다고만 생각했어요. 존은 불평 한마디 하지 않았죠."

"이기적으로 보이지 않으려고 애쓴 거겠지. 하지만 많이 외로웠을 게야. 젊은 신혼부부들에게는 서로 점점 멀어지는 시기가 오기 마련이지만, 그럴 때일수록 함께 시간을 보내야 해. 처음의 애틋한 감정은 신경 써서 가꾸지 않으면 금세 옅어지고 마니까. 그리고 아이들의 어린 시절만큼 부모에게 아름답고 소중한 시간도 없단다. 그러니 존에게도 아기들과 함께할 기회를 주도록 하렴. 아기들이야말로 시련과 유혹이 많은 세상에서 존을 안전하고 행복하게 지켜줄 존재들이니까 말이다. 게다가 아이들을 통해서 너희 부부는 서로를 더 잘 알게 되고 사랑하게 될 거야. 이제 난 가봐야겠다. 이 엄마의 조언을 잘 생각해 보고, 옳다 싶으면 바로 실천해 보려무나. 행운을 빈다!"

메그는 잘 생각해 보았고, 엄마의 말이 옳다는 생각이 들어서 그대로 해보기로 했다. 그러나 첫 시도가 계획대로 딱 맞아떨어지지는 않았다. 어느새 아이들은 발로 차고 울어대면 자신들이 원하는 것을 얻을 수 있다는 사실을 알게 되었고, 더욱 영악해져서는 엄청나게 떼를 쓰기 시작했다. 엄마는 그들의 변덕에 맞춰줄 수밖에 없는 노예였다. 그렇지만 아빠는 쉽게 손을 들지 않았고 다루기 힘든 아들을 때때로 엄하게 다스려서 마음 약한 아내를 힘겹게 했다. 데미는 아빠의 확고함(고집이라고 부르진 않겠다.)을 물려받아서 뭔가 하겠다고 마음을 먹으면 무슨 일이 있어도 마음을 바꾸지 않았다. 엄마는 데미가 아직 어려서 심하게 꾸중하면 안 된다는 생각을 가진 반면, 아빠는 버릇을 고치는 일은 빠를수록 좋다는 입장이었다. 그래서 일찍부터 데미 전하는 아빠와 싸우게 되면 항상 자신이 진다는 걸 알게 되었다. 하지만 아기 데미도 영국 남자인지라 자신을 이기는 남자에게 존경심을 가졌고, 아빠를 사랑하게 되었다. "안 돼." 하는 아빠의 진중한 목소리가 엄마의 사랑이 담긴 토닥임보다 더 깊은 인상을 남긴 것이다.

엄마와 대화를 나눈 지 며칠이 지난 후, 메그는 존과 함께 저녁 시간을 보내기로 마음먹었다. 그래서 멋진 저녁 식사를 준비했고, 응접실을 깨끗이 정리했으며, 예쁘게 차려입었다. 거기다 첫 시도에 아무 방해도 받지 않도록 아이들을 일찍 잠자리에 뉘였다. 불행히도 데미는 잠투정이 심했다. 그날 밤에는 아예 생떼를 부리기로 날을 잡은 모양이었다. 가엾은 메그가 노래를 부르고 안고 흔들어주고 이야기를 해주는 등 온갖 방법을 동원했지만 모두 허사였고, 큰 눈은 감길 줄을 몰랐다. 통통하고 얌전한 데이지는 이미 옛날에 꿈나라에 들었는데, 장난꾸러기 데미는 큰 눈을 말똥거리며 불빛을 노려보고 있었다.

"데미, 엄마가 내려가서 아빠에게 차를 드리는 동안 얌전히 누워 있을 거지?"

아래층에서 문이 조용히 닫히고 익숙한 발걸음이 식당으로 향하는 소리가 들리자 메그가 물었다.

"나도 차!"

데미가 벌떡 일어나려고 하며 외쳤다.

"안 돼. 하지만 데이지처럼 코 자면 내일 아침에 '케키'를 줄게. 알겠지?"

"넷!"

데미가 얼른 눈을 감고 잠자는 척했다. 내일이 빨리 오기를 기다리는 모양이었다.

메그는 이 좋은 기회를 틈타 살짝 빠져나왔다. 그러고는 미소 띤 얼굴로 남편을 맞으러 내려갔다. 메그의 머리에는 자그마한 푸른 리본이 달려 있었는데, 존이 특히 좋아하는 것이었다. 존은 그것을 보자마자 기쁨에 놀라 물었다.

"와, 오늘 밤 정말 신 나 보이는구려. 누굴 기다리기라도 하는 거요?"

"당신이오."

"오늘이 생일이나 기념일인가 보오?"

"아니에요. 늘 초라하게 있는 게 지겨워서 기분 전환 겸 치장을 해봤어요. 당신은 피곤하더라도 언제나 식사 자리에서는 정장을 하잖아요. 나도 시간이 있을 때는 그래야죠."

"당신을 존중하는 마음에서 그러는 거라오, 내 사랑."

고지식한 존이 말했다.

"나도 동감이에요. 브룩 씨."

다시 어려지고 예뻐 보이는 모습으로 메그가 웃음을 터뜨리며 그에게 차를 따라주었다.

"정말 모든 게 예전처럼 즐거운걸. 차도 향이 좋군. 당신의 건강을 위하여, 건배!"

존은 기쁨에 겨운 표정으로 차를 한 모금 마셨다. 그렇지만 이 좋은 분위기는 얼마 가지 못했다. 존이 잔을 내려놓을 무렵 문손잡이가 덜거덕거리더니 뒤이어 조급하게 외치는 자그마한 목소리가 들려왔다.

"문 열어. 나야!"

"우리 장난꾸러기 도련님이에요. 혼자 자라고 했는데 이렇게 내려와서 문을 두드리네요."

메그가 문을 열어주며 말했다.

"아침이야."

데미가 즐거운 말투로 선언했다. 긴 잠옷을 팔에 장식처럼 우아하게 걸치고 머리는 온통 헝클어진 채로 식탁 주위를 방방 뛰어다니며 '케키'를 찾았다.

"아니, 아직 아침이 아니야. 불쌍한 엄마를 더 이상 괴롭히지 말고 빨리 침대로 가거라. 그러면 내일 설탕을 뿌린 케이크를 먹을 수 있을 거야."

"아빠, 사랑해요."

데미는 영악하게 이렇게 말하며 아빠의 무릎 위로 기어오르려고 했다. 그러나 존은 고개를 흔들며 메그에게 말했다.

"당신이 데미에게 혼자 자라고 말했으면 그렇게 하도록 해야 하오. 아니면 앞으로 절대 당신 말은 듣지 않을 거요."

"맞아요. 가자, 데미!"

메그가 아들을 데리고 나갔다. 속으로는 옆에서 방방 뛰는 이 작은 녀석의 볼기를 때려주고 싶은 마음이 컸지만, 겉으로는 잠자리에 들면 케이크를 주겠다며 살살 꼬드겼다.

데미는 실망하지 않았다. 마음이 독하지 못한 엄마가 아침까지 내려오지 말라며 각설탕을 쥐어 주었기 때문이다.

"넷!"

데미가 거짓말을 하며 신 나게 설탕을 빨았다. 그러면서 자신의 첫 시도가 성공으로 끝난 것에 흡족해했다.

메그가 자신의 자리로 돌아와서 저녁 식사를 내놓고 있을 때

38장 가정생활 251

또다시 그 작은 유령이 걸어와서 엄마에게 요구했다.

"설탕 더 줘. 엄마."

"이거 안 되겠군."

존이 이 작은 장난꾸러기를 그냥 둬서는 안 되겠다는 마음을 굳게 먹으며 말했다.

"이 꼬마가 제때에 잠자리에 드는 걸 익히지 못하면 평온할 수가 없겠어. 당신은 너무 오랫동안 응석을 받아준 거요. 이제 따끔하게 혼을 내서 다시는 그러지 않도록 해야겠소. 자. 메그, 당장 데미를 침대에 데려다 놓고 와요."

"가만히 있으려고 하질 않아요. 내가 곁에 없으면 말이에요."

"그럼, 내가 나서지. 데미, 엄마가 말한 대로 위로 올라가서 침대에 누워."

"싫어!"

데미는 그토록 원하던 '케키'를 찾아 먹으며 대담하게 맞섰다.

"아빠한테 그런 말을 하면 안 되지. 스스로 가지 않으면 아빠가 데리고 갈 거야."

"저리 가. 아빠 안 사랑해."

데미가 엄마의 치마 뒤로 숨었다.

그러나 이 피난처는 그리 도움이 되지 못했다. 엄마가 적에게 자신을 넘겨주며 "존, 살살 대해 줘요."란 말을 남겼기 때문이다. 데미는 엄마가 자신을 버리면 심판의 날이 가깝다는 걸 알고 있었다. 케이크를 빼앗기고 장난도 치지 못한 채 강한 손에 이끌려 침대로 갈 수밖에 없었다. 데미는 분노를 참지 못하고 아빠에게 반항하며 발로 차고 온 방이 떠나가도록 비명을 질렀다. 침대에 눕혀지자마자 반대쪽으로 굴러 일어나서 문 쪽으로 달아나려 했지만, 긴 잠옷 자락이 잡혀 다시 끌려오기를 반복했다. 그러는 동안 힘이 다 빠진 데미는 목청껏 울 수밖에 없었다. 이렇게 울어대면 메그는 항상 두 손 두 발 다 들었지만, 존은 귀가 먹은 것처럼 꼼짝도 하지 않았다. 달래는 소리도, 설탕도, 자장가도, 이야기도 없었다. 심지어 불빛마저 꺼져서 '큰 어둠'을 밝히는 빛이라고는 붉게 타는 난롯불뿐이었다. 그 큰 어둠도 데미에게는 두려운 것이 아니라 호기심의 대상이었다. 어쨌든 데미는 이 새로운 방식이 싫었고, 절박하게 "엄마."를 불러댔다. 분노가 가라앉고 나자 다정한 여자 노예가 생각난 모양이었다.

이 구슬픈 울음소리에 메그의 마음이 흔들렸다. 메그는 위층으로 달려 올라가서 간청했다.

"내가 같이 있을게요. 존, 데미는 이제 얌전해질 거예요."

"안 되오. 데미에게 엄마 말대로 잠자리에 들라고 말했소. 그러니 내가 밤새 여기에 있는 한이 있더라도 데미는 말을 들어야 하오."

"저렇게 울다가 병이라도 나겠어요."

메그는 아들을 버린 자신을 자책하며 애원했다.

"그렇지 않을 거요. 곧 지쳐서 잠이 들겠지. 그러면 해결될 테니 방해하지 말고 내게 맡겨 둬요. 데미는 엄마 말을 잘 들어야 한다는 걸 깨우치게 될 거요."

"내 아이예요. 그렇게 심하게 다뤄서 기가 죽은 모습은 못 보겠어요."

"내 아이요. 그렇게 응석을 받아주다 버릇을 망치는 꼴은 못 보오. 내려가요, 여보. 아이는 내게 맡겨 두고."

존이 이렇게 엄중히 말할 때면 메그는 늘 그대로 따랐고, 한번도 후회한 적이 없었다.

"그럼, 입맞춤이라도 하게 해줘요. 네?"

"그렇게 해요. 데미, 엄마에게 잘 자라고 인사해. 엄마는 온종일 널 돌보느라 지쳤으니 가서 쉬어야지."

메그는 늘 입맞춤이 큰 효과를 낸다고 말했다. 지금도 입맞춤을 하니 데미의 울음소리가 잦아들었고, 못마땅한 마음에 꿈틀대던 몸부림도 사라졌다.

'가엾은 녀석! 잠이 오는데도 우느라 많이 지쳤군. 이불을 덮어주고 내려가서 메그를 달래줘야겠어.'

존은 데미가 잠들었기를 바라면서 침대 곁으로 살며시 다가갔다.

그러나 데미는 잠들지 않았다. 존이 살짝 내려다보자 데미의 눈이 떠졌고 작은 턱이 떨리기 시작했다. 데미는 팔을 내밀며 딸꾹질 섞인 목소리로 "안아줘요."라고 말했다.

계단에 앉아 있던 메그는 울음소리가 그치고 긴 침묵이 흐르자 이상한 기분이 들었다. 온갖 불안한 상상을 하며 살짝 방 안으로 들어가 보니 데미가 잠들어 있었다. 그런데 평소처럼 팔을 대자로 펴고 자는 게 아니라 아빠의 품에 동그라니 안겨서 아빠의 손가락을 꼭 붙든 채 마치 아빠의 승리를 인정한 듯 애잔하지만 한결 어른스러워진 얼굴로 잠든 게 아닌가! 데미가 손가락을 너무 꽉 잡고 있어서 존은 그 작은 손이 풀어줄 때까지 참을성 있게 기다려야 했고, 그렇게 기다리다가 설핏 잠이 들고 말았다. 온종일 일한 것보다 어린 아들과 씨름한 일이 더 힘들었을 터였다.

메그는 나란히 누운 두 얼굴을 내려다보더니 미소를 짓고는 살짝 빠져나오며 만족스러운 듯 혼잣말을 했다.

"존이 아기들에게 너무 심하게 대할까 봐 걱정할 필요는 없었던 거야. 그도 아기들을 대하는 방법을 잘 알고 있으니까. 데미를 통제하기가 점점 벅찼는데 잘됐지 뭐야."

존은 아래층으로 내려오면서 수심에 찬 아내가 비난 섞인 표정으로 자신을 바라볼 거라고 예상했다. 그래서 메그가 차분하게 보닛을 매만지다가 피곤하지 않으면 선거에 대한 책을 함께 읽지 않겠느냐며 상냥하게 대하자 깜짝 놀라고 말았다. 한순간 존은 완전히 바뀐 분위기를 느꼈지만, 현명하게도 아무것도 묻지 않았다. 메그는 워낙에 솔직하고 순수해서 뭔가를 숨길 수 없는 사람이라 곧 실마리가 드러날 거라고 생각했기 때문이다. 그는 아주 기분 좋게 긴 논쟁거리를 읽으며 알기 쉽게 설명을 해주었다. 메그는 정말 흥미가 있는 듯 보이려고 애썼고, 간간히 질문하며 보닛에 더 신경이 쓰이는 마음을 다잡았다. 사실 속으로는 정치란 것이 수학만큼이나 재미가 없으며, 정치가들이 하는 일이라고는 서로 욕하는 것뿐이라는 생각이 들었다. 그렇지만 이런 여성스러운 생각을 드러내지 않은 채 존이 잠깐 멈춘 틈을 타서 고개를 흔들며 애매하게 의견을 말했다.

"그런데 정말 우리가 어디로 가고 있는지 모르겠어요."

존은 웃으며 한동안 그녀를 지켜보았다. 메그는 베일과 꽃을 들고 뭔가를 만들려는 모양이었는데, 그의 열변으로도 메그의 관심을 돌릴 수 없을 만큼 메그는 그것에 푹 빠져 있었다.

'그녀는 나를 위해서 정치를 좋아해 보려고 애쓰고 있어. 그러니 나도 저 모자를 좋아하도록 애써야 공평하겠지.'

존은 이렇게 생각하며 큰 소리로 물었다.

"그것 아주 예쁘군. 아침에 쓰는 모자요?"

"세상에, 이건 보닛이에요. 내가 가진 것 중에 가장 좋은 외출용 모자라고요. 콘서트나 극장에 갈 때 쓰죠."

"미안하오. 너무 작아서 당신이 가끔씩 집에서 쓰는 모자인 줄 알았지 뭐요. 어떻게 쓰는 거요?"

"이 레이스 끈을 턱 아래에 묶어요. 장미꽃도 이렇게 달죠."

메그가 보닛을 써 보이며 만족스럽게 쳐다보았다.

"정말 아름다운 보닛이오. 하지만 난 그 아래의 얼굴이 더 좋군요. 행복해 보이오."

존이 메그의 환한 얼굴에 입맞춤을 했다. 그 바람에 턱 아래의 장미꽃이 구겨졌다.

"당신이 좋다니 기뻐요. 당신이 날 콘서트에 데려가 줬으면 하거든요. 정말 음악이 듣고 싶어요. 그래 줄 거죠?"

"당연히 그럴 거요. 다른 곳도 가고 싶은 곳이 있으면 말만 해요. 당신은 너무 오랫동안 집에만 있었으니 좋은 시간이 될 거요. 나도 즐거울 거고. 그런데 어쩌다 그런 기특한 생각을 하게 된 거요?"

"며칠 전에 엄마와 이야기를 했어요. 요즘 내가 얼마나 초조하고 당황스러운 기분을 느끼는지 털어놓았죠. 그랬더니 엄마가 내겐 기분 전환이 필요하다면서, 해나가 아이들을 돌봐 줄 동안 집 안일을 하면서 여흥거리를 찾아보라시지 뭐예요. 계속 이렇게 지내다가는 변덕스럽고 까다로운 노파처럼 되고 말 거라면서요. 그래서 시험 삼아 애써 보기로 했어요. 존, 이건 당신을 위해서이기도 해요. 요즘 당신을 혼자 내버려 두어서 정말 미안해요. 가능하다면 집의 분위기도 예전처럼 바꾸고 싶어요. 반대하지 않겠죠?"

존이 뭐라고 답했든 작은 보닛이 어떻게 망가졌든 우리는 신경 쓸 필요가 없다. 우리가 알아야 할 것은 그 이후에 그 집과 가족들에게 나타난 변화를 미루어 볼 때 존이 반대하지 않은 것 같다는 사실뿐이다. 그렇다고 완전히 천국처럼 변한 것은 아니었지만, 분업이 잘 이루어진 것은 분명했다. 아이들은 아버지의 규칙 아래에서 무럭무럭 자라났다. 정확히 말하자면 확고부동한 존이 아기 왕국에 질서를 마련한 것이다. 메그는 예전의 기력을 되찾았고, 다시 차분해졌다. 운동도 열심히 하고, 가끔씩 외출도 하며, 현명한 남편과 많은 대화를 나누어서 가능한 변화였다. 집은 다시 가정다워졌고, 존은 메그와 같이 집을 나서지 않는 한 집을 떠나려 하지 않았다. 이제는 스콧 부부가 브룩네를 찾았는데, 다들 이 작은 집이 쾌적하며 행복과 사랑이 가득한 곳이라는 걸 느낄 수 있었다. 심지어 부러울 것 없는 샐리 모팻조차도 이 집에 오는 걸 좋아했다.

"언제나 이곳은 조용하면서도 안락해. 정말 좋은 곳이야, 메그."

샐리는 부러운 눈길로 마치 매력의 비결을 찾기라도 하는 듯 집 안 구석구석을 둘러보며 이렇게 말하곤 했다. 그 비결만 알면 화려하지만 외로움만 가득한 자신의 큰 저택도 이 작은 집처럼 아늑해질 수 있으리라 생각하는 모양이었다. 그러나 그 큰 저택에는 환한 표정의 시끄러운 아기들이 없었고, 네드는 아내에게 내어줄 자리 없이 자신만의 세계에서 사는 남자였다.

이 가정의 행복은 갑자기 한꺼번에 찾아온 것이 아니었다. 그렇지만 존과 메그가 그 비결을 알아냈으니, 해가 갈수록 더 많은 행복을 배우게 될 터였다. 가난한 사람들만이 가질 수 있고 부자는 결코 돈으로 살 수 없는 진짜 행복을 말이다. 이런 가정이야말로 젊은 아내와 엄마들이 안주하고 싶은 곳일 것이다. 정신없이 들끓는 세상으로부터 자신을 안전하게 지킬 수 있는 곳이자 슬픔이나 가난, 세월로도 변하지 않을 아이들에 대한 사랑을 느낄 수 있는 곳이 바로 이런 가정이다. 게다가 궂은 날이나 맑은 날이나 항상 나란히 걸어갈 충실한 친구인 남편이 있는 곳이 아닌가! 메그가 깨달은 대로 가정은 여성에게 가장 행복한 왕국이며, 그 왕국을 여왕이 아닌 현모양처로서 지배하는 일이야말로 여성의 가장 큰 영광일 것이다.

39장

게으름뱅이 로렌스

로리는 일주일만 머물려고 했던 니스에서 한 달이나 지냈다. 홀로 여기저기를 전전하는 일에 지쳤을 뿐만 아니라, 에이미의 친숙한 얼굴을 볼 수 있는 이곳이 고향처럼 느껴졌기 때문이다. 그는 예전에 받았던 관심이 그리웠고, 그걸 다시 맛보게 된 것이다. 낯선 사람들이 아무리 입에 발린 말로 환심을 사려고 해도, 고향에서 옆집 자매들에게 받던 애정과 관심에 비하면 별로 즐겁지가 않았다. 에이미는 언니들과는 달리 로리에게 각별한 관심을 표한 적이 없었지만, 지금은 로리를 만나면 매우 반가워하고 떨어지려고 하지 않았다. 그를 그리운 가족들 대신이라고 생각하는 모양이었다. 둘은 같이 있으면 편안함을 느꼈고, 니스에서 많은 것을 함께했다. 니스 사람들은 이 사교적 계절에는 잘 움직이려 들지 않기 때문에 로리와 에이미는 둘이서 승마나 산책을 하거나 춤을 추거나 빈둥거렸다. 이들은 겉으로 보기에는 아무런 격의 없이 편하게 노는 것처럼 보였지만, 속으로는 서로를 관찰하며 조금씩 알아가고 있었다. 날이 갈수록 로리는 에이미를 높이 평가하게 된 반면, 에이미는 로리에게 실망하게 되었다. 둘 다 말은 하지 않았지만 이런 사실을 어렴풋이 느끼고 있었다. 에이미는 자신을 기쁘게 해준 로리가 고마워서 여성다운 작은 정성을 보여 주고 싶었고, 로리를 즐겁게 해주려고 애썼다. 그렇지만 로리는 아무 노력도 하지 않은 채 되는대로 편안히 행동했다. 그는 이미 한 여성이 자신을 차갑게 내쳤기 때문에 당연히 다른 여성들이 자신에게 다정하게 굴어야 한다고 생각했다. 로리는 돈에 인색하지 않았고, 에이미가 받으려고만 했다면 작은 장신구들을 사주었을 것이다. 그러나 이렇게 한다 해도 에이미의 실망은 사라지지 않을 거라는 사실을 알고 있었다. 로리는 날카로운 푸른 눈이 비난하듯이 슬프게 쳐다볼 때면 두렵기까지 했다.

"오늘 다들 모나코로 떠났어. 난 집에 남아 편지를 쓰기로 했거든. 이제 편지도 다 써서 발로사로 그림을 그리러 가려고 하는데, 같이 안 갈래?"

어느 화창한 날에 에이미가 로리에게 말했다. 그는 평소처럼 정오가 다 되도록 침대 속에서 빈둥거리고 있었다.

"뭐, 좋아. 하지만 그렇게 오래 걷기에는 더운 날씨 아니야?"

로리는 바깥의 햇살과 그늘진 방을 번갈아 보면서 천천히 대답했다.

"작은 마차를 타고 갈 거야. 바티스트가 고삐를 잡아도 되니까 로린 아무것도 할 것 없이 양산만 들고 가면 돼. 그 멋진 장갑을 더럽힐 일도 없지."

에이미는 티 하나 없는 염소 가죽 장갑을 비웃듯이 슬쩍 쳐다보며 대답했다. 로리가 정말 애지중지하는 장갑이었다.

"그렇다면 기꺼이 함께 가도록 하지."

로리는 에이미의 스케치북을 들어주려고 손을 내밀었다. 그러자 에이미는 스케치북을 팔 아래에 끼면서 톡 쏘아붙였다.

"됐어. 보아하니 이걸 들 힘도 없어 보이니까 괜히 사서 고생하지 마."

로리는 눈썹을 들어 보이더니 달려 내려가는 에이미의 뒤를 느긋하게 따라나섰다. 그러나 마차에 타자 로리가 직접 고삐를 잡았다. 졸지에 할 일이 없어진 어린 바티스트는 팔짱을 낀 채 꾸벅꾸벅 졸았다.

에이미는 너무 예절이 발랐고 로리는 너무 게을러서 둘은 싸운 적이 없었다. 지금도 로리가 묻는 표정으로 에이미를 슬쩍 쳐다보자 미소로 화답하는 에이미였다. 그러고서는 아주 화기애애한 분위기로 길을 나섰다.

아주 상쾌한 나들이였다. 마차를 타고 구불구불 이어진 길을 가노라면 그림 같은 풍경에 눈이 즐거웠다. 오래된 수도원에서 나온 수도사들이 엄숙하게 송가를 외며 이쪽으로 내려오고 있었다. 저 건너에는 나무 신발을 신은 맨다리의 목동이 뾰족한 모자를 쓰고 윗옷을 어깨에 걸친 채 돌 위에 앉아 피리를 불고 있었고, 염소들은 목동의 발치에 누워 있거나 바위 사이를 뛰어 다녔다. 연약해 보이는 쥐색의 당나귀는 갓 뜯은 신선한 풀을 가득 싣고 지나갔다. 그 풀 바구니들 사이로 밀짚 옷을 입은 어여쁜 소녀 하나가 당나귀 등에 앉아 있는 모습이 보였고, 그 옆으로 어느 노파가 물렛가락을 돌리며 걸어가고 있었다. 부드러운 갈색 눈의 아이들이 돌로 지어진 헛간에서 뛰어나와 꽃다발이나 오렌지를 가지째 내밀었다. 울퉁불퉁하게 옹이 진 올리브 나무들은 무성한 잎으로 언덕을 덮고 있었고, 과수원에는 금빛 과일들이 주렁주렁 달려 있었다. 길가에는 붉은 아네모네가 피어 있었고, 그 뒤에 펼쳐진 녹색의 비탈길과 험준한 바위산 너머로 깎아지른 듯한 알프스산맥이 솟아 있었다. 눈 쌓인 산꼭대기가 푸른 하늘빛과 대비를 이루고 있었다.

발로사는 이름값을 하는 곳이었다. 늘 여름 날씨여서 어디에나 장미꽃이 만발했다. 아치문 위로 흐드러지게 핀 장미꽃들이 울타리 사이마다 얼굴을 내밀고는 지나가는 사람들을 따뜻하게 맞이했다. 그 환영은 문을 지나 쭉 뻗은 길가에서도 계속되었다. 이런 장미꽃 길이 모퉁이를 돌면서는 레몬 나무와 야자수 길로 바뀌어 언덕 아래의 별장까지 이어져 있었다. 길가의 그늘진 구석 자리마다 나그네의 발길을 잡듯이 꽃이 만발했고, 시원하고 작은 동굴마다 꽃 사이로 작은 정령들이 환한 미소를 보냈다. 샘물마다 장미꽃 물이 들어 있었고, 그 위로 붉은 장미, 흰 장미, 분홍 장미들이 제 모습을 비춰 보며 저마다 아름다움을 뽐내고 있었다. 별장의 벽은 온통 장미꽃 천지였고, 처마와 기둥을 따라 넓은 테라스 난간까지 올라와 피어 있었다. 이 난간에서는 햇살이 비치는 지중해와 하얀 벽으로 둘러싸인 해안가 도시가 한눈에 내려다보였다.

"정말 천국 같은 곳이야. 신혼여행지로 그만이지 않아? 이렇게 예쁜 장미꽃을 본 적이 있어?"

테라스 난간에서 에이미가 황홀한 향기에 취해 아름다운 전망을 바라보며 물었다.

"없지. 거기다 이렇게 가시가 많은 꽃도 처음이야."

로리가 엄지를 입에 넣으며 대답했다. 저 뒤쪽에 홀로 피어 있는 붉은 꽃을 꺾으려고 팔을 뻗다가 가시에 찔린 모양이었다.

"낮은 곳에 핀 가시 없는 장미를 따면 되지."

에이미는 이렇게 말하며 솜씨 좋게 작은 흰 장미 세 송이를 뒤쪽 벽에서 꺾었다. 그러고는 선물로 그 꽃을 로리의 단춧구멍에 꽂아주었다. 잠시 동안 로리는 기묘한 눈으로 그 꽃을 가만히 내려다보았다. 이탈리아인의 피를 물려받아서인지 감상적인 성향이 있는 로리는 달콤하면서도 씁쓸한 기분에 빠져들었다. 상상력이 풍부한 젊은 남자들은 사소한 것에서도 낭만적인 의미를 찾으려 했다. 로리는 가시 많은 붉은 장미에 손을 뻗치면서 조를 생각했다. 생생한 그 꽃이 조가 가끔씩 보여 주던 가시 돋친 모습과 닮아 있었기 때문이다. 그런데 에이미가 자신에게 꽂아준 흰 장미는 이탈리아인들이 고인에게 바치는 꽃이었다. 결코 신부의 화환으로는 쓰지 않았다. 한순간 로리는 이 꽃이 조와 자신의 사랑을 뜻하는 것 같아 울적해졌다. 그러나 곧바로 미국인다운 상식적인 생각이 찾아들자, 로리는 자신의 감상을 날려 버리기라도 하듯 마음껏 웃어젖혔다. 로리가 이곳에 온 후로 에이미가 처음 들어보는 큰 웃음소리였다.

"좋은 충고잖아. 가시 없는 장미를 따야 손가락이 무사하지."

에이미는 자신의 말이 로리를 웃겼다고 생각하며 응수했다.

"고마워, 그렇게!"

로리는 농담처럼 대답했다. 그런데 몇 달 후에 이 말이 진심이 될 줄은 몰랐을 것이다.

"도대체 언제 할아버지께 갈 거야?"

에이미가 자리를 잡아 앉으며 물었다.

"곧."

"지난 삼 주 동안 귀에 못이 박히게 들은 말이야."

"그랬지. 대답은 짧을수록 성가시지 않으니까."

"할아버지가 목 빠지게 기다리실 거야. 이제 정말 가지 않으면 안 된다고."

"다정하기도 하셔라! 나도 알아."

"그러면 왜 안 가는 거야?"

"원체 내가 나쁜 놈이잖아."

"게을러서겠지. 정말 끔찍하게 게으르잖아."

에이미가 정색했다.

"그렇게 나쁜 일만도 아니야. 내가 가면 할아버지를 괴롭히기나 할 텐데, 뭘. 그냥 여기에서 널 좀 더 괴롭히는 편이 낫지 않겠어? 넌 잘 참을 수 있으니까. 사실 정말 네 성미에 맞는 일 아니야?"

로리는 넓은 난간을 어슬렁거리며 차분히 말했다.

에이미는 고개를 흔들며 스케치북을 펼쳤다. 그러나 '이 소년'을 가르쳐야겠다고 마음먹고, 잠시 후 다시 입을 열었다.

"지금 뭐 하는 거야?"

"도마뱀 관찰."

"아니, 그게 아니라 내 말은 어쩔 거냐고? 뭘 하고 싶은데?"

"허락한다면 담배를 피우고 싶어."

"정말! 담배는 안 돼. 하지만 내 모델이 되어준다면 허락해 줄게."

"내 인생의 최고 영예지. 어떻게 그릴 거야? 전신 아니면 반신? 물구나무서기라도 할까? 이렇게 비스듬히 드러누운 자세는 어때? 화폭에 너도 그려 넣고 이렇게 부르는 거야. '게으름의 즐거움'이라고."

"그냥 그대로 있어. 잠을 자도 좋아. 난 열심히 일을 할 테니까."

에이미가 힘찬 목소리로 대답했다.

"정말 대단한 열정이야!"

로리는 큰 항아리에 기대고 앉아 흡족하게 말했다.

"지금 그 모습을 조 언니가 보면 뭐라고 할까?"

에이미가 자신보다 더 활기 넘치는 언니의 이름을 말해서 로리의 심사를 어지럽히고 싶은 마음에 성급하게 물었다.

"늘 그렇듯이 '저리 가, 테디. 난 바빠!' 이러겠지."

로리가 웃음을 터뜨렸다. 그러나 웃음소리는 어딘지 어색했고, 얼굴에 그늘이 스쳤다. 익숙한 그 이름이 아직 낫지 않은 상처를 건드렸기 때문이다. 에이미는 늘 접하던 로리의 웃음소리와 얼굴에서 새로운 뭔가를 발견하고는 깜짝 놀랐다. 힘들고 씁쓸한 표정인 데다 고통과 불만, 후회가 가득한 얼굴이었다. 에이미가 자세히 살펴보기도 전에 그 표정은 금세 사라졌고, 다시 열의 없는 무심한 얼굴로 돌아와 있었다. 에이미는 예술가의 눈으로 즐겁게 로리를 관찰하기 시작했다. 모자를 벗은 채 드러누워 햇볕을 쬐는 모습이 정말 이탈리아인 같았다. 그 눈은 먼 곳을 꿈꾸듯 몽롱했다. 같이 있는 에이미도 잊은 채 몽상에 빠진 듯했다.

"제 무덤 위에 잠들어 있는 젊은 기사의 조각상처럼 보여."

에이미는 조각 같은 옆모습을 주의 깊게 따라 그리며 말했다.

"정말 그렇게 됐으면 좋겠어!"

"바보 같은 생각이야. 삶을 망칠 작정인 거야? 로린 너무 변해서 가끔……."

에이미는 말을 끊은 채 불만 섞인 눈길을 조심스럽게 보냈다. 말보다 더 깊은 뜻을 담은 표정이었다.

로리는 에이미가 주저하며 전하려는 뜻을 곧바로 알아챘다. 그래서 그 애정 어린 걱정을 달래주기 위해 과거에 엄마에게 그랬던 것처럼 눈을 똑바로 마주치며 이렇게 말했다.

"다 괜찮아요, 부인!"

요즘 들어 걱정이 많아진 에이미는 이 말을 듣자 안도했고 감동받았다. 그래서 그 마음을 전하려고 따뜻한 목소리로 말했다.

"정말 다행이야! 난 로리가 그렇게 나쁜 길로 빠졌다고는 생각하지 않지만, 바덴바덴의 유흥가에서 돈을 물 쓰듯 쓰고 남편이 있는 프랑스 여인들에게 마음을 빼앗겼을지도 모른다고 상상했어. 왜 있잖아, 젊은 남성들이 외국 여행 중에 필수라고 생각하는 나쁜 짓들 말이야. 그렇게 햇빛 속에 있지 말고 여기 풀밭으로 와서 누워. 조 언니가 항상 소파 구석 자리에 우리들을 불러놓고 비밀 얘기를 나누던 때처럼 '털어놔 보자고.'"

로리는 순순히 풀밭에 드러누워 옆에 있는 에이미 모자의 리본에다 데이지 꽃을 꽂기 시작했다.

"자, 비밀 얘기를 들을 준비 다 됐어."

로리는 흥미로운 눈빛으로 에이미를 쳐다보았다.

"난 말할 게 없어. 먼저 시작해."

"나도 없는데. 집에서 새로운 소식이라도 들은 줄 알았어."

"요즘 오는 편지는 같이 읽었잖아. 종종 소식을 듣지 않아? 난 조 언니가 꼬박꼬박 편지를 보낸다고 생각했는데."

"조는 너무 바쁘고 난 이리저리 돌아다니니까 그렇게 자주 소식을 듣지는 못하지. 그런데 화가 아가씨는 언제부터 위대한 꿈을 펼치실 텐가?"

잠시 로리는 에이미가 자신의 비밀을 알고 있는지 궁금했고, 그 비밀에 대해서 얘기를 나누고 싶었다. 그러나 말을 잠깐 멈췄을 뿐 갑자기 화제를 바꿔 다른 질문을 던졌다.

"절대 그럴 일은 없어!"

에이미는 의기소침하지만 단호한 목소리로 대답했다.

"로마가 내 모든 허영심을 앗아 갔어. 너무나 멋진 작품들을 보고 나니 내 자신이 너무 보잘것없게 느껴지는 거야. 그래서 헛된 꿈은 포기해 버렸어."

"재능과 열정이 그렇게 대단한데 왜 그랬어?"

"내 재능은 별것 아니었어. 천재성이 없지. 노력해서 될 일도 아니고. 난 위대한 화가가 아니면 아무것도 되고 싶지 않아. 그저 평범한 환쟁이는 싫다고. 그래서 더는 애쓰지 않기로 한 거야."

"그럼, 이제부턴 뭘 할 건지 물어봐도 될까?"

"다른 재능을 갈고닦을 거야. 기회만 있다면 사교계에서 빛날 수 있도록 말이야."

에이미의 대담한 성격을 보여 주는 대답이었다. 그러나 젊은 사람들에게는 이런 대담함이 잘 어울렸고, 에이미는 충분한 재능을 가지고 있었기 때문에 이렇게 자신만만할 만했다. 로리는 미소를 지었다. 그렇게 오랫동안 간직한 꿈이 사라졌는데도 탄식할 새 없이 곧바로 새로운 목표를 세우는 에이미의 기백이 마음에 들었다.

"좋군! 그런데 왜 이 부분에서 프레드 본이 떠오르는 걸까?"

에이미는 신중하게 입을 다물었지만 걱정스러운 얼굴로 고개를 숙였다. 그 모습에 로리는 몸을 일으켜 세우고 앉아 진지하게 말했다.

"자, 친오빠라고 생각하고 뭐 하나 물어봐도 돼?"

"대답은 못 할지도 몰라."

"말은 그렇게 하지만 얼굴은 답하겠다는 표정인데? 넌 아직 감정을 감쪽같이 숨길 수 있는 여자가 못 되니까. 지난해에 너와 프레드에 관한 소문을 들었어. 내 개인적인 생각이지만, 프레드가 그렇게 급하게 집으로 불려 가서 오래 붙들려 있지 않았다면 뭔 일이 생길 수도 있었던 거야. 그렇지?"

"내가 대답할 수 있는 일이 아니야."

에이미가 새침하게 대답했다. 그러나 입술은 미소를 짓고 있었고, 눈에는 장난기가 감돌았다. 에이미는 자신의 힘을 알고 그걸 즐기고 있었다.

"약혼한 건 아니겠지, 그렇지?"

갑자기 로리는 정말 오빠처럼 엄격한 표정을 지었다.

"응."

"하지만 프레드가 돌아와서 정중히 무릎을 꿇으면 허락할 테지, 그렇지?"

"그렇겠지."

"그렇다면 넌 프레드를 좋아해?"

"노력하면 좋아할 수 있어."

"그 말은 그 순간이 올 때까지는 좋아하려는 노력도 하지 않을 거라는 거잖아? 어떻게 이런 얼토당토않은 일이! 프레드는 좋은 녀석이야. 하지만 에이미, 네가 좋아할 만한 남자는 아니라고."

"그는 부자에 신사인 데다 성격도 유쾌해."

에이미는 이렇게 말하면서 차분하고 위엄 있게 보이려고 애썼지만, 진심인데도 조금은 창피함을 느꼈다.

"나도 이해는 가. 사교계의 여왕들은 돈 없이 지낼 수 없으니 그런 식으로 결혼하겠다는 말이잖아. 정말 세상 이치에 알맞은 선택이구나. 하지만 너희 어머니의 딸이 한 말이라고는 믿기 어려워."

"그래도 그게 사실인걸!"

짧은 말이었지만 그 속에 숨은 결심은 단호했다. 로리도 본능적으로 이걸 알아채고는 설명할 수 없는 실망감을 느끼며 다시 드러누웠다. 로리가 반감이 뚜렷한 표정으로 입을 다물자, 에이미는 마음이 상해서 자신도 미뤄뒀던 한마디를 하려고 입을 뗐다.

"내가 쓴소리 좀 하려는데 들어줄 거야?"

"내 말이나 들어줘, 이 아가씨야!"

"노력해 볼게."

에이미는 정말 그럴 듯이 재빨리 수긍했다.

"그렇다면 좋아. 말해 봐."

로리가 약 올리는 목소리로 대답했다. 이렇게 장난기 섞인 로리의 모습은 오랜만이었다.

"오 분 만에 화를 낼 거야."

"너한테 성을 낸 적은 한번도 없어. 부싯돌도 두 개가 부딪쳐야 불이 붙지. 넌 눈처럼 차갑고 부드럽잖아."

"로린 날 몰라. 눈도 잘 부딪히면 불꽃이 튄다고. 로리는 무심한 척하는 것뿐이야. 한번 들쑤시면 다 드러날 일이지."

"그럼, 어디 들쑤셔 봐. 난 아무렇지도 않을 테니. 거인이 작은 아내에게 맞을 때처럼 날 그런 남편이나 카펫이라고 생각하고 때려봐. 너만 지칠 뿐이야."

에이미는 정말 화가 나서 로리의 무심함을 벗겨 버릴 작정으로 이를 갈았다.

"플로와 내가 로리한테 새로운 별명을 붙였어. '게으름뱅이 로렌스'[44]라고. 어때?"

그를 화나게 했다고 생각했지만, 로리는 머리 밑에 팔을 괸 채 아무렇지도 않은 듯이 대답했다.

"뭐, 나쁘지 않네! 고마워, 아가씨들."

"정말 내가 로리를 어떻게 생각하는지 알려 줄까?"

"제발 말해 줘."

"난 로리를 경멸해."

에이미가 발끈해서 삐친 어투로 "정말 싫어."라고 했다면 로리는 그저 웃어넘겼을 것이다. 아니, 재미있어했을지도 몰랐다.

그러나 진지하다 못해 애잔한 목소리에 퍼뜩 정신을 차리고 재빨리 물었다.

"왜 그러는데?"

"착하고 도움이 되고 행복한 사람이 될 기회를 다 저버리고 그저 실수투성이에 게으르고 비참한 사람으로만 남아 있으려 하잖아."

"흠. 좀 강한 말이군요, 아가씨."

"괜찮다면 계속할게."

"제발 계속 말해 줘. 흥미로우니까."

"그럴 거라고 생각했어. 이기적인 사람들은 언제나 자신에 대해 말하기를 좋아하니까."

"내가 이기적이야?"

저도 모르게 나온 질문이었다. 자신의 관대한 성품에 자부심을 느끼고 있었던 터라 깜짝 놀란 어투였다.

"응, 많이 이기적이야."

에이미가 차분하고 냉정한 목소리로 말을 이었다. 화난 목소리보다 두 배는 효과적이었다.

"어째서 그런지 알려 줄게. 우리가 함께 어울리는 동안 로리를 많이 살펴봤거든. 정말 실망스러웠어. 외국 생활을 한 지 육 개월이 넘어가는데 로리가 한 일이라고는 시간과 돈을 낭비하고 친구들을 실망시킨 것밖에는 없어."

"사 년 동안 공부하느라 힘들었는데 그 정도도 놀지 못한단 말이야?"

"로리는 한계를 모르는 것 같아. 어쨌든 놀 만큼 놀았는데도 전혀 나아질 기미가 안 보이잖아. 처음 만났을 때 로리보고 어른스러워졌다고 말했는데, 지금은 그 말을 취소하고 싶어. 오히려

고향 집에 있을 때보다도 못하니까. 그저 지독하게 게을러지고, 소문이나 찾아다니면서 하찮은 일에 시간을 낭비할 뿐이야. 멍청한 사람들이 로리를 떠받들고 칭찬해 주니까 거기에 만족해서는 현명한 사람들의 존경과 사랑을 받을 행동은 하지 않잖아. 돈, 재능, 지위, 건강, 외모를 다 갖춘 사람이 좋은 남자가 될 노력은 하지 않고 그저 빈둥거릴 뿐이라니 말이 돼? 로리는 단지……."

에이미는 말을 멈추고 고통과 연민이 드러난 표정을 지었다.

"석쇠 위에서 괴로워하는 성인 로렌스[45]지."

로리가 퉁명스럽게 말을 끝맺었다. 그러나 에이미의 쓴소리가 효과를 나타내기 시작했다. 로리의 눈에 깨달음의 빛이 번뜩이더니 무심한 표정은 사라지고 화나고 상처받은 얼굴이 되었다.

"로리가 그렇게 받아들일 줄 알았어. 남자들은 우리를 천사라고 부르며 모든 말에 따르겠다고 하면서, 솔직하게 쓴소리라도 한마디 하면 웃음으로 넘기고는 듣지 않으려 하지. 남자들이 하는 아부는 다 헛소리라니까."

에이미가 신랄하게 말하면서 분노한 성자에게 등을 돌렸다.

잠시 후 에이미가 그림을 그리는데 손 하나가 눈앞에 불쑥 나타나더니 로리의 목소리가 들려왔다. 로리는 큰 잘못을 뉘우치는 어린아이 같은 목소리를 흉내 내며 말했다.

"착해질게요! 네? 정말이에요!"

그러나 에이미는 웃지 않았고 그 손을 연필로 찌르며 진지하게 말했다.

"이런 손이 부끄럽지 않아? 여자 손처럼 부드럽고 희잖아. 멋진 장갑을 끼고 숙녀에게 꽃을 꺾어주는 일밖에 하지 않은 듯 보여. 하지만 로리는 멋을 부리는 남자가 아니니 이 손에 다이아몬드나 큰 인장이 박힌 반지가 보이지 않아서 다행이야. 그저 조 언니가 옛날에 준 낡은 반지만 끼고 있잖아. 정말! 조 언니가 여기에 있어야 하는 건데."

"동감이야!"

손이 재빨리 사라지면서 에이미의 말이 끝나자마자 힘차게 되받아치는 소리가 들렸다. 에이미는 그런 로리를 내려다보며 미심쩍은 생각이 들었다. 그러나 로리의 얼굴은 반쯤 모자에 덮여 있었고 입은 수염에 가려서 잘 보이지 않았다. 에이미는 그저 로리의 가슴이 오르락내리락하는 것만 볼 수 있었다. 저 깊게 내쉬는 숨은 한숨일 터였다. 게다가 반지를 낀 손은 풀밭에 놓여 반쯤 가려져 있었다. 마치 귀중하고 애잔한 뭔가를 숨기고 있는 듯 보였다. 갑자기 에이미의 머리에 수많은 실마리와 사소한 일들이 스쳐 지나갔고, 언니가 결코 털어놓지 않은 사실을 알게 되었다. 로리가 언니에 대한 얘기를 절대로 먼저 꺼낸 적이 없다는 사실과 방금 로리의 얼굴에 드리워진 그늘, 바뀐 성격, 멋진 손에 어울리지 않는 낡은 반지 등이 그 증거였다. 소녀들은 이런 기미를 재빨리 읽어내고 금세 감동을 받는다. 이미 에이미는 로리가 사랑의 괴로움 때문에 변한 것이 아닐까 생각한 적이 있었고, 이제야 확신하게 되었다. 그녀는 눈물을 글썽이며 아주 부드럽고 다정한 목소리로 다시 입을 열었다.

"내가 그런 말을 할 자격이 없다는 건 잘 알아. 로리가 다정한 마음을 가진 사람이 아니었다면 나한테 엄청나게 화를 냈을 거야. 하지만 우리 모두 로리를 좋아하고 자랑스러워하고 있어. 가족들이 나처럼 로리에게 실망하게 된다고 생각하면 참을 수가 없었다고. 아마 그들은 로리의 변화를 더 잘 이해해 줄 테지만 말이야."

"그럴 테지."

험악한 목소리가 모자 아래에서 들려왔다. 애잔한 목소리만큼이나 가슴을 울리는 소리였다.

"그들은 내게 말을 해줬어야 했어. 어느 때보다도 로리에겐 다정한 위로의 말이 필요한데, 난 나무라기나 했으니 정말 큰 실수를 저질렀어. 난 그전에도 랜들 양을 좋아하지 않았지만 지금은 정말 미워!"

에이미가 자신의 짐작을 확인하기 위해서 교묘하게 넘겨짚어 말했다.

"랜들 양은 무슨!"

로리가 모자를 휙 잡아채더니 의심할 여지없이 감정을 드러내 보였다.

"미안해. 내 생각에……"

에이미는 일부러 말을 끊었다.

"아니, 그러지 마. 내가 조 아닌 다른 사람에게는 관심이 없다는 걸 아주 잘 알고 있었잖아."

로리는 성급하게 말하면서 고개를 돌렸다.

"그렇다고 생각했지. 하지만 가족들이 아무런 말도 없고, 로리는 여행을 떠나버려서 착각인 줄 알았어. 그런데 조 언니가 냉정하게 대한 거야? 그럴 리가. 분명히 언니는 로리를 사랑하고 있다고."

"조는 다정했어. 내가 원하는 방식이 아니어서 그렇지. 네 말처럼 내가 그렇게 좋을 게 없는 남자라면, 조가 나를 사랑하지 않은 게 정말 다행인 거네. 하지만 날 내친 건 조의 실수야. 그렇게 전해 줘."

로리는 또다시 힘들고 쓸쓸한 표정이 되었고 에이미는 어떻게 위로해야 좋을지 몰라서 괴로웠다.

39장 게으름뱅이 로렌스

"내가 잘못했어. 난 몰랐어. 정말 미안해. 하지만 테디, 잘 이겨내기를 바라는 일밖엔 내가 해줄 수 있는 게 없어."

"하지 마! 조가 날 부르던 이름이야."

로리는 재빨리 손을 내밀어 그 말을 막았다. 조가 반쯤은 다정하게, 반쯤은 나무라는 투로 부르던 그 이름을 듣고 있기가 괴로웠다.

"네가 직접 겪어보기 전에는 모를 테지."

로리가 풀을 한 움큼 뽑으면서 낮은 목소리로 덧붙였다.

"나라면 남자답게 받아들일 거야. 사랑받을 수 없다면 존경이라도 받아야지."

에이미는 이런 문제에 대해서는 아무것도 모르는 사람답게 단호하게 소리쳤다.

로리는 자신이 정말 잘 이겨냈다고 자부하고 있었다. 앓는 소리를 낸 적도 없고, 동정을 구한 적도 없으며, 괴로움을 저 멀리 떨쳐 낸 채 살았기 때문이다. 그러나 에이미의 쓴소리 덕분에 자신을 새롭게 바라보게 되었다. 처음으로 자신이 약하고 이기적으로 보였던 것이다. 첫 실패로 마음을 놓아버린 채 우울한 무심함 속에 빠져 지내던 나날이었는데, 갑자기 로리는 우울한 꿈에서 깨어난 것처럼 느껴졌다. 그리고 다시는 그런 꿈속으로 빠져들 수 없을 것 같았다. 로리는 몸을 일으켜 앉더니 천천히 물었다.

"조도 너처럼 날 경멸할 거라고 생각해?"

"지금의 로리 모습을 본다면 그렇겠지. 언니는 게으른 사람을 싫어하니까. 뭔가 훌륭한 일을 해서 언니가 로리를 사랑하게 만들면 어때?"

"나도 최선을 다했지만 소용없었어."

"우등으로 졸업한 걸 말하는 거야? 그건 할아버지를 위해서라도 해내야만 했던 일이잖아. 그렇게 많은 시간과 돈을 들이고도 잘 해내지 못했다면 창피한 일이 아니었을까? 다들 로리가 잘 해낼 거라고 기대하고 있었는데 말이야."

"그렇게 말한다 해도 조가 날 사랑하지 않으니 난 실패한 거야."

로리는 낙담한 듯 손에 고개를 묻었다.

"아니야, 실패하지 않았어. 결국에는 로리도 인정할 거야. 노력하면 해낼 수 있다는 자신감을 얻었잖아. 이제 다른 목표를 세우기만 하면 돼. 그러면 곧 괴로움을 날려 버리고 예전의 활기차고 행복한 모습을 되찾을 수 있을 거야."

"불가능해!"

"일단 노력해 보고 말해. 무심한 척할 것도, 조 언니가 알아줄까 하는 생각도 할 필요 없어. 난 똑똑하진 않지만 관찰력이 좋거든. 로리가 생각하는 것보다 훨씬 더 많은 걸 알 수 있다고. 난 다른 사람의 경험과 행동에 관심이 많아. 잘 설명할 수는 없지만 그런 점들을 기억했다가 잘 이용하지. 평생 조 언니를 사랑하고 싶으면 그렇게 해. 하지만 그 일로 자신을 망치지는 마. 원하는 것 한 가지를 가질 수 없다고 인생의 수많은 선물을 내던지는 건 나쁜 짓이니까. 자, 내 쓴소리는 여기까지야. 이제 로리도 새롭게 눈을 떴고 남자답게 잘 극복해 낼 거야."

잠시 동안 둘은 아무 말이 없었다. 로리는 앉아서 작은 반지를 돌리고 있었고, 에이미는 말을 하면서도 그리던 그림을 마무리하고 있었다. 이윽고 에이미가 로리의 무릎 위에 그림을 놓으며 말했다.

"어때?"

로리는 그림을 보고 미소를 지었다. 정말 잘 그린 그림이었다.

풀밭에 길고 나른하게 누운 형체와 열의 없는 얼굴, 반쯤 감긴 눈과 담배를 쥔 손이 정말 로리와 똑같았다. 담배 연기마저 몽롱하게 몽상가의 머리 위를 맴돌고 있었다.

"정말 잘 그렸네!"

에이미의 실력에 놀라고 즐거워하며 말했다. 게다가 헛웃음을 터뜨리며 이렇게 덧붙였다.

"그래, 이게 나지."

"지금 모습은 그래. 이건 예전의 모습이고."

에이미는 로리가 들고 있는 그림 옆에 또 한 장의 스케치를 갖다 대었다.

지금 그림처럼 잘 그린 것은 아니었지만, 생기와 활력이 넘쳤다. 과거의 얼굴이 생생하게 빛난다는 생각에 로리의 얼굴 표정이 확 변했다. 그 그림은 말을 길들이고 있는 로리를 대충 스케치한 것이었다. 모자와 외투를 벗은 채 결의에 찬 얼굴로 활발하게 움직이는 모습은 활기와 의지로 가득 차 있었다. 잘생긴 말은 막 고집을 꺾고 단단한 고삐에 이끌려 목을 아치처럼 구부린 모습이었다. 한쪽 발은 조급하게 땅을 밟으려 하고 있었고, 귀는 주인의 목소리를 들으려는 듯 쫑긋 세워져 있었다. 휘날리는 말갈기 사이로 로리의 흩날리는 머리카락과 꼿꼿한 자세가 눈에 들어왔다. 힘과 용기, 젊음이 느껴지는 순간을 포착한 이 그림은 나른한 '게으름의 즐거움'과는 확연히 달랐다. 로리는 아무 말 없이 두 그림을 번갈아 보기만 했다. 그러나 에이미는 로리가 얼굴을 붉히고 입술을 꽉 다무는 모습에서 자신이 말하고 싶었던 교훈이 무엇인지 로리가 확실히 알고 받아들였다는 걸 알아챘다. 이에 만족한 에이미는 로리가 입을 열기를 기다리지 않고 쾌활하게 먼저 말을 걸었다.

"퍽과 함께 '레어리'를 길들였던 날 기억나? 우리 모두 보고 있었잖아. 메그 언니와 베스 언니는 겁에 질렸고 조 언니는 박수를 치며 뛰어다녔지. 난 울타리 위에 앉아 로리를 그렸어. 며칠 전에 화집에서 이 그림을 발견하고는 손을 좀 봐서 가지고 다녔지. 로리에게 보여 주려고 말이야."

"정말 고마워! 실력이 정말 많이 좋아졌구나. 축하해. 이 천국 같은 곳에서 좀 더 머물고 싶지만, 너희 호텔 저녁 식사 시간이 5시 였지?"

로리는 자리에서 일어나더니 미소 띤 얼굴로 그림을 돌려주면서, 아무리 좋은 꽃노래도 그쳐야 할 때가 있는 법이라는 듯이 시계를 들여다보았다. 로리는 이전의 편하고 무심한 태도를 유지하려고 했지만, 이미 거짓으로 꾸며낼 기력도 없었다. 에이미의 쓴소리가 꽤나 큰 충격을 준 모양이었다. 에이미도 로리의 태도에 냉기가 흐른다는 걸 느꼈고 속으로 생각했다.

'나 때문에 기분이 나빠진 거야. 하지만 내 쓴소리가 로리에게 좋은 약이 된다면 미움을 받아도 좋아. 미안하지만 그게 사실인 걸, 뭐. 한마디도 취소할 수 없어.'

그들은 집으로 돌아가는 길 내내 함께 웃으며 수다를 떨었다. 어린 바티스트는 높다란 자리에 앉아서 두 사람의 기분이 아주 좋은 모양이라고 생각했다. 그렇지만 둘 다 속으로는 불편함을 느끼고 있었다. 어느새 친구다운 솔직함은 사라지고 서로의 마음에 그늘이 졌다. 겉으로는 쾌활함을 유지했지만, 두 사람 모두 속으로 불만을 간직하고 있었던 것이다.

"저녁에 만나러 올 거야?"

숙모의 방문 앞에서 작별 인사를 하며 에이미가 물었다.

"불행히도 선약이 있어. 그럼, 마드무아젤."

로리가 프랑스식으로 손에 입맞춤을 하려고 고개를 숙였다. 로리에게 이런 이국적인 모습이 꽤나 잘 어울리긴 했다. 그렇지만 로리의 표정에서 뭔가를 읽은 에이미는 재빨리 온화하게 말했다.

"아니, 우리답게 옛날 방식으로 인사하자. 난 진심 어린 영국식 악수가 감상적인 프랑스식 인사보다 좋아."

"그럼, 잘 있어."

에이미가 좋아하는 어투로 인사말을 남기고 로리가 떠나갔다. 악수했을 때는 정말로 진심 어린 마음이 전해져서 두 사람 모두 가슴이 아팠다.

이튿날 아침, 늘 찾아오던 로리의 모습은 보이지 않고 로리의 쪽지만이 에이미에게 배달되었다. 에이미는 미소를 지으며 첫 부분을 읽다가 마지막에 가서는 한숨을 내쉬었다.

친애하는 나의 스승에게

'게으름뱅이 로렌스'가 착한 소년이 되어 할아버지를 만나러 떠나니 마음껏 기뻐하도록 해. 숙모님에게는 인사를 못 드리고 가니까 대신 작별 인사를 전해 줘. 정말 즐거운 겨울을 보내길 바라고, 발로사로 신혼여행을 갈 수 있도록 기도해 줄게. 네 말을 따르는 게 이익이라는 걸 프레드도 알게 될 테지. 프레드에게 내가 축하한다고 전해 줘.

고마움을 담아, 텔레마코스가

"정말! 로리가 떠나서 안심이야."

에이미가 흡족한 미소를 지으며 말했다. 그러나 한순간 빈방을 둘러보고는 고개를 떨구더니 자기도 모르게 한숨을 내쉬면서 이렇게 덧붙였다.

"그래, 다행이지. 그런데 어째서 그가 그리운 걸까."

40장

어둠의 골짜기

처음의 슬픔이 잦아들자 가족들은 어쩔 수 없는 이 상황을 받아들일 수밖에 없었다. 그리고 씩씩하게 슬픔을 참아내며 서로를 보듬어 안았다. 힘들 때일수록 가족 간의 유대는 더욱 단단해지는 법이다. 그들은 슬픔을 묻어두고, 마지막 해를 행복하게 보내기 위해 최선을 다했다.

집에서 가장 쾌적한 방은 베스의 차지가 되었고, 그 안에는 꽃과 그림에서부터 피아노, 작은 작업대, 사랑스러운 고양이까지 베스가 사랑하는 모든 것이 있었다. 아버지가 가장 좋아하는 책도, 어머니의 안락의자도, 조의 책상도, 에이미의 아름다운 그림들도 모두 이 방에 모여 있었다. 메그는 날마다 쌍둥이들을 데리고 와서 베스 이모에게 햇살을 선물했다. 존은 조용히 떨어져 앉아서 베스가 원하는 과일을 내어주는 일을 맡았다. 해나는 눈물을 훔치면서도 입 짧은 베스의 식욕을 돋우기 위해서 우아한 접시를 장식하는 일에 여념이 없었다. 바다 건너에서는 자그마한 선물들과 응원의 편지들이 도착했다. 마치 겨울을 모르는 땅에서 불어오는 따뜻한 공기와 향기 같았다.

베스는 가족 성전에 모셔진 성녀처럼 소중하게 여겨졌다. 그녀는 언제나 그랬듯이 조용하게 앉아 바쁘게 몸을 놀리고 있었다. 다정하고 남을 생각하는 마음은 변함없었다. 세상을 떠날 준비를 하면서도, 베스는 이 세상에 남겨질 사람들을 행복하게 해주려고 애썼다. 연약한 손가락은 노는 법이 없었고, 매일 학교를 오가는 아이들에게 작은 물건을 만들어주는 일을 즐겼다. 빨갛게 튼 손을 위해서는 손뜨개 장갑을, 인형을 많이 가지고 있는 꼬마 엄마에게는 바늘겨레를, 서투른 글씨로 고생하는 어린 문필가에게는 펜 닦는 천을, 그림을 좋아하는 아이에게는 그림을 모아둔 스크랩북을 창문 밖으로 던져주었다. 그러면 날마다 배움의 사다리를 억지로 오르는 아이들은 어느새 저들 앞에 놓인 길이 꽃으로 가득 덮여 있다는 사실을 발견하고는, 요정 대모 같은 친절한 사람이 저 위에서 자신들의 취향과 바람에 맞춰 기적처럼 선물을 내려준다고 생각하게 되었다. 베스가 보답을 바란 적은 없었지만, 어린이들이 환한 얼굴로 창문을 올려다보며 고개를 끄덕인다거나 잉크 자국이 묻은 감사 편지를 전해 주면 그것으로 충분했다.

처음 몇 달은 정말 행복했다. 베스는 종종 주위를 둘러보며 "어쩌면 이렇게 아름다울까."라며 감탄하곤 했다. 가족들이 모두 햇살이 환한 베스의 방에 모여 앉아 있는 모습이 베스에게는 너무나 아름답게 비춰졌던 것이다. 쌍둥이들은 바닥에 누워 발을 차며 까르르 웃고, 엄마와 언니들은 가까이에서 바느질을 했으며, 아버지는 즐거운 목소리로 옛 성현의 가르침이 담긴 책을 읽어주었다. 이런 책들은 수 세기 전에 쓰였지만 그 속에는 좋은 말과 위안을 주는 말이 가득했다. 이는 아버지가 가족들에게 베푸는 작은 예배와도 같았다. 아버지는 희망이 사랑으로 애끓는 마음을 달래줄 수 있고 믿음이 어려움을 감내하게 할 수 있다는 설교로 가족들의 영혼을 위로했다. 신앙심이 깊은 아버지가 감정을 다스리듯 더듬거리며 말하는 목소리에는 듣는 사람의 영혼을 울리는 힘이 있었다.

이렇게 평화로운 시기는 앞으로 다가올 슬픈 시간을 준비하라는 의미에서 주어진 듯했다. 날이 갈수록 베스는 바늘이 '너무 무겁다'며 들지 못하게 되었고, 대화를 나누는 것조차 힘겨워했다. 고통은 베스의 온몸을 장악했고, 베스의 고요한 마음도 연약한 살결을 파고드는 고통으로 어지러워졌다. 그렇게 우울한 낮과 길고 긴 밤이 아픈 가슴과 간절한 기도로 채워졌다. 베스를 가장 사랑하는 가족들로서는 자신들을 향해 뻗어오는 그 가냘픈 손과 "살려 줘!" 하는 아픈 비명을 참아내기가 힘들었다. 그저 옆에서 바라볼 수만 있을 뿐 도와줄 방법이 아무것도 없었기 때문이다. 고요한 영혼에 슬픔이 깃들기 시작했고, 힘겨운 사투가 벌어졌다. 다행히도 이 고통의 시간은 짧게 지나갔고, 다시 예전의 평화가 찾아왔다. 이 사투로 베스의 연약한 몸은 만신창이가 되었지만, 영혼은 더욱 강해졌다. 베스는 말을 하지 않았지만, 가족들은 베스가 이미 마음의 준비를 마쳤다는 것을 느꼈다. 그들은 가장 아낌을 받는 사람이 가장 먼저 불려 간다는 사실을 깨닫고는 베스가 강을 건널 때 빛이 그녀를 맞이하러 오는 순간을 함께하기 위해 기다렸다.

조는 "언니가 옆에 있으면 힘이 난다."는 베스의 말을 들은 후로는 한시도 베스의 곁을 떠나지 않았다. 방 안 소파에서 잠을 자면서 종종 깨어나 난롯불을 살피고 환자를 돌보았다. 베스는 요구 사항을 말하는 법이 거의 없었으며 '폐가 되지 않으려고 애썼다.' 조는 온종일 베스의 방에 붙어서 간호를 도맡았고, 베스가 자신을 선택해 준 일을 최고의 영광으로 생각하며 뿌듯해했다. 조는 베스를 돌보면서 인생의 중요한 가르침을 깨닫고 마음속 깊이 간직하게 되었다. 모두를 위해 자선을 베푸는 마음과 남들의 불친절함을 잊고 용서할 수 있는 아름다운 정신, 그리고 가장 어려운 일도 쉽게 할 수 있게 하는 책임감과 두려움을 없애고 의심 없는 믿음을 주는 신실한 신앙심을 보게 된 것이다. 이 모든 것이 베스의 모습을 지켜보며 얻게 된 교훈이라 쉽게 잊을 수 없었다.

조는 밤에 잠에서 깰 때마다 베스가 낡은 성경을 읽거나 부드럽게 노래를 흥얼거리는 모습을 보았다. 때때로 베스가 손에 얼굴을 묻고 있는 모습을 볼 때면 창백한 손가락 사이로 눈물방울이 천천히 떨어지기도 했다. 그러면 조는 가만히 누워 베스를 바라보며 깊은 생각에 잠겼다. 아마도 베스는 위안을 주는 성경 말씀을 읽고, 조용히 기도를 올리며, 자신이 사랑하는 음악을 듣고, 과거의 생에 이별을 고하며, 앞으로 다가올 생에 적응할 준비를 하는 것이리라.

조에게는 이런 베스의 모습이 성현의 말씀이나 찬송가, 열띤 기도보다도 더 많은 깨달음을 주었다. 조는 수없이 많은 눈물을 흘리고 가슴이 찢어지는 슬픔을 감내하면서 베스의 아름다운 인생을 돌아보았다. 순탄했고 아무 야망도 없는 삶이었지만 '달콤한 향기가 풍기고 황무지에도 꽃이 피게 하는' 진정한 미덕으로 가득 찬 삶이었다. 게다가 베스는 이 땅에서 자신만의 욕심을 전혀 가지지 않은 가장 겸손한 사람이어서, 천국에서도 가장 빨리 기억되고 만 것이다. 이 사실이야말로 진정한 성공이 아닐까.

어느 날 밤, 베스는 탁자 위에 쌓인 책들을 뒤지며 무언가를 찾고 있었다. 이제는 고통을 참는 것만큼이나 피로감을 떨치기가 힘겨워서 지친 마음을 달래줄 책이 필요했던 것이다. 예전부터 가장 좋아했던 『천로 역정』을 펼쳐들고 책장을 넘기던 베스는 조의 필체가 담긴 작은 종이를 발견하게 되었다. 거기에 적힌 이름이 눈길을 사로잡았고, 군데군데 눈물이 번진 자국이 있어서 더욱 읽고 싶어졌다.

'불쌍한 조 언니, 지금 깊이 잠들었는데 이것 때문에 깨우고 싶지는 않아. 언니는 내게 못 보여 줄 게 없다고 했으니까 이걸 봐도 괜찮겠지.'

베스는 양탄자에 누워 있는 언니를 슬쩍 쳐다본 후 생각했다. 조는 나무 땔감이 다 타서 떨어지면 바로 일어날 수 있도록 부젓가락을 놓지 않은 채 잠을 자고 있었다.

나의 베스

축복의 빛이 올 때까지
어둠 속에 앉아 고통을 감내하며
이 힘겨운 가정에 빛을 주는
조용하고 숭고한 존재여.
이 땅의 기쁨과 희망, 슬픔은
그녀가 서 있는 깊고 잔잔한 강물 위
한낱 작은 물결일 뿐.

오, 나의 베스,
이 땅의 근심과 괴로움을 벗고
나를 스쳐 지나가는구나.
부디 네 삶을 아름답게 빛냈던
미덕들을 선물로 남겨 주렴.

부디 그 감옥 같은 고통을
씩씩하게, 불평 한마디 없이 견디게 해준
그 큰 인내심을 내게 물려주길.

네가 서 있는 땅과 가야만 할 길을
늘 푸르게 만드는
그 현명하고 멋진 용기가
지금 내겐 너무나도 필요하구나.
제 몸 사리지 않고 남을 위하며
사랑으로 모든 잘못을 용서해 주는
그 신성한 자애심도 내게 주렴.
더불어, 그 착한 마음으로
내 잘못도 용서해 주길!

그리하여 우리의 이별은
날마다 쓰디쓴 아픔이 옅어져서
크나큰 슬픔이 큰 축복으로 바뀔지니.
슬픔이 내 거친 성정을 차분하게 만들고
새로운 열망을 주는구나.
저 보이지 않는 세상에서
우리 다시 만나길.

이제부터 나는 강 건너에서 편안히
나를 기다리는 사랑스러운 영혼을
영원히 볼 수 있겠지.
내 슬픔에서 피어난 희망과 믿음이

수호천사가 되어
네가 앞서 간 그곳으로
날 이끌어줄 때까지.

　온통 얼룩지고 흐릿한 글씨를 보는 베스의 얼굴에는 형언할 수 없는 안도감이 서렸다. 베스는 지금까지 자신이 해준 것이 너무 없다며 후회하고 있었기 때문이다. 그런데 이 시로 인해 자신의 삶이 헛된 것만은 아니었으며, 자신의 죽음이 절망을 가져오진 않을 거라는 사실을 확신할 수 있게 된 것이다. 베스는 종이를 접어 손에 꼭 쥐었다. 그때 다 타버린 나무 땔감이 떨어지며 큰 소리를 냈다. 그 소리에 놀란 조가 벌떡 일어나더니 불꽃을 다시 지핀 후 살그머니 침대 곁으로 와서 베스를 살폈다.
　"잠들지 않았어. 하지만 정말 행복해. 이것 봐, 내가 찾아서 읽었어. 언니가 걱정하지 않으리라는 건 진작 알고 있었지. 그런데 내가 그렇게 많은 걸 베풀었단 말이야?"
　베스는 겸손하고 진지하게 물었다.
　"오 그럼, 베스. 정말 많고말고!"
　조는 동생의 머리맡에 고개를 숙였다.
　"그렇다면 내가 인생을 낭비한 건 아닌 것 같아. 언니가 말한 만큼 착하지는 않지만 올바르게 살려고 내 나름대로 노력했어. 이제 더 잘하기에는 너무 늦어버려서 시간이 없는데, 이렇게 나를 끔찍이 생각하는 사람이 있고 내가 많은 도움을 주며 살았다는 걸 알고 나니 정말 위안이 돼."
　"이 세상 어떤 사람도 너만큼 사랑하진 못할 거야, 베스. 너를 보낼 수 없을 거라고만 생각했지만 차츰차츰 널 잃는 일은 없을 거라는 느낌이 들기 시작했어. 넌 내 마음속에서 영원토록 살 테니까. 죽음은 우리를 갈라놓을 수 없어. 겉으로만 그렇게 보일 뿐이지."

"나도 알아. 이젠 더 이상 죽음이 두렵지 않아. 난 언제나 언니의 베스로 남아서 언니를 사랑하고 도울 테니까. 조 언니, 언니가 내 빈자리를 채워줘. 내가 떠난 후 부모님을 부탁할게. 부모님이 의지하실 수 있게 해줘. 혼자서는 힘든 일이라는 생각이 들 때면 내가 언니를 잊지 않고 있다는 사실을 기억해. 그러면 훌륭한 책을 쓰는 일이나 세계를 여행하는 것보다 부모님의 곁에 머무는 편이 더 행복해질 거야. 사랑만이 우리가 세상을 떠날 때 간직할 수 있는 유일한 것이니까. 사랑이 있어서 쉽게 떠날 수 있어."

"노력할게, 베스."

이 순간, 이 자리에서 조는 자신의 오래된 열망을 포기하고 새롭게 맹세했다. 다른 어떤 소망도 사랑에 비하면 보잘것없다는 사실을 인정하고, 사랑의 영원함을 믿으며 위안을 느꼈다.

그렇게 봄날이 지나가고 있었다. 하늘은 더더욱 청명해지고 땅은 푸르러만 갔다. 꽃들은 아름답게 피었고 새들도 베스에게 작별 인사를 할 때에 맞춰 돌아왔다. 베스는 아버지와 어머니의 다정한 보살핌 속에서 자신을 평생 이끌어준 손에 매달려 어둠의 골짜기를 지나 신에게 인도되었다.

이야기 속에서가 아니면 죽어가는 사람이 기억에 남는 말을 하거나 환영을 보거나 행복한 표정으로 세상을 떠나는 일은 거의 없다. 고인에게 작별 인사를 고해 본 사람들은 알 것이다. 그들의 끝은 대부분 잠든 것처럼 자연스럽고 단순하다는 사실을 말이다. 베스의 희망대로 '밀물이 편안히 지나갔다.' 새벽이 오기 전 사방이 깜깜한 시간에 베스는 자신이 첫 숨을 내뱉은 그 가슴에 안겨 마지막 숨도 조용히 거두었다. 아름다운 표정으로 작게 한숨을 내쉬었을 뿐 아무런 작별 인사도 없었다.

　어머니와 자매들은 고통 없는 긴 잠에 빠진 베스를 눈물과 기도, 다정한 손길로 떠나보냈다. 애처롭게 고통을 참아내던 얼굴이 이제는 잔잔하고 아름답게 빛나고 있었다. 그토록 오랫동안 가족들의 가슴을 아프게 했던 그 표정이 사라진 것에 가족들은 감사의 눈길을 보냈다. 그리고 베스가 천사처럼 편안하게 죽음을 맞이할 수 있었다는 사실에 안도했다.

　아침이 되자 몇 달 만에 처음으로 난롯불이 꺼졌고, 조의 자리도 텅 비었으며, 방은 고요했다. 그러나 새싹이 돋은 가지 위에 앉은 새 한 마리가 축복의 노래를 들려주었고, 창가에는 스노드롭이 새로이 꽃을 피웠다. 봄날의 햇살이 신의 축복처럼 방 안으로 들어와 베개 위 잔잔한 얼굴을 비췄다. 그 얼굴에는 고통 없는 평화가 가득 차 있어서 보는 사람들마다 눈물 사이로 미소를 머금었으며, 베스가 편안히 눈감게 된 것에 감사의 기도를 올렸다.

41장

새로운 사랑

　에이미의 쓴소리는 로리에게 정말 약이 되었다. 당연하게도 로리는 오랜 시간이 지날 때까지 그 사실을 인정하지 않았다. 남자란 여자가 좋은 충고를 하면 자신이 원래 그러려고 했다고 생각하지 않는 한 그 충고를 받아들이지 않는 법이다. 게다가 충고를 받아들인 후 결과가 성공적이면 그 충고를 해준 여자에게 반쯤 공을 돌리고, 결과가 좋지 못하면 모두 여자의 탓으로 돌려버리는 것이다. 로리는 할아버지에게 돌아와서 몇 주간 너무나 헌신적으로 할아버지를 모셨기 때문에 그 노신사는 니스의 기후가 손자에게 잘 맞았던 모양이라고 생각하고 니스 여행을 다시 한번 권유했다. 그렇지만 로리가 그 권유를 받아들일 리가 없었다. 그렇게 쓴소리를 들은 후이니 코끼리가 와도 자존심이 센 로리를 끌어낼 수 없을 터였다. 에이미가 보고 싶은 마음이 커질 때마다 로리는 마음속 깊이 박힌 말을 되씹으며 결심을 단단히 다졌다. "난 로리를 경멸해."라든지, "뭔가 훌륭한 일을 해서 언니가 로리를 사랑하게 만들면 어때?"라는 말이 머리를 맴돌았던 것이다.
　로리는 에이미의 충고를 거듭 떠올렸고 그럴수록 자신이 이기적이고 게을렀다는 사실을 인정하지 않을 수 없었다. 그러나 남자가 큰 슬픔에 빠지면 슬픔을 벗어던질 때까지 온갖 기행을 일삼게 되는 건 당연하지 않은가. 로리는 자신의 거절당한 사랑이 이제 완전히 묻혀 버렸다는 것을 느꼈다. 그는 늘 실연의 아픔을 간직하고 있었지만 겉으로 드러낸 적은 없었다. 조는 그를 사랑하지 않을 테지만 조의 존경은 받고 싶었기 때문이다. 한 여성에게 거절당했다고 해서 인생을 망치지는 않는다는 사실을 보여 주려고 마음먹고 있었던 것이다. 이렇게 로리는 항상 무언가를 할 작정이었기 때문에 에이미는 굳이 충고할 필요가 없었다. 그저 거절당한 사랑의 감정이 점잖게 묻히기를 기다리고 있었을 뿐이었다. 이제 로리는 '아픈 가슴을 숨기고 앞으로 나아갈' 준비가 되었다.

즐거울 때나 슬플 때나 그 감정을 노래로 표현했던 괴테처럼, 로리도 사랑의 슬픔을 음악으로 달래고자 진혼곡을 작곡하기로 했다. 이 진혼곡으로 조의 마음을 괴롭히고 이 곡을 듣는 모든 사람의 가슴을 녹이고 싶었다. 그래서 로리가 안절부절못하고 우울해하는 모습을 본 할아버지가 다시 여행을 떠나라고 쫓아내자 로리는 빈으로 향했다. 그곳에는 음악을 하는 친구들이 있었고, 자신의 결심대로 작곡에 푹 빠질 수 있었다. 그러나 그의 슬픔이 음악에 담기에는 너무 큰 것이었는지, 아니면 음악이 인간적인 고뇌를 담기에는 지나치게 우아한 것인지 몰라도, 곧 로리는 진혼곡을 작곡하는 것이 지금으로서는 능력 밖의 일이라는 것을 깨달았다. 아직 일에 열중하기에는 그의 마음이 제대로 돌아오지 않은 것이 분명했고, 악상도 구체적으로 생각할 필요가 있었다. 로리는 구슬픈 선율을 가다듬는 중에도 가끔씩 무의식적으로 니스의 크리스마스 무도회를 연상시키는 춤곡을 흥얼거렸다. 특히 건장한 프랑스 남자가 떠오를 때마다 비극적인 선율은 그대로 끝이 나고 말았다.

그 후 로리는 오페라에 도전했다. 처음에는 불가능할 게 없어 보였지만, 보이지 않는 어려움이 닥쳤다. 로리는 조를 여주인공으로 하고 싶었다. 그래서 온갖 기억을 동원해서 다정하고 낭만적인 사랑의 감정을 불러일으키려고 했다. 그러나 기억은 정반대의 상황을 가져왔다. 조를 떠올리면 그녀의 기행이나 잘못, 변덕스러움만 생각나면서 낭만적이고 감상적인 장면은 하나도 기억나지 않았다. 그저 큰 손수건을 머리에 두른 채 깔개를 치던 모습이나 소파 쿠션으로 가로막던 모습, 거미지 부인처럼 자신의 애정에 찬물을 끼얹던 모습만 떠올랐다. 그러고는 주체할 수 없이 웃음만 터져 나와서 정작 자신이 그리고 싶었던 우수에 찬 장면을 연출할 수가 없었다. 어떻게 해도 조는 오페라의 주인공이 될 수 없었다. 로리는 정신 나간 작곡가처럼 머리를 쥐어뜯으며 "이런, 완전히 골칫거리 아가씨구먼."이라는 말로 조를 포기할 수밖에 없었다.

어쩔 수 없이 로리는 음악 속에서 영원히 살아갈 다른 소녀를 찾았고, 고맙게도 금세 기억이 떠올랐다. 이 흐릿한 기억은 여러 얼굴을 가졌지만 언제나 금발 머리였고, 투명한 구름 같은 천을 두른 채 공기처럼 떠다니는 모습이었다. 그의 마음속에서는 장미와 공작새, 하얀 망아지, 푸른 리본이 어지럽게 춤을 추었다. 로리는 이 환상적인 소녀에게 특정한 이름을 붙이지는 않았지만 여주인공으로 선택했고, 점점 더 그녀를 좋아하게 되었다. 그녀에게 온갖 재능과 우아함을 부여해서 어떤 시련에도 상처 입지 않는 주인공을 그려냈다.

이 소녀에 대한 영감 덕분에 한동안 로리는 유유히 작업을 해나갈 수 있었다. 그러나 오페라 작업에 점점 매력을 잃어갔고, 로리는 작업대에 앉아서도 작곡할 생각은 하지 않고 펜을 든 채 마음속으로 신 나는 도시를 돌아다녔다. 그 겨울, 로리의 마음은 왠지 들떠 있는 듯했다. 일의 진척은 더뎠지만 로리는 많은 생각을 했고, 자신에게서 변화가 일어나고 있다는 사실을 느꼈다.

"영감이 끓어오르고 있는 거야. 계속 이 상태를 유지해서 어떤 결과가 나오는지 두고 봐야지."

로리는 이렇게 말하면서도 속으로는 그게 아닐지도 모른다고 의심하고 있었다. 그래도 뭔가 특별한 변화가 일어나고 있는 것만은 확실했다. 로리는 종잡을 수 없는 자신의 삶에 점점 염증이 났고, 몸과 마음을 다 바칠 수 있는 진실되고 진지한 일이 하고 싶어졌다. 그러고는 마침내 음악을 좋아하는 사람이라고 해서 모두 작곡가가 되지는 못한다는 현명한 결론에 이르게 되었다. 로리는 왕립 극장에서 모차르트의 굉장한 오페라를 보고 돌아와서 자신의 오페라를 훑어보고는 가장 잘된 부분을 연주해 보았다. 그러고는 자리에 앉아 멘델스존과 베토벤, 바흐의 흉상을 물끄러미 쳐다보았다. 그들도 자신을 향해 선하게 미소 짓는 것 같았다. 로리는 갑자기 악보를 하나씩 찢어서 마지막 조각까지 날려 버리더니 차분히 혼잣말을 읊조렸다.

"그녀가 옳았어! 재능은 천재성과 다른 거야. 노력한다고 해서 가질 수 있는 게 아니지. 에이미에게 로마가 그랬듯이 모차르트의 오페라가 내 허영심을 앗아 갔어. 더 이상 허세를 부릴 수 없게 되었으니 이제 어쩌면 좋을까?"

대답하기 어려운 문제였다. 로리는 차라리 자신이 하루 끼니를 위해서 어쩔 수 없이 일을 해야 하는 사람이었으면 싶었다. 돈은 많고 할 일이 없다니, 지금이야말로 언젠가 자신의 입으로 말했듯이 '지옥에 떨어져야 할' 때인지도 몰랐다. 사탄은 풍족하고 한가한 손을 좋아한다고들 하니 말이다. 가엾은 로리는 안팎으로 유혹이 많았지만 모두 잘 견뎌냈다. 자유를 중요시하는 만큼이나 약속과 믿음을 소중히 여겼기 때문이다. 그래서 할아버지에게 한 약속과 자신을 사랑하는 여성들의 눈에 정직하게 보이길 바라는 마음을 떠올리며 "다 괜찮다."라는 말로 자신을 다잡았다.

이런 상황에서 그런디 부인 같은 사람이라면 이렇게 말했을 것이다.

"난 남자를 믿지 않아요. 소년은 소년일 뿐이고 젊은 남자는 방탕하기 마련이죠. 여성들은 어떤 기적도 기대해선 안 돼요."

그런디 부인이 그렇게 생각한다면 그래도 상관없지만 사실은 사실이다. 여성들은 수많은 기적을 일궈내는 존재이고, 그런디 부인의 말을 부정해서 남성들의 수준을 높일 수 있다고 생각한다. 소년은 소년으로 있도록 내버려 두면 된다. 그 기간이 길수록 좋은 법이니까. 그리고 젊은 남성들이 방탕한 삶을 즐겨야 한다면 그것도 내버려 두면 된다. 그러나 어머니와 누이들, 친구들이 나서면 남성들이 인생을 낭비하는 것을 조금이라도 막을 수 있고, 좀 더 좋은 남성이 될 수 있도록 도울 수가 있다. 남성은 좋은 여성이 믿음을 가지고 바라봐 주면 더욱 좋은 남성이 되려고 노력하기 마련이다. 이것이 여성만의 착각일지라도 그냥 그렇게 생각하도록 내버려 두는 게 좋다. 이 착각이 없다면 삶의 낭만과 묘미가 반은 줄어들 것이다. 게다가 어머니를 자신보다 더 사랑하고 그 사실을 창피해하지 않는, 다정한 마음씨를 지닌 용감하고 젊은 녀석들에게조차도 희망을 걸어볼 수가 없게 되지 않겠는가.

로리는 조에 대한 사랑을 잊으려면 수년간 모든 힘을 다 쏟아야 할 것이라고 생각했다. 그러나 너무나 놀랍게도 날이 갈수록 점점 더 잊기가 쉬워진다는 사실을 깨달았다. 처음에는 이 사실을 인정하려 들지 않았다. 자신에게 화가 나면서 그런 자신을 이해할 수가 없었던 것이다. 그렇지만 사람의 마음은 워낙 기묘하고 제멋대로여서, 시간과 천성이 빚어내는 효과를 거부하지 못한다. 이제 로리의 마음은 아프지 않았다. 상처가 너무나 빨리 아물어서 스스로도 놀랄 정도였고, 어느새 잊으려고 애쓰는 게 아니라 기억하려고 애쓰고 있었다. 그는 이런 변화를 예상도 못해서 미처 대비하지 못했다. 이런 자신에게 역겨움을 느꼈고 자신의 변덕스러움에 놀라움을 금치 못했다. 로리는 그렇게 엄청난 충격을 이렇게 빨리 이겨냈다는 사실에 안도감과 동시에 실망감을 느꼈다. 그는 조심스럽게 사랑의 재를 들쑤셨지만 다시 불꽃이 일지는 않았다. 그저 편안하게 타오르는 빛만이 남아 있을 뿐이었다. 사랑의 열병에 들뜨게 하는 뜨거움이 아니라 마음을 잔잔히 덥히는 따스함만이 느껴졌다. 로리는 소년다운 열정이 차분한 감정으로 서서히 가라앉고 있다는 사실을 인정하지 않을 수 없었다. 아직 약간의 슬픔과 분노가 남아 있었지만 아주 부드러운 감정이었다. 이 감정 역시 시간이 지나면 전부 사라지고 끝내는 아무 아픔 없이 남매 같은 애정만이 남을 것이 분명했다.

'남매'라는 단어가 머릿속을 스쳐 지나가자, 로리는 미소를 지으며 앞에 있는 모차르트의 초상화를 쳐다보았다.

'정말 대단한 남자였군. 한 누이를 잡을 수 없자 다른 누이를 선택해서 행복해졌으니까.'[46]

로리는 입 밖에 내지 않고 속으로 생각했다. 그러고는 갑자기 낡은 반지에 입맞춤을 하더니 혼잣말을 했다.

"아니야! 난 잊지 않았어. 결코 잊을 수 없다고. 다시 한번 노력해 볼 거야. 그래도 안 된다면, 그땐……"

로리는 말을 얼버무리며 펜과 종이를 찾아 조에게 편지를 쓰기 시작했다. 혹시 조의 마음이 조금이라도 바뀔 여지가 남아 있는지를 알지 못하면 마음을 잡지 못할 거라는 내용이었다. 그녀는 못 하는 걸까, 안 하는 걸까? 과연 행복하게 집으로 돌아갈 수 있을까? 답장을 기다리는 동안 로리는 아무 일도 하지 못했다. 그러나 그는 조급함에 들떠 활기차게 시간을 보냈다. 드디어 답장이 도착했고, 로리의 마음도 제자리를 찾았다. 조의 대답은 단호한 거부였다. 그녀는 지금 베스의 일로 바쁘다며, 다시는 '사랑'이라는 단어를 듣고 싶지 않다고 했다. 그러고는 다른 누군가와 행복하라고 애원하면서, 자신은 영원한 누이로 남게 해달라고 했다. 여기에 덧붙여 추신으로 베스의 상태가 나빠졌다는 사실을 에이미에게는 전하지 말아 달라고 당부하면서, 에이미는 봄이면 집에 올 예정이니 벌써부터 슬프게 할 필요는 없지 않느냐고 했다. 오, 하느님. 정말 그때까지는 괜찮기를. 로리는 에이미에게 자주 편지를 써야 할 입장이었다. 그녀가 외로움이나 향수병, 걱정을 느끼지 못하도록 말이다.

"당장 편지를 써야지. 정말 가엾게도 슬픈 귀향이 되겠구나."

로리는 책상 뚜껑을 열었다. 몇 주 전에 에이미에게 편지를 쓰는 일을 남겨 놓았던 사람처럼 편지지를 찾기 시작했다.

그러나 그날 로리는 편지를 쓰지 못했다. 가장 좋은 종이를 찾아 뒤적거리다가 마음을 바꾸게 된 뭔가를 발견했기 때문이다. 책상 한 부분을 뒤지니 청구서와 여권, 여러 종류의 서류들 사이로 조의 편지 뭉치가 보였다. 다른 구석에는 에이미의 편지 세 통이 푸른 리본에 단정히 묶인 채 장미 향을 은은히 풍기고 있었다. 후회와 웃음이 섞인 표정으로 로리는 조의 편지를 모아서 잘 매만진 후 접어서 작은 서랍 속에 단정히 넣었다. 그러고는 잠시 생각하더니 반지를 천천히 빼서는 편지 위에 내려놓고 서랍을 잠갔다. 그길로 바깥으로 나간 로리는 성 슈테판 성당에서 대미사를 드렸다. 장례식이라도 치르는 듯한 기분이었다. 고통이 큰 것은 아니었지만 그날 하루는 매력적인 숙녀에게 편지를 쓰는 것보다 이렇게 보내는 편이 낫다는 생각이 들었다.

그러나 로리는 머지않아 에이미에게 편지를 보냈고, 금세 답장을 받았다. 때마침 에이미는 집을 한창 그리워하던 터라 로리의 편지가 아주 기뻤던 것이다. 그 후로 둘 사이에 편지 왕래가 활기를 띠더니 꼬박꼬박 이어져서 이른 봄까지 계속되었다. 로리는 흉상을 팔아버리고 오페라를 불에 태우고는 누구든지 만날 수 있기를 바라며 파리로 돌아갔다. 사실은 니스에 정말 가고 싶었지만 에이미가 초대할 때까지는 가지 않을 작정이었다. 그때는 에이미도 로리를 초대할 상황이 아니었다. 그녀는 사소한 일 하나를 처리해야 했고, 그러는 동안 '로렌스가 소년'의 미심쩍은 눈길은 피하고 싶었던 것이다.

그 일이란 바로 프레드 본이 돌아와 청혼한 사건이었다. 예전 같았으면 바로 승낙했을 그 질문에 에이미는 다정하면서도 단호하게 거절했다. 막상 그 순간이 닥치자 용기가 사라졌고, 돈이나 지위보다 더 많은 뭔가가 필요하다는 사실을 깨달았기 때문이다. 이제 그녀의 마음은 부드러운 희망과 두려움으로 가득 차서, 이 새로운 갈망을 만족시키려면 돈과 지위로는 부족했다. 에이미의 머릿속에는 "프레드는 좋은 녀석이야. 하지만 에이미, 네가 좋아할 만한 남자는 아니라고." 하는 말과 로리의 표정이 떠날 줄을 몰랐다. 게다가 자신이 입 밖으로 말하지는 않았지만 '난 돈을 보고 결혼할 것'이라는 표정을 드러낸 순간이 계속해서 떠올랐다. 에이미는 이 기억들을 떠올리면서 괴로워했고, 자신의 말을 모조리 취소하고 싶었다. 에이미는 로리가 자신을 냉담하고 속물적인 여성으로 생각하지 않기를 바랐다. 이제 그녀는 사교계의 여왕보다는 사랑스러운 여성이 되고 싶었다. 그래서 에이미는 자신이 그렇게 끔찍한 말을 했는데도 로리가 자신을 싫어하지 않아서 기뻤다. 싫어하기는커녕 오히려 예전보다 더 다정하게 대해 줬던 것이다. 로리의 편지는 정말 큰 위안이 되었다. 집에서 오는 편지는 꾸준하지 못했고, 내용도 로리의 편지만큼 흡족하지 못했다. 로리의 편지에 답장을 쓰는 일은 즐거운 일이었지만, 반쯤은 의무적인 일이기도 했다. 조 언니가 냉담하게 돌아선 이후로 그 불쌍하고 외로운 남자에게는 위로가 꼭 필요했을 터였다. 언니는 로리를 사랑하려고 애써 봐야 했다. 그게 그렇게 어려운 일은 아닐 텐데. 다른 여성들이라면 '로렌스가 소년'의 사랑과 관심에 뿌듯해하며 기뻐했을 것이다. 그러나 언니가 다른 여성들처럼 행동할 리는 없을 테니, 로리를 친오빠처럼 아주 다정하게 대해 줄 수밖에 없지 않은가.

이 세상의 모든 남자들이 누이에게서 지금의 로리 같은 대접을 받았다면 훨씬 더 행복했을 것이다. 이제 에이미는 쓴소리를 하지 않았고, 로리의 의견을 먼저 물었다. 로리가 하는 일이라면 무엇이든지 관심을 가졌고, 자그마한 선물을 보냈으며, 생생한 소문과 누이다운 속마음이 담긴 편지를 일주일에 두 통이나 부쳤다. 편지에는 주변의 아름다운 경치를 담은 스케치도 동봉되어 있었다. 세상의 어떤 누이도 오빠의 편지를 호주머니에 넣고 다니며 읽고 또 읽으면서 편지가 짧으면 울음을 터뜨리고 길면 입맞춤을 하며 보물처럼 소중히 여기는 경우는 없었기 때문에 에이미가 그런 바보 같은 짓을 했다고는 말하지 않겠다. 그러나 그 봄에 에이미는 확실히 창백하고 수심에 젖어 있는 얼굴이었다. 그렇게 좋아하던 사교계에 대한 관심도 덜해진 듯했고, 홀로 그림을 그리러 다니는 일이 잦았다. 그런데도 집에 돌아와 보면 보여줄 그림이 많지 않았다. 몇 시간씩 발로사의 테라스에서 팔짱을 끼고 앉아 자연을 연구하거나 멍하니 상상 속의 장면을 스케치했다. 그 그림은 무덤 위에 새겨진 건장한 기사나 풀밭 위에 모자로 눈을 가린 채 잠들어 있는 젊은 남자, 키 큰 신사의 팔짱을 낀 채 화려한 길을 지나 무도회장으로 들어서는 곱슬머리 아가씨의 모습 같은 것이었다. 다행스럽게도 마지막 그림 속 두 사람의 얼굴은 최근 미술계의 유행에 맞춰 흐릿하게 표현했지만, 만족스럽지는 않았다.

숙모는 에이미가 프레드에게 한 대답을 후회하고 있는 것이라고 생각했다. 에이미는 부정해 봤자 소용없을 테고 달리 설명할 수 있는 것도 아니어서, 숙모가 마음대로 생각하도록 내버려 두었다. 그러면서도 로리에게는 프레드가 이집트로 떠났다는 사실이 전해지도록 신경 썼다. 이 사실을 알게 된 로리는 안도한 표정으로 혼잣말을 읊조렸다.

"에이미는 현명하니 그런 선택을 할 줄 알았어. 불쌍한 친구, 나도 다 겪어본 일이라네. 내 그 심정 이해하지."

로리는 큰 한숨을 내쉬고는 큰 짐을 덜어낸 듯이 소파에 발을 올리고 에이미의 편지를 느긋하게 즐겼다.

해외에서 이런 변화들이 생기고 있을 무렵, 고향에서는 힘겨운 일이 닥쳤다. 그러나 베스가 나빠지고 있다는 편지는 에이미에게 전해지지 않았다. 에이미가 그 사실을 알았을 때에는 이미 베스는 다른 세상에 있었다. 그 슬픈 소식은 에이미 일행이 브베에 있을 때 전해졌다. 그들은 5월의 열기를 피해 니스를 떠나 제노바와 이탈리아의 호수를 거쳐서 천천히 스위스로 들어오는 길이었다. 에이미는 이 슬픔을 아주 잘 참아냈고, 돌아오지 말라는 가족의 결정에 순순히 따랐다. 가족들은 이미 베스에게 작별 인사를 하기에는 너무 늦었으니, 여행을 계속하는 편이 좋겠다고 했다. 집에서 떨어져 지내는 것이 슬픔을 덜어줄 것이라고 생각했기 때문이다. 그렇지만 에이미는 마음이 무거웠고, 집에 가고 싶었다. 그래서 날마다 호수 건너편을 바라보면서 로리가 와서 위로해 주기를 기다렸다.

로리는 곧 진짜로 나타났다. 마치 가족이 에이미와 로리에게 똑같은 편지를 보냈지만, 마침 로리는 독일에 있었기 때문에 늦게 소식을 접하게 되었다. 로리는 그 편지를 읽자마자 짐을 싸서 여행 친구들에게 작별을 고하고는 약속을 지키러 길을 나섰다. 로리의 마음은 기쁨과 슬픔, 희망과 걱정이 한데 섞여 있었다.

로리는 브베의 지리를 아주 잘 알았다. 보트가 작은 부두에 닿자마자 로리는 서둘러 호숫가를 따라 캐롤 가족이 머물고 있는 라 투르로 향했다. 그런데 남자 하인이 나와서 하는 말이 온 가족이 호수로 산책을 나갔다는 게 아닌가. 그러다가 퍼뜩 생각이 난 모양인지, 금발 머리 아가씨는 저택의 정원에 있을지 모른다며 잠깐만 앉아 기다리면 금세 데려오겠다고 말했다. 그 잠시를 기다릴 수 없었던 로리는 하인의 말이 끝나기도 전에 직접 아가씨를 찾아 나섰다.

아름다운 호숫가에 자리한 오래된 정원은 밤나무가 우거져 있고 담쟁이덩굴이 퍼져 있었다. 반짝이는 물 위에 탑이 검은 그늘을 드리우고 있었다. 때때로 에이미는 넓고 낮은 성벽 구석에 앉아 책을 읽거나 바느질을 했고, 주변의 아름다운 경치를 보며 위안을 얻었다. 그날도 에이미는 그 자리에 앉아 손에 얼굴을 묻은 채 아픈 가슴과 무거운 눈으로 베스를 생각하며, 로리가 왜 오지 않는지 의아해하고 있었다. 그녀는 로리가 안뜰을 지나 걸어오는 소리를 듣지 못했다. 로리는 정원으로 이어지는 아치문에서 잠시 발을 멈추고 서서 새로운 눈으로 에이미를 바라보았다. 그곳에서 그는 이제껏 아무도 보지 못한 에이미의 약한 부분을 목격했다. 에이미 주변의 모든 것이 사랑과 슬픔을 드러내고 있었다. 그녀의 무릎 위에 놓인 얼룩진 편지며, 머리를 묶고 있는 까만 리본이며, 고통을 참고 있는 얼굴 표정이 그러했다. 심지어 그녀의 목에 걸린 작은 흑단 십자가마저도 로리의 눈에는 애처롭게 보였다. 에이미가 하고 있는 장신구라고는 그 목걸이가 전부였는데, 예전에 로리에게서 받은 선물이었다. 설사 에이미가 환영하지 않을지 모른다고 의심했더라도 로리는 이내 떨칠 수 있었을 것이다. 에이미가 고개를 들어 로리를 발견하자마자 모든 물건을 내팽개치고 로리에게 달려오면서 사랑과 그리움이 담긴 어조로 소리쳤기 때문이다.

"오, 로리! 로리가 올 줄 알았어!"

이 말이 모든 것을 말해 준 셈이었다. 한순간 그들은 아무 말 없이 조용히 서 있었다. 다만 짙은 색 머리가 밝은 색 머리 쪽으로 숙여졌을 뿐이었다. 에이미는 로리만큼 위안이 되는 사람은 없을 거라고 생각했고, 로리는 조의 자리를 채울 수 있는 여자는 이 세상에서 에이미가 유일하다고 결론지었다. 그녀와 함께하면 행복할 수 있을 것 같은 기분이 든 것이다. 로리는 구태여 그런 말을 전하지 않았지만 에이미는 실망하지 않았다. 그 순간 두 사람은 모두 진실을 느꼈고, 만족했으며, 기쁜 마음으로 나머지 말들은 침묵 속에 묻어두었다.

잠시 후 에이미는 원래 자리로 돌아가며 눈물을 훔쳤다. 로리는 땅에 흩어진 종이를 주워 모으다가 너덜너덜해진 편지들과 에이미의 상상 스케치를 보고는 미래에 대한 좋은 예감에 사로잡혔다. 로리가 에이미 옆에 앉자 에이미는 다시 수줍음을 느꼈고, 조금 전에 내뱉었던 충동적인 인사말을 떠올리며 얼굴을 장밋빛으로 물들였다.

"어쩔 수 없었어. 너무 외롭고 슬펐는데, 로리를 보니까 정말 반가웠단 말이야. 고개를 드니 로리의 얼굴이 보여서 너무 놀랐어. 로리가 오지 않을까 봐 걱정하던 중이었거든."

에이미는 자연스럽게 말하려고 애썼지만 소용이 없었다.

"소식을 듣자마자 달려왔어. 베스를 잃은 것에 대해 뭐라 위로의 말을 해주고 싶지만, 난 그저……."

로리는 더 이상 말을 잇지 못했다. 로리도 갑자기 부끄러워져서 할 말을 잃었던 것이다. 그는 에이미의 머리를 자신의 어깨에 기대게 하면서 실컷 울라고 말하고 싶었지만 감히 입을 열 수가 없었다. 그래서 손을 꽉 잡아줄 수밖에 없었다. 그러나 에이미에게는 마음이 담긴 이 행동 하나가 천 마디 말보다도 위로가 되었다.

"억지로 무슨 말을 할 필요는 없어. 이것만으로도 충분히 위로가 되는걸."

에이미가 부드럽게 속삭였다.

"베스 언니는 행복하게 잘 살고 있을 거야. 그러니 다시 돌려 달라고 바라면 안 되겠지. 하지만 난 가족들을 보고 싶은 만큼이나 집으로 돌아가는 게 무서워. 지금은 이 얘기를 하지 않았으면 좋겠어. 울어버릴 것 같으니까. 로리가 머무는 동안은 즐거운 기분으로 있고 싶어. 곧바로 돌아가야 하는 건 아니겠지?"

"네가 원한다면 머무를게."

"원하고말고! 숙모와 플로도 아주 잘해 주지만 가족 같은 로리와는 또 다르니까. 한동안 로리와 지낼 생각을 하니 정말 마음이 편해."

이렇게 말하는 에이미의 표정이 향수병에 걸린 어린아이 같았다. 그 순간 로리는 수줍음을 벗어던지고 에이미를 토닥여 주었다. 그러고는 힘을 주는 말을 덧붙였다. 이 모든 것이 에이미가 바라던 그대로였다.

"불쌍하게도! 슬픔에 병이 든 것처럼 보여. 내가 널 돌봐 줄 테니 이제 더는 울지 말고 이리 와서 나랑 함께 걸어 다니자. 바람이 차가워서 가만히 앉아 있으면 안 되겠어."

로리는 달래듯이 말하면서도 반강제적으로 에이미에게 모자를 씌우고 그녀의 팔을 끌어다 팔짱을 낀 다음 햇살이 비치는 산책로를 이리저리 데리고 다녔다. 로리는 가만히 앉아 있는 것보다 두 발로 걸어 다니는 편이 훨씬 마음이 편안했다. 에이미는 자신을 향해 미소 짓는 친숙한 얼굴을 바라보며 다정한 목소리를 들으면서 강한 팔에 기대어 산책하는 일이 정말 즐거운 일이라는 걸 깨달았다.

옛 정취가 남아 있는 오래된 정원은 많은 연인들의 은신처였고 연인만을 위해 만들어진 것처럼 보이기도 했다. 햇살이 따스하고 아늑한 데다 그들을 지켜보는 것은 탑밖에 없으며, 그들의 속삭임은 넓은 호수에 묻혔다. 한 시간 동안 이 새로운 연인은 걸으면서 얘기를 나누다가, 구석에 앉아서 시간과 장소가 빚어내는 아름다움을 즐겼다. 낭만적인 분위기를 깨뜨리는 저녁 식사 종이 울리자 두 사람은 정원에서 나왔고, 에이미는 외로움과 슬픔을 전부 그 오래된 정원에 버리고 가는 듯한 느낌이 들었다.

캐롤 부인은 에이미의 바뀐 표정을 보자마자 새로운 생각이 떠올라 속으로 외쳤다.

'이제야 모든 게 이해가 되는군. 저 아이는 젊은 로렌스를 기다렸던 거야. 이런! 정말 생각도 못 했던 일이야!'

그녀는 칭찬받을 만한 신중함을 지닌 부인답게 아무 말도 하지 않았다. 게다가 알고 있다는 기색도 전혀 드러내지 않았다. 그저 진심 어린 목소리로 로리에게 이곳에서 머물기를 청했고, 에이미에게는 혼자 시간을 보내지 말고 로리와 함께 즐겁게 지내라고 간곡히 당부했다. 에이미는 숙모의 말에 따랐다. 숙모가 플로와 함께 다니는 동안 에이미는 로리를 즐겁게 해주었다.

니스에서 로리는 빈둥거렸고 에이미는 쓴소리를 했다. 그러나 브베에서 로리는 빈둥대는 법이 없었다. 늘 산책하거나 말이나 보트를 타거나 공부를 하며 활기차게 생활했다. 에이미는 로리가 하는 모든 일에 흥미를 보이면서 그대로 따라 하느라 바빴다. 로리는 자신의 변화가 모두 이곳 날씨 덕분이라고 했고, 에이미도 그 말에 반대하지 않았다. 오히려 자신이 다시 건강과 기력을 찾은 것도 다 날씨 덕분이라며 핑계를 댈 수 있어서 기뻤다.

확실히 활기찬 공기가 그들에게 도움이 된 것은 사실이었고, 운동 덕분에 몸과 마음에 좋은 변화가 생긴 것도 분명했다. 두 사람은 끝없는 언덕을 오르면서 삶과 의무에 대한 생각이 점점 더 또렷해지는 것을 느꼈다. 신선한 바람이 절망적인 의심과 망상, 우울한 안개를 모두 날려 버렸고, 따뜻한 봄날의 햇살이 모든 열망과 희망, 행복한 생각을 가져다준 것이다. 호수는 과거의 근심을 모두 씻어줄 듯 보였고, 큰 산들은 자애롭게 내려다보면서 "어린 친구들, 서로 사랑하세요."라고 말하는 것 같았다.

슬픈 소식에도 불구하고 이곳에서 보내는 시간은 아주 행복했다. 로리는 정말 행복해서 이 행복을 깨뜨릴까 두려워 말조차 함부로 할 수 없었다. 그는 첫사랑의 상처가 너무 빨리 치유되어서 그 놀라움을 가라앉히기까지 시간이 걸렸다. 처음이자 마지막 사랑이라고 확신했기에 더욱 그랬다. 조의 여동생은 조나 마찬가지고, 에이미가 아니었다면 이렇게 빨리 다른 여자를 사랑하게 되는 일은 불가능했으리라는 생각으로 이런 변화를 이해하면서 스스로를 위로했다. 로리의 첫 번째 구혼은 비바람이 몰아치듯 격렬하게 이루어졌고, 로리는 자기 연민과 후회가 섞인 감정으로 그때를 돌이켜보곤 했다. 그 구혼이 부끄럽지는 않았지만, 이젠 인생의 달콤하고 쓰디쓴 경험으로 묻어두고 싶었다. 그 고통이 다하고 행복했다고 생각할 수 있는 추억이 된 것이다. 그래서 두 번째 구혼은 차분하고도 솔직하게 해야겠다고 결심했다. 호들갑스러운 장면을 연출할 필요도, 심지어 에이미에게 사랑한다는 말을 꺼낼 필요도 없었다. 에이미는 듣지 않아도 알고 있었고, 로리도 에이미의 마음을 이미 오래전부터 느끼고 있었다. 이 모든 일들이 너무나 자연스럽게 이루어져서 아무도 불평할 수 없었고, 로리는 조까지 포함해서 모두가 기뻐할 일이라는 걸 알 수 있었다. 그러나 사람들은 첫사랑에 상처를 입게 되면 두 번째 사랑을 할 때는 더욱 조심스럽고 천천히 행동하기 마련이다. 로리도 매 순간 즐겁게 보내면서 억지로 무언가를 할 생각은 하지 않았다. 그저 시간이 흐르는 걸 지켜보면서 첫사랑을 끝내고 새로운 사랑을 시작하겠다고 말할 기회를 기다리고 있었던 것이다.

로리는 달빛이 비치는 정원이 대단원의 무대가 될 것이라고 상상했다. 그곳에서 아주 우아하고 품위 있는 태도로 고백하려고 했다. 그런데 완전히 정반대의 상황이 벌어졌다. 정오의 호숫가에서 간결한 말 몇 마디로 대단원이 이루어지고 만 것이다. 그들은 아침나절 내내 보트를 타고 브베의 골짜기를 따라 음침한 성 장골프에서 화창한 몽트뢰까지 떠다녔다. 한편에는 사보이의 알프스산맥이, 맞은편에는 성 베르나르 산과 당 뒤 미디가, 저 언덕 너머에는 로잔이 보였다. 구름 한 점 없는 푸른 하늘과 더 푸른 호수가 펼쳐진 풍경화 속에 아름다운 작은 보트 한 척이 점처럼 찍혀 있어 마치 하얀 갈매기가 날아다니는 것 같았다. 그들은 시용 성을 지나쳐 갈 때에는 보니바르에 대한 얘기를, 루소가 『엘로이즈』를 집필했던 장소인 클라랑스를 올려다보면서는 루소에 대한 얘기를 나눴다.[47] 두 사람 모두 이 책을 읽지 않았지만 사랑 이야기라는 것은 알고 있었고, 제각기 속으로 그 이야기가 그들의 사랑만큼이나 흥미로울지 궁금해했다. 둘 사이에 짧은 침묵이 흐르는 동안 에이미는 손으로 물장난을 쳤다. 그러다가 고개를 드니 로리가 노에 기댄 채 물끄러미 자신을 바라보는 모습이 보였다. 뭐라도 말을 꺼내야겠다는 생각이 들어 급하게 입을 열었다.

"피곤해 보이네. 좀 쉬고 나한테 노를 맡겨. 로리가 오고 나서부터 난 빈둥거리며 느긋하게 지냈으니 운동도 되고 좋을 거야."

"안 피곤해. 하지만 노를 젓고 싶다면 하나는 맡길게. 배가 흔들리지 않게 난 가운데쯤에 앉아 있을 수밖에 없지만, 그래도 자리는 충분하니까."

로리는 그 제안이 마음에 드는 듯 대답했.

상황을 더 어색하게 만든 것 같다고 생각하며 에이미는 자리를 옮겨 앉았다. 그러고는 얼굴에 붙는 머리카락을 흔들어 떼어내고 노를 받아들었다. 에이미는 노 하나를 두 손으로 잡고 저어야 했지만 수많은 다른 일들처럼 노도 잘 저었다. 이렇게 로리는 한 손으로, 에이미는 두 손으로 노 하나씩을 잡고 박자를 맞추어 저어가자 보트가 유유히 물길을 갈랐다.

"우리 솜씨 좀 봐. 정말 잘하지 않아?"

에이미는 이 순간의 침묵이 싫어서 먼저 말을 걸었다.

"그래, 그래서 이렇게 늘 한 배를 같이 저어가고 싶은데. 넌 어때, 에이미?"

아주 다정한 목소리였다.

"나도 좋아!"

아주 낮은 목소리였다.

그 후 두 사람은 보트를 멈추고 아름다운 풍경이 비치는 호수 위로 사랑과 행복이 담긴 예쁜 장면을 하나 더했다.

42장

홀로서기

자기희생을 약속하는 일은 그 자신이 다른 누군가에게 얽매여 있거나 마음과 영혼이 올바른 본보기와 직접 마주 대할 수 있을 때는 쉬웠다. 그러나 이제 도움을 주는 목소리도 사라지고, 매일의 가르침도 끝이 났다. 사랑스러운 존재는 떠나버렸으며, 고독과 슬픔밖에 남지 않았다. 이렇게 되자 조는 그 약속을 지키기가 너무 힘이 들었다. 가슴이 찢어질 듯 아픈 상황에서 어떻게 부모님에게 의지가 되어드릴 수가 있고, 베스가 새로운 세상으로 떠나버려 집안에 빛과 따스함, 아름다움이 다 사라져버렸는데 어떻게 활기찬 분위기를 만들 수 있겠는가. 더군다나 이미 충분히 보상을 받고 있는 즐거운 일이 있는데, 도대체 어디에서 그 일을 대신할 유익하고 행복한 일을 찾을 수 있단 말인가. 조는 막막하고 어쩔 수 없는 상태였지만, 약속을 지켜 의무를 다하려고 애썼다. 그렇지만 속으로 반발심이 이는 건 막을 수가 없었다. 즐거움은 줄어들고 짐만 늘어나서, 갈수록 인생이 고달파지는 상황이 불공평하게 느껴진 것이다. 어떤 사람들은 항상 햇살 속에서 사는데 어떤 사람들은 항상 그늘 속에서 살다니, 얼마나 불공평한가. 조는 에이미보다 더 착해지려고 노력했지만 돌아오는 보상은 아무 것도 없었다. 그저 실망과 괴로움, 고생뿐이었다.

불쌍한 조! 그녀에게 어두운 나날이 계속되었다. 이 조용한 집에 묶여 지루한 일만 하면서 아무 즐거움 없이 의무만 쌓여 가는 인생을 보낼 생각을 하니 절망 비슷한 감정이 몰려왔다.

"이렇게 살 순 없어. 이런 삶을 살려고 한 게 아니었는데. 누군가 나타나서 날 도와주지 않는다면 도망쳐서 뭔가 무모한 짓을 저지를 게 틀림없어."

조는 처음 노력이 무위로 돌아가고 우울한 기분에 빠지자 이렇게 혼잣말을 내뱉었다. 강한 의지가 어쩔 수 없는 일로 꺾일 수밖에 없을 때는 비참한 기분이 드는 게 당연했다.

그러나 그녀를 도와주는 사람이 있었다. 조가 단번에 깨닫지 못한 이유는 그 천사의 얼굴이 친숙했고, 그들이 사용하는 주문도 간단했기 때문이다. 조는 밤에 자다가 베스가 부른다는 착각에 벌떡 일어나곤 했다. 그렇게 일어나면 작고 텅 빈 침대만 보여서 울컥하는 슬픔에 울음을 터뜨릴 수밖에 없었다.

"오, 베스! 돌아와! 돌아와 줘, 제발!"

조가 팔을 뻗치며 애원했다. 베스의 희미한 한숨 소리에 조가 그랬던 것처럼, 어머니가 조의 훌쩍이는 소리를 듣고 한달음에 달려와서는 위로의 말과 따뜻한 포옹으로 감싸 주었다. 어머니의 눈물은 조보다 더 큰 슬픔을 보여 주었고, 드문드문 이어지는 속삭임은 어떤 기도보다도 힘이 되었다. 신을 믿지만 소중한 사람을 떠나보낼 수밖에 없었으니 슬픔이 북받치는 것은 당연했다. 고요한 밤에 마음에서 마음으로 대화가 이어졌고, 슬픔이 누그러진 자리에 사랑이 채워졌다. 두 사람의 괴로움이 축복으로 바뀌는 신성한 순간이었다. 조는 자신의 짐이 훨씬 가벼워진 듯했다.

어머니의 품 안에 있으니 삶이 훨씬 더 참을 만하게 여겨졌던 것이다.

이렇게 어머니가 조의 아픈 마음을 달래준 것처럼 조의 어지러운 정신을 맑게 해준 사람도 있었다. 어느 날, 조는 서재로 갔다. 그러고는 자신을 향해 조용히 미소 짓는 회색 머리의 신사에게 다가가 아주 겸손하게 말했다.

"아버지, 베스에게 했던 것처럼 제게도 말씀을 해주세요. 지금 제 상태가 완전 엉망이어서 아버지의 말씀이 정말 필요해요."

"애야, 그렇게 말해 주니 내게 더 큰 위안은 없을 것 같구나."

아버지가 떨리는 목소리로 대답하고는 양팔로 조를 감싸 안았다. 아버지도 도움이 필요했고, 그 사실을 숨기지 않았다.

조는 베스의 작은 의자에 앉아 아버지에게 자신의 괴로운 처지에 대해 조언을 구했다. 베스를 잃은 분노와 슬픔, 애를 써봐도 좋은 결과가 나오지 않아 낙담하는 심정, 인생이 어둡게만 보이는 절망을 털어놓았다. 아버지는 조에게 도움의 말을 해주었고, 이 시간은 두 사람 모두에게 위로가 되었다. 아버지와 딸로서만이 아니라 남자와 여자로서 이야기를 나눌 수 있었고, 서로에게 위로와 사랑을 전할 수 있었다. 이렇게 행복하고 사려 깊은 시간을 보내면서 조는 비로소 새로운 용기와 활력, 순종하는 마음을 되살릴 수 있었다. 딸에게 두려움 없이 죽음을 맞도록 가르쳤던 부모님이 이제는 또 다른 딸에게 실망과 불신 없이 삶을 받아들이고 삶의 아름다운 기회들을 감사하게 생각하도록 가르친 것이다.

조를 절망에서 구해 낸 다른 차원의 깨달음도 있었다. 보잘것없지만 꼭 필요한 집안일을 하면서 조는 그 일의 가치와 기쁨을 서서히 느끼게 된 것이다. 베스가 늘 빗자루와 행주를 가지고 다녔던지라 조는 청소 도구가 더럽게 생각되지 않았다. 그 작은 빗자루와 낡은 천에 베스의 기운이 서려 있는 듯했다. 그것을 사용할 때면 조는 베스처럼 흥얼거리면서 베스의 방식을 흉내 내어 청소하게 되었고, 구석구석 다니면서 집 안 전체를 깨끗하고 아늑하게 만들었다. 사실 이것이야말로 집을 행복하게 만드는 첫 단계였다. 그러나 조는 해나가 손을 다정하게 잡으며 칭찬할 때까지 이러한 사실을 알지 못했다.

"정말 사려 깊군요. 우리들이 베스 아가씨의 빈자리를 느끼지 못하게 하려고 그러는 거죠? 말은 안 해도 다 알고 있답니다. 정말이지, 신의 축복을 받을 거예요."

조는 메그와 함께 앉아 바느질을 하면서 언니가 많이 달라진 것을 느꼈다. 말솜씨가 아주 좋아졌고, 생각과 감성이 풍부해진 것 같았다. 게다가 남편과 아기들과 함께 사랑을 주고받으며 얼마나 행복하게 사는지도 알 수 있었다.

"어쨌거나 결혼은 아주 굉장한 거로군. 내가 언니 반이라도 따라갈 수 있을지 의문이야."

조는 데미에게 줄 연을 얼렁뚱땅 만들며 말했다.

"그건 네 속의 부드럽고 여성적인 부분을 드러낼 수 있는지가 관건이야. 조, 넌 밤송이 같아. 바깥은 가시투성이이지만 속은 실크처럼 부드럽고, 그것을 딴 사람만이 달콤한 열매를 가질 수 있지. 언젠가 너도 사랑을 하게 되면 거친 껍질은 벗어던지고 부드러운 마음을 내보이게 될 거야."

"서리가 내려도 밤송이가 벗겨지잖아. 마구 흔들어도 밤알이 떨어지고 말이야. 소년들은 밤을 주우러 다니지. 난 그들이 날 주워 담아도 상관없어."

조가 연을 풀로 붙이며 대답했다. 이 연은 아무리 바람이 불어도 날아가 버릴 염려가 없었다. 데이지가 연실을 자기 몸에 칭칭

감아놓았기 때문이다.

메그는 조의 재치 있는 옛날 모습이 언뜻 보이는 게 기뻐서 웃음을 터뜨렸다. 그러나 메그는 동생을 옳은 방향으로 이끄는 것이 언니로서의 의무라고 생각했다. 자매 간의 대화는 효과가 있었다. 특히 쌍둥이들의 존재가 조의 마음을 움직였다. 슬픔은 사람의 마음을 약하게 만드는 법이어서, 조의 마음도 열릴 준비가 되어 있었다. 이제 밤이 완전히 익기까지는 약간의 햇살이 필요할 뿐이었다. 그 후에는 성급히 흔들어대는 소년이 아니라 부드러운 손길의 남자가 나타나 밤송이를 벗기고 달콤한 밤알을 발견할 터였다. 조가 이런 생각을 조금이라도 할 수 있었다면 마음의 문을 꽉 닫아버린 채 더욱 가시 돋친 태도를 유지했을 것이다. 다행히도 조는 꿈에도 그런 생각을 하지 못했고, 때가 되자 마음의 문이 활짝 열렸다.

만약 조가 도덕적인 이야기책의 여주인공이었다면 이 시점부터 그녀는 완전히 바뀌어서 세속적인 욕심을 버리고 성경을 가지고 다니며 자선을 베푸는 삶을 살았을 것이다. 그러나 보시다시피 조는 멋있는 여주인공이 아니라 이 세상에서 고군분투하며 살아가는 평범한 여자일 뿐이다. 천성에 따라 행동하고, 인생의 희로애락을 겪으며, 기분에 따라 감정이 바뀌는 여자인 것이다. 착하고 올바르게 살겠다고 말하는 건 정말 높이 살 만한 일이지만 하루아침에 당장 바뀔 수 있는 것은 아니다. 사람이 올바른 길에 발을 들여놓기까지는 많은 시간과 노력이 드는 법이다. 이미 조는 상당한 노력과 시간을 들여 올바른 길에 들어서 있었다. 그녀는 의무를 다하는 법을 익히고 있었고, 의무를 행하지 않으면 기분이 좋지 않았다. 그래도 즐겁게 의무를 행하는 일은 아직 무리였다. 예전에 조는 아무리 힘들더라도 뭔가 굉장한 일을 하고 싶다고 자주 말했는데, 지금은 다른 생각을 갖게 되었다. 부모님이 주신 행복만큼 자신도 부모님을 행복하게 해드리려고 애쓰면서 부모님을 위해 사는 것보다 더 아름다운 일이 어디에 있겠는가? 게다가 어려움이 클수록 노력의 보람도 크다면, 현재에 만족하지 못하는 야심만만한 소녀가 자신의 희망과 계획, 욕심을 모두 버리고 기꺼이 남을 위해 사는 것보다 더한 어려움이 있을 수 있겠는가?

이런 조의 생각에는 신의 섭리가 숨어 있었고, 이것은 신이 내린 임무였다. 과연 그녀가 잘 해낼 수 있을까? 조는 노력하려고 마음먹었고, 첫 시도에서 앞서 말한 도움을 받을 수 있었다. 아직 또 다른 구원의 손길이 남아 있었는데, 조는 그것을 보상이 아니라 위안으로 받아들였다. 마치 크리스천이 고난이라는 언덕을 오르는 동안 작은 나무가 베풀어준 휴식처럼 말이다.

"글을 써보지 그러니? 글을 쓸 때면 항상 행복해했잖니?"

조가 의기소침해 있자 어머니가 입을 열었다.

"그럴 마음이 전혀 들지 않아요. 쓴다 해도 내 글을 좋아해 줄 사람도 없어요."

"우리가 있잖니? 세상 사람들은 생각하지도 말고 가족을 위해 뭔가를 써보렴. 한번 해봐. 너에게 약이 될 테고 우리도 즐거울 테니."

"너무 믿지 마세요."

그러나 조는 책상으로 가서 반쯤 쓰다 만 원고를 꺼냈다.

한 시간 후 어머니가 들여다보니 조가 까만 앞치마를 입고 진지한 표정으로 글을 써 내려가고 있었다. 그 모습에 마치 부인은 미소를 짓고는 자신이 제안을 잘했다는 생각에 기뻐하며 살그머니 그 자리를 떴다. 조는 자신이 어떻게 했는지 모르겠지만, 그 글에는 사람들의 마음을 움직이는 뭔가가 있는 모양이었다. 가족들은 이 글을 읽으며 울고 웃었다. 아버지는 조가 반대했는데도 그 글을 유명한 잡지사에 보냈고, 조는 원고료뿐만 아니라 다른 작품의 의뢰까지 받게 되자 무척이나 놀랐다. 이 작은 글이 세상에 나오자, 여기저기에서 칭찬의 편지가 도착했고 신문들도 그 이야기를 실었다. 낯선 사람들도 친구들만큼 그 글을 좋아했던 것이다. 조는 자신이 한 일에 비해 너무나 큰 성공이라고 생각했고, 자신의 소설이 찬사와 비난을 동시에 받았던 때보다 훨씬 더 놀라워했다.

"이해할 수가 없네. 이 작은 이야기에 사람들이 그렇게 칭찬할 만한 게 있단 말이에요?"

조는 많이 당황스러운 듯 말했다.

"네 글에 진실이 들어 있어서 그렇단다, 조. 그게 비결인 게지. 게다가 웃음과 애수가 적절히 녹아 있어 글이 생생히 살아 있더구나. 드디어 너만의 방식을 찾은 거야. 명성이나 돈을 생각하지 않고 진심 어린 마음을 쏟아부었기에 좋은 글을 쓸 수 있었겠지. 쓴 경험이 약이 되었구나. 이제부터 최선을 다해 보렴. 네 성공 덕에 우리 모두 행복해질 테니."

"제 글 속에 뭔가 좋거나 진실된 것이 있다면 그건 모두 부모님과 베스 덕분이에요."

조는 세상의 칭찬보다 아버지의 말에 더욱 감동을 받았다.

이렇게 사랑과 슬픔에서 깨달음을 얻은 조는 많은 글을 써서 세상 밖으로 내보냈다. 그 글들이 스스로 세상 친구들을 만들더니 어디에서나 환영받는 존재가 되어 어머니인 작가에게 많은 돈을 벌어다 주었다.

에이미와 로리가 약혼했다는 편지가 오자 마치 부인은 조가 이 사실을 흔쾌히 받아들이지 못할까 봐 걱정스러웠다. 그러나 이 걱정은 이내 말끔히 사라졌다. 조는 처음에는 심각해 보였지만 아주 담담히 받아들였고, '그 아이들'을 위한 온갖 기대와 계획에 들떠서 그 편지를 두 번이나 읽었다. 그 편지 속에는 연인들이 서로를 위하는 마음이 담겨 있어 읽는 사람도 흡족했다. 아무도 이 연인을 반대하지 않았다.

"엄마, 좋으세요?"

모녀가 편지를 내려놓고 서로를 쳐다보자 조가 입을 열었다.

"그래. 에이미가 프레드를 거절했다는 편지를 받은 이후로 내내 바랐던 일이란다. 그때부터 에이미에게 뭔가 변화가 일어났다는 걸 느꼈거든. 그 아이의 편지 군데군데에 로리와 사랑이라는 단어를 이어줄 실마리가 보였단다."

"정말 날카로우세요. 그런데 어쩜 그렇게 한마디도 안 하셨어요?"

"딸을 가진 엄마들은 날카로운 눈과 조심스러운 입을 가질 필요가 있단다. 이런 짐작을 조금이라도 흘렸다가 아직 결정되지도 않은 일에 네가 성급하게 축하 편지를 보낼까 봐 약간 걱정이 됐거든."

"전 옛날처럼 그렇게 정신없는 아이가 아니라고요. 이제 절 믿고 모든 비밀을 다 말씀하셔도 돼요. 그럴 만큼 충분히 침착하고 현명해졌으니까요."

"그래, 그런 것 같구나. 단지 너의 테디가 다른 누군가를 사랑한다는 사실을 알면 고통스러울 거라고 생각했단다."

"아휴, 엄마. 정말 제가 그렇게 멍청하고 이기적일 거라고 생각하셨어요? 제가 어떻게 로리의 사랑을 내쳤는지 아시잖아요?"

"그때는 진심이었다는 건 잘 안단다. 하지만 요즘 들어서는 로리가 돌아와서 다시 구혼하면 네가 다른 대답을 할지도 모른다고 생각했어. 엄마를 용서해 주렴. 네가 그렇게 외로워하는 모습을 두고 볼 수가 없었단다. 가끔씩 네 눈에 서린 허기진 눈빛에 마음이 너무 아팠어. 그래서 너의 테디라면 그 빈자리를 채워줄 수 있지 않을까 기대해 본 거란다."

"아니에요, 엄마. 에이미가 로리를 사랑하게 되어 정말 기쁜걸요. 하지만 한 가지 말씀은 맞아요. 전 외로워요. 만약 테디가 다시 한번 물어본다면 받아들일지도 모르죠. 하지만 그건 제가 로리를 사랑하게 되어서가 아니라 단지 사랑을 받고 싶어서일 거예요."

"네 말을 들으니 안심이 되는구나. 너를 사랑하는 사람은 얼마든지 많단다. 그러니 가장 사랑하는 연인이 나타날 때까지는 가족과 친구들로 만족하렴."

"이 세상에서 어머니야말로 최고의 연인이죠. 엄마에게만 살짝 말하는 건데요, 전 모든 종류의 사랑을 다 해보고 싶어요. 그런데 이상하게도 자연스럽게 느껴지는 모든 사랑에 만족하려고 하면 할수록 뭔가 허전함이 계속 느껴지는 거예요. 마음속의 자리가 그렇게 넓은 줄은 미처 몰랐어요. 거기다 제 마음은 늘어나기까지 해서 가득 채워지질 않는 거예요. 예전에는 가족들의 사랑만으로도 충분했는데 말이에요. 이해가 안 가요."

"난 이해가 되는구나."

마치 부인은 미소를 지었다. 조는 편지를 다시 들고 에이미가 로리에 대해 말한 부분을 읽기 시작했다.

로리의 사랑을 받는 건 너무나 멋진 일이에요. 그는 감상적이지 않고 많은 말을 하는 것도 아니지만, 난 그의 모든 말과 행동에서 사랑을 보고 느낄 수 있답니다. 정말 행복하고 겸허해져서 예전의 내가 아닌 것 같아요. 난 지금까지 그가 그렇게 착하고 관대하고 다정한 사람인 줄 몰랐어요. 그의 마음속에는 고귀한 감정과 희망, 목표가 가득해요. 그 마음이 제 것이라는 게 정말 뿌듯하답니다. 그는 내가 인생의 동반자가 되었으니 '배 안 가득 사랑을 싣고 멋진 여행을 할 수 있을' 거라는 느낌이 든대요. 난 그의 바람을 모두 이뤄주고 싶어요. 열심히 노력할 거고요. 내 용감한 선장을 온 마음과 힘을 다해 사랑하니까요. 그리고 신이 우리를 허락하는 동안 절대 그와 헤어지지 않을 거예요. 오, 엄마, 두 사람이 서로를 사랑하며 사는 세상이 이렇게 천국 같을 줄은 꿈에도 몰랐어요!

"냉정하고 조심스럽고 현실적인 에이미가 이런 말을 하다니요! 진정한 사랑은 정말 기적을 일으키네요. 정말 행복한 한 쌍이에요!"

조는 아름다운 사랑 이야기 한 편을 읽은 듯이 조심스럽게 편지를 한데 모아 정리했다. 그러고 나니 평범한 세상에 다시 홀로 남겨진 느낌이 들었다.

밖에 비가 내려서 산책을 할 수 없었던 조는 위층에서 서성거리고 있었다. 마음이 어지러웠고 옛날의 감정이 되살아났다. 예전만큼 절망적이지는 않았지만, 왜 한 자매인데 어떤 사람은 자신이 구하는 모든 것을 얻고 다른 사람은 아무것도 얻지 못하는지 슬픈 생각이 들었다. 조도 이 생각은 잘못된 것이라는 사실을 잘 알고 있었다. 그래서 머리에서 지우려고 했지만 자신도 누군가의 사랑을 받고 싶었다. 에이미의 행복한 글을 접하고부터는 그 갈망이 더욱 강해진 것이다. 조는 '신이 허락하는 동안 온 마음과 힘을 다해 사랑'할 누군가가 절실해졌다.

조가 계속 서성대던 다락방에는 네 개의 작은 나무 상자가 나란히 놓여 있었다. 상자마다 주인의 이름이 새겨져 있었고 안에는 네 자매의 옛날 물건들이 가득 쌓여 있었다. 조는 그 상자를 흘끗 쳐다보고는, 자신의 상자로 가서 그 끝에 턱을 괴고 멍하니 엉망으로 쌓인 물건들을 바라보았다. 그중에서도 낡은 공책 뭉치가 조의 눈길을 끌어서 그것을 꺼내 펼쳐보니, 친절한 커크 부인 댁에서 지냈던 즐거운 겨울이 생생하게 되살아났다. 처음에는 미소를 짓던 조는 점차 생각에 잠기더니 슬픈 표정을 지었다. 그리고 그 뭉치 속에서 교수님의 필체가 담긴 작은 쪽지를 발견하자 조의 입술이 떨리기 시작했다. 공책 뭉치는 스르르 바닥으로 떨어졌고 조는 그 쪽지를 읽었다. 마치 그 친절한 말이 새로운 의미라도 담고 있는 듯이 조의 마음을 적셨다.

'기다리시오. 좀 늦을지 모르지만 반드시 찾아가겠소.'

"오, 정말 와줬으면! 늘 친절하고 착한 우리 교수님, 늘 제게 잘해 주셨죠. 함께 있을 때는 몰랐는데 얼마나 보고 싶은지 몰라요. 모두가 날 떠난 것 같아 너무 쓸쓸하답니다."

조는 이 작은 종이를 꼭 쥐고는 푹신한 잡동사니 더미에 머리를 대고 누워 울음을 터뜨렸다. 천장을 두드리는 빗소리가 구슬펐다.

이 모든 것이 자기 연민이나 외로움, 의기소침한 마음 때문일까? 아니면 묵묵히 때를 기다려온 어떤 감정이 싹텄기 때문일까? 누가 알 수 있으랴.

43장

놀라운 일들

황혼 녘에 조는 홀로 낡은 소파에 누워 난롯불을 바라보며 생각에 잠겨 있었다. 이렇게 해가 질 무렵에 시간을 보내는 걸 가장 좋아했다. 누구의 방해도 없이 베스의 작은 빨간 베개를 베고 누워, 이야기를 짜거나 꿈을 꾸거나 베스에 대해 생각할 수 있었기 때문이다. 지금 조의 얼굴은 지치고 침울해 보였다. 내일은 조의 생일이었다. 그래서 조는 세월이 정말 빠르다는 생각을 하면서 자꾸 나이를 먹어가는데 해놓은 일이 너무 없다는 자책에 빠져 있었다. 스물다섯 살의 문전에서 남들에게 드러내 보일 자랑거리가 하나도 없었던 것이다. 하지만 이건 조의 착각이었다. 자랑거리는 얼마든지 있었고, 시간이 지나면 그녀도 그걸 깨닫고는 감사하게 될 것이다.

"노처녀. 이게 미래의 나야. 펜을 배우자로 삼고 자식들 대신 글을 가족으로 삼아 앞으로 이십 년 동안 약간의 명성을 얻겠지. 큰 명성을 얻는다 해도 저 가엾은 존슨의 말투를 빌자면 '난 너무 늙어서 그것이 즐겁지가 않고, 혼자이니 그것을 나눌 수 없고, 이미 독립적이니 그게 필요가 없지.'[48] 어쨌든 쓴소리 하는 성녀나 자기만 생각하는 방종한 여자는 되고 싶지 않아. 독신 생활도 익숙해지면 아주 편안하겠지. 하지만……."

조는 앞날이 막막한 듯 한숨을 쉬었다.

처음에는 다 그렇다. 스물다섯 살에는 서른 살이면 모든 게 끝날 것 같다는 생각이 들 테지만, 겉보기만큼 나쁜 것은 아니다. 자신 안에 뭔가 의지할 것이 있다면 꽤 행복하게 지낼 수 있는 것이다. 스물다섯 살이면 여자들은 노처녀가 될 것이라는 소리를 하기 시작하지만, 속으로는 절대 그렇게 되지 않을 거라고 결심한다. 서른 살이면 그들은 아무 말도 꺼내지 않지만 조용히 현실을 받아들이게 된다. 만약 그들이 현명하다면 앞으로도 유익하고 행복한 세월이 이십 년은 남아 있다는 사실을 떠올리며 위안을 삼을 것이다. 그리고 우아하게 늙어가는 법을 배울 터였다. 소녀들은 독신 여성을 비웃어서는 안 된다. 그들의 가슴속에도 애절하고 비극적인 사랑 이야기 몇 개는 숨어 있기 마련이며, 그들이 젊음과 건강, 야망, 사랑을 희생하게 된 수많은 사연이 묻혀 있을 터였다. 침울하고 쓴소리만 입에 달고 사는 독신 여성이라 할지라도 다정하게 대해 주어야 한다. 인생의 달콤했던 시기를 그리워하며 살고 있을 독신 여성들에게 경멸이 아닌 연민의 눈길을 보내야 하며, 인생의 절정기에 있는 아가씨들은 지금을 그리워할 때가 올 것이라는 사실을 명심해야 한다. 장밋빛 볼은 영원하지 않고, 아름다운 갈색 머리에는 은빛 실이 생길 것이며, 사랑과 찬사만큼 친절과 존경이 좋아질 때가 찾아올 것이다.

남자들은 독신 여성이 아무리 가난하고 평범하고 까다롭다고 해도 그들에게 예의를 다해야 한다. 가장 가치 있는 기사도 정신이란 나이 든 사람에 대한 존중과 약한 자를 보호하는 마음이며, 여성의 지위와 나이, 인종에 상관없이 여성을 위하는 마음이다.

그저 좋은 친척 아주머니를 떠올리면 된다. 잔소리를 하고 법석을 떨어대는 모습뿐만 아니라 간호를 해주고 다독여 주던 모습을 말이다. 궁지에 빠졌을 때 그들이 어떻게 해결해 주었는지, 아픈 손가락으로 얼마나 정성스럽게 바느질을 해주었는지, 아픈 다리로 어떻게 계단을 오르내리는지를 알면 노부인들에게 조금이나마 관심을 가질 수 있을 것이다. 현명한 아가씨라면 그런 사려 깊은 남성을 눈여겨보기 마련이며, 그 작은 부분에 마음을 빼앗긴다. 그리고 어머니가 돌아가시기라도 하면 친척 아주머니의 다정한 품 말고는 어머니의 마음을 느낄 수 있는 곳이 없을 것이다. 그분들은 외로운 가슴속에 '소중한 조카'를 위해 따뜻한 자리를 늘 마련해 두기 때문이다.

조는 잠이 든 것이 분명했다.(독자들도 장황한 설교 때문에 졸았을 것이다.) 갑자기 로리가 유령처럼 그녀의 앞에 서 있는 것 같았기 때문이다. 정말 살아 있는 듯한 유령이 그녀에게 몸을 기울이더니 예전에 많이 봤던 표정으로 조를 바라보는 것이 아닌가. 조는 그대로 누운 채 '설마' 하는 생각에 그를 뚫어지게 쳐다보다가 깜짝 놀라 아무 말도 못했다. 로리가 고개를 숙여 입맞춤을 하자, 그제야 확실히 알아보고는 벌떡 일어나 기쁘게 소리쳤다.

"오, 테디! 테디구나!"

"안녕, 조. 날 보니까 반가워?"

"당연하지! 말로는 다 표현 못 할 정도로 기뻐. 에이미는 어디 있어?"

"메그네 집에. 어머니에게 붙잡혀 있어. 오는 길에 먼저 들렀거든. 그들이 어찌나 붙잡는지 내 아내를 꺼내 올 수가 없더라고."

"너의 뭐라고?"

조가 소리쳤다. 로리가 저도 모르게 자부심과 만족감을 드러내며 두 단어를 내뱉었기 때문이다.

"오, 이런! 말하고 말았군."

로리가 우물쭈물하자 조가 곧바로 따지고 들었다.

"벌써 다른 곳에서 결혼을 했단 말이야?"

"응, 다시는 안 그럴게."

로리가 무릎을 꿇고 뉘우치듯 양손을 깍지 끼며 빌었다. 하지만 얼굴에는 장난스러움과 기쁨, 의기양양함이 그득했다.

"정말 결혼한 거야?"

"그렇답니다."

"제발 좀! 다음에는 또 어떤 끔찍한 짓을 할 건데?"

조가 한숨을 내쉬며 자리에 털썩 주저앉았다.

"정말 너답지만 어째 듣기 좋은 축하 인사는 아니네."

여전히 비굴한 자세였지만 환하게 웃으며 대답했다.

"도둑처럼 살금살금 들어와서 이렇게 사람을 놀라게 해놓고 뭘 바라는 거야? 이 엉뚱한 친구야, 어서 일어나서 다 말해 줘."

조는 오랜만에 크게 웃음을 터뜨리고는 소파를 두드리며 다정한 어조로 말했다.

"그 낡은 쿠션은 다락방에 있어. 이제 우리 사이에는 그게 필요 없으니까. 자. 이리 와서 다 털어놔 봐, 테디."

"네가 '테디'라고 말하는 걸 들으니 참 좋아. 너 말고는 아무도 그렇게 부르지 않거든."

로리가 흡족한 듯 자리에 앉았다.

"에이미는 뭐라고 부르는데?"

"우리 낭군님."

"에이미답다. 뭐, 어울리네."

조는 자신의 친구가 그 어느 때보다 멋있어 보였고, 그 생각은 조의 눈빛에 다 드러나 있었다.

쿠션은 없어졌지만 그들 사이에 벽은 여전히 존재했다. 떨어져 지낸 세월과 마음의 변화가 자연스럽게 벽을 만든 것이다. 두 사람 모두 그걸 느끼고 서로를 말없이 쳐다보았다. 잠시 우울한 분위기가 흘렀지만, 금세 사라졌다. 로리가 위엄 있게 입을 열었기 때문이다.

"어때? 한 가정을 이끌어가는 가장처럼 보이지 않아?"

"전혀. 앞으로도 마찬가지야. 넌 덩치만 컸을 뿐 여전히 말썽쟁이 그대로야."

"조, 너 정말. 좀 더 정중하게 날 대할 순 없어?"

로리가 장난스럽게 응수했다.

"어떻게 그러겠니? 네가 결혼을 해서 한 가정을 이뤘다는 생각만으로도 웃음이 터져서 주체를 못 하겠는데 말이야."

조는 활짝 웃으며 대답했다. 그 미소가 전염된 듯 둘은 함께 한바탕 웃었다. 그러고는 가만히 앉아 옛날처럼 다정하게 많은 얘기를 나누었다.

"추운 날씨에 굳이 에이미를 데리러 나갈 필요는 없어. 다들 곧 올 테니까. 제일 먼저 너에게 놀라운 소식을 전하고 싶어서 참을 수가 있어야지. 언제나 우리 둘이서 크림을 두고 실랑이를 했던 것처럼 내가 '첫 삽'을 뜨고 싶었거든."

"물론 그랬겠지. 하지만 잘못된 끝 부분부터 말하는 바람에 이야기를 다 망쳐버렸어. 이제 제대로 시작해 봐. 어떻게 된 일인지 처음부터 차근차근 다 말하라고. 정말 궁금해."

"뭐, 그러니까 에이미를 기쁘게 해주려고 그랬던 거야."

로리가 눈을 반짝이며 입을 열었다. 그러자 조가 소리쳤다.

"첫 번째 거짓말. 에이미가 널 기쁘게 하려고 그런 거겠지. 자,

계속해 봐. 제발 진실만을 말해 주세요."

"봐, 그녀가 존댓말을 쓰기 시작했어. 듣기 좋지 않니?"

로리가 난롯불에 대고 물었다. 난롯불은 동의한다는 듯이 불꽃을 튀겼다.

"그 말이 그 말인 거야. 알다시피 에이미와 나는 일심동체니까. 우리는 한 달쯤 전에 캐롤 가족과 함께 집으로 돌아올 계획이었어. 그런데 그들이 갑자기 마음이 변해서 파리에서 겨울을 보내기로 결정한 거야. 할아버지는 집으로 돌아가길 원하셨고. 난 할아버지 혼자 보낼 수도, 에이미를 남겨 둘 수도 없었어. 그런데 캐롤 부인이 에이미를 여자 보호자도 없이 우리랑 함께 보낼 수는 없다는 거야. 그래서 이 문제를 해결하려고 '결혼을 하자. 그러면 우리 마음대로 할 수 있어.'라고 말해 버렸지."

"당연히 그랬겠지. 넌 항상 네 뜻에 맞게 상황을 바꿔버리잖아."

"늘 그렇지는 않지."

로리의 목소리가 변하자, 조는 황급히 다른 말을 꺼냈다.

"숙모님의 허락은 어떻게 받은 거야?"

"정말 힘들었어. 하지만 우리 둘이서 계속 설득했지. 정말 이유가 산더미처럼 많았거든. 편지로 허락을 구할 시간이 없었어. 하지만 가족들 모두 좋아하면서 허락했을 거라고 생각해. 내 아내 말대로 '털끝만 한 시간이 걸릴 뿐'인 일이었지."

"저 두 단어를 말하는데 어쩜 저렇게 의기양양할까? 우리도 저렇게 말하고 싶지 않니?"

이번에는 조가 난롯불에 대고 말을 걸었다. 며칠 전만 해도 우울하게 타오르는 불빛처럼 느껴졌는데, 지금은 행복한 듯 신 나게 타오르는 것처럼 보였다.

"약간은 그럴지도 몰라. 에이미는 정말 매혹적인 여성인데 어떻게 내가 뿌듯하지 않을 수 있겠어? 다시 이야기를 계속하자면, 숙부님과 숙모님이 그렇게 예절을 따지고 있는 마당에 서로에게 푹 빠진 우리들이 선택할 수 있는 일은 하나뿐이었지. 떨어져 있을 필요가 없잖아. 게다가 결혼만 하면 모든 일이 수월해지는 상황인데 말이야. 그래서 결혼식을 올렸어."

"언제, 어디에서, 어떻게?"

조가 여성다운 흥미와 호기심을 드러내며 물었다. 조도 미처 몰랐던 자신의 모습이었다.

"육 주 전에 파리에 있는 미국 영사관에서. 물론 아주 조용한 결혼식이었지. 우린 행복에 겨울 때에도 결코 베스를 잊은 적이 없었거든."

조는 로리의 손을 잡았다. 로리는 아주 잘 기억하고 있다는 듯이 작은 빨간 베개를 부드럽게 쓰다듬었다.

"나중에라도 알려 주지 그랬어?"

잠시 침묵이 흐른 뒤 조가 나지막이 물었다.

"널 놀래주려고 그랬지. 처음에는 곧바로 집으로 돌아갈 줄 알았거든. 그런데 우리가 결혼하자마자 그제야 할아버지가 적어도 한 달 정도는 더 머물러야 할 일이 있다는 걸 아신 거지. 그래서 우리보고 마음 내키는 곳으로 신혼여행을 가라고 하셨어. 에이미가 예전에 한번 발로사가 신혼여행지로 그만이라고 말한 적이 있어서 그곳으로 갔지. 정말 평생에 한 번 있을까 말까 할 정도로 행복했어. 정말이지, 장미꽃에 둘러싸인 사랑이었다니까!"

한순간 로리는 조를 잊은 듯 보였다. 조는 로리가 이런 말들을 자유롭고 자연스럽게 말해 줘서 정말 다행이라고 생각했다. 이제 로리는 완전히 조를 용서하고 잊은 것이 분명했다. 로리도 조와 같은 생각을 한 모양인지, 조가 자신의 손을 거두어들이려고 하자 재빨리 조의 손을 다시 잡고는 진중하게 말했다. 조가 과거에는 한번도 본 적이 없는 엄숙한 표정이었다.

"조, 하고 싶은 말이 있어. 이 말을 끝으로 우리의 과거를 정리하는 거야. 내가 편지에서는 너를 향한 사랑을 지우지 못할 거라고 썼지만, 지금은 그 사랑이 바뀌었어. 내 마음속에서 에이미와 너의 자리가 바뀐 거지. 이게 운명이었다고 생각해. 네가 애썼던 대로 내가 참고 기다리기만 했다면 자연스럽게 벌어질 일이었던 거야. 그런데도 난 성급하게 굴어서 결국 상처를 받고 말았어. 그때는 정말 무모하고 고집불통인 소년일 뿐이었고, 결국 시련을 겪고 나서야 내 실수를 깨닫게 되었지. 조, 네 말대로 사랑은 하나였어. 난 온갖 바보짓을 저지른 후에야 그 유일한 사랑을 찾은 거야. 편지를 쓸 때는 마음이 엉망진창이어서 내가 누구를 가장 사랑하는지 몰랐어. 너와 에이미를 똑같이 사랑하려고 했지. 하지만 그럴 수 없었어. 스위스에서 에이미를 보자마자 모든 것이 확실해졌거든. 내 마음속에서 너희 둘은 이제 제자리를 찾았어. 새로운 사랑이 찾아오기 전에 오랜 사랑이 이미 떠났던 거야. 그래서 난 솔직하게 누이 조와 아내 에이미의 자리를 확실히 구분할 수 있었고, 두 사람 모두를 진심으로 사랑할 수 있었어. 내 말을 믿을 수 있겠어? 처음 만났을 때처럼 다시 행복하게 지낼 수 있겠지?"

"온 마음을 다해 믿을 거야. 하지만 테디, 우리는 이제 소년과 소녀로 다시 돌아갈 수 없어. 그 행복했던 옛 시절은 돌아올 수도 없고, 기대해서도 안 돼. 우리는 다 큰 성인들이잖아. 놀이 시간은 끝이 났고, 이제 장난도 포기해야 해. 그 대신 각자에겐 진지하게 임해야 할 일이 있는 거지. 네가 변한 걸 보니 너도 그 사실을 느끼고 있겠지. 나도 변했어. 내 어린 친구를 그리워하는 만큼 지금의 너도 사랑할 거야. 아니, 내가 바라던 대로 변해 줬으니 더더욱 존경하겠지. 우리는 이제 더 이상 놀이 친구는 아니지만, 가족으로 평생 사랑하고 도우며 살아가게 될 거야. 그렇지, 로리?"

로리는 아무 말 없이 조가 내민 손을 잡고 그 손 위에 얼굴을 갖다 대었다. 소년의 열정이 아름답고 강한 우정으로 바뀌어 둘을 축복하는 듯했다. 잠시 후 조가 우울한 분위기를 바꾸려는 듯이 장난스럽게 말했다.

"너희 같은 어린애들이 정말 결혼을 해서 가정생활을 시작한다니 정말 믿을 수가 없어. 내가 에이미 옷의 단추를 잠가주고, 네가 약 올릴 때 네 머리카락을 잡아당기던 때가 엊그제 같은데 말이지. 정말, 세월 참 빠르네!"

"그 어린애들 중에 한 명은 너보다 나이가 많으니, 그렇게 할머니처럼 말할 필요 없어. 페고티 부인[49]이 데이비드에게 말했듯이, 난 이미 '다 자란 신사'이고 에이미도 조숙한 어린애라는 걸 만나보면 알 수 있을 거야."

로리가 조의 엄마 같은 분위기에 재미있어하며 응수했다.

"시간으로 따지면 네가 조금 더 나이가 많을지 모르지만, 정신적인 면에서 보면 내가 훨씬 더 어른이란다, 테디. 여성들은 늘 그렇지. 게다가 작년은 너무나 힘든 해여서 마흔 살이라도 된 것 같다고."

"가엾게도! 널 그렇게 홀로 내버려 두고 우리만 즐겁게 지냈다니. 여기저기 주름이 생긴 걸 보니 정말 나이가 들었구나. 웃지 않으면 네 눈은 슬퍼 보여. 지금 이 쿠션을 만져보니 눈물이 묻어 있네. 정말 힘든 일이 많았는데 혼자 참아내야 했던 거야. 난 너무 나만 생각하고 살았어!"

로리가 후회 어린 표정으로 머리카락을 잡아당겼다.

그러나 조는 눈물이 묻은 베개를 뒤집었을 뿐이었다. 그리고 쾌활하게 들리도록 애쓰면서 대답했다.

"아니야, 부모님이 날 도와주셨고 쌍둥이들이 날 위로해 줬는걸. 너와 에이미가 건강하고 행복하다는 생각에 힘든 일을 참아내기가 더 수월했어. 가끔씩 외롭기도 하지만 나한테는 오히려 약이 될 때도 있고 또……."

"다시는 혼자 내버려 두지 않을게."

로리가 말을 가로채며 세상의 모든 아픔을 막아주겠다는 듯이 팔로 조를 감쌌다.

"에이미와 난 너 없이는 살아갈 수 없어. 그러니 네가 와서 어린애들이 가정을 잘 이끌어 나갈 수 있도록 가르쳐줘야 해. 예전처럼 모든 걸 반으로 나누고, 서로 보듬어주며 살자. 우리 모두 행복하고 친하게 지내자고."

"내가 방해만 안 된다면 그렇게 지내자. 벌써부터 많이 젊어진 듯한 기분이 들어. 어쨌건 네가 오고 나서는 모든 걱정이 날아가 버린 것 같아. 테디, 넌 늘 위안이 되는 존재지."

조는 수년 전에 베스가 병에 걸렸을 때 그랬던 것처럼, 로리의 어깨에 머리를 기댔다. 그때에도 로리는 자신에게 기대라고 조에게 말했다.

로리는 조를 내려다보면서 조가 그때를 기억하는지 궁금했다. 그러나 조는 로리가 오고 나서 괴로움이 모두 사라진 듯 미소를 짓고 있을 뿐이었다.

"넌 여전하구나. 한순간 눈물을 흘리다가도 어느샌가 활짝 웃고 있지. 지금은 좀 짓궂은 표정인데. 뭐예요, 할머니?"

"너와 에이미가 어떻게 지낼지 궁금해."

"천사처럼 지내겠지!"

"물론 처음에는 그럴 테지. 하지만 누구 방식대로?"

"지금은 에이미가 하자는 대로 살 거라고 말해 주지. 적어도 에이미가 그렇게 생각하도록 해주려고 해. 분명히 기뻐할 거야. 시간이 지날수록 서로 번갈아 가며 주도권을 쥐겠지. 결혼을 하면 권리는 반으로 줄어들고 의무는 두 배가 된다고들 하니까."

"네가 주도권을 쥘 일은 없을 거야. 에이미가 네 평생을 주도하겠지."

"뭐, 에이미는 티 안 나게 잘 해내니까 나도 별로 불만은 없어. 정말 요령과 솜씨가 좋아. 그녀가 비단실처럼 부드럽고 예쁘게 손가락을 까닥이면 명령이 아니라 부탁을 들어준다는 기분이 드니까 좋더라고."

"이제 네가 공처가 남편이 되어 그걸 즐기기까지 하는 꼴을 보며 살겠구나!"

조가 양손을 들면서 소리쳤다.

조는 자신의 말에 로리가 어깨를 펴고 남자다운 비웃음을 지은 채 '거만한' 어조로 대답하는 모습이 보기 좋았다.

"교양 있는 에이미가 그럴 리 없고, 나도 순순히 따를 사람이 아니지. 나의 아내와 나는 자신과 상대방을 정말 존중하기 때문에 서로 억압하거나 다툴 일이 없어."

조는 로리의 위엄 있는 새로운 모습이 좋았고, 로리에게 잘 어울린다고 생각했다. 그렇지만 소년이 너무나 빠르게 어른으로 변한 것 같아 기쁘면서도 아쉬움이 남았다.

"나도 그렇다고 생각해. 에이미와 너는 우리처럼 다투지는 않을 거야. 에이미가 태양이라면 나는 바람이잖아. 우화에서 보면 나그네의 옷을 벗기는 건 태양이지."

"에이미는 정말 폭풍 같을 때도 있더라고."

로리가 웃음을 터뜨렸다.

"니스에서 얼마나 쓴소리를 들었던지! 네 잔소리보다 훨씬 더 심했어. 정신이 번쩍 들더라고. 언젠가 시간을 내서 다 말해 줄게. 에이미는 다시는 안 그럴 거야. 나한테 경멸한다고, 내가 부끄럽다고 말하고 나서 그 천하고 쓸모없는 나라는 녀석에게 마음을 빼앗긴 데다 결혼까지 하게 되었으니까."

"어떻게 그럴 수가! 에이미가 다시 또 그러면 나한테 와. 내가 널 지켜줄게!"

"내가 그럴 필요가 있을 것처럼 보여?"

로리는 벌떡 일어나 허세를 부리며 말했다. 그런데 에이미의 목소리가 들리자마자 갑자기 당당하던 태도가 확 바뀌더니 만면에 웃음이 가득해졌다.

"언니는 어디에 있어? 조 언니, 어디에 있는 거야?"

모든 가족이 돌아왔고, 다들 포옹하고 입맞춤을 하느라 정신이 없었다. 반가운 인사를 끝낸 후에야 집으로 돌아온 세 명의 얼굴을 찬찬히 살펴보며 귀국을 축하할 수 있었다. 로렌스 씨는 전보다 더 정정하고 인자해 보였고, 외국 여행 덕분에 많이 변한 것 같았다. 예전의 퉁명스러움은 거의 찾아볼 수 없었고 태도도 많이 다정해진 걸 느낄 수 있었다. 그가 어린 부부를 향해 환하게 미소 짓는 모습이 보기 좋았고, 에이미가 딸처럼 그를 공경하고 사랑하는 모습은 훨씬 더 보기 좋았다. 이런 에이미였기에 할아버지의 마음을 완전히 사로잡을 수 있었을 것이다. 무엇보다도 로리가 이 두 사람을 즐겁게 바라보며 곁을 맴도는 모습이 가장 보기 좋았다.

메그는 에이미를 보자마자 자신의 옷에서는 파리의 분위기가 나지 않는다는 것을 느꼈다. 젊은 로렌스 부인인 에이미에 비하면 젊은 모팻 부인인 샐리도 완전히 빛을 잃을 정도였다. 게다가 에이미는 정말 우아하고 기품이 넘치는 숙녀가 되어 있었다. 조는 에이미와 로리를 보면서 이렇게 생각했다.

'얼마나 잘 어울리는 한 쌍인가! 내가 옳았어. 이제 로리는 자신의 집을 더 잘 보살펴 줄 아름답고 교양 있는 여인을 찾은 거야. 평생 골칫거리가 아니라 자랑이 될 만한 아내를 맞이한 거지.'

마치 부인과 남편은 행복한 얼굴로 서로에게 고개를 끄덕이며 미소 지었다. 그들은 막내딸이 현실적인 성공뿐만 아니라 사랑과 믿음, 행복까지 얻었기에 정말 기쁨을 감출 수 없었다.

에이미의 얼굴은 평화로운 마음을 보여 주듯이 밝고 부드러웠고, 목소리에는 다정함이 묻어났다. 냉랭하고 새침하던 몸가짐은 부드럽고 기품 있는 자태로 바뀌어 있었다. 이제 꾸민 듯한 태도는 사라지고 온화한 태도만이 남아 있었다. 이렇게 매력적으로 바뀐 모습은 에이미가 그토록 염원하던 진정한 숙녀가 되었다는 확실한 증거였다.

"사랑이 우리 작은딸을 많이 바꾸어놓았어요."

어머니가 부드럽게 말했다.

"평생 좋은 본보기를 보면서 살았으니 그렇지 않겠소?"

마치 씨가 아내의 주름진 얼굴과 희끗희끗한 머리를 사랑스럽게 바라보며 속삭였다.

데이지는 '예쁜 이모'에게서 눈을 떼지 못한 채 강아지처럼 졸졸 따라다녔다. 데미는 목각 곰 인형 가족을 뇌물로 받고도 흔들림 없이 잠시 멈춰 서서 이 새로운 관계에 대해 생각해 보는 듯했다. 그러나 로리는 어떻게 구슬려야 할지 잘 알고 있었고, 데미가 슬금슬금 옆으로 움직이는 모양을 보니 무조건 항복을 한 셈이었다.

"꼬마야, 내가 널 처음 만났을 때 네가 내 얼굴을 쳤단다. 이제 내 차례구나!"

키가 큰 아저씨가 이렇게 말하면서 조그마한 조카를 안아서 마구잡이로 장난을 쳤다. 데미의 철학적인 위엄에는 손상이 가는 일이었지만, 어린아이에게 신 나는 일임에는 틀림없었다.

"어쩜, 머리부터 발끝까지 실크를 둘렀네. 저렇게 멋지게 앉아 있는 모습을 보니 얼마나 좋은지. 게다가 사람들이 우리 에이미를 '로렌스 부인!'이라고 부르다니 말이야."

해나가 문 사이로 계속 훔쳐보며 이렇게 중얼거렸다. 그녀는 저녁상을 차리는 중이었는데 온갖 음식을 다 낼 작정인 듯 보였다.

다들 얼마나 많은 얘기를 나눴는지 모른다. 한 사람의 얘기가 끝나면 다음 사람의 얘기가 이어졌고, 곧 모두 한바탕 웃음을 터뜨렸다. 찻잔이 가까이에 있어서 가끔씩 목을 축일 수 있었던 것이 다행이라면 다행이었다. 차라도 없었다면 모두 심하게 목이 쉬었을 것이다. 이렇게 행복한 대화는 작은 식당에 이를 때까지도 계속되었다. 마치 씨는 '로렌스 부인'을 데리고 마치 부인은 '아들'의 팔짱을 끼고, 노신사는 조를 데리고, 식당으로 향했다. 그러면서 노신사는 벽난로 옆 빈자리에 눈길을 주더니 조에게 작게 속삭였다.

"이제부터 네가 내 어린 소녀가 되어주렴."

조가 떨리는 입술로 조용히 대답했다.

"베스의 자리를 대신할 수 있도록 노력할게요, 할아버지."

쌍둥이들은 뒤에 남아 천년왕국이 도래한 것처럼 신 나게 돌아다녔다. 모두들 새로운 가족을 맞이하느라 바빠서 쌍둥이들은 제멋대로 놀도록 내버려 두었다. 그들이 얼마나 이 기회를 잘 이용했는지는 가히 상상이 될 것이다. 차를 살짝 맛보았고, 생강 빵도 마음껏 먹었으며, 뜨거운 비스킷도 조각을 내었다. 거기다 살금살금 다가가서 먹음직한 과일 파이를 작은 호주머니에 집어넣었다. 그런데 집어넣고 보니 파이가 주머니를 찌르거나 주머니 속에서 부스러졌다. 이로써 쌍둥이들도 인간의 천성만큼이나 패스트리가 연약하다는 사실을 깨달았을 터였다. 과일 파이를 훔친 일에 죄책감을 느낀 쌍둥이들은 이모의 날카로운 눈이 얇은 면직물을 뚫고 그 속의 약탈품을 보게 될까 봐 두려워서 안경을 끼지 않은 '할아부지'에게 딱 붙어 다녔다. 이리저리 돌아다니던 에이미는 로렌스 할아버지의 팔짱을 낀 채 응접실로 돌아왔다. 다른 사람들은 이전의 짝들과 함께 식당을 나가서 조만이 홀로 남게 되었다. 조는 해나의 열띤 질문에 대답하느라 식당에 잡혀 있어서 그 사실에 별로 개의치 않았다.

"에이미 아가씨는 전용 마차를 타고 그 아름다운 은제 접시를 다 사용하게 되는 걸까요?"

"에이미가 흰 말 여섯 마리를 타고 다니고, 금제 접시만 사용하고, 매일 다이아몬드와 바늘 뜨개 레이스를 걸치고 다닌다 해도 전혀 놀라운 일이 아니죠. 테디는 에이미를 위해서라면 아까울 게 없다고 생각하니까요."

조가 흡족한 미소를 띠며 대답했다.

"없고말고요! 아침으로 저민 고기 요리나 어육 완자를 드실래요?"

해나가 감탄과 평범한 말을 적절히 섞어 물었다.

"아무래도 상관없어요."

조는 지금 상황에 적절하지 않은 화제라고 생각하며 문을 닫았다. 잠시 동안 조는 우두커니 서서 위층으로 사라지는 가족들을 바라보았다. 데미의 짧은 다리가 마지막 계단을 힘겹게 오르자 갑자기 외로움이 몰려왔다. 그 외로움이 너무 강해서 조는 뭔가 기댈 것이 없나 싶어 흐릿한 눈으로 주위를 둘러보았다. 테디조차 그녀를 버리고 올라가 버렸기 때문이다. 그때 조가 자신의 생일 선물이 매순간 조금씩 다가오고 있다는 사실을 알았다면 이렇게 말하지는 않았을 것이다.

"잠자리에 들면 조금 울어야지. 지금은 비참해지면 안 돼."

그러고는 손으로 눈을 닦았다. 조는 소년 같은 버릇이 몸에 배어 있어서 손수건이 어디에 있는지를 알지 못했다. 그녀가 가까스로 다시 미소를 짓게 되었을 때 현관문을 두드리는 소리가 들렸다.

조는 손님을 맞이하기 위해 서둘러 문을 열었는데, 또 다른 유령 하나를 본 것처럼 깜짝 놀라고 말았다. 멋진 수염을 기른 건장한 신사가 어둠 속에서 환한 미소를 지어 보였기 때문이다.

"오, 바에르 교수님. 이렇게 다시 보게 되다니, 정말 반가워요!"

조는 어둠이 그를 집어삼키기라도 할까 봐 두려운 듯 그를 꽉 붙잡으며 소리쳤다.

"나도 그렇소, 마치 양. 그런데 파티가 있는 모양이군요."

위층에서 사람들의 목소리와 춤을 추는 발소리가 들려오자 그가 멈칫하며 말했다.

"아니에요. 파티라뇨. 가족들이에요. 여동생 부부가 막 돌아와서 다들 기분이 좋아요. 어서 들어오세요."

바에르 씨는 아주 사교적인 사람이었지만 지금은 예의 바르게 돌아가고 다음 날 다시 찾아오리라 생각했을 터였다. 그러나 조가 문을 닫아버리고 모자를 빼앗은 상황인데, 어떻게 그럴 수 있겠는가? 게다가 조의 얼굴에 드러난 표정이 그의 발목을 잡았다. 조가 반가운 마음을 숨기지 않고 그대로 드러내고 있어서, 고독한 사람인 교수님도 어쩔 수 없었던 것이다.

"내가 방해꾼이 아니라면 가족들을 만나보고 싶군요. 그런데 어디 아팠소?"

조가 외투를 걸려고 고개를 들자 얼굴에 불빛이 비췄다. 그제야 조의 안색을 살필 수 있게 된 교수님이 갑자기 안부를 물었다.

"아프지는 않아요. 그저 지치고 슬플 뿐이죠. 우리에게 슬픈 일이 있었거든요."

"아, 그래요. 나도 알아요! 그 소식을 듣고 가슴이 아팠죠."

그는 연민이 가득한 표정으로 다시 손을 잡아주었다. 한순간 조는 그의 다정한 눈빛과 크고 따뜻한 손만큼 위로가 되는 건 없을 것 같았다.

"아버지, 어머니. 이분은 제 친구인 바에르 교수님이에요."

조가 자부심과 기쁨에 가득 찬 표정과 어조로 말했다. 조는 문을 활짝 열고 승리의 나팔이라도 불 것처럼 보였다.

이 이방인이 혹시라도 환영을 받지 못할 것을 걱정했다면, 한순간에 그 걱정이 날아갔다. 모두들 따뜻하고 친절하게 그를 맞이했기 때문이다. 처음에는 조의 친구여서 환영했지만, 이내 다들 그를 진심으로 좋아하게 되었다. 바에르 씨는 워낙 사람의 마음을 여는 재주를 가진 사람이라 가족들은 모두 그 힘을 거부할 수 없었고, 그가 가난한 사람이라서 더욱 친숙하게 느껴졌다. 그는 앉아서 주위를 살펴보고 있었는데, 낯선 문을 두드려서 편안한 집을 발견한 여행객처럼 보였다. 아이들이 꿀단지에 몰려드는 꿀벌처럼 그에게 다가와서는 무릎 하나씩을 차지하고 앉더니, 그의 호주머니를 뒤지고 수염을 당기고 그의 시계를 살펴보았다. 그 모습에 여자들은 서로 흐뭇한 눈짓을 교환했고, 마치 씨는 손님이 자신과 비슷한 생각을 가진 사람이라고 느끼며 대화를 나누었다. 조용한 존은 한마디도 하지 않았지만 그 대화를 즐겁게 듣고 있었고, 로렌스 씨는 잠자리에 들지 못할 정도로 대화에 심취해 있었다.

조가 다른 일로 바쁘지 않았다면 로리의 태도를 보면서 재미있어했을 것이다. 로리는 질투는 아니었지만 뭔가 미심쩍은 마음이 들어 처음에는 바에르 씨를 멀리하면서 오빠처럼 경계를 풀지 않은 채 그를 신중하게 관찰했다. 그러나 저도 모르게 대화에 빠져들어 자신도 대화에 끼게 되었다. 바에르 씨는 온화한 분위기로 대화를 잘 이어갔고 자신만의 매력을 발산했다. 그는 로리에게 거의 말을 걸지 않았지만 자주 로리를 쳐다보았고, 그럴 때마다 전성기의 젊은 남자를 보며 자신의 잃어버린 청춘을 아쉬워하는 듯 얼굴에 그늘이 드리워졌다. 그러고는 조에게 수심에 찬 눈길을 보냈다. 조가 그 눈빛을 보았다면 그 말 없는 질문에 답했을지도 몰랐다. 그러나 조는 자꾸 교수님 쪽으로 향하는 눈길을 돌리려고 얌전하게 작은 양말을 뜨는 일에만 열중하고 있었다.

조는 가끔씩 교수님을 훔쳐보면서 더운 날에 신선한 물을 마신 듯한 느낌을 받았다. 바에르 씨의 얼굴에서 멍한 표정이 사라지고 아주 흥미로운 표정이 되살아나서 안심이 되었기 때문이다. 조는 낯선 남자를 볼 때마다 로리와 비교해 보던 습관도 잊어버린 채, 교수님이 정말 젊고 잘생겨 보인다고 생각했다. 어째서 대화의 주제가 엉뚱하게도 고대 장례 풍습으로 흘러간 것인지는 모르겠지만, 교수님은 열띤 논쟁을 벌이고 있었다. 조는 테디가 논쟁에서 지자 의기양양하게 웃음을 지었다. 게다가 대화에 푹 빠진 아버지의 얼굴을 보고는 속으로 생각했다.

'매일 우리 교수님 같은 분과 대화를 나누시면 얼마나 즐거워하실까!'

지금 바에르 씨는 아주 훌륭한 검은 양복을 입고 있어서 그 어느 때보다 멋진 신사처럼 보였다. 부스스했던 머리카락도 단정하게 정리된 모습이었지만 오래가지는 못했다. 흥분할 때마다 머리를 헝클어댔기 때문이다. 조는 그의 이마가 멋지게 보여서, 이렇게 헝클어지고 삐죽삐죽 솟은 머리 모양이 더 좋았다. 가엾은 조! 지금 그녀의 눈에는 뭔가가 씐 게 분명했다. 저 평범한 남자를 이렇게까지 미화하다니 말이다. 아무튼 조는 조용히 뜨개질을 하면서도 교수님의 티 하나 없는 소맷부리에 달린 금빛 단추까지 놓치는 법 없이 다 보고 있었다.

"어쩌면, 구혼을 하러 왔다 해도 저렇게 세심하게 차려입지는 못했을 거야."

조는 혼잣말을 했다. 그러고는 자신이 미처 생각도 못 하고 내뱉은 말에 갑자기 얼굴이 달아올랐다. 상기된 얼굴을 숨기려 일부러 실뭉치를 떨어뜨린 조는 고개를 숙인 채 실뭉치를 쫓아갔다.

그러나 이 작전은 기대만큼 성공적이지 못했다. 교수님이 장례식 관습에 대한 열띤 논쟁에서 잠시 빠져나와 그 푸른 실뭉치를 잡으려고 뛰어든 것이다. 두 사람은 별이 보일 정도로 세게 머리를 부딪쳤고, 서로 얼굴을 붉히며 웃고 말았다. 그들은 잡으려던 실뭉치는 그대로 둔 채 각자 자리로 돌아가 앉으며 '차라리 자리를 뜨지 말걸.' 하고 생각했다.

아무도 그 밤이 어떻게 지나가는지 알지 못했다. 요령 좋은 해나는 강아지들처럼 꾸벅꾸벅 조는 아이들을 일찌감치 데려다 재웠고, 로렌스 씨는 집으로 돌아가고 없었다. 나머지 사람들은 시간 가는 줄 모른 채 불가에 둘러앉아 계속 대화를 이어갔다. 그 후에 메그는 데이지가 침대에서 굴러떨어지고 데미가 성냥에 대한 호기심으로 잠옷에 불을 붙일 것만 같은 생각이 들어 먼저 자리를 떴다.

"우리 모두 이렇게 다시 모였으니, 옛날처럼 함께 노래를 불러야 해요."

조는 한바탕 크게 노래를 부르면 들뜬 감정을 가라앉힐 수 있으리라 생각했다.

사실 그곳에 모두가 모인 것은 아니었다. 그러나 누구도 그 말이 틀렸다고 생각하지 않았다. 다들 베스가 눈에 보이지는 않지만 더 아름답고 평안한 모습으로 그들과 함께 있는 듯 느꼈기 때문이다. 사랑으로 단단히 이어진 가족 관계는 죽음으로도 끊어지지 않는 법이다. 베스의 작은 의자는 그 자리에 그대로 있었고, 베스가 남겨 둔 바느질감이 담긴 작은 바구니도 익숙한 선반 위에 여전히 놓여 있었다. 이제는 칠 사람이 없어진 사랑스러운 피아노도 예전 자리에 그대로 있었고 그 위에 놓인 베스의 초상화가 그들을 내려다보고 있었다. 어린 시절의 차분하고 미소 띤 얼굴이 '행복하게 지내! 난 여기 있으니까.'라고 속삭이는 듯했다.

"피아노를 쳐봐, 에이미. 네 실력이 얼마나 늘었는지 들려주자고."

로리가 자신의 제자를 자랑하듯이 말했다.

그렇지만 에이미는 낡은 피아노 의자를 만지작거리며 눈물 어린 눈으로 속삭였다.

"오늘 밤은 안 돼. 오늘 밤만큼은 그럴 수 없어."

에이미는 화려한 솜씨보다 더한 감동을 주었다. 어떤 거장도 가르칠 수 없을 만큼 애잔한 목소리로 베스의 노래를 불러서 들는 사람의 마음을 달콤하게 녹였던 것이다. 에이미의 청아한 목소리가 끝 부분에 이르자 갑자기 뚝 끊겼다. 베스가 가장 좋아하는 찬송가의 마지막 부분은 "천국이 치유할 수 없는 슬픔은 이 땅에 없다."[50]였는데 에이미는 이 말을 도저히 입 밖으로 낼 수가 없었다. 그녀는 뒤에 서 있던 남편에게 몸을 기댄 채, 베스의 입맞춤이 없는 집은 너무 허전하다고 생각했다.

"이제 미뇽의 노래로 끝을 맺죠. 바에르 교수님이 불러주실 거예요."

침묵이 고통으로 흐르기 전에 조가 입을 열었다. 바에르 씨는 "에헴." 하고 목을 가다듬으면서 조가 서 있는 구석 자리로 다가가 말을 건넸다.

"나랑 함께 불러요. 우리는 화음이 잘 맞을 거요."

기분 좋은 거짓말이었다. 조는 음악적 재능이라고는 조금도 없었기 때문이다. 그러나 조는 그가 오페라를 통째로 다 부르자고 했어도 동의했을 것이다. 그래서 박자와 음정에 상관없이 즐겁게 노래를 불렀다. 사실 바에르 씨가 정말 독일인답게 열정적으로 잘 불렀기에 큰 문제는 되지 않았다. 조는 곧 목소리를 낮추어 흥얼거리면서, 그녀만을 위해 노래 부르는 듯한 그의 달콤한 목소리를 들었다.

"당신은 아시나요, 그 땅을. 레몬 나무에 꽃이 피고."

이 부분을 교수님은 가장 좋아했다. '그 땅'이 독일을 의미하기 때문이다. 그러나 지금 그는 유난히 공을 들여 다음 부분을 노래하는 것 같았다.

"그곳으로! 그곳으로! 오, 사랑하는 님이여, 당신과 함께 가고 싶어요."

이 다정한 초대에 조는 감동을 받았고, 자신이 그 땅을 알고 있으며 언제라도 기쁘게 따라나서고 싶은 기분이 들었다.

노래는 성공적으로 끝이 났고, 가수는 갈채 속에서 수줍어하며 물러났다. 잠시 후 그는 예의범절을 모조리 잊어버린 채 에이미가 보닛을 쓰는 모습을 뚫어져라 바라보았다. 그가 온 이후로 에이미는 '여동생'이라고 소개되었을 뿐 누구도 그녀를 새로운 이름으로 부르지 않았다. 그가 멍하니 에이미를 바라보고 있을 때 로리가 우아하게 작별 인사를 했다.

"제 아내와 저는 선생님을 만나게 되어 무척이나 반가웠습니다. 저희 집은 언제라도 환영이니 들러주십시오."

이 말을 듣자마자 바에르 씨는 만족스럽게 환히 웃으면서 진심으로 감사의 말을 전했다. 로리는 이렇게 얼굴에 감정이 다 드러나는 바에르 씨를 보면서 나이가 많은데도 정말 순수한 사람이라고 생각했다.

"저도 일어서야겠군요. 며칠 동안은 이곳에서 볼일이 있으니 부인께서 허락하신다면 다시 또 찾아뵙겠습니다."

바에르 씨는 조를 바라보면서 마치 부인에게 말을 건넸다. 어머니는 딸의 눈빛만큼이나 따뜻한 목소리로 바에르 씨의 방문을 허락했다. 마치 부인은 딸들의 관심사에 대해서 모팻 부인의 생각만큼 무디지 않았다.

"아주 현명한 사람인 것 같았어."

마지막 손님이 떠난 후 마치 씨가 흡족한 표정으로 차분하게 말했다.

"좋은 사람인 걸 알겠더구나."

마치 부인이 시계태엽을 감으면서 단호하게 덧붙였다.

"그를 좋아하실 줄 알았어요."

이 말을 끝으로 조는 자기 방으로 돌아갔다.

조는 바에르 씨가 무슨 일로 이곳에 왔는지 궁금해하다가, 마침내 그가 어딘가에서 어떤 명예로운 상을 받게 된 일로 온 것이 분명하다고 결론을 내렸다. 그러면서 교수님은 지나치게 겸손해서 그 사실을 밝히지 않은 것이라고 생각했다. 그러나 만약 지금 바에르 씨가 자신의 방에서 숱 많은 머리에 진지하고 엄격한 표정을 한 어떤 숙녀의 초상화를 바라보고 있다는 사실을 알았다면 다르게 결론지었을 것이다. 특히 그가 불을 끈 뒤 어둠 속에서 그 그림에 입맞춤까지 한 사실을 알았다면 말이다.

44장

로렌스 부부

"어머님, 제 아내를 삼십 분 정도만 빌려갈 수 있을까요? 짐이 도착해서 뭔가를 찾느라 아내가 파리에서 장만한 화려한 장식품들을 뒤죽박죽으로 만들어버렸거든요."

이튿날 로리는 로렌스 부인이 다시 '아기'가 된 듯 엄마의 무릎 위에 앉아 있는 모습을 보고 이렇게 말했다.

"그럼, 어서 가보렴. 너한테 다른 집이 있다는 사실을 깜빡했구나."

마치 부인은 엄마의 욕심을 사과하듯 결혼반지를 낀 하얀 손을 꽉 쥐었다.

"저 혼자서 어찌할 수 있었으면 이렇게 오지 않았을 거예요. 하지만 제 작은 부인 없이는 잘할 수가……."

"풍향계는 바람 없이 움직일 수 없지."

로리가 웃음을 흘리느라 잠깐 말을 멈추자 조가 끼어들었다. 조는 테디가 돌아온 후 부쩍 유쾌한 성격이 되살아난 것 같았다.

"아주 정확하게 잘 봤어. 에이미는 거의 대부분 서쪽 방향으로만 불다가 가끔 한 번씩 남쪽으로 불어. 결혼한 이후로 동풍은 한

번도 없었어. 북풍은 생각도 못 할 일이지. 건강에 좋은 온화한 바람만 불 따름인 거지. 그렇지 않소, 부인?"

"아직까지는 아름다운 날씨지. 언제까지 이어질지는 나도 모르겠어. 하지만 난 내 배를 어떻게 저어가야 할지 잘 아니까 폭풍은 두렵지 않아. 자. 어서 집으로 가요, 여보. 장화 벗는 기구를 찾아줄게요. 그걸 찾느라 내 짐을 뒤적인 거죠? 정말이지, 남자들은 스스로 할 수 있는 일이 없다니까요, 엄마."

에이미가 귀부인 같은 어조로 말했다. 그 모습이 남편 눈에는 귀엽게만 보였다.

"자리가 잡힌 후에는 어떻게 할 생각이야?"

조가 옛날처럼 에이미의 외투 단추를 잠가주며 물었다.

"우리는 계획이 있지만 아직 입에 올리지 않으려고 해. 막 새로운 생활을 시작했을 뿐이잖아. 그렇다고 빈둥거리겠다는 건 아니야. 할아버지를 기쁘게 해드릴 만큼 헌신적으로 사업에 임할 거야. 내 능력을 보여 드리고 싶으니까. 정말 할 일 없이 빈둥거리는 건 이제 지겨워. 세상의 모든 남자처럼 꾸준히 일할 작정이야."

"그럼, 에이미는 뭘 할 거지?"

마치 부인이 로리의 기운찬 결심에 흡족해하며 물었다.

"에이미가 화려한 보닛을 뽐내며 상냥하게 이웃들에게 인사를 한 차례 올린 후에는 아마 다들 깜짝 놀라게 될걸요. 우리의 저택이 얼마나 우아하게 바뀔지 기대하세요. 멋진 손님들이 몰려들 것이고, 세상에 큰 도움이 되는 영향력을 행사할 거니까요. 그렇지 않소, 레카미에 부인[51]?"

"시간이 지나면 차차 알게 되겠죠. 자, 이리 와요, 엉뚱한 양반. 날 이상한 이름으로 불러서 식구들에게 충격을 주지 말라고요."

에이미는 살롱을 열어 사교계의 여왕이 되기보다는 한 가정의 좋은 아내가 되리라 결심하며 대답했다.

"저 아이들은 정말 행복한 것 같구려!"

마치 씨는 어린 부부들이 떠나고 나자 아리스토텔레스에 집중할 수가 없었다.

"그래요. 저렇게 늘 행복할 거예요."

마치 부인이 항구에 무사히 배를 정박한 조타수처럼 평온한 표정을 지으며 덧붙였다.

"정말 그럴 거예요. 행복한 에이미라!"

조는 한숨을 내쉬다가, 바에르 교수가 문을 열고 들어오자 환하게 미소를 지었다.

저녁이 되자, 원하던 물건을 찾아서 마음이 편해진 로리가 갑자기 아내에게 말을 걸었다. 에이미는 새로운 예술품들을 정리하느라 이리저리 분주했다.

"로렌스 부인."

"낭군님!"

"그 남자가 우리 조와 결혼을 하려고 하오!"

"난 그렇게 되길 바라는데 낭군님은 아니에요?"

"여보, 나도 그가 훌륭한 신랑감이라는 걸 알고 있소. 하지만 약간만 더 젊고 부자였으면 좋겠다오."

"아휴, 그렇게 계산적이고 까다롭게 생각할 것 없어. 두 사람이 서로 사랑한다면 나이나 가난 따위는 아무 상관 없으니까. 여성들은 절대 돈을 보고 결혼하지는……."

에이미는 갑자기 말을 멈추며 남편을 쳐다보았다. 그는 진지한 척 심술궂게 대답했다.

"당연하지. 몇몇 매력적인 아가씨들이 부자와 결혼하겠다고 말하는 걸 가끔 듣긴 하지만 말이야. 내 기억이 맞다면 너도 부자와 맺어지는 게 네 의무라고 생각한 적이 있었잖아. 그래서 쓸모없는 나 같은 남자랑 결혼한 거겠지?"

"오, 제발. 그런 말 하지 마! 내가 결혼 승낙을 했을 때는 부자라는 사실도 잊고 있었단 말이야. 한 푼도 없는 남자였더라도 결혼했을 거야. 가끔씩 당신이 정말 가난했으면 좋겠어. 그러면 내가 얼마나 사랑하는지 증명할 수 있었을 텐데."

밖에서는 위엄 있게, 안에서는 다정하게 남편을 대하는 에이미는 자신의 말을 증명하려고 열심이었다.

"정말 내가 그렇게 속물인 여자라고 생각해? 당신이 호수에서 뱃사공으로 사는 사람이었어도 난 기꺼이 함께 노를 저었을 거야. 그걸 못 믿겠다면 정말 가슴이 찢어질 만큼 슬프다고."

"내가 그렇게 바보 같아? 나보다 훨씬 더 부자인 남자를 거절했고 지금도 네게 주고 싶은 선물을 다 사지 못하게 하는데, 어떻게 그런 생각을 할 수 있겠어? 여자들은 늘 선물을 바라고, 그게 유일한 행복이라고 배우잖아. 그런데 넌 더 나은 가르침을 받으며 자랐던 거야. 한번은 너에게 화가 났지만, 실망하지는 않았어. 그도 그럴 게 딸은 엄마의 가르침대로 살기 마련이니까. 어제 어머니에게 그런 말씀을 드렸더니 내가 백만 달러짜리 수표를 드리기라도 한 것처럼 기뻐하며 고마워하시더라고. 근데, 로렌스 부인. 내 말 듣고 있소?"

에이미의 눈은 로리의 얼굴에 고정되어 있었지만 멍한 빛을 띠고 있었다.

"듣고 있어. 당신의 턱 보조개를 보면서 감탄하고 있었을 뿐이야. 잘난 척할까 봐 말 안 하려고 했는데 난 내 남편의 돈보다 잘

생긴 얼굴이 더 자랑스러워. 웃지 마. 하지만 당신 코는 정말 위안이 돼."

에이미는 조각 같은 얼굴을 부드럽게 쓰다듬으며 예술가다운 만족감을 드러냈다.

로리는 평생 수많은 찬사를 들었지만 이보다 기분 좋은 말은 없었다. 로리는 아내의 독특한 취향에 웃음을 터뜨리면서도 가만히 서 있었다. 이윽고 에이미가 천천히 입을 뗐다.

"한 가지 물어봐도 돼?"

"되고말고."

"조 언니가 바에르 씨랑 결혼하는 게 신경 쓰여?"

"오, 그게 문제였군. 그렇지? 보조개 말고 뭔가 더 있다고 짐작했지. 심술궂게 굴지 않고 확실히 말해 줄게. 조의 결혼식에서 난 몸도 마음도 가볍게 춤을 출 수 있어. 아직도 미심쩍은 거야, 에이미?"

에이미는 로리를 쳐다보고는 만족했다. 마지막 남아 있던 작은 질투심까지 영원히 날려 버렸고, 사랑과 믿음이 가득한 얼굴로 그에게 고마워했다.

"그 교수님에게 우리가 뭔가를 해줄 수 있으면 좋겠어. 가상의 부자 친척을 만들어서 독일에서 죽었다고 하고 그에게 유산을 남겨 주면 어떨까?"

로리가 제안했다. 로렌스 부부는 팔짱을 낀 채 기다란 응접실을 왔다 갔다 하기 시작했다. 그들은 브베의 정원을 추억하며 이렇게 걷기를 좋아했다.

"조 언니가 그 뒤에 우리가 있다는 걸 알아내서 우리 계획을 모조리 망쳐버릴 거야. 언니는 그를 아주 자랑스러워해. 그리고 어제 말하는 걸 들으니 언니는 가난이 아름다운 것이라고 생각한대."

"이런! 정작 학자 남편을 만나서 그 밑의 교수 제자 수십 명을 거두어보라지. 그렇게 생각하지 못할걸. 우리 지금은 끼어들지 말고 기회를 기다리자고. 그들이 스스로 마음을 바꾸게 만드는 거야. 내가 공부를 열심히 한 데에는 조의 공도 있으니까 그 빚도 갚을 겸 도와주고 싶어. 조는 빚을 진 사람이라면 반드시 갚아야 한다고 생각하지. 그래서 난 이런 식으로 조를 설득할 거야."

"다른 사람을 도울 수 있다니 정말 기뻐, 그렇지? 자유롭게 남에게 베풀 수 있는 능력을 가지는 건 내 오랜 꿈이었어. 그런데 당신 덕분에 그 꿈이 실현된 거야."

"아. 우리는 좋은 일을 많이 할 거야, 그렇지? 내가 특히 도와주고 싶은 사람들이 있어. 대놓고 구걸하는 거지들은 도와주는 사람도 많지. 하지만 가난한 신사들은 구걸을 하지 않을 테니 살기가 팍팍할 거야. 그런 신사들에게는 사람들이 감히 자선을 베풀 엄두도 내지 못하잖아. 하지만 아주 은근슬쩍 도와줘서 기분 나쁘게 하지 않을 방법만 안다면 도와줄 길은 정말 많아. 노골적으로 아첨하는 거지보다는 쇠락한 신사를 더 돕고 싶었어. 잘못된 생각일지 모르고 더 어려운 일이기도 하지만, 해볼래."

"그런 일을 하려면 당신 같은 신사가 필요하니까요."

로렌스 부부 자선회의 또 다른 회원이 덧붙였다.

"고마워. 그런 찬사를 들을 자격이 내게 있는 건지 모르겠어. 하지만 해외에서 빈둥거리며 지낼 때 재능 있는 젊은 친구들을 수없이 많이 보았지. 그들은 온갖 것을 희생하고, 고난을 참아내며, 꿈을 이루기 위해 노력하더라고. 그들 중에는 열심히 일하는 정말 굉장한 친구들도 있었어. 가난하고 친구도 없었지만 용기와 인내심, 야망으로 가득 차 있는 그들을 볼 때마다 난 자신이 부끄러웠고 어떻게든 힘이 되어주고 싶었어. 그들은 도와주는 보람이 있는 사람들이야. 그들이 천부적인 재능을 타고난 사람들이라면 그 재능이 계속 성장하도록 도와주는 건 우리의 영광이 될 테고, 그런 재능이 없다고 해도 가난한 사람들의 위안이 되고 그들을 절망에서 구해 주는 기쁨을 누릴 수 있겠지."

"맞아. 그런데 구걸할 수 없는 또 다른 부류가 있어. 그들도 침묵 속에서 시름하고 있지. 당신을 만나 공주가 되기 전에 난 그런 부류에 속했기 때문에 잘 알아. 야망이 있는 소녀들은 정말 힘든 상황에 처해 있어. 알맞은 순간에 조그마한 도움만 있으면 되는데, 자신의 젊음과 건강, 귀중한 기회가 사라지는 걸 그저 지켜봐야 할 때도 많지. 많은 사람들이 내게 친절하게 대해 줬던 것처럼 나도 고생하는 소녀들을 볼 때마다 손을 내밀어 도와주고 싶어."

"그렇게 하면 되지. 정말 천사 같아!"

로리가 소리쳤다. 그러면서 자선에 대한 열정이 끓어올라 예술적 재능을 지닌 젊은 여성들을 위한 재단을 만들어 후원해야겠다고 결심했다.

"부자들은 앉아서 놀기만 해선 안 돼. 그럴 권리는 없으니까. 게다가 돈을 모으는 일에만 열중해서 남들이 그 돈을 흥청망청 쓰게 내버려 둬서도 안 되지. 살아 있을 때 돈을 현명하게 사용해야지, 죽어서 많은 재산을 남겨 주는 건 정말 멍청한 짓이야. 그 돈으로 남들을 행복하게 해주는 일을 즐기는 게 더 좋지 않아? 우리 자신만을 위한 즐거운 일도 하겠지만 거기에 남을 돕는 즐거움까지 더하자는 거지. 어때, 작은 도르가[52]가 되어 안락함의 큰 바구니를 비우고 그 바구니에 선행을 채워 돌아다닐 수 있겠어?"

"온 마음을 다해 할 수 있지. 당신도 용감한 성 마르티노[53]가 되어 말을 달리다가 멈춰 서서 거지에게 망토를 나누어줄 수 있다면 말이야."

"자, 그럼 서로 약속한 거야. 둘이서 최선을 다해 보자고!"

그렇게 젊은 한 쌍은 약속의 악수를 나누고 다시 행복하게 걷기 시작했다. 로렌스 부부는 다른 이의 거친 길을 조금이라도 부드럽게 해주면 자신들 앞에 놓인 꽃길을 더욱 떳떳하게 걸어갈 수 있다고 믿었다. 이렇게 서로에게 어려운 사람의 처지를 애처롭게 생각할 수 있는 마음이 있었다는 사실을 깨달은 로렌스 부부는 부부 사이의 관계가 더욱 돈독해진 것을 느낄 수 있었고, 그들의 즐거운 집도 비로소 진정한 가정이 된 것 같았다.

45장

데이지와 데미

 마치가의 역사를 이야기하는데 가장 소중하고 중요한 가족인 쌍둥이를 빼고 말할 수는 없는 노릇이다. 그래서 이 장에서는 쌍둥이에 대한 이야기를 하려고 한다. 이제 데이지와 데미는 사리분별을 할 수 있는 나이에 이르렀다. 요즘같이 무엇이든 빠른 시대에는 서너 살의 아기들이 벌써 제 권리를 주장하며 그것을 누리려고 한다. 이 세상에 응석받이가 될 위험에 처한 쌍둥이가 있다면 바로 혀짤배기 브룩 남매였다. 물론 그들은 태어날 때부터 단연 돋보였다. 팔 개월에 걷기 시작했고, 돌 때 유창하게 말했으며, 두 살이 되자 식탁 자리를 스스로 찾아 앉았고, 아주 예의 바르게 행동해서 어른들의 눈길을 사로잡았다. 데이지는 세 살이 되자 '바늘'을 달라고 했고, 실제로 네 땀이나 바느질을 해서 가방을 만들었다. 마찬가지로 부엌일을 조금씩 시작하더니, 스토브의 불 조절도 솜씨 좋게 해냈다. 이 대견스러운 모습을 본 해나의 눈에는 눈물이 고였다. 한편 데미는 할아버지에게 철자를 배웠다. 할아버지는 팔과 다리로 철자 모양을 만들면서 철자를 하나씩 익히는 새로운 교육 방법을 고안해 냈다. 이 방법은 머리와 몸을 함께 훈련시킬 수 있었다. 데미는 일찍부터 기계에 재능을 보여서 아빠를 기쁘게 했다. 반면 엄마는 데미가 보이는 기계마다 흉내를 내려고 해서 정신이 없었다. 데미는 끈과 의자들, 빨래집게, 실감개로 이상한 재봉틀을 만들어 바퀴를 돌리는 시늉을 했다. 게다가 큰 의자 뒤에 바구니를 매달아 거기에 앉아서 여동생을 들어 올리려고 열심이었다. 오빠의 말을 잘 듣는 데이지는 제 머리가 부딪히는데도 가만히 있었고, 어린 발명가가 힘든 목소리로 "엄마, 이건 내 엘리베터예요. 지금 데이지를 끌어올리고 있쪄요."라고 말해서 겨우 데이지를 구해 낼 수 있었다.

서로 성격은 전혀 달랐지만 쌍둥이는 잘 지냈고, 하루에 세 번 이상 싸운 적이 거의 없었다. 당연히 데미가 데이지를 이리저리 끌고 다녔고, 다른 사람이 그녀에게 해코지를 하면 용감히 맞서 싸웠다. 데이지는 오빠가 이 세상에서 가장 완벽한 사람인 것처럼 떠받들며 스스로 기꺼이 오빠의 노예가 되었다. 장밋빛 살결에 토실토실하고 항상 방실방실 웃고 다니는 데이지는 모든 사람의 마음을 파고들어 사로잡는 방법을 자연스레 터득하고 있었다. 그녀는 입맞춤과 포옹을 위해 태어난 아이 같았고, 여신처럼 사랑을 받았으며, 가는 곳마다 즐거움이 넘쳐 났다. 장난기마저 없었다면 정말 사람이 아니라 천사라고 했을 터였다. 데이지의 세상은 언제나 화창했고, 아침마다 그녀는 잠옷을 입은 채 창가로 달려가 밖을 내다보며 비가 오든 햇살이 비치든 상관없이 "와, 좋은 날씨!"라고 외쳤다. 그녀에게는 세상 모든 사람이 친구였고, 아무리 낯선 사람이라도 애정 어린 입맞춤을 해주었다. 그래서 무뚝뚝한 신사도 데이지 앞에서는 마음이 스르르 녹았고, 원래부터 아기를 좋아하는 사람들은 더더욱 데이지의 노예가 되어 버렸다.

"난 모두를 짜랑해요."

데이지는 한 손에 숟가락을, 다른 손에 머그잔을 든 채 온 세상을 다 안아버리고 싶다는 듯이 팔을 벌리며 선언했다.

데이지가 자랄수록 메그는 이 도브코트가 옛 친정집처럼 느껴지기 시작했다. 베스처럼 고요하고 사랑스러운 존재가 이곳에서도 자라고 있었던 것이다. 메그는 그들이 얼마나 오랫동안 천사와 함께 살아왔는지를 베스가 죽고 나서야 깨닫게 되었다. 그래서 이번 천사는 잃을 일이 없도록 간절히 기도했다. 데이지의 할아버지는 그녀를 종종 '베스'라고 불렀고, 할머니는 자신의 눈에만 보이는 과거의 실수들을 속죄하는 마음으로 데이지를 세심히 보살폈다.

진정한 미국인이라 할 수 있는 데미는 탐구기에 들어서서 모든 것을 알고 싶어 했고 "왜?"라는 말을 입에 달고 살았다. 그래서 가끔씩 대답이 성에 차지 않을 때는 투정을 부리는 일이 많았다.

데미는 철학적인 호기심도 많아서 할아버지를 기쁘게 했다. 할아버지는 소크라테스식 대화법을 사용했고 가끔씩 그의 조숙한 학생이 선생님 역할을 신나게 해내기도 했다.

"무엇이 내 다리를 움직이게 하나요, 할아부지?"

어느 날 밤에 어린 철학자가 생각에 잠긴 표정으로 자신의 몸 중에 가장 활동적인 부분을 살펴보면서 물었다. 이미 잠자리에 드는 문제로 한바탕 씨름한 후였다.

"너의 작은 의지란다, 데미."

할아버지가 손자의 노란 머리를 기특한 듯 쓰다듬으면서 대답했다.

"작은 의지가 뭐예요?"

"네 몸을 움직이게 만드는 것이란다. 봐라, 이 시계 속 태엽 같은 것이지. 이 톱니바퀴를 움직이게 하잖느냐?"

"그럼, 내 몸도 열어봐요. 의지란 걸 보고 싶어요."

"네가 이 시계를 열지 못하는 것처럼, 나도 내 힘으로는 그럴 수 없단다. 하느님이 너의 태엽을 감아주시는 거야. 그분이 너를 멈추게 할 때까지 넌 움직이는 게지."

"그래요?"

데미의 갈색 눈이 커지고 밝아졌다. 새로운 생각에 빠진 모양이었다.

"내게도 시계처럼 태엽이 있다고요?"

"그래, 하지만 어떻게 감는지는 알려 줄 수가 없구나. 우리가 보지 못할 때 일어나거든."

데미는 시계의 태엽 같은 것을 몸에서 찾는 듯이 제 등을 만졌다. 그러더니 진지하게 말했다.

"아마 하느님은 내가 잠들었을 때 태엽을 감나 봐요."

이어서 할아버지의 신중한 설명이 뒤따랐다. 데미가 아주 열심히 그 설명을 듣고 있는데, 할머니의 걱정 어린 목소리가 들려왔다.

"여보, 어린아이에게 그런 말은 너무 어렵지 않아요? 데미는 이제 점점 더 대답할 수 없는 질문만 하게 될 거라고요."

"그런 질문들을 할 수 있다면 진짜 대답을 들을 만큼 자란 거라오. 난 생각들을 이 아이 머릿속에 억지로 밀어 넣고 있는 게 아니오. 그저 이미 머릿속에 자리한 생각들을 펼치도록 도와줄 뿐인 게지. 내가 한 말을 전부 이해하고 있을 게 틀림없소. 자, 데미. 네 의지가 어디에 있는지 말해 보렴."

만약 아이가 알키비아데스[50]처럼 "신들에게 달려 있지요, 소크라테스 선생님. 전 알 수 없어요."라고 대답했더라도 할아버지는 놀라지 않았을 터였다. 그러나 데미가 명상에 잠긴 어린 황새처럼 한 다리로 서서 생각하더니 확고한 어조로 "내 작은 뱃속에요."라고 대답하자 할아버지는 할머니처럼 웃음을 터뜨릴 수밖에 없었다. 그러고는 형이상학 수업을 접었다.

데미가 어린 철학자의 면모만 보이고 소년 같은 모습을 보이지 않았다면 어머니는 고민에 빠졌을 것이다. 가끔씩 해나는 "저 아이는 이 세상에 관심이 없나 봐요."라며 불길한 예언을 하기도 했다. 그러나 다행히 데미는 언제 그랬냐는 듯이 장난기 어린 모습으로 돌아가서 심술궂고 장난스러운 악동이 되어 부모님을 정신없게 만들었다.

메그는 수많은 도덕적인 규칙들을 세워두고 그대로 따르려고 애썼다. 그러나 엄마들이란 자그마한 아이들의 책략과 교묘한 발뺌, 대담함을 이겨본 적이 없는 사람들이 아닌가? 아이들은 일찍부터 솜씨 좋은 다저[55] 같은 모습을 보여 주기 마련이다.

"건포도는 이제 안 돼, 데미. 더 먹으면 병이 날 거야."

건포도 푸딩을 계속 더 달라는 어린아이에게 엄마가 단호하게 말했다.

"난 아프고 싶어요."

"엄마는 널 아프게 하고 싶지 않아. 그러니 가서 데이지랑 짝짜꿍 놀이나 하렴."

데미는 어쩔 수 없이 물러났지만, 자신의 실수를 마음속에 깊이 새겼다. 시간이 지나 실수를 만회할 기회가 오자, 데미는 교묘한 흥정으로 엄마를 이겨보려 했다.

"자, 오늘 착하게 있었으니까 엄마가 너희들이 원하는 대로 놀아줄게."

푸딩을 안전하게 모셔둔 메그가 꼬마 요리사들을 이끌고 위층으로 올라가며 말했다.
"정말요, 엄마?"
잘 돌아가는 머리로 좋은 생각을 떠올린 데미가 물었다.
"그럼, 정말이지. 아무거나 다 말해 봐."
생각이 짧은 엄마가 대답했다. 그러면서 「아기 고양이 세 마리」를 대여섯 번 부르거나 장난감 가게에 데려갈 준비를 단단히 했다. 그러나 데미는 시원한 대답 한 방으로 엄마를 궁지에 몰았다.
"그럼, 가서 건포도 푸딩을 먹어요."
조 이모는 쌍둥이에게 최고의 놀이 친구였다. 이 삼총사만 모이면 집 안이 엉망진창이 되었다. 에이미 이모는 아직 이름뿐인 이모였고, 베스 이모는 희미하게 기억 속으로 사라지고 있었다. 반면 조 이모는 늘 가까이에서 보고 만질 수 있는 존재여서 아주 중요한 인물이었다. 그런데 바에르 씨가 오면 조는 놀이 친구에게 관심을 주지 않았고, 쌍둥이는 쓸쓸함과 절망을 느꼈다. 포옹하고 입맞춤해 주는 걸 좋아하는 데이지는 가장 좋은 손님을 잃어서 풀이 죽었다. 통찰력을 지닌 데미는 이내 조 이모가 자신보다 '곰 아저씨'와 노는 걸 더 좋아한다는 사실을 간파했다. 상처를 받은 데미였지만 그 고통을 속으로 감췄다. 경쟁 상대인 '곰 아저씨'의 조끼 호주머니는 초콜릿 광산이어서 냉담하게 대할 수 없었던 것이다. 게다가 그는 시계를 상자에서 꺼내서 아이들이 자유롭게 흔들어볼 수 있게 해주었다.
어떤 사람들은 이것을 뇌물이라고 생각했을 것이다. 하지만 데미는 그런 생각도 못 한 채 싹싹한 태도로 '곰 아저씨'에게 다가갔다. 데이지는 세 번째 방문에서야 그에게 다정한 태도를 보였고, 이제는 그의 어깨를 왕좌로, 그의 품을 은신처로, 그의 선물을 보물로 생각했다.

신사들은 호감을 가지고 있는 숙녀의 어린 친척들을 만나면 애정이 불쑥 솟아나기도 한다. 처음에 바에르 씨는 아이들을 좋아하는 척만 하고 있었다. 좌불안석인 모습이 확연히 눈에 보였지만, 바에르 씨는 진지하게 온 힘을 다해 애썼다. 그렇게 정직하게 최선을 다한 결과 이제 그는 아이들과 편안히 있을 수 있게 되었고, 작은 얼굴들과 남자다운 얼굴이 대비를 이루면서 무척이나 잘 어울려 보였다. 바에르 씨의 볼일이 무엇인지 몰라도 하루하루 머무는 날이 늘어났고, 저녁이면 거의 빠짐없이 마치가에 얼굴을 비쳤다. 그럴 때마다 바에르 씨는 마치 씨와 길고 열띤 대화를 즐겨서 마치 씨는 그가 자신을 찾아오는 것이라고 착각했다. 이 착각은 자신보다 관찰력이 좋은 손자의 말 한마디에 깨어졌다.

어느 날 저녁에 바에르 씨는 서재로 들어서다 놀라운 광경을 보고 문지방에 우뚝 서고 말았다. 마치 씨가 바닥에 엎드린 채 다리를 들고 있었고, 옆에는 붉은색 스타킹을 신은 데미가 똑같이 엎드린 채 짧은 다리를 올리고 있었다. 두 사람 모두 너무 열중한 나머지 구경꾼이 있다는 걸 눈치채지 못했다. 그때 바에르 씨가 껄껄 웃음을 터뜨리자 조가 당황한 얼굴로 소리쳤다.

"아버지, 아버지! 교수님이 왔어요!"

그러자 마치 씨가 검은 다리를 내리고 회색빛 머리를 들더니 아무렇지 않다는 듯이 위엄 있게 말했다.

"안녕하시오. 막 수업을 마치려던 참이니 잠시만 기다려주겠소? 자, 데미, 철자를 만들고 그 이름을 말해 보아라."

"나 그거 알아요."

똑똑한 학생인 데미는 몇 번 버둥거린 끝에 빨간 다리를 컴퍼스 모양으로 만들더니 의기양양하게 외쳤다.
"이건 '위'예요, 할아부지, '위'[56]요!"
"정말 타고난 웰러라니까요."
마치 씨가 몸을 일으키자 조가 웃음을 터뜨리며 말했다. 데미는 수업이 끝난 것을 자축하려는 듯이 머리를 바닥에 대고 물구나무를 서려 했다.
"개구쟁이, 오늘은 뭘 하고 놀았어?"
바에르 씨가 데미를 들어 올리며 물었다.
"꼬마 메리를 만나러 갔어요."
"거기에서 뭘 했는데?"
"메리에게 뽀뽀를 했어요."
데미가 꾸밈없이 솔직하게 대답했다.
"저런! 정말 일찍 시작했군. 꼬마 메리가 뭐라고 하더냐?"
바에르 씨는 자신의 무릎 위에 서서 조끼 호주머니를 뒤지는 꼬마 소년에게 다 털어놓으라는 듯이 물었다.
"오, 좋아했어요. 나에게도 뽀뽀해 줬어요. 나도 좋았어요. 꼬마 소년은 꼬마 소녀를 좋아하잖아요?"
데미는 입 안을 가득 채운 채 흡족한 듯 덧붙였다.
"이 조숙한 녀석, 누가 그걸 네 머릿속에 집어넣었지?"
조가 데미의 순수한 말에 교수만큼이나 즐거워하며 말했다.
"머릿속이 아니야, 입속에 집어넣었는데."
꼬마 데미가 혀를 내밀어 초콜릿을 맛보며 대답했다.
"혼자 다 먹지 말고 그 꼬마 친구를 위해 남겨 두렴. 달콤한 건 좋아하는 사람에게 주어야지."
바에르 씨는 미소 띤 얼굴로 조에게 초콜릿 몇 개를 주었다. 조는 초콜릿이 신들의 감로주처럼 느껴졌다. 데미도 그의 미소를 보았고 순진하게 물었다.

"큰 소년도 큰 소녀를 좋아하나요, 교쭈님?"

어린 워싱턴처럼 바에르 씨도 '거짓말을 할 수 없었다.' 그래서 '그럴 수도 있다고 생각한다'며 애매모호하게 대답했다. 그러나 그 어색한 말투에 마치 씨는 옷솔을 내려놓고 조의 수줍어하는 얼굴을 한번 쳐다보더니 의자에 털썩 주저앉았다. 저 '조숙한 녀석' 덕분에 좋기도 하고 언짢기도 한 사실을 알게 된 것이다.

삼십 분 후에 데미는 도자기 방에서 조 이모에게 붙잡혔는데, 왜 이모가 자신을 야단치지 않고 다정하게 숨도 못 쉴 정도로 꽉 끌어안았는지, 왜 이렇게 뜬금없이 빵과 젤리를 큰 접시에 한가득 담아 선물로 주는지, 자신의 작은 머리로는 도저히 이해할 수가 없었다. 아마 평생 풀리지 않는 수수께끼로 남아 있으리라.

46장

우산 속에서

로리와 에이미가 그들만의 가정을 꾸리고 아름다운 미래를 계획하며 벨벳 카펫 위를 유유히 걸어가는 동안, 바에르 씨와 조는 진흙 길과 젖은 들판 위에서 즐겁게 산책하고 있었다.

"난 늘 저녁때쯤이면 산책을 했어. 우연히 교수님과 몇 번 마주쳤다고 해서 내가 산책을 그만둘 이유가 어디에 있어?"

조는 두세 번의 우연한 만남 뒤에 이렇게 중얼거렸다. 메그의 집으로 가는 길이 두 가지였는데, 어느 길을 택하든지 오가는 길에 반드시 그와 마주쳤던 것이다. 바에르 씨는 늘 빠른 걸음이었고 아주 가까이 올 때까지 조를 알아보지 못했다. 눈이 나빠서 다가오는 숙녀를 알아보지 못하는 것 같았다. 어쨌든 조가 메그의 집으로 갈 때 마주치면 그는 항상 쌍둥이를 위한 선물을 사주었고, 조의 얼굴이 집으로 향하고 있으면 그는 그저 강을 보러 가는 길이라고 하면서 곧 돌아갈 거라고 했다. 자신이 너무 자주 방문해서 가족들이 피곤해하지 않느냐며 염려하는 말도 덧붙였다.

이런 상황에서 조가 예의 바르게 인사하면서 그를 집으로 초대하는 일 말고 대체 무엇을 할 수 있겠는가? 그녀가 정말 피곤하다면 그 사실을 아주 완벽하게 숨기는 기술을 가진 게 분명했다. 그렇지 않다면 "프리드리히, 그러니까 바에르 씨는 차를 좋아하지 않아요."라고 말하면서 저녁 식사에 내놓을 커피까지 신경을 쓸 수는 없었을 것이다.

두 주 정도가 지나자 다들 상황이 어떻게 돌아가는지 훤히 알게 되었다. 그러나 조의 얼굴에 나타난 변화는 모두 까막눈이 된 것처럼 모른 척하려고 애썼다. 조가 일을 할 때 왜 그렇게 노래를 부르는지, 왜 하루에 세 번씩 머리를 풀었다 올렸다 하는지, 왜 그렇게 들뜬 표정으로 저녁 산책에 나서는지 묻지 않았던 것이다. 누구도 바에르 교수가 이 집의 아버지와 철학에 대해 논하면서 그 딸에게는 사랑에 대해 수업했다는 사실을 조금도 의심하지 않았다.

이렇게 조는 눈에 빤히 보일 정도로 사랑에 빠지고 말았지만, 고집스럽게 그 감정을 억누르려고 애썼다. 그러나 그러지 못해서 늘 조금씩 안절부절못했다. 그녀는 여태껏 독립적으로 살겠다고 수없이 맹렬하게 선언을 해왔는데, 이제 와서 약한 모습을 보이면 비웃음을 살까 봐 죽도록 두려웠다. 특히 로리가 놀릴 걸 생각하면 정말 끔찍했다. 하지만 로리는 새로 얻은 감독 덕분에 아주 예의 바르게 행동하고 있었다. 공적인 자리에서 바에르 씨를 버릇없이 부르지도 않았고, 조의 예뻐진 외모에 대해서도 언급하지 않았다. 게다가 거의 매일 저녁 마치가의 복도 탁자에 교수님의 모자가 놓여 있는 걸 보고도 놀라움을 표시하지 않았다. 물론 속으로는 아주 재미있어하면서 언젠가 조와 교수에게 딱 어울리는, 곰과 울퉁불퉁한 나무 막대기 문장(紋章)이 그려진 접시를 선물할 날을 손꼽아 기다렸다.

두 주 동안 바에르 씨는 꼬박꼬박 마치가를 오갔다. 그런데 그 후로 사흘 동안 방문이 뚝 끊겼고 연락도 없었다. 이 때문에 모두들 침울해졌고, 조는 처음에는 수심에 잠겼다가 나중에는 기분이 언짢은 듯 성을 냈다.

"싫증이 나서 집으로 돌아가 버린 거야. 올 때도 그렇게 갑작스러웠는걸, 뭐. 물론 아무렇지도 않지만 신사라면 최소한 작별 인사를 하러 올 거라고 생각했어."

조는 절망적인 표정으로 현관을 바라보면서 중얼거렸다. 그러고는 습관적으로 산책을 나가기 위해 옷을 차려입었다.

"우산을 챙겨 가렴. 비가 올 것 같으니까."

어머니는 조가 새 보닛을 쓰는 것을 보면서 말했다. 물론 새로운 보닛에 대해서는 한마디도 하지 않았다.

"네, 엄마. 시내에 나갈 건데 뭐 필요한 거 있으세요? 전 종이를 좀 사 오려고요."

조는 어머니를 쳐다보지 않고 거울 앞에서 보닛의 끈을 나비 모양으로 묶으면서 대답했다.

"그래. 능직 실레지아[57] 천하고 9호 바늘 한 쌈, 가느다란 라벤더 리본이 좀 필요하구나. 두꺼운 부츠 신었니? 외투 속에도 좀 따뜻하게 입었고?"

"그런 것 같아요."

조가 멍하니 대답했다.

"바에르 씨를 마주치게 되면 집에서 차라도 하게 모셔 오너라. 정말 보고 싶구나."

마치 부인이 덧붙였다.

조는 어머니의 말을 들었지만 대답하지 않은 채 입맞춤을 하고는 빠른 걸음으로 집을 나섰다. 아직 가슴이 아팠지만 어머니에게 고마운 마음이 들었다.

"정말이지, 다정한 분이셔! 힘들 때마다 도와주시는 엄마가 없는 딸들은 어떻게 사는 걸까?"

포목 가게는 회계 사무소와 은행, 도매 창고가 즐비한 구역에는 없었다. 이 구역은 신사들이 주로 모여드는 곳이었다. 그러나 조는 심부름을 하기도 전에 이곳을 서성이고 있었다. 마치 누군가를 기다리는 듯이 이쪽저쪽 창을 기웃거리며 토목 도구와 모직 견본품을 살펴보았다. 술통에 걸려 넘어졌고, 짐짝에 눌려 질식할 뻔했으며, 바삐 오가는 남자들에게 이리저리 부딪쳤다. 그 남자들은 어째서 이곳에 여자가 있는지 의아한 표정이었다. 그때 빗물 한 방울이 조의 뺨에 떨어지자 조는 보닛의 리본이 걱정되기 시작했다. 빗방울이 계속해서 떨어지자 그녀는 실망한 마음을 달래기에는 너무 늦었지만 아직 보닛은 구할 수 있을지 모른다는 생각이 들었다. 그런데 집을 나설 때 너무 서두르느라 우산을 잊고 나왔다는 걸 깨달았다. 하지만 이제 와서 후회해 봤자 아무 소용 없는 짓이었고, 우산을 빌리든지 아니면 비를 쫄딱 맞는 수밖에 없었다. 그녀는 나지막한 하늘을 쳐다보았고, 이미 검은 얼룩이 점점이 박힌 진홍색 나비 리본을 내려다보았다. 그러고는 진흙탕인 앞길을 바라보다가 뒤를 돌아보니, 칙칙한 도매 창고의 문에 걸린 기다란 현판이 보였다. 조는 자책하는 어조로 혼잣말을 했다.

"이런 꼴을 당해도 싸지! 이렇게 있는 대로 꾸미고 교수님을 만나보겠다고 이런 곳에서 어슬렁거리다니, 내 자신이 너무 부끄러워! 아니야. 그의 친구들이 있는 저곳에 가서 우산을 빌려서도, 그가 어디에 있는지 물어서도 안 돼. 이대로 빗속을 헤치고 가서 심부름을 끝내는 거야. 독감에 걸리든, 보닛을 망치든, 내가 멍청한 값을 치르는 거지, 뭐. 자, 그럼 나가 보자!"

이렇게 빗속을 뛰쳐나간 조는 너무 성급하게 길을 건너려다가 지나가는 짐마차에 치일 뻔했다. 그 바람에 비틀대다가 건장한 노신사의 품에 덜컥 안겨 버리게 되었다. 그 노신사는 "죄송합니다, 부인."이라고 말했지만 많이 언짢은 표정이었다. 기가 팍 죽은 조는 몸을 바로 하고 머리 위로 손수건을 펼쳤다. 그러고는 교수님의 친구를 찾아가 볼까 하는 유혹을 떨치고 서둘러 길을 나섰다. 이미 발목까지 축축이 젖어들었고 머리 위로는 길을 오가는 우산들이 막 부딪쳤다. 그런데 보닛 위로 푸른 우산 하나가 고정된 듯 그대로 남아 있는 것이 아닌가. 조가 고개를 들어보니 그곳에 바에르 씨가 서 있었다.

"수많은 말들 밑을 용감하게 지나가고 진흙 길을 빠르게 걸어가는 씩씩한 숙녀가 누군가 했더니 내 친구였소. 대체 여기에서 뭘 하는 거요?"

"쇼핑이오."

바에르 씨는 미소를 지었다. 한쪽에는 피클 공장이 있었고 맞은편에는 도매 가죽 상점들이 있었기 때문이다. 그러나 딴말은 하지 않았다.

"우산이 없으니 나와 함께 가죠. 짐을 들어줄까요?"

"네, 고마워요."

조의 뺨이 리본만큼이나 붉게 달아올랐다. 그녀는 그가 자신을 어떻게 생각할지 궁금했지만 신경 쓰지 않았다. 교수님과 팔짱을 낀 채 걸어가자 태양이 갑자기 떠올라서 환히 비춰주는 듯 느껴졌고 이 세상이 다시 제 궤도를 찾은 것 같았다. 축축한 빗길을 걸어가면서도 조의 마음에는 행복만 가득했다.

"우린 선생님이 가버린 줄 알았어요."

조는 그가 자신을 바라보고 있는 것을 알고는 급하게 입을 열었다. 그녀의 보닛은 얼굴을 숨겨 줄 만큼 크지 않아서 기쁜 표정이 그대로 드러나 보일까 걱정이 되었던 것이다.

"그렇게 친절하게 대해 주신 분들에게 작별 인사도 하지 않고 떠날 사람으로 생각했소?"

그가 책망하듯이 묻자, 조는 본의 아니게 모욕을 준 것 같아 당황해서 대답했다.

"아니요. 난 그렇게 생각하지 않았어요. 선생님이 바쁘시다는 걸 알았죠. 하지만 우리는 다들 보고 싶어 했어요. 특히 아버지와 어머니가요."

"당신도요?"

"전 선생님을 뵙는 게 늘 기쁘답니다."

조가 목소리를 차분하게 내려고 너무 애쓰다 보니 냉랭한 대답이 되고 말았다. 조의 딱딱한 말투 때문에 교수님은 경직된 듯했다. 그는 미소를 거둔 채 무겁게 말했다.

"고맙소. 떠나기 전에 한 번 더 들르지요."

"그땐 정말 떠나는 건가요?"

"이곳에서 할 일은 더 이상 없소. 다 끝났어요."

"다 잘 마무리된 거겠죠?"

그의 짧은 대답 속에 실망감이 묻어 있어서, 조가 걱정스럽게 물었다.

"그렇게 생각하오. 내 생활을 유지하고 조카들을 도와줄 수 있는 길이 열린 셈이니까."

"말해 줘요, 제발! 난 모든 것을 알고 싶어요. 그, 그 아이들에 대한 일을 말이에요."

조가 열성적으로 말했다.

"그 마음이 정말 고맙군요. 내 기꺼이 말해 주리다. 친구들이

나를 위해 대학에 자리를 알아봐 줬소. 고국에서처럼 가르치면서 프란츠와 에밀을 편안하게 뒷받침할 만큼 돈도 벌 수 있게 되었소. 이러니 내가 감사해야 하지 않겠소?"

"그렇고말고요! 얼마나 굉장한 일이에요? 교수님은 원하던 일을 하게 되었고 우리도 자주 볼 수 있고, 또 아이들……."

기쁨을 감출 수 없었던 조는 그 이유를 아이들 핑계로 돌리며 소리쳤다.

"아, 유감스럽게도 자주 볼 수는 없을 거요. 서부에서 가르쳐야 하는 일이라서 말이오."

"너무 멀어요!"

조가 자신의 드레스는 어떻게 되든 상관없다는 듯이 치맛자락을 놓아버렸다.

바에르 씨는 여러 언어를 읽을 수 있었지만, 아직 여성의 마음을 읽는 방법은 배우지 못했다. 그는 자신이 조를 아주 잘 알고 있다고 자부했다. 그래서 이날 일관성이 없는 조의 목소리와 표정, 태도에 무척이나 당황했다. 삼십 분 동안 대여섯 번은 바뀌는 것 같아서 갈피를 잡을 수가 없었던 것이다. 조와 마주쳤을 때 그녀는 분명히 그를 만나기 위해 여기에 온 것으로밖에 볼 수 없었지만, 무척이나 놀란 표정으로 그를 맞이했다. 그리고 그 후에 그가 팔을 내밀었을 때는 선뜻 팔짱을 껴서 흡족한 기분이 들었다. 그런데 그가 자신이 보고 싶었느냐고 묻자 아주 차갑고 정중한 대답이 돌아와서 절망할 수밖에 없었다. 그러다가 그에게 생긴 좋은 일을 알고 나자 손뼉을 칠 정도로 기뻐했다. 그런데 그 기쁨이 모두 조카들을 위한 것이었단 말인가? 또 그 후에 그가 서부로 갈 것이라고 말하자 그녀는 '너무 멀다'며 절박한 어조로 말해서 또다시 그에게 작은 희망을 주더니, 곧바로 그녀의 볼일에 완전히 정신이 팔린 듯 이렇게 말하는 것이 아닌가.

"여기가 제가 찾던 가게예요. 같이 들어가실래요? 오래 걸리지 않을 거예요."

조는 자신의 쇼핑 솜씨를 뽐내고 싶었다. 아주 깔끔하고 재빠르게 쇼핑을 해치울 자신이 있었던 것이다. 그러나 조가 너무 부산스럽게 가게 안으로 들어가는 바람에 가게 안이 온통 엉망이 되었다. 바늘이 놓인 접시를 뒤엎었고, 실레지아 천을 자르고 나서야 그 천이 능직으로 직조된 천이 아닌 것을 깨달았으며, 잔돈을 잘못 건네주었다. 더군다나 엉뚱한 사람에게 라벤더 리본을 달라고 요구했다. 솜씨 자랑은커녕 실수 연발이었다. 바에르 씨는 옆에 서서 조가 얼굴을 붉히며 덤벙대는 모습을 지켜보았다. 그러는 동안 그는 당황스러운 기분이 서서히 진정되는 것을 느꼈다. 가끔 여성들은 꿈처럼 모순적인 행동을 보인다는 사실을 깨닫기 시작했기 때문이다.

그들이 가게 문을 나설 때 그의 기분은 한결 밝아져 있었다. 그는 팔 아래에 짐을 낀 채 웅덩이에 고인 빗물을 튀기며 신 나게 걸음을 옮겼다.

"쌍둥이들을 위해 뭘 좀 사야 하지 않겠소? 오늘 밤 당신의 집을 마지막으로 방문하게 되었으니 조촐한 작별 파티도 준비할 겸 말이오."

바에르 씨가 과일과 꽃이 가득한 상점 앞에서 걸음을 멈추며 물었다.

"뭘 살까요?"

조가 뒷말은 못 들은 척 무시하며 상점 안으로 들어섰다. 과일과 꽃향기가 어우러져 상쾌한 기분이 들었다.

"아이들이 오렌지와 무화과 열매를 먹어도 되나요?"

바에르 씨가 아빠 같은 어조로 물었다.
"없어서 못 먹죠."
"당신은요? 견과류 좋아해요?"
"다람쥐처럼 좋아하죠."
"독일 포도도 있군요. 이걸 먹으면서 고향을 위해 건배하면 되지 않겠소?"

조는 얼굴을 찌푸리면서 그렇게 비싼 것은 사지 말고 그냥 대추야자 열매와 건포도 한 상자씩과 아몬드 한 통이면 충분하지 않겠냐고 물었다. 그러자 바에르 씨는 조의 지갑을 빼앗은 뒤 자신의 지갑을 꺼내더니, 포도 여러 송이와 장밋빛 데이지꽃 화분 하나, 데미존을 위해서인지 예쁜 꿀단지 하나를 샀다. 그러고는 울퉁불퉁한 짐들을 자기 주머니에 넣고 꽃은 조에게 들려 준 후 낡은 우산을 펼치고 다시 길을 나섰다.

"마치 양, 내 청을 하나 들어주겠소?"
비오는 길을 걸어가다가 교수님이 입을 열었다.
"네, 말씀하세요."
갑자기 조의 가슴이 쿵쾅거리기 시작했다. 조는 그 소리가 그에게 들릴까 두려웠다.
"이렇게 비가 내리는 날씨에 실례인 줄 알지만 너무 시간이 촉박해서 말이오."
"네, 말씀하세요."
조는 갑자기 작은 화분을 꽉 쥐어서 박살을 낼 뻔했다.
"티나를 위한 드레스를 사고 싶은데 가게에 혼자 들어갈 수가 없지 뭐요. 함께 가서 좀 골라주겠소?"
"네, 그럴게요."
조는 냉장고에 발을 들여놓은 듯 갑자기 가슴이 가라앉으면서 차갑게 식는 것을 느꼈다.

"티나의 엄마에게 줄 숄도 필요할 것 같소. 너무 가난한 데다 병약해서 그녀의 남편은 늘 걱정을 달고 산다오. 아, 그래요. 두껍고 따뜻한 숄이 좋겠소."

"정말 기꺼이 그 부탁을 들어줄게요, 나의 교수님. 난 이렇게 덤벙대며 엉망진창인데 어쩌면 그는 매 순간 멋져지는 걸까?"

조가 혼잣말로 중얼거리더니, 잡생각을 떨치듯 머리를 흔들고는 기운차게 옷을 고르기 시작했다.

바에르 씨는 모든 걸 조에게 맡겼다. 조는 티나를 위해 예쁜 드레스를 골랐고, 숄도 주문했다. 유부남인 점원은 가족을 위해 쇼핑하는 것처럼 보이는 이 한 쌍의 남녀에게 관심을 보이며 상냥하게 말했다.

"부인에게는 이게 더 어울릴 것 같네요. 최고급 원단인 데다 색깔도 이만하면 나무랄 데가 없죠. 아주 고상하고 우아하답니다."

점원이 폭신한 회색 숄을 펼쳐 조의 어깨에 둘러주며 말했다.

"이거 어때요?"

조는 몸을 돌려 등을 내보이며 물었다. 자신의 얼굴을 숨길 수 있어서 무척이나 다행이었다.

"아주 좋군요. 그걸 사겠소."

바에르 씨가 슬쩍 미소를 머금으며 값을 치르는 동안에도 조는 계속 여기저기를 뒤지고 있었다.

"이제 집으로 돌아갈까요?"

그가 물었다. 이런 말을 할 수 있다는 것이 아주 흡족한 모양이었다.

"네, 시간도 늦었고 너무 피곤하네요."

조의 목소리는 생각보다 더 애처롭게 들렸다. 이제 태양이 싹 사라지고 세상이 다시 진흙탕처럼 변한 것 같은 비참한 기분이 들었다. 그제야 발이 차갑고 머리가 지끈거리며 심장이 고통으로 차갑게 얼어붙었다는 걸 깨달았다. 바에르 씨는 이제 멀리 가버릴 사람이었다. 그는 그녀를 친구로밖에 생각하지 않았으며, 모든 것이 자신만의 착각이었다. 이런 관계는 빨리 끝낼수록 좋다는 생각이 들자, 조는 합승 마차를 세우려고 손을 흔들었다. 너무 서두르는 바람에 데이지꽃이 땅에 떨어져서 아주 못 쓰게 돼버렸다.

"우리가 타야 할 합승 마차가 아니오."

교수님은 꽉 찬 합승 마차를 보내며 말했다. 그러고는 엉망이 된 꽃을 집어 올렸다.

"죄송해요. 행선지를 확실히 보지 못했어요. 괜찮으니 걸어가죠. 이제 진흙 길을 걷는 것도 익숙해요."

조는 눈을 심하게 깜빡거리며 대답했다. 대놓고 눈물을 닦는 일은 죽어도 못 할 일이었기 때문이다.

조가 고개를 돌렸지만 바에르 씨는 조의 볼에 흐르는 눈물방울을 보았다. 그 모습에 뭉클해진 그는 갑자기 허리를 숙이며 많은 의미가 담긴 어조로 물었다.

"오, 이런. 왜 우는 거요?"

조가 이런 상황에 익숙했다면, 울고 있지 않다며 머리가 아플 뿐이라거나 그와 비슷한 핑계를 둘러댈 수 있었을 것이다. 그러나 풋내기인 조는 눈물을 숨기지 못한 채 훌쩍이며 진심을 털어놓고 말았다.

"당신이 멀리 떠나니까요."

"오, 세상에. 기분이 정말 좋소!"

바에르 씨가 우산과 짐을 든 손으로 겨우 깍지를 끼며 소리쳤다.

"조, 당신에게 줄 거라고는 내 넘치는 사랑밖에 없소. 당신이 내 마음을 받아줄 수 있을지 알아보려고 이곳에 온 거란 말이오. 내가 친구 이상이라는 확신을 가질 수 있을 때를 기다린 거요. 당신의 가슴 한 켠에 날 위한 자리를 마련할 수 있겠소?"

그는 숨도 쉬지 않고 말했다.

"오, 그럼요!"

조가 이렇게 대답하며 양손으로 그의 팔짱을 끼고 행복한 표정으로 쳐다보자, 그는 가슴이 뿌듯했다. 조는 평생을 그와 함께 걸어갈 수만 있다면 낡은 우산 속에서 살아야 한다 해도 행복할 것 같다는 얼굴이었다.

분명히 당장 청혼하기에는 난관이 심한 상황이었다. 바에르 씨가 아무리 그런 마음이 굴뚝같다고 해도 길이 온통 진흙탕이라 무릎을 꿇을 수 없었고, 손을 내밀고 싶어도 양손이 꽉 차서 불가능했다. 더군다나 환히 보이는 길에서 그런 다정한 행동을 내보일 만큼 숫기도 없는 교수님이었다. 그래서 그가 기쁜 마음을 드러낼 수 있는 유일한 방법은 환한 얼굴로 조를 바라보는 것뿐이었다. 그의 수염에 맺힌 빗방울에 작은 무지개가 뜬 것 같을 정도로 얼굴에서 빛이 났다. 조를 정말 많이 사랑하지 않았다면 그렇게 환히 웃음 짓지 못했으리라. 지금 조의 모습은 아름다움과는 거리가 멀었기 때문이다. 그녀의 치마는 처참할 지경이었고, 고무장화는 발목까지 흙탕물이 튀어 있었으며, 보닛은 완전 엉망이었다. 다행스럽게도 바에르 씨의 눈에는 조가 이 세상에서 가장 아름다운 여인으로 보였다. 조도 그가 그 어느 때보다 멋져 보였다. 비록 모자의 챙이 흠뻑 젖어서 어깨 위로 빗방울이 하염없이 떨어지고 있었고(우산은 조 쪽으로 완전히 기울어져 있었다.), 장갑은 손가락마다 해져서 당장 수선이 필요한 상태였지만 말이다.

지나가는 사람들은 아마 이들을 정신병자라고 생각했을 것이다. 두 사람은 합승 마차를 불러 세울 생각조차 하지 않은 채 뿌연 안개가 낀 어둑한 길을 유유자적하게 어슬렁거리고 있었다. 그들은 평생 한 번밖에 오지 않는 행복한 시간을 즐기고 있었기에 다른 사람이 어떻게 생각하든 조금도 관심이 없었다. 이 마법의 순간에는 늙은 사람도 젊음을 되찾고, 평범한 사람도 미인이 되며, 가난한 사람도 부자가 되었다. 평범한 인간이 천국을 미리 맛볼 수 있는 순간인 것이다. 바에르 씨는 왕국이라도 정복한 것처럼 보였고, 세상에 이보다 더 큰 축복은 없는 것 같았다. 그의 옆에서 걸음을 내딛는 조는 자신의 자리가 항상 여기였던 것처럼 느껴졌고, 다른 장소는 생각조차 못 할 것 같았다. "오, 그럼요!"라는 충동적인 대답 후에 처음으로 조가 입을 뗐다. 평소와 전혀 다르게 감정이 듬뿍 담긴 어조였다.

"프리드리히, 왜 당신은……."

"오, 세상에! 그녀가 날 이름으로 부르다니! 누이동생 미나가 죽고 난 후로는 그렇게 불러주는 사람이 아무도 없었소."

교수님이 발걸음을 멈추며 소리쳤다. 고마워하며 기뻐하는 기색이 역력했다.

"속으로는 언제나 그렇게 불렀는데 나도 모르게 부르고 말았네요. 싫다면 그렇게 부르지 않을게요."

"싫긴요! 정말 듣기 좋소. '당신'이라고 다시 불러보겠소? 영어도 독일어만큼 아름답군요."

"'당신'이란 말은 조금 감상적으로 들리지 않나요?"

속으로는 아름다운 단어라고 생각하며 물었다.

"감상적이오? 그렇소. 다행히 우리 독일인들은 감상적인 걸 좋아한다오. 아, '당신'이라는 말은 정말 내게 큰 의미가 있으니 날 그렇게 불러줘요."

바에르 씨가 진중한 교수라기보다 낭만적인 학생처럼 애원했다.

"뭐, 그렇다면. 왜 '당신'은 좀 더 일찍 마음을 말해 주지 않았나요?"

조가 수줍게 물었다.

"이제 내 마음을 모두 털어놓겠소. 그러니 당신은 그런 내 마음을 소중히 생각해 줘야 하오. 사실, 뉴욕에서 작별 인사를 하면서 고백하고 싶었소. 그런데 그 잘생긴 친구가 당신과 약혼했다고 생각해서 말하지 못했던 것이오. 그때 내가 마음을 털어놓았다면 당신은 날 받아들였겠소?"

"잘 모르겠어요. 아마 못 했을 거예요. 그땐 내 가슴속에 사랑이라는 감정이 없었거든요."

"저런! 난 그 말을 믿지 않소. 그저 당신은 동화 속 왕자님이 숲을 헤치고 와서 사랑을 일깨워 줄 때까지 잠을 자고 있었을 뿐인 거요. 뭐, '첫사랑이 가장 좋다'고들 하지만 난 그것까진 기대하지 않소."

"맞아요. 첫사랑이 가장 좋죠. 그러니 만족하세요. 난 아무도 없었어요. 테디는 그저 어린 소년일 뿐이었고, 지금은 이미 망상에서 깨어났어요."

조는 교수님의 착각을 바로잡으려고 안절부절못하며 말했다.

"좋아요! 이제 나도 마음을 놓겠군요. 당신의 마음이 온전히 내 것이라고 확신할 수 있으니 말이오. 너무 오래 기다리는 바람에 이기적인 사람이 되어버렸다오."

"난 마음에 들어요."

조가 큰 소리로 말했다.

"자, 그럼. 이제 말해 봐요. 어떻게 내가 당신을 필요로 하는 줄 알고 그때에 딱 맞춰 나타난 거예요?"

"이거요."

바에르 씨가 조끼 주머니에서 낡은 종이 한 장을 꺼내었다.

조는 그 종이를 펼쳐보고 그것이 자신이 쓴 시라는 걸 알고는 얼굴이 확 달아올랐다. 가끔씩 시를 써서 신문에 기고하기도 했던 것이다.

"이 시가 왜요?"

조는 그의 말이 무슨 뜻인지 몰라 물었다.

"우연히 이 시를 읽었는데 시 속에 등장한 이름들과 시인의 이니셜을 보고 당신이 쓴 시라는 걸 알았소. 그 시 속에 한 줄이 나를 부르는 것 같았다오. 읽어보고 그 부분을 찾아봐요."

조는 그의 말을 따라 자신이 쓴 시를 서둘러 훑어보았다.

다락방에서

먼지 속 어렴풋이, 세월의 흔적을 간직한,
네 개의 작은 상자가 나란히 놓여 있다.
이제는 커버린 아이들이
오래전 보물을 숨겨 놓은 곳.
색 바랜 리본이 묶인
네 개의 작은 열쇠가 나란히 걸려 있다.
오래전 비 내리던 날,
치기 어린 자부심으로 리본을 묶었으리라.

네 개의 상자 뚜껑 위에는
네 개의 작은 이름이 새겨져 있다.
그 아래는
행복한 자매들의 역사가 담겨 있는 곳.
그 한때가 그려진다.
다락방에서 놀다 잠시 손을 놓은 채
지붕에 듣는 여름 빗방울에
가만히 귀 기울이는 모습들이.

첫 번째 상자 위의 이름, '메그'
매끄럽고 아름다운 상자 속을
난 사랑스러운 눈으로 들여다본다.
그 속에 단정히 놓인 건
평화로운 삶의 기록들.
부드러운 소녀가 받은 선물과
신부 드레스,
작은 구두와 아기의 곱슬머리.
이제 장난감은 다 치워지고
메그는 다른 소꿉놀이를 시작했으니.
아, 행복한 엄마가 된 메그!
부드럽고 나직하게 듣는 여름 빗방울 소리가
달콤한 자장가처럼 들리겠지.

두 번째 상자 위의 이름, '조'
많이 긁히고 해진 상자 속에는
잡동사니 난전이 펼쳐진다.

머리 없는 인형들과 찢어진 교과서,
더 이상 말이 없는 새와 동물들,
이제 요정의 나라는 사라진 지 오래인가.
미래의 꿈은 보이지 않고
과거의 달콤한 추억만이 가득하다.
쓰다 만 시들과 엉망진창 이야기들,
따뜻하고 차가운 4월의 편지들,
고집 센 아이의 일기.
이제 어른이 된 여자는 외로운 집에서
'사랑을 소중히 하면 사랑이 반드시 찾아온다'는
여름 빗방울의 슬픈 노래를 듣는다.

나의 '베스'!
그녀의 상자 위는 언제나 깨끗하다.
눈물을 머금은 사랑스러운 눈으로,
세심한 손길로,
먼지를 닦아낸다.
죽음은 한 사람의 성인을 만들고,
우리 가슴속에는
영원한 슬픔의 성전을 짓는다.
울린 적 없는 은종과
끝까지 쓰고 있던 작은 모자,
그녀의 문 위에 매달려 있던
아름다운 인형 캐서린.
고통의 감옥 속에서도
앓는 소리 하나 없이

부르던 그녀의 노래가
여름 빗방울 듣는 소리와 함께
영원히 울려 퍼지고 있다.

마지막 상자 위의 이름은,
아름다움과 진실의 전설이 되어
이제는 용감한 기사의 방패 속으로 들어간
'에이미'!
금발 머리를 감쌌던 머리 망,
기사와 마지막으로 춤을 출 때 신었던 구두,
조심스럽게 말린 색 바랜 꽃다발,
수명을 다한 부채,
열정적인 불꽃을 담은 밸런타인 카드,
소녀의 희망과 두려움, 수줍음이 담긴
자그마한 소품들.
이제 처녀 시절의 모든 추억을 뒤로하고
더욱 아름답고 더욱 진실된 모습으로
신부의 은색 종소리를 듣는구나.
여름 빗방울 듣는 소리가
축복의 후렴구처럼 들려온다.

먼지 속 어렴풋이, 세월의 흔적을 간직한,
네 개의 작은 상자가 나란히 놓여 있네.
행복과 불행을 거치며
사랑과 고난으로 자라난 네 명의 자매가
이제 사랑의 영원함을 깨닫게 되었으니.

오, 이 숨겨진 보물 상자가
신의 눈앞에 펼쳐질 때면
더욱 풍성해져 있으리.
행동은 빛 속에서 더욱 아름답게 빛나고
삶의 씩씩한 음악은 끝없이 길게 울려 퍼지길.
비 그친 뒤 나온 햇살 속에서
영혼은 기쁘게 노래 부르네.

J. M.

"아주 못 쓴 시예요. 하지만 이 시를 쓸 때의 감정은 그랬어요. 너무 외로웠고, 잡동사니를 앞에 두고 엉엉 울었거든요. 이렇게 내 속을 드러낼 거라고는 생각도 못 했어요."

조는 교수님이 그토록 오랫동안 소중히 간직해 온 종이를 찢으며 말했다.

"다 날려 버려요. 이 시의 임무는 끝이 난 거니까. 이제 난 당신의 작은 비밀들이 담긴 갈색 공책을 다 읽고 나서 새로운 시를 하나 간직하겠소."

바에르 씨는 미소를 지은 채 바람에 날려 사라지는 종잇조각을 지켜보며 말했다.

"그렇소."

그는 진지하게 덧붙였다.

"난 그 시를 읽고 혼자 생각했소. '그녀는 지금 슬프고 외로워. 진정한 사랑으로 위안을 얻을 수 있을지 몰라.' 내 가슴은 그녀에 대한 사랑으로 가득했고, 그래서 이렇게 말하기로 한 거요. '그렇게 보잘것없는 것이 아니라면 내 마음을 받아주길 바라오.'"

"그래서 당신이 온 거로군요. 이제 보잘것없는 것이 아니라 내가 가장 원하는 귀중한 마음이라는 걸 깨달았죠?"

조가 속삭였다.

"처음에는 그렇게 생각할 용기가 없었소. 하지만 당신이 그렇게 환대해 준 후로는 조금씩 희망을 갖기 시작했지. 나 자신에게 '목숨을 다해 노력하면 그녀를 차지할 수 있을' 거라고 말했고, 마침내 그렇게 해낸 거요!"

바에르 씨는 그들을 둘러싼 안개의 벽이 그가 무너뜨려야 할 장애물인 것처럼 힘차게 고개를 끄덕이며 소리쳤다.

조는 굉장하다고 생각했고, 그녀의 기사를 존경하기로 결심했다. 비록 그가 아주 화려하게 돌격하는 기사는 아니었지만 말이다.

"그런데 왜 그렇게 오랫동안 우리 집에 오지 않았던 거예요?"

그녀는 이제 허물없이 모든 걸 물어보고 답할 수 있는 게 좋아서 가만히 있지를 못했다.

"쉽진 않았소. 하지만 당신에게 편안한 삶을 줄 수 없는데 그렇게 행복한 집에서 당신을 빼내 올 수가 없었소. 자리를 잡으려면 시간도 많이 걸릴 테니 말이오. 어떻게 당신에게 이 가난한 늙은이를 위해 많은 것을 포기하라고 청할 수 있겠소?"

"당신이 가난해서 다행인걸요. 난 부자 남편은 견뎌낼 수 없을 거예요!"

조가 단호하게 말하고는 조금 부드러워진 어조로 덧붙였다.

"가난을 두려워 마요. 난 오랫동안 가난을 겪어봐서 하나도 두렵지 않아요. 사랑하는 사람을 위해 열심히 일하는 행복도 알고 있죠. 그리고 당신을 늙은이라고 부르지 마요. 한번도 그렇게 생각해 본 적 없으니까요. 게다가 당신이 일흔 살이라도 사랑할 수밖에 없었을 거예요."

　바에르 씨는 너무나 감동해서 손수건이 필요할 정도였다. 조가 대신 그의 눈물을 닦아주었고, 그의 손에서 짐을 한두 개 빼앗아 들더니 웃으며 말했다.

　"내가 너무 씩씩한 것인지는 모르겠지만 아무도 날 비난하지 못해요. 눈물을 닦고 짐을 드는 건 여성의 특별 임무인걸요. 프리드리히, 나도 짐을 나눠 들게 해줘요. 함께 집을 꾸려나가자고요. 지금 결정을 내려요. 아니면 난 꼼짝도 않을 거예요."

　조가 결연하게 말하면서, 그의 짐을 다시 빼앗으려고 애를 썼다.

　"오랫동안 기다릴 수 있겠소, 조? 난 멀리 가서 혼자 일하지 않으면 안 되오. 조카들을 우선할 수밖에 없기 때문이오. 아무리 당신을 위해서라도 미나와의 약속을 깰 순 없소. 그 점을 용서해 주겠소? 그리고 행복한 미래를 그리며 기다릴 수 있겠소?"

　"그럼요. 서로를 사랑하는 마음만 있으면 다 괜찮아요. 나도 내 의무를 다해 일을 할 거예요. 나야말로 아무리 당신을 위한다고 해도 가족을 위한 의무를 저버리고는 즐겁게 살 수 없으니까요. 그러니 조급하게 생각할 필요 없어요. 당신은 서부에서, 나는 이곳에서 서로 최선을 다하면 되는 거죠. 미래는 하느님의 의지에 맡기고 우리는 희망을 품고 행복하게 살자고요."

　"아! 당신은 나에게 그렇게 큰 희망과 용기를 주는데, 내가 줄 수 있는 거라고는 가슴 가득한 사랑과 이 빈손뿐이구려."

　바에르 씨가 감정에 북받쳐 소리쳤다.

　조는 결코 품위 있게 행동할 수 없는 여성인 모양이었다. 마침 그들은 계단 위에 서 있었는데, 그녀는 그의 양손을 맞잡으며 "이러면 빈손이 아니죠."라고 부드럽게 속삭이더니 우산 속에서 고개를 숙여 그녀의 프리드리히에게 입맞춤을 했던 것이다. 끔찍한 행동이었지만 그녀는 저 울타리에 앉아 있는 참새 떼가 사람들이었더라도 그렇게 했을 터였다. 조는 행복한 감정에 푹 빠져 아무것도 눈에 보이지 않는 상태였기 때문이다. 아주 간단한 몸짓이었지만, 두 사람의 삶에서 가장 빛나는 순간이었다. 이제 밤과 폭풍, 외로움은 가정의 불빛, 따스함, 평화로 바뀌었고, 그 따뜻한 가정이 그들을 기쁘게 기다리고 있었다. 조는 그녀의 사랑을 집 안으로 들이고 문을 닫았다.

47장

결실의 계절

일 년 동안 조와 바에르 씨는 희망과 사랑으로 기다리면서 열심히 일했다. 그들은 가끔씩 만났고, 수많은 편지를 주고받았다. 그 모습에 로리는 종잇값이 오른 게 모두 두 사람 때문이라는 농담도 했다. 이 년째가 되는 해는 약간 울적하게 시작되었다. 두 사람의 앞날이 그다지 밝은 것 같지 않았고, 마치 숙모 할머니가 갑자기 돌아가셨기 때문이다. 그러나 슬픔이 조금 가라앉고 나자 (입은 험한 마치 숙모 할머니였지만 다들 할머니를 사랑했다.) 다들 기뻐할 일이 생겼다. 마치 숙모 할머니가 플럼필드를 조에게 남겼던 것이다.

"멋진 저택이지. 팔면 돈이 꽤 될걸. 물론 팔 생각이지?"

몇 주 후, 모두들 플럼필드에 대해 이야기를 나누던 중에 로리가 물었다.

"아니, 안 팔아."

조의 단호한 대답이었다. 그녀는 돌아가신 할머니를 위해 대신 맡게 된 뚱뚱한 푸들을 쓰다듬고 있었다.

"그래도 거기에서 살 작정은 아니지?"

"아니, 살 건데."

"그래도 정말 거대한 저택인 데다 제대로 유지하려면 돈이 엄청 들 텐데. 정원과 과수원만 해도 하인 두셋은 필요하고, 농사는 바에르 씨가 할 수 있는 일이 아니잖아. 내가 맡을게."

"내가 제안하면 그도 손을 보탤 거야."

"그러면 그 농장에서 나오는 걸로 먹고살려는 생각인 거야? 말은 좋지만 정말 뼈 빠지게 고생할걸?"

"우리가 길러낼 곡식은 고생하는 보람이 있는 작물이야."

조가 웃음을 터뜨렸다.

"그 훌륭한 작물이 무엇인가요, 부인?"

"소년들! 어린아이들을 위한 학교를 열고 싶어. 행복하고 집 같은 학교를 열어서 난 학생들을 돌보고 프리드리히는 가르치고 말이야."

"정말 조다운 계획인걸! 정말 어울리지 않아요?"

로리는 자신만큼이나 놀란 것 같은 가족들을 향해 소리쳤다.

"난 마음에 드는구나."

마치 부인이 단호하게 말했다.

"나도 그렇단다."

마치 씨가 덧붙였다. 그는 요즘 아이들에게 소크라테스식 교육법을 적용해 볼 생각에 표정이 밝아졌다.

"조가 정말 많이 힘들 텐데."

메그가 자신의 진을 쏙 빼놓는 아들의 머리를 쓰다듬으며 말했다.

"조라면 할 수 있을 것이고, 그 일을 하면서 행복할 테지. 정말 굉장한 생각이구나. 전부 다 털어놓으렴."

로렌스 씨가 큰 소리로 말했다. 그는 오랫동안 조와 바에르 씨를 도와주고 싶었지만, 그들이 거절할 것을 알고 이제껏 잠자코 있었던 것이다.

"할아버지께서 늘 힘이 되어주시려 한 걸 잘 알고 있어요. 에이미도 마찬가지고요. 그 아이는 신중해서 입 밖으로 꺼낸 적은 없었지만, 눈에서 그런 의지가 보였죠. 자, 친애하는 가족 여러분."

조가 진지하게 말을 이었다.

"이 계획은 새롭게 생각한 것이 아니라 오랫동안 간직해 온 꿈이었어요. 프리드리히가 날 찾아오기 전에 난 돈을 벌고 가족들이 날 필요로 하지 않게 되면, 큰 집을 사서 가난하고 엄마 없이 외로운 아이들을 데려다 돌보며 살아가리라 생각했죠. 너무 늦기 전에 그 아이들이 즐겁게 살 수 있도록 해주고 싶었어요. 제때에 도움의 손길이 닿지 않아 망가지는 아이들을 너무나 많이 봤거든요. 난 그들의 외로움과 고통을 잘 이해할 수 있어요. 오, 정말 그들에게 엄마 같은 사람이 되고 싶어요!"

마치 부인은 조에게 손을 내밀었고, 조는 미소를 지으며 그 손을 잡았다. 조는 눈물을 글썽이며 요새는 좀처럼 볼 수 없었던 예전의 열정적인 모습으로 말을 이었다.

"내 계획을 프리드리히에게 한번 말한 적이 있었는데, 그도 원하던 일이라며 우리가 부자가 되면 실행에 옮기자고 했어요. 그는 마음씨가 정말 착해요. 평생토록 가난한 아이들을 보살피고 있는 상황이니 부자가 되기는커녕 돈이 주머니에 남아 있을 수가 없죠. 하지만 큰 사랑을 베풀어주신 할머니 덕분에 난 부자가 되었어요. 최소한 기분만은 그렇답니다. 플럼필드에 살면서 멋진 학교도 세울 수 있으니까요. 그 집은 크고 튼튼하니 정말 남자아이들에게 딱 어울리는 장소예요. 수십 개의 방이 있고, 바깥에는 넓은 운동장이 있죠. 그 아이들은 정원과 과수원 일을 도울 수 있을 거예요. 그런 일은 건강에 좋잖아요. 그렇죠, 할아버지? 프리드리히는 자신의 방식대로 아이들을 가르칠 수 있고, 아버지는 그를 도와주실 테죠. 난 아이들을 돌보고 다독이고 꾸짖을 거고, 어머니도 손을 빌려주시겠죠? 난 늘 사내아이들과 함께 놀고 싶었어요. 이제 저택을 소년들로 가득 채우고 마음껏 꼬마들과 어울릴 수 있겠죠. 얼마나 좋을지 생각해 보세요. 플럼필드가 내 것이고 활달한 아이들과 함께 뛰어놀 수 있다니!"

조가 손을 흔들며 기쁨에 찬 한숨을 내쉬자, 가족들은 다들 배를 잡고 웃었다. 로렌스 씨는 병이 아닌가 싶을 정도로 웃음을 그치지 않았다.

"뭐가 그렇게 우스운 거예요?"

조가 진지하게 말했다.

"나의 교수님이 학교를 열고 내가 내 저택에서 살겠다는데, 이보다 더 자연스럽고 당연한 일이 어디에 있어요?"

"벌써 일이 다 이루어진 듯 말하네?"

로리가 조의 계획이 비현실적이라고 생각하며 말했다.

"그렇다면 어떻게 유지 비용을 마련할 건지 물어봐도 되겠어? 모든 학생들이 다 부랑아라면 돈이 나올 구멍이 없는 거잖습니까, 바에르 부인?"

"시작하기도 전에 초 치는 거야, 테디? 물론 부자 학생도 받아들일 거야. 어쩌면 처음 시작은 부자 학생들만으로 해야겠지. 그렇게 시작해서 한두 명 정도 부랑아를 받아들이는 거야. 부유한 아이들도 가난한 아이들과 마찬가지로 보살핌과 위로가 필요한 법이야. 하인들에게만 맡겨진 불행한 아이들이나 자꾸 앞으로 나설 것을 강요당하는 내성적인 아이들을 본 적이 있거든. 게다가 부모의 관심을 받지 못해서 응석받이에 장난꾸러기로 자란 아이나 엄마가 없는 아이도 많아. 그들은 사춘기 시절을 잘 보내야 하는데, 그 시기가 인내심과 애정이 가장 필요한 때야. 그런데 사람들은 그들을 비웃고 이리저리 몰고 다니며 재촉하면서, 단번에 귀여운 어린이에서 훌륭한 청년으로 변하기를 바라지. 아이들은 제대로 불평도 하지 못한 채 마음속으로 불만만 쌓아가는 거야. 나도 겪었던 일이기 때문에 잘 알아. 그래서 그런 아이들에게 특별히 관심을 가지고 그들의 덤벙대는 겉모습이 아니라 가슴속의 따스함과 솔직함을 알아주고 싶어. 난 이미 그런 소년을 가족의 자랑거리로 길러낸 경험이 있잖아?"

"그건 내가 보증하지."

로리가 고마운 표정으로 말했다.

"더군다나 내 기대보다 훨씬 더 큰 성공을 거둔 셈이야. 테디, 너를 봐. 열심히 일하는 현명한 사업가인 데다 가진 돈으로 많은 선행을 베풀며 가난한 사람들에게 축복을 주고 있잖아. 넌 그저 단순한 사업가가 아니라 좋고 아름다운 것을 사랑하고 즐기며 늘 남들과 반으로 나누면서 살지. 난 네가 정말 자랑스러워, 테디. 해마다 더 좋은 사람이 되고 있어. 다들 느끼고 있지만 네가 그런 말을 못 하게 할 뿐이잖아. 그래, 내 학생들이 모이면 난 널 가리키면서 '얘들아, 너희들도 저분처럼 되어야 한다.' 하고 말할 거야."

로리는 이런 찬사에 눈 둘 곳을 모를 정도로 수줍어했다. 모든 사람들의 얼굴이 자신을 칭찬하듯 쳐다보자 더더욱 얼굴을 붉혔다.

"조, 그건 너무 과한 칭찬이야."

다시 소년으로 돌아간 것 같은 어조로 로리가 말했다.

"평생을 감사해도 다 못 할 만큼 나에게 베풀어준 건 너잖아. 난 그저 너를 실망시키지 않으려고 최선을 다한 것뿐이야. 그런데 요즘 들어 네가 날 좀 멀리하더라. 그래도 난 최선을 다해 도왔어. 게다가 나와 늘 함께하는 이 두 사람의 도움도 무시해선 안 되지."

그는 한 손은 할아버지의 흰 머리 위에, 다른 한 손은 에이미의 금발 머리 위에 살포시 놓았다. 이 세 사람은 결코 떨어지는 법이 없었다.

"세상에서 가장 아름다운 존재는 정말 가족밖에 없어!"

조가 유난히 들뜬 목소리로 소리쳤다.

"나만의 가족이 생긴다면 이 세 식구만큼 행복하게 서로를 사랑할 거야. 지금 여기에 존 형부와 나의 프리드리히만 있다면 세상 부러울 게 없을 텐데."

조는 목소리를 조금 낮추어 덧붙였다. 그날 밤, 온갖 희망과 계획이 오고 간 가족회의를 마친 뒤 방으로 돌아간 조는 행복감에 가슴이 꽉 차서 도저히 마음을 진정시킬 수가 없었다. 다만 언제나 조의 침대 곁을 지키고 있는 빈 침대 옆에 무릎을 꿇고 앉아서 베스를 생각하니 조금 진정이 되는 듯했다.

다음 일 년은 정말 놀라운 한 해였다. 모든 일들이 착착 진행되었다. 조는 눈 깜짝할 사이에 결혼해서 플럼필드에 자리를 잡고 살고 있었다. 그리고 예닐곱 명의 소년들이 버섯처럼 솟아났고, 놀라울 정도로 이곳에 잘 적응했다. 부자 학생들뿐만 아니라 가난한 소년들도 모여들었다. 로렌스 씨가 가슴 뭉클한 사연이 많은 아이들을 꾸준히 찾아내어, 바에르 부부에게 아이를 맡아달라고 부탁했기 때문이다. 이렇게 하면 적은 액수나마 후원금을 낼 수 있어서 이 꾀 많은 노신사는 조의 곁을 맴돌며 조가 좋아할 만한 아이들을 계속 데려왔다.

당연히 처음에는 힘든 일이 쌓여 있는 가시밭길이었고, 조는 괴상한 실수를 연발했다. 그러나 현명한 바에르 교수님이 조를 안전하게 이끌었고, 말썽을 부리던 부랑아도 끝내는 얌전해졌다. 조는 자신이 말했던 대로 활달한 사내아이들과 마음껏 뛰어놀았다. 깔끔하던 플럼필드라는 성역이 이제는 수많은 소년들이 들락거리는 곳으로 변한 모습을 가엾은 마치 숙모 할머니가 봤다면 한탄을 금치 못했을 것이다. 생전에 노부인은 이 근방 아이들에게 공포의 대상이었는데, 이제는 이곳이 소년들의 천국이 되었으니 어쩌면 공평한 변화일지도 모르겠다. 어쨌든 소년들은 예전에는 금지되었던 일을 모두 할 수 있었다. 자두를 마음대로 딸 수 있었고, 더러운 부츠로 자갈을 차도 괜찮았다. 예전에는 발만 들여놔도 혼쭐이 났던 넓은 뜰에서 이제는 크리켓 경기를 하며 놀았다. 로리는 칭찬의 뜻으로 이곳을 '바에르 정원'이라고 불렀다. 정말 딱 어울리는 별명이 아닌가.

화려한 학교도 아니었고 바에르 부부의 재산이 불어나지도 않았지만, 조가 목표했던 대로 '교육과 보살핌, 애정이 필요한 소년들을 위한 행복하고 집 같은 학교'가 되었다. 큰 저택의 모든 방은 금세 채워졌고, 정원의 구역마다 이내 주인이 생겼으며, 애완동물을 키울 수 있었기에 창고와 헛간에는 사육장이 들어섰다. 하루에 세 번씩 조는 긴 식탁의 상석에 앉아 맞은편에 앉은 남편을 향해 환한 미소를 보냈다. 양옆으로는 행복한 얼굴의 소년들이 쭉 앉아서 애정 어린 눈빛으로 '바에르 엄마'를 쳐다보았다. 그들은 조에게 늘 비밀 얘기를 들려주며 사랑 가득한 마음을 보여 주었다. 이제 조는 수많은 소년들과 함께 지내게 되었지만 결코 지치는 법이 없었다. 물론 그 아이들은 천사가 아니었고, 몇몇은 바에르 부부에게 크나큰 고통과 걱정을 안겨 주기도 했다. 그러나 조는 가장 장난기 많고 다루기 힘들며 애먹이는 부랑아들의 가슴속에도 좋은 점이 반드시 있다고 믿었다. 그래서 끊임없이 인내하며 솜씨 좋게 아이들을 대했고, 마침내 성공했다. 바에르 아버지는 언제나 태양처럼 인자하게 대해 주고 바에르 어머니는 수백 번 용서해 주는데, 어떤 아이가 오래 뻗댈 수 있겠는가. 조에게 이 녀석들과의 우정은 아주 소중했다. 아이들이 잘못을 뉘우치는 훌쩍임과 속삭임, 그들이 들려주는 우스꽝스럽거나 감동적인 비밀 얘기, 그들의 열정과 희망, 계획, 심지어 불행한 일까지도 조에게는 너무나 귀중했던 것이다. 조는 뭔가 부족한 학생들을 더욱 사랑했다. 발달이 더딘 소년과 수줍음을 많이 타는 소년, 연약한 소년, 소란스러운 소년, 말을 더듬는 소년, 절름발이 소년, 콰드룬[58] 혼혈아 등 거의 모든 학교가 기피하는 아이들도 이곳 '바에르 정원'에서는 환영받았다. 물론 세간에서는 혼혈아를 받아들였으니 이제 이 학교는 끝이라고 예언하는 사람들도 있긴 했다.

고된 일과 걱정거리, 소란이 끊이지 않았지만, 조는 이곳에서 아주 행복했다. 그녀는 진심으로 학교 일을 즐겼고, 세상의 어떤 칭찬보다도 아이들의 갈채가 더욱 만족스러웠다. 이제 조는 자신을 열정적으로 따르고 떠받드는 이들 무리에게만 자신이 지은 이야기를 들려주고 있었다. 세월이 흘러서 어느덧 조가 낳은 아들도 두 명이나 되었고 조의 행복은 더욱 커졌다. 한 아이는 할아버지의 이름을 따서 로브라고 지었고, 다른 아이는 테디였다. 테디는 아빠의 햇살 같은 성격과 엄마의 활발한 정신을 물려받은 아주 태평스러운 아기였다. 그들의 할머니와 이모들은 이렇게 사내아이들로 넘쳐 나는 정신없는 곳에서 아기들이 잘 자랄까 걱정이었다. 그러나 두 아기는 봄에 피어나는 민들레처럼 쑥쑥 자랐고, 거친 형들도 그들을 애지중지했다.

플럼필드에는 휴일이 많았고 가장 신 나는 연례행사 중 하나가 사과 따기였다. 이때만 되면 마치가와 로렌스가, 브룩가, 바에르가 할 것 없이 모두들 전력을 다해 사과 따기에 열중했다. 조의 결혼식이 있은 지 오 년째 되는 해에도 어김없이 이 행사가 벌어졌다. 과실이 풍성히 익어가는 10월의 어느 날, 가을 공기가 신선해서 다들 사기가 올랐고, 혈관 속에는 피가 들끓었다. 오래된 과수원은 이미 행사를 위한 준비를 마친 것처럼 보였다. 국화꽃과 과꽃이 이끼 낀 벽의 가장자리를 장식하고 있었고, 메뚜기가 마른 풀밭을 기운차게 뛰어다니며, 귀뚜라미가 축제를 알리는 신호처럼 울고 있었다. 다람쥐들은 열매를 수확하느라 바쁘고, 새들은 정든 나무에게 작별 인사라도 하는 양 지저귀고 있었다. 나무는 조금만 건드려도 빨갛고 노란 사과를 후드득 떨어뜨릴 것만 같았다. 다들 이곳에 모였다. 웃고 노래하며 오르고 뛰어내렸다. 모두들 이렇게 완벽하고 즐거운 날은 없었다고 입을 모았다. 이 세상에 아무런 걱정이나 슬픔이 없는 것처럼 자유롭게 이 단순한 즐거움에 온몸을 바쳤다.

마치 씨는 주변을 차분히 걸어 다니며 로렌스 씨에게 투서와 카울리, 콜루멜라의 시[99]를 읊어주었다. 물론 '부드러운 사과로 만든 와인 같은 주스'를 즐기면서 말이다.

바에르 교수는 건장한 독일인 기사처럼 창 대신 막대기를 든 채 녹색의 길을 오르내리며 소년들을 이끌었다. 사내아이들은 갈고리를 만들고 사다리 조를 구성해서 땅과 나무 위를 오갔다. 로리는 어린아이들을 담당했다. 자신의 작은딸을 곡식 바구니에 넣어 들고 다녔고, 데이지를 새 둥지가 있는 곳까지 올려주고 모험심 강한 로브가 다치지 않도록 신경 썼다. 마치 부인과 메그는 사과 더미 가운데 여신처럼 앉아서 계속 쏟아져 들어오는 과일을 분류했다. 에이미는 아름다운 엄마의 표정을 지은 채 여러 사람들을 스케치했다. 그러면서 자신의 옆에서 자신을 흠모의 눈길로 쳐다보며 앉아 있는 창백한 얼굴의 소년을 돌보았다. 소년의 옆에는 작은 목발이 놓여 있었다.

그날 조는 물 만난 물고기처럼 활기차게 돌아다녔다. 드레스 자락을 올려 핀으로 고정하고 모자는 머리가 아닌 다른 곳에 걸친 채 아기를 팔 아래에 끼고는 어떤 모험에라도 뛰어들 태세였다. 어린 테디는 아주 즐거워했다. 조는 테디가 한 소년을 따라 나무 사이로 사라지거나 서로의 등을 타고 뛰어내리거나 신 사과를 먹어도 별로 걱정하지 않았다. 테디의 관대한 아버지는 아이에게 신 사과를 주면서도 아기들이란 양배추 절임에서 단추, 손톱, 아기 신발까지 모든 것을 소화할 수 있다고 믿었다. 조는 어린 테디가 때가 되면 장밋빛 얼굴에 지저분한 모습으로 무사히 다시 나타날 것이라는 걸 알고 있었고, 그럴 때면 늘 진심 어린 포옹으로 맞이했던 것이다. 그녀는 자신의 아기들을 정말 사랑했다.

4시가 되자 다들 지쳤는지 빈 바구니를 옆에 놓고 휴식을 취하면서 각자의 찢긴 옷과 몸에 든 멍을 비교했다. 그러자 조와 메그가 큰 소년들을 이끌고 풀밭에 저녁을 차리기 시작했다. 바깥 활동에서는 음식을 먹는 순간이 가장 즐거운 법이었다. 이제 이 땅은 정말로 젖과 꿀이 흐르는 곳이 되었다. 아이들은 꼭 식탁에서가 아니라 각자 마음에 드는 곳에서 음식을 먹어도 괜찮았다. 자유야말로 소년들에게 가장 좋은 반찬이었고, 그들은 이 특권을 실컷 누렸다. 어떤 아이들은 즐거운 실험을 한답시고 물구나무를

선 채로 우유를 마시려고 애를 썼다. 다른 아이들은 등 짚고 뛰어넘기 놀이를 하면서 파이를 먹었다. 온 들판에 쿠키 조각이 흩어졌고 사과 파이가 새로운 종의 새처럼 나무 위에 앉아 있었다. 어린 소녀들은 그들만의 다과회를 벌였고, 테디는 음식 사이를 마음껏 뒹굴었다.

다들 배가 차서 더 이상 먹을 수 없을 정도가 되자 바에르 교수가 "마치 숙모 할머니를 위하여, 그녀에게 신의 축복을!"이라며 첫 건배를 들었다. 그는 숙모 할머니에게 감사하는 마음을 잊는 법이 없었으며, 이렇게 늘 그녀를 위한 건배를 들기 때문에 학생들도 마치 숙모 할머니의 존재를 잘 알고 언제나 기억했다.

"자, 이젠 할머니의 육십 세 생신을 위하여! 만수무강하세요!"

건배가 한번 시작되자 멈추기가 어려웠다. 그들의 특별 후원자인 로렌스 씨부터 주인을 잃고 방황하던 애완동물 기니피그까지, 모두의 건강을 위한 건배가 이어졌다. 가장 큰 손자인 데미는 오늘의 주인공인 할머니에게 다양한 선물을 선사했다. 너무 많아서 손수레로 옮겨야 할 정도였다. 선물 가운데는 웃긴 것도 있었지만, 다른 이의 눈에는 흠집투성이로 보이는 선물도 할머니의 눈에는 보석처럼 보였다. 데이지의 작은 손이 한 땀 한 땀 정성스레 꾸민 손수건은 마치 부인에게 어떤 자수보다도 훨씬 훌륭한 것이었고, 데미의 구두 상자는 비록 뚜껑이 닫히지 않는 것이었지만 훌륭한 것이었다. 로브의 휴대용 발판은 흔들려서 다리가 평평하게 놓이지 않았지만, 마치 부인은 정말 편안하다고 말했다. 에이미의 딸이 건넨 귀중한 책에서는 "사랑하는 할머니에게, 어린 베스가."라는 글씨가 삐뚤빼뚤 적혀 있는 장이 가장 아름답게 느껴졌다.

이러는 동안 소년들이 어디론가 사라졌다. 마치 부인이 손자 손녀들에게 감사를 전하면서 결국 울음을 터뜨리고 말았고, 테디가 자신의 옷으로 할머니의 눈물을 닦아주었다. 그때 바에르 교수가 갑자기 노래를 부르기 시작했다. 그러자 그의 위쪽에서 여러 목소리가 겹쳐졌고, 나무 사이로 합창 소리가 메아리쳤다. 소년들은 온 마음을 담아 노래 불렀다. 이 노래는 조가 가사를 쓰고 로리가 곡을 붙여서 바에르 씨가 그의 학생들을 훈련시킨 결과였다. 정말 새롭고 놀라운 선물이어서 마치 부인은 감격에 겨워 어쩔 줄을 몰라 했다. 그녀는 키가 큰 프란츠와 에밀에서부터 가장 맑은 소리를 내는 작은 혼혈아에게 이르기까지 날개 없는 천사들에게 계속 손을 흔들었다.

노래 선물을 마친 소년들은 마지막 놀이를 위해 제각기 흩어졌고, 마치 부인과 그녀의 딸들은 나무 아래에 그대로 남았다.

"이제 다시는 나 자신을 '불행한 조'라고 부르지 못할 거야. 가장 큰 소원이 이렇게 멋지게 이뤄진걸."

바에르 부인이 정말 즐겁게 우유 통 안을 휘저어 대는 테디의 작은 손을 건져내며 말했다.

"하지만 오래전에 언니가 그렸던 인생과는 정말 다르지. 우리가 서로에게 말했던 공상의 성 기억나?"

에이미는 로리와 존 형부가 소년들과 크리켓을 하는 모습을 흐뭇하게 바라보며 물었다.

"저들 좀 봐! 저렇게 일을 잊고 온종일 즐겁게 노는 모습을 보니 내 마음이 다 흡족해."

이제는 모든 면에서 엄마 같은 분위기가 물씬 풍기는 조가 대답했다.

"그래, 기억나. 하지만 그때 내가 원했던 인생은 지금 생각하면 이기적이고 외롭고 차가운 느낌만 들 뿐이야. 좋은 책을 쓰고 싶다는 꿈은 아직 포기하지 않았어. 때를 기다릴 거야. 이 모든 경험과 모습들이 내 글에 녹아들 날이 오겠지."

조는 저 멀리에서 활발히 뛰어노는 아이들과 아버지, 어머니를 차례로 가리켰다. 아버지는 교수의 팔에 기댄 채 햇살 속을 오가며 즐거운 대화에 푹 빠져 있었고, 어머니는 무릎과 발치에 손자 손녀들을 앉힌 채 딸들에게 둘러싸여 있었다.

"내가 원한 꿈은 거의 다 이뤄졌어. 분명히 화려한 것들을 원했지만, 속으로는 작은 집과 존, 귀여운 아이들만 있다면 만족하리라는 걸 알고 있었어. 감사하게도 난 그 모든 걸 가졌으니 이 세상에서 가장 행복한 여자야."

메그는 흡족하고 다정한 얼굴로 키가 큰 아들의 머리 위에 손을 얹었다.

"지금 내 삶은 예전의 계획과는 전혀 달라. 하지만 바꾸고 싶은 마음은 없어. 물론 나도 조 언니처럼 아직 예술적인 꿈을 버리지 못했어. 다른 이들의 꿈을 돕는 일에만 전념하고 싶지는 않거든. 요즘에는 아기 모형을 만드는 일에 푹 빠졌어. 이제껏 시도한 분야 중에서 나랑 가장 잘 맞나 봐. 로리도 가장 낫다고 하더라고. 열심히 해볼 작정이야. 그러면 무슨 일이 일어나더라도 최소한 내 작은 천사의 모습은 영원히 간직할 수 있을 테니까."

에이미는 이렇게 말하면서 눈물을 흘렸고, 큰 눈물방울이 그녀의 품속에 잠들어 있는 아이의 금발 머리에 떨어졌다. 에이미의 사랑스러운 딸은 몸이 연약했고, 딸을 잃을지도 모른다는 끔찍한 생각이 에이미의 환한 마음에 그늘을 드리웠다. 이 고통스러운 일로 로리와 에이미의 관계는 더욱 돈독해졌다. 사랑과 슬픔이 그들 둘을 단단히 묶어주었던 것이다. 에이미는 더욱 다정하고 생각이 깊어졌으며, 로리는 더욱 진중하고 강해졌다. 두 사람은 아름다움과 젊음, 많은 재산, 심지어 사랑조차도 걱정과 고통, 슬픔을 막지 못한다는 것을 배워가고 있었다. "어느 삶에나 빗방울은 떨어지는 법, 어떤 날은 흐리고 슬프고 음울하리."[60]라는 시처럼 말이다.

"베스는 점점 더 좋아질 거야. 내가 보증하마. 그러니 낙담하지 말고 희망을 가져. 행복한 마음으로 살아야 한단다."

마치 부인이 말했다. 다정한 마음씨를 지닌 데이지는 무릎을 굽힌 채 사촌의 창백한 볼에 자신의 장밋빛 뺨을 갖다 대었다.

"저를 위로해 주는 엄마와 마음의 고통을 함께 나누는 로리가 있는 한 낙담하지 않아요."

에이미가 온화하게 대답했다.

"로리는 자신의 걱정은 내보이려 하지 않고 나만을 위해 참고 견디며 다정하게 대해 줘요. 베스에게도 참 헌신적인 아빠고요. 언제나 내게 위안이 되는 사람이죠. 그래서 큰 걱정이 있긴 하지만, 나도 메그 언니처럼 '감사하게도 난 정말 행복한 여자야.'라고 말할 수 있어요."

"굳이 말할 필요를 못 느낄 정도로 나도 정말 행복해요."

조가 그녀의 좋은 남편과 통통한 아들을 보며 덧붙였다.

"프리드리히는 흰머리가 늘었고 몸이 더 불었어요. 난 서른이 넘었고 점점 그림자처럼 말라가고 있죠. 우리는 결코 부자가 될 수 없을 테고, 플럼필드는 언제라도 불에 타버릴지 몰라요. 구제불능인 토미 뱅스가 또 침대보를 덮어쓴 채 담배를 피울 테니까요. 벌써 세 번이나 불이 났죠. 하지만 이 모든 상황에도 난 불만이 없어요. 내 인생에서 이렇게 죽도록 즐거웠던 적은 없었으니까요. 아, 내 말은 이해해 주세요. 소년들과 함께 살다 보니 가끔씩 험한 표현이 튀어나오거든요."

"그래, 조. 넌 정말 좋은 결실을 거둬들일 게다."

테디를 빤히 바라보며 겁을 주고 있는 검고 큰 귀뚜라미를 쫓아 보내며 마치 부인이 입을 열었다.

"전 엄마의 반에도 못 미치죠. 정말 엄마가 우리에게 보여 주신 사랑과 인내는 평생토록 감사해도 모자랄 정도예요."

조가 감정에 북받쳐 소리쳤다.

"난 해마다 더 많은 결실이 맺어지길 바라요."

에이미가 부드럽게 말했다.

"아무리 큰 결실이라도 엄마는 넉넉히 받아들일 수 있다는 걸 잘 알죠."

메그의 애정 어린 목소리도 들려왔다.

마치 부인은 감동에 젖어 딸들과 손자 손녀들을 다 끌어안을 듯이 팔을 뻗었다. 그러면서 엄마의 사랑과 감사가 듬뿍 담긴 목소리와 표정으로 이렇게 말했다.

"오, 내 딸들. 지금 내가 얼마나 행복한지 너희는 상상도 못 할 거야!"

주해

1) 파로스 섬에서 나는 백색 도자기로 만든 프시케 조각상. 종종 나비 날개를 단 여성으로 표현된다.
2) 리처드 존 레이먼드가 쓴 「투들스」라는 연극(1831년에 초연)에는 경매장에 가서 모든 물건을 보는 족족 사들이는 걸 광적으로 좋아하는 인물이 등장하는데, 이 사람을 넌지시 빗댄 말이다.
3) 디킨스의 소설 『데이비드 코퍼필드 David Copperfield』에서 나이 든 과부인 거미지 부인은 미국으로 이민을 가는 도중에 그 배의 요리사에게 청혼을 받는다. 페고티 부인의 말에 따르면 거미지 부인은 "'정말 고마워요, 하지만 이 나이에 그렇게 큰 변화는 원치 않아요.'라고 말하는 대신, 옆에 있던 양동이를 들어 요리사의 머리 위로 물을 부어버렸고 그 불쌍한 요리사는 고함을 치며 도움을 청할 정도"였다고 한다.
4) 제우스와 헤라의 딸로 젊음의 여신이다. 신들의 잔에 음료를 채우는 일을 했다.
5) 백색 목재 표면에다 불에 달군 뜨거운 나무 막대로 그림을 그리는 것.
6) 영국의 배우. (옮긴이)
7) 합스부르크 공국의 여제인 마리아 테레지아(1717~1780)처럼 여왕 같은 태도를 취한다는 말. 이 여제는 개혁과 중앙집권화에 힘썼으며 기초 교육을 위한 틀을 닦았다.
8) 토머스 모턴(Thomas Morton, 1764?~1838)이 쓴 희곡 「열심히 밭을 갈아라 "Speed the Plough"」(1798)에서 결코 등장하는 법 없이 언급만 되는 인물. 이후 이 희곡의 캐릭터로 인해서 '그런디 부인(Mrs. Grundy)'은 고루한 예의범절을 상징하는 인물이 되었다.
9) 영국의 일기 작가인 존 이블린(John Evelyn, 1620~1706)을 가리킨다. 그는 1699년에 『샐러드에 관한 이야기 Aceteria, A Discourse of Sallets』를 펴냈다.
10) 그 당시 잘나가던 대중 소설가 E. D. E. N. 사우스워스(Southworth, 1819~1899)를 풍자적으로 빗댄 이름. 그녀는 종종 연재 형식으로 소설을 펴냈다.

11) 조반니 바티스타 벨조니(Giovanni Battista Belzoni, 1778~1823)는 이탈리아의 탐험가이자 고고학자로, 이집트 기자(Giza)에서 두 번째 피라미드의 출입구를 발견한 사람이다.
12) 이집트 고왕구 제4왕조의 제2대 파라오로, 가장 큰 피라미드를 남겼다. (옮긴이)
13) 고대 이집트인이 신성시한 갑충. (옮긴이)
14) 1775년 11월 1일(모든 성인의 축일, All Saints' Day)에 리스본에서는 거대한 지진이 두 번이나 발생했고, 홍수와 화재가 그 뒤를 따랐다. 삼만 명의 사람이 죽었고 구만 채가 넘는 건물이 무너진 것으로 알려져 있다.
15) P. B. 셸리는 자신의 시 「아도네이스, 존 키츠의 죽음에 부쳐」(1821)의 서문에서 다음과 같이 적고 있다. "내가 이 보잘것없는 시를 바치는 고인의 천재성은 아름다운 만큼 섬세하고 연약했다. …… 그의 시 「엔디미온」에 대한 《계간 평론》의 무례한 비평이 그의 민감한 마음에 큰 상처를 냈다. 이로 인한 마음의 불안은 끝내 폐의 혈관파열로 이어졌다. 그 후 이 시는 급속도로 팔려 나갔고, 그의 진정한 힘을 인정하는 많은 독자들의 평가가 이어졌지만, 이미 무자비하게 입은 상처를 지우기에는 역부족이었다."
16) 『신약 성서』에 나오는 인물로, 마리아와 나사로의 누이이다. 누가복음 10장 38절에서 42절까지를 보면 그녀는 그리스도를 자신의 집으로 영접해서 접대 준비를 하느라 마음이 분주한데, 그녀의 동생 마리아는 그리스도의 발치에 앉아 있다. 마르다는 '활동적인' 그리스도인의 삶을, 마리아는 '명상적인' 삶을 일컫는 이름으로 여겨진다.
17) 메리 후커 코넬리우스 부인의 『젊은 가정주부의 친구: 알뜰한 가정을 위한 가이드』는 1846년에 첫 출판되었다.
18) 그리스 신화에서 니오베는 테베의 왕 암피온의 아내로, 일곱 명의 아들과 일곱 명의 딸(책에 따라서는 아들과 딸이 각각 열두 명이라고도 하고 스무 명이라고도 한다.)을 둔 것을 자랑스럽게 여겨서 자식을 두 명밖에 두지 않은 레토에게 우쭐대며 자랑했다. 레토의 자녀인 아폴로와 아르테미스는 어머니가 받은 모욕을 되갚아 주기 위해 니오베의 자식들에게 활을 쏘아 모조리 죽여 버렸다. 비탄에 잠긴 니오베는 시필루스 산에서 돌기둥으로 변하고 나서도 계속 눈물을 흘렸다.
19) 몸에 꽉 끼는 여성용 편물 상의.

20) 찰스 디킨스의 『니콜라스 니클비』(1838~1839)에서 랠프 니클비는 자신의 조카딸을 양장점에 취직시키는데, 그 양재사의 남편을 말한다. 만탈리니는 아내의 벌이로 살아가지만, 결국 아내의 사업을 파산에 이르게 하는 인물이다.
21) 윌리엄 셰익스피어의 『베니스의 상인』(1596년경)에서 샤일록은 상인 안토니오의 살점 일 파운드를 담보 삼아 계약을 맺는다.
22) 알프레드 테니슨(Alfred Tennyson, 1809~1892)의 시 「모드」(1855)에서 "흠집 하나 없는 것이 흠집이며 얼음처럼 차갑고 눈에 띄게 무표정하니/ 완전히 죽은 자의 얼굴이로구나."의 부분을 인용한 것.
23) 고대 로마의 전설적인 여인으로 미모와 정절로 유명하다.
24) 위는 좁고 아래는 넓은 삼각형 모양.
25) 말 한 필이 끄는 이인승 이륜 포장마차.
26) 런던 하이드파크의 승마 길.
27) 샤를 알베르 페히터(Charles Albert Fechter, 1824~1879)는 영국에서 자라난 프랑스 배우로, 1840년에 프랑스 국립극장인 코메디 프랑제즈에서 데뷔했다. 1863년과 1867년 사이(에이미가 런던을 방문한 시기)에는 런던의 리세움 극장을 운영하고 있었다. 1869년에 그는 미국으로 가서 뉴욕에 있던 글로브 극장을 페히터 극장으로 재개장했다.
28) 1852~1870년은 프랑스의 제2제정 시기였다. 황제인 나폴레옹 3세는 나폴레옹 1세의 조카였다. 1853년 그는 외제니 드 몽티조와 결혼했고, 외아들인 나폴레옹 루이는 1856년에 태어났다.
29) 요한 하인리히 다네커(Johann Heinrich Dannecker, 1758~1841)는 독일의 조각가로, 가장 유명한 작품은 프랑크푸르트의 베트만 박물관에 소장된 「표범 위의 아리아드네」(1806)이다.
30) 월터 스콧의 희곡인 「데버고일의 최후」(1830) 2막 2장에 나오는 노래.
31) 요한 볼프강 폰 괴테(1749~1832)가 지은 『빌헬름 마이스터의 수업 시대』(1795~1796)에 나오는 노래. 빌헬름이 서커스 유랑 극단에서 구해 낸 신비한 소녀 미뇽이 불렀다.

당신은 아시나요, 그 땅을.
레몬 나무에 꽃이 피고
무성한 잎 사이로 금빛의 오렌지가 빛나는 곳.

푸른 천국에서 불어오는 부드러운 바람을 맞으며
상록수 짙어지고 월계수 드높이 자라는 그 땅을.
당신은 아시나요?
그곳으로! 그곳으로!
오, 사랑하는 님이여, 당신과 함께 가고 싶어요.
(토머스 칼라일이 1824년에 영역한 시를 번역한 것이다.―옮긴이)

32) '수식어를 멋지게 잘 배열하는 능력'을 잘못 말한 것. 여기에서 조는 맬러프롭 부인의 말실수를 흉내 내고 있다.
33) 토머스 칼라일(Thomas Carlyle, 1795~1881)이 쓴 의상 철학에 관한 책 『다시 재단된 재단사: 토이펠스드렉의 생활과 의견』을 가리킨다.
34) 스탈 부인(Madame de Staël, 1766~1817)은 프랑스 작가로, 그녀의 살롱으로 유명하다. 그녀는 프랑스의 혁명기와 나폴레옹 1세 시대에 걸쳐 수많은 망명지를 전전했다. 그녀가 쓴 책인 『코린나』(1807)는 지적인 여성에 대한, 유명한 소설이다.
35) 보즈웰은 새뮤얼 존슨이 대단한 차 애호가라고 기록한 바 있다. "누구도 향기로운 찻잎을 우려내는 일을 존슨만큼 즐긴 사람은 없을 것이다. 그가 마신 차의 양만 해도 어마어마했는데, 그의 신경은 유달리 강했던 게 틀림없었다. 그렇게 과도하게 음용을 했는데도 신경이 극도로 느슨해지지 않은 것을 보면 말이다."
36) 이마누엘 칸트(Immanuel Kant, 1724~1804)와 게오르크 빌헬름 프리드리히 헤겔(Georg Wilhelm Friedrich Hegel, 1770~1831)은 선험론자들이 높이 추앙하는 독일의 철학자들이다.
37) 실러가 쓴 비극 작품.
38) 메리 마사 셔우드(Mary Martha Sherwood, 1775~1851)는 어린이들을 위한 수많은 훈계조의 책을 쓴 작가이다. 대표작으로 『아동의 발달: 파멸의 골짜기에서 영원한 천국으로』가 있다. 에지워스에 대해서는 1권 본문 주해 20)을 참조. 해나 모어(Hannah More, 1745~1833)는 종교적 주제에 대한 소설과 연극, 소책자를 쓴 작가이다.
39) 웬들 필립스(Wendell Phillips, 1811~1884)는 보스턴의 초대 시장인 존 필립스의 아들로, 웅변가이자 개혁자이다. 그는 간단명료하고 직설적인 화법으로 미국의 웅변술에 획기적인 변화를 가져온 사람이었다.

데모스테네스(Demosthenes, 384~322 B.C.)는 고대 아테네의 위대한 웅변가이다.

40) 아델라이데 리스토리(Adelaide Ristori, 1822~1906)는 이탈리아의 여배우로, 셰익스피어의 「로미오와 줄리엣」에서 줄리엣 역과 실러의 「마리아 슈트아르트」에서 주인공 역을 훌륭히 해냈다. 1853년에서 1887년 은퇴할 때까지 그녀는 주로 유럽과 미국을 여행하며 살았다.

비토리오 에마누엘레 2세(Vittorio Emanuele II, 1820~1878)는 1849~1861년까지 사르데냐의 왕이었고, 후에 통일 이탈리아의 왕이 된 사람이다.

샌드위치 섬은 1778년에 쿡 선장이 하와이 섬을 발견했을 때 부여한 이름이다.

41) 테니슨의 시 「아름다운 여성들의 꿈」(1833)에서 아버지인 아가멤논에 의해 희생된 이피게니아를 묘사한 대목.

42) 네 쌍의 남녀가 함께 추는 사교춤.

43) 가늘고 섬세하며 매우 투명한 실크 천. 거미집 모양의 얇은 직물로 치맛자락에 다는 천이나 베일로 이용된다.

44) 마리아 에지워스의 작품집 『부모와 조수』(1796~1801)에 실린 어린이 이야기의 제목.

45) 성 로렌스(St. Lawrence)는 기원전 3세기의 순교자이다. 그는 기원전 258년에 석쇠로 달궈져서 죽음을 맞았다.

46) 볼프강 아마데우스 모차르트(Wolfgang Amadeus Mozart, 1756~1791)는 1777년부터 1778년까지 만하임을 여행하던 중 열여섯 살의 소프라노 알로이지아 베버를 만나 사랑에 빠졌다. 그러나 아버지인 레오폴트의 반대로 그녀의 곁을 떠나야 했다. 그녀는 1780년에 궁정 배우인 조세프 랑게와 결혼했다. 한편, 모차르트는 그녀의 가족들과 함께 살았는데 어느샌가 그의 이름이 베버가 셋째 딸의 이름인 콘스탄체와 나란히 입에 오르내리기 시작했다. 처음에 모차르트는 낭만적인 관계를 부인하며 소문을 없애려고 적극적으로 나서기까지 했지만 1781년 겨울, 공식적으로 둘의 관계를 인정했다. 그들은 1782년 8월 4일에 결혼했다.

47) 프랑수아 드 보니바르(François de Bonnivard, 1496~1570?)는 제네바 근처 성 빅토르 수도원의 원장이었다. 그는 사보이 공작에게 반기를 들고 공화국을 세우려고 했다. 이 때문에 그는 두 번이나 옥살이를 했다. 두 번째 감옥이 시용 성이었고, 이 사연으로 바이런(1788~1824)은 「시용 성의 죄수」(1816)라는 시를 지었다.

장 자크 루소(Jean Jacques Rousseau, 1712~1778)는 스위스의 철학자이자 소설가로, 『쥘리, 신(新)엘로이즈』(1761)라는 서간체 소설을 발표했다. 이 소설에서 여주인공은 자신의 가정교사를 사랑하지만 나이 든 남자와 결혼하게 된다. 소설의 절정 부분 중에는 호수에서 보트를 타다가 사건이 벌어지는 장면도 있다.

48) 1748년 새뮤얼 존슨은 『사전 편찬 계획』을 체스터필드 경에게 헌정했다. 체스터필드 경이 그 계획을 듣고 십 파운드를 후원하며 격려를 아끼지 않았기 때문이다. 그 후 존슨이 사전에 매달리는 동안 둘 사이에는 아무런 왕래가 없었다. 1754년 존슨이 이 계획을 마무리하자 체스터필드 경은 존슨에게 찬사를 보내는 에세이 두 편을 썼다. 그러나 이 에세이의 속뜻은 체스터필드 경 자신의 후원이 있었기에 존슨이 이 계획을 이뤄낼 수 있었다는 자화자찬이었다. 이에 존슨은 그 유명한 반박 서한을 썼고, 그중 한 부분은 다음과 같다.
"당신은 아주 이른 시기부터 제 노고에 관심을 가지고 친절히 대해 주셨지요. 하지만 이번 관심은 너무 늦었습니다. 이제 전 무관심하니 그게 즐겁지가 않고, 혼자이니 그걸 나눌 수 없고, 이미 유명하니 그게 필요도 없지요."

49) 디킨스가 쓴 『데이비드 코퍼필드』(1849~1850)에서 페고티 부인은 데이비드의 간호사이다.

50) 토머스 모어(Thomas More, 1478~1535)가 한 말.

51) 잔 프랑수아즈 레카미에(Jeanne-Françoise Recamier, 1777~1849)는 프랑스의 나폴레옹 시대와 왕정복고 시대에 걸쳐 파리 살롱을 열었던 부인이다. 그곳에는 문학계와 정치계의 유명 인사들이 자주 드나들었다.

52) 사도행전 9장 36~42절을 보면 도르가는 여제자로, 가난한 사람들에게 음식과 옷을 나누어주는 일에 헌신했다.

53) 성 마르티노(St. Martin, 316~397)는 고대와 중세 시대에 걸쳐 프랑스에서 가장 인기 있던 성인으로, 이교도인 로마 군인 가문에서 태어났다. 그는 아미앵에서 군 복무를 하는 동안 자신의 망토를 반으로 잘라 거지에게 주었다고 한다. 이후 꿈에서 그 거지가 예수 그리스도인 것을 알게 되었다. 이 경험 후에 그는 세례를 받고 평생 교회에 헌신했다.

54) 아테네의 장군이자 정치가(B.C. 450~404)로, 소크라테스의 제자이자 절친한 친구였다. 그는 플라톤의 『향연』에서 소크라테스 대화법(문답식으로 학습을 진전시키는 방법)의 장점을 보여 주는 인물로 등장한다.

55) 디킨스가 쓴 『올리버 트위스트』(1837~1838)에 나오는 어린 소매치기.

56) W를 말한다.
57) 아주 가볍고 부드러운 안감 천.
58) 조부모 네 명 중에 한 명이 흑인이고 세 명이 백인인 사람을 일컫는다. 실제로 올컷가에서도 인종차별과 관련된 사건이 벌어졌다. 작가의 아버지인 브론슨 올컷이 보스턴에서 운영하던 소년 신학교에 흑인 아이 하나를 입학시킨 일로 학부형들의 원성을 사서 모든 학생들이 그만두는 바람에 학교 문을 닫을 수밖에 없었던 것이다.
59) 토머스 투서(Thomas Tusser, 1524~1580)는 농경 작가이자 시인으로, 「농업의 백 대 장점」(1557)이라는 시를 지었다.

에이브러햄 카울리(Abraham Cowley, 1618~1667)는 영국의 시인이자 수필가로, 연시와 정치적 풍자 글, 데이비드 왕의 서사시를 지었다. 그는 영국 문학에 핀다로스풍의 시(운율의 격조가 높은 시)를 처음으로 소개한 장본인이다.

루키우스 유니우스 콜루멜라(Lucius Junius Columella, A. D. 1세기)는 농업에 관한 작품인 『농업론*De re rustica*』을 지었는데, 이 글은 이 분야의 수많은 후발 작가들에게 영향을 주었다.
60) 헨리 워즈워스 롱펠로(Henry Wadsworth Longfellow, 1807~1882)가 지은 「궂은 날」(1842)이라는 시의 한 부분.